Gemma O'Connor

Der irische Inspektor

PIPER ORIGINAL

Für
Pauline

Die Handlung von *Der irische Inspektor* schließt – zehn Jahre später – an jene von *Die Frau auf dem Wasser* an; allerdings ist jede der beiden Geschichten in sich geschlossen und selbständig. Alle Gestalten wie auch das Geschehen sind fiktiv; jede etwaige Ähnlichkeit mit lebenden oder toten Personen ist zufällig. Der Schauplatz existiert ebenfalls nur in meiner Phantasie.

Sehet – Wen? – den Bräutigam.
Sehet ihn – Wie? – als wie ein Lamm.
  Sehet – Was? – Seht die Geduld,
  Seht – Wohin? – auf unsre Schuld;
  Sehet ihn aus Lieb und Huld …

Blute nur, du liebes Herz!
  Ach, ein Kind, das du erzogen,
  Das an deiner Brust gesogen,
  Droht den Pfleger zu ermorden,
  Denn es ist zur Schlange worden.

J.S.Bach, Matthäus-Passion,
Erster Teil, Nr. 1 (Chor mit Choral)
und Nr. 12 (Arie, Sopran)

Irish Daily News, Donnerstag, 12. September

Wir haben die traurige Pflicht, den vorzeitigen Tod der Journalistin Fiona Moore zu melden, die an den Folgen eines Unfalls mit Fahrerflucht im Zentrum von Dublin starb. Ms. Moore war in den vergangenen fünf Jahren für unsere Zeitung tätig und erhielt letztes Jahr die begehrte Auszeichnung *Columnist of the Year.* Kürzlich wurde sie, im Alter von achtundvierzig Jahren, geschieden; sie hinterläßt einen neunzehnjährigen Sohn und eine zehnjährige Tochter.

(Kommentar Seite 4, Nachruf Seite 6)

Duncreagh Listening Post

JAHRESREGATTA IN PASSAGE SOUTH:
Sieger des Baltiboys-Rennens war der englische Geschäftsmann VJ Sweeney aus Coribeen auf seiner Ketsch *Azurra*. Mr. Sweeney ist vor kurzem in die Geschäftsleitung des Atlantis Hotel in Passage South eingetreten. Den zweiten Platz belegte Mrs. Evangeline Walter aus Trianach auf *Cynara*. Die Zahl der Teilnehmer konnte es durchaus mit der vergangener Jahre aufnehmen.

(Zwölf Jahre alter Zeitungsbericht, den Gil Recaldo im Zeitungsarchiv gefunden hatte)

Gil

Das Wasser des Glár ist schwarz und moorig. Undurchsichtig. Doch wo es über die rund geschliffenen Kiesel der Mündung fließt, erscheint es klarer. Wenn ich meine Hand eintauchte, konnte ich winzige, im hellen Wasser schwebende Teilchen erkennen, aber sobald ich die Füße in den glitschigen braunen Schlick einsinken ließ, wirbelte die dunkle Farbe heraus und verbarg sie vor meinem Blick. Der Fluß war meine Zuflucht. Einmal bin ich bei Flut zwischen dem Boot meines Vaters und der Anlegestelle hineingefallen. Als ich tiefer sank, immer tiefer, dachte ich, wie ruhig es ist, wie kühl, wie geheimnisvoll und still. Ich erreichte den Grund, ehe ich versuchte, wieder an die

Oberfläche zu kommen. Ich hatte es nicht eilig. Das Wasser umhüllte mich, umschloß mich sicher, und ich wußte, wann immer es zu schlimm kommen würde, konnte ich mich zum Fluß davonstehlen. Ich glaube, es ist nie vorgekommen, daß mein Vater mich aus dem Wasser geholt hat, weil es gefährlich wurde. Er hätte es nicht einmal bemerkt, wenn ich ertrunken wäre. Ich muß sogar gedacht haben, er wäre froh, wenn er mich mit dem Gesicht nach unten sähe.

Im Gegensatz dazu ließ meine Mutter mich nicht aus den Augen. Es ist ihre tröstende Anwesenheit, an die ich mich erinnere. Sie fürchtete meinen Vater so sehr wie ich, doch wenn sie bei mir war, hatte ich weniger Angst. Von den schlimmsten Dingen schirmte sie mich ab. Meistens. Papa war ständig wütend – auf sie, auf mich, auf die ganze gottverdammte Welt. Er hatte die häßliche Angewohnheit, mit den Zähnen zu knirschen, ehe er explodierte. Sein Naturell war bösartig, und es schien ihm egal zu sein, auf wen von uns er losging. Für ihn machte es keinen Unterschied. Ich glaube, sie hatte keine Ahnung, wieviel ich mitbekam, wie sehr ich sie durch die Kraft meiner Gedanken dazu bringen wollte, ihm eine zu verpassen, ihn verschwinden zu lassen. Oft stampfte ich mit den Füßen auf den Boden und wünschte, es wäre er, auf dem ich herumtrampelte. Jetzt, wo ich erwachsen bin, denken alle, ich sei einer, mit dem man alles machen kann, doch ich glaube, ich habe seine üblen Stimmungen geerbt, und das macht mir angst. Manchmal muß ich mich auf meine Hände setzen, damit ich nicht anfange, um mich zu schlagen. Ich bin mir nicht sicher, ob das jemand bemerkt. Meine Mutter bestimmt nicht; sie kriegt selten etwas mit, weil sie häufig ein wenig abwesend ist. Doch das könnte Absicht sein. Vielleicht hat sie ja, genau wie ich, einiges zu verbergen.

Cressie sorgte sich immer um mich. So nenne ich sie jetzt, doch als ich klein war, nannte ich sie »Mama«. Es war das erste Wort, das sie mir beibrachte, und für lange Zeit das einzige, das ich aussprechen konnte. In meiner frühesten Erinnerung sitzen wir beide auf dem Fußboden eines leeren Raums, sie umklammert mich und hält einen warmen, feuchten Waschlappen an eine Seite meines Gesichts. Es ist Blut, das langsam herabtropft und zwischen alten, grob behauenen Bruchsteinfliesen versickert. Mama weint. Die Tränen rollen ihr langsam über das Gesicht. Stumm wünsche ich, sie würde aufhören. Ich kann unseren Hund Finnegan sehen, der an der Tür Wache hält. Sein Schwanz hängt herunter, doch sein Maul klappt auf und zu. Kein Geräusch.

Ich trottete neben meiner Mutter her, wo immer sie hinging. Die Leute lächelten, wenn sie mit ihr sprachen; sie tätschelten meinen Kopf und versuchten, mich ebenfalls zum Lächeln zu bringen. Andere – ich nehme an, unsere Nachbarn – winkten, wenn wir im Auto vorbeifuhren. Doch genau erinnere ich mich an keinen außer an den alten John Spain, der unser Freund war. Ich nannte ihn »Tar«, weil ich, als ich zu sprechen anfing, alles, was mit T begann, am leichtesten aussprechen konnte. Aus demselben Grund war Frank Recaldo, der schließlich mein Stiefvater wurde, »Tank«.

Ob Regen oder Sonnenschein, Tar fuhr jeden Tag mit seinem Boot zum Fischen hinaus. Gewöhnlich ruderte er; den Außenbordmotor benutzte er selten. Immer trug er Overall und Jacke aus hellgelbem Ölzeug, die Kapuze übergezogen, oder manchmal auch eine Mütze der Navy. Er war berühmt für seine Hummer, und oft brachte er uns einen, manchmal auch Krabben. Ich sah es gern, wie die Farbe des Hummers von Dunkelblau in Rosa umschlug, wenn er in kochendes Wasser geworfen wurde. Berühmt war er auch deshalb, weil er früher Priester gewesen war. Ich erinnere mich nicht, ob mir das von jemandem erzählt worden ist oder ob ich es einfach aufschnappte. Tar hatte nicht viele Freunde – wenigstens kann ich mich nicht entsinnen, daß er mit anderen Leuten als mit uns und einer Amerikanerin sprach, die seine Nachbarin auf der anderen Seite des Flusses war. An die kann ich mich erinnern, weil sie immer lachte, wenn sie mich zusammen mit John Spain sah. Sie war schrecklich, ich haßte sie. Mein Vater muß sie aber gemocht haben, denn ich sah sie manchmal auf seiner Yacht *Azurra*.

John Spain. Der Mann und der Ort verbanden sich so sehr, daß ich mir den Fluß unter dem Namen Spain vorstellte. Ich träumte oft davon, ich sei dorthin zurückgekehrt. Immer im selben Alter, etwa sechs oder sieben. Mit einem blauen Jerseypullover und Shorts, in gelben Gummistiefeln, plansche ich am Wasser. Manchmal sitze ich im Bug von Tars Boot und hänge meine Hand ins Wasser, bis ein Fisch auftaucht und sie wegschnappt. Ich sehe das Blut auf der Wasseroberfläche sprudeln, das sich aus meinem hochgehaltenen Arm ergießt.

Tar brachte mir das Schwimmen bei. Er fand es lustig, daß ich keine Angst vor dem kalten Wasser hatte. Ich denke, ich war zu jung, um zu verstehen oder zu erklären, daß unter Wasser das Hören keine Rolle spielte; das kam mir normal vor. Es kam aufs Sehen an, und man mußte lernen, wann man die Luft anzuhalten hatte und wann die Lungen aufzufüllen waren. Ich erinnere mich, wie er in seinen Watstiefeln geduldig am Rand des Wassers stand, während ich in die auflaufende Flut eintauchte und wieder herauskam und so tat, als wäre ich ein Delphin. Gelegentlich knüpfte er mir einen langen, von einem alten Laken abgerissenen Stoffstreifen unter die Achseln und ließ mich über die Bordwand ins Wasser gleiten. Meiner Mutter sagten wir nichts davon, weil sie es sonst verboten hätte, und dann hätte ich eine wichtige Lektion nie gelernt: Tar lehrte mich zu lauschen. Wirklich zuzuhören. Eines Tages fragte er mich, wie es sich anfühlen würde, wenn ich Wasser im Ohr hätte. Um es zu verdeutlichen, schöpfte er mit der Hand Wasser und ließ es sich ins Ohr laufen. Ich lachte und schlug mit der Hand auf die Oberfläche. Damit wollte ich sagen, es gurgelt – was verrückt war, weil ich das Wort nicht kannte. Wenn ich nicht hören konnte, wie sollte ich dann etwas so Kompliziertes wissen? Tar sah mich lange an, als versuchte er, sich etwas auszudenken. Dann schubste er mich ohne Vorwarnung erneut über die Bordwand. Als ich wieder auftauchte, hatte er den Mund aufs Wasser gelegt und meinen Namen immer wieder ausgesprochen: Gil, Gil. Ich hörte es durch das Wasser perlen und vibrieren. Gil, Gi, Gi, Gi. Ich hielt mich an der Bordwand fest und versuchte ihn nachzumachen. Gi, Gi,Gi, Gil.

Tar schenkte mir sein Lächeln, zog mich an Bord und setzte mich neben sich auf die Bank. »Du Gil, ich Tar«, sagte er, und ich konnte das Grummeln seiner kräftigen, tiefen Stimme durch die hölzerne Rückenlehne spüren. Als wir zu seiner Hütte zurückkamen, schrieb er in großen Lettern *Gil* und *Tar* auf einen Bogen gelben Papiers und befestigte ihn an der Wand. So fing er an, mir das Sprechen und das Lesen beizubringen. Soweit ich weiß, erwähnte er den Vorfall meiner Mutter gegenüber nicht und mir gegenüber nie wieder. Wir verfielen einfach in eine Art der Verständigung, die es irgendwie möglich machte, daß ich unter bestimmten Umständen nicht vollkommen taub war.

Ich war gern bei Tar auf dem Boot. Auf der Innenwand des Bugs stand in winzigen Goldbuchstaben *Consuela*. Tar erzählte mir, es sei der Name seiner verstorbenen Frau, und wenn er allein sei, würde er mit ihr sprechen. Das gefiel mir. Ich mochte den Gedanken, daß noch jemand da war, der einen liebte, wenn man tot war. Tar war großartig und, abgesehen von Cressie, der einzige Mensch, bei dem ich mich wirklich sicher fühlte. Und *nein*, er hat mich *nicht* begrapscht, auch wenn jemand meinem Vater erzählte, er habe es getan. Woher ich das weiß? Keine Ahnung, ich weiß es eben. Es geschah, kurz bevor wir von der Mündung wegzogen. Manchmal frage ich mich, ob John Spain deshalb ums Leben kam.

Meine Eltern lagen ständig miteinander im Krieg, und mein Vater schien nicht imstande zu sein, an mir vorbeizugehen, ohne mir einen hinterhältigen Puff zu versetzen. Wenn Cressie versuchte, mich zu schützen, wandte er sich gegen sie. Manchmal war sie über und über mit blauen und schwarzen Flecken bedeckt. Ich beobachtete sie ständig.

Aus der Art, wie sie ging, konnte ich sehen, ob sie Schmerzen hatte. Wenn sie das Haar offen trug, verbarg sie ein blaues Auge. Einmal, gegen Ende, sah ich, wie er ihr den Handrücken mit einer Zigarette verbrannte – er drückte sie einfach aus, ganz beiläufig. Er hörte nicht einmal auf zu reden, als sie den Mund zu einem Schrei öffnete. Sie saßen am Küchentisch. Wie gewöhnlich stand ich neben ihr. Inzwischen glaube ich, er wollte uns vertreiben, doch damals begriff ich natürlich überhaupt nichts. Es ergab allerdings einen Sinn, sobald ich herausfand, daß das Haus meiner Mutter gehörte.

Mein Vater ist tot, und meine Erinnerung daran, wie er aussah, ist undeutlich. Ich kann sein Gesicht nicht sehen, nur ein verschwommenes Bild von langen Beinen und blonden Haaren – so wie meine. Ich finde es immer noch unglaublich, daß ich so wenig über ihn wußte, bis Großvater Hollingsworth, ich war damals etwa vierzehn, meine Mutter nach Oxford schleppte, damit sie sich um ihn kümmerte. »Du siehst deinem Vater ähnlich«, das war so ziemlich das erste, was er zu mir sagte. »Seltsamer Typ, dieser Sweeney. Gutaussehend, athletisch. Erfolgreich. Konnte mir nie vorstellen, was er an deiner armen Mutter fand.« Ich ignorierte diesen kleinen Hieb und fragte, ob sein Name Gil gewesen sei. Großvater widmete mir einen merkwürdigen Blick. »Nein, er hieß Valentine Jason Sweeney.« Mir fiel dazu nur ein, daß ein so tuntiger Name nicht zu dem Menschenfresser in meinem Kopf passen wollte. Mein richtiger Name lautete also Gil Sweeney. Danach schrieb ich immer heimlich »Gil Sweeney, Spain/Irland/Welt/Universum« in meine Schulbücher, und damit fing ich an, die Geschichte meines Vaters mit den Gründen in Verbindung zu bringen, aus denen wir von der Flußmündung weggezogen waren.

Frank adoptierte mich etwa zu der Zeit, als meine kleine Schwester Katie Mary zur Welt kam. Doch schon vorher war ich in Gedanken Gil Recaldo. Inzwischen finde ich es seltsam, daß ich anscheinend keine Ahnung hatte, wie mein richtiger Name lautete. Ich war einfach Gil. Es könnte an meinen Hörproblemen gelegen haben, wer weiß? Das war sehr lange bevor ich merkte, daß es Auswirkungen haben könnte, meinen Familiennamen zu verlieren. Dennoch wußte ich tief in mir, eines Tages würde ich den Drang verspüren, eine Erklärung zu suchen.

Es kostete mich eine Ewigkeit, bis ich feststellte, wo die Flußmündung lag, weil ich nur zwei Ortsbezeichnungen im Kopf gehabt hatte – Coribeen und Trianach. Sie sind mir nicht als Klang, sondern als geschriebene Wörter in Erinnerung geblieben. Ich konnte viel früher lesen als sprechen, also hatte ich sie vielleicht auf Wegweisern gesehen. Ich glaubte, Coribeen sei ein Dorf, doch in Wahrheit ist es der Name unseres ehemaligen Hauses und des Hinterlands auf dieser Seite des Flusses. Doch erst als ich schließlich nach South Passage kam und die Marinekarte an der Wand von Hussey's Pub sah, kam alles an seinen richtigen Platz.

Trianach war der Schlüssel. Zum ersten Mal stieß ich auf einem Meßtischblatt von West Cork darauf, als ich in meinem letzten Schuljahr an einem Projekt über die Getreidelieferungen von Irland nach England während der Hungersnöte des 19. Jahrhunderts arbeitete. Der Name sprang mich förmlich an. Ich war fasziniert. Es schien eine kleine Insel im Fluß Glár zu sein, die durch einen Damm mit dem Festland verbunden war – eine Art Halbinsel. Weder meine Mutter noch Frank Recaldo hatten mir je etwas von diesen Orten erzählt. Vielleicht glaubten sie, ich würde mich nicht daran erinnern, oder falls doch, würden sie mir aus dem Gedächtnis schwinden, wenn sie sie nicht erwähnten. Sie täuschten sich: Der Fluß ging mir nie aus dem Kopf. Der Fluß und Tar. Je mehr ich über Trianach erfuhr, desto mehr wollte ich nach Hause. Ich wußte aber überhaupt nicht, wo ich wirklich zu Hause war, und als ich versuchte, Frank danach zu fragen, sagte er keinen Ton. Zu meiner Mutter brauchte ich gar nicht erst zu gehen, sie hätte sich nur aufgeregt.

Kurz nachdem wir die Bucht an der Flußmündung verlassen hatten, kam Halcyon ins Bild. Sie war so etwas wie eine Verwandte von Murray Magraw, einem Freund meiner Eltern. Als ich noch ein Kind war, kam sie manchmal zu Besuch. Weshalb meine Mutter sich um sie kümmerte, konnte ich nie begreifen, denn sie war seltsam. Ein großes, tapsiges Mädchen, das immer hinter mir herlief. Anfangs machte mir das nichts aus, aber sie schien mit jedem Besuch merkwürdiger zu werden, vor allem, nachdem Katie May auf der Welt war. Sie war auf meine Mutter fixiert und wahnsinnig eifersüchtig auf das Baby. Sie versuchte immer, auf die Kleine loszugehen, bis Frank erklärte, sie dürfe nicht mehr kommen. Ein vernünftiger Mann, Frank.

Halcyon ist ein weiterer Zankapfel zwischen Frank und Cressie, die darauf besteht, sie in dem Pflegeheim in Tipperary zu besuchen, wann immer sie in Irland ist – und das ist sie oft. »Du verbringst mehr Zeit mit ihr als mit mir«, stöhnte Frank häufig, und ich verstehe seinen Standpunkt. Ich habe Halcyon seit Jahren nicht gesehen, aber aus irgendeinem Grund hat sie mich immer an meinen Vater erinnert. Sie besaß wohl das gleiche wirbelnde Ungestüm wie er. Völlig unvorhersehbar. Wenn ich an einen von den beiden denke, kriege ich dieses flaue Gefühl in den Eingeweiden.

Meine Mutter konnte es nie verwinden, daß sie Coribeen verlassen mußte. Nicht wirklich. Wegen des Todes meines Vaters und wegen Tar war sie tief verstört. Besonders wegen Tar. Frank ging mit uns weg. Nein, das stimmt nicht, wir gingen mit ihm weg. Er hing immer bei uns rum, schon ehe mein Vater starb. Also nehme ich an, er und meine Mutter müssen was miteinander gehabt haben. Wie ich Cressie kenne, hatte sie schreckliche Angst, jemand könnte davon erfahren und sich gegen sie stellen. Ich glaube, wenn das herausgekommen wäre, wäre das peinlich geworden, da er doch der örtliche Bulle war.

Aber schon ehe wir von Coribeen wegzogen, stand die Welt auf dem Kopf. Cressie schrie sich die Seele aus dem Leib, Frank sah finster drein, die Leute redeten im Flüsterton, und keine Spur von John Spain oder meinem Vater. Ich war bei Leuten, die ich nicht kannte, hatte einen gebrochenen Arm, und wir schienen in Franks klapprigem Jeep ewig über Landstraßen zu juckeln – den Wagen hatte er bis vor vier oder fünf Jahren.

Eines ist mir jedoch deutlich in Erinnerung geblieben: Die Nacht, in der sie John Spains Boot in Brand steckten. Hunderte standen aufgereiht am Pier und schauten aufs Meer hinaus. Ich weiß noch, wie rote Flammen durch den dichten Rauch züngelten und meine Mutter mir erzählte, alle echten Seeleute würden auf dem Meer bestattet. Auch mein Vater war Seemann gewesen, ein olympischer Yachtsegler, aber für ihn gab es keine Bestattungsfeier. Das ist mir erst vor ein paar Wochen wieder eingefallen, als ich am selben Pier in Passage South stand und über die Bucht auf die Felsen blickte, zu denen Tar mich immer mitgenommen hatte, um mir die Seehunde zu zeigen.

Anschließend zogen wir nach Kerry zu Franks Bruder. Inzwischen haben wir dort ein Feriencottage für den Sommer. Ich war damals völlig verstört und fragte ständig nach Tar. Ich fragte, und Cressie brach in Tränen aus. Also hörte ich auf, Fragen zu stellen. Ich denke, so fing das mit der Nachrichtensperre in der Familie an.

E-Mail von Fiona Moore an Sean Brophy, Kunstredakteur, *Dublin Daily News:*

Hi, Sean, hier der Vorschlag für eine Artikelserie mit dem Titel »Irische Künstler im Profil«, die Sie, wie ich glaube, interessieren könnte. Ich habe schon damit angefangen und hoffe, die ersten beiden Portraits innerhalb der nächsten Wochen fertigzustellen. Weitere Informationen erhalten Sie über Jez Murphy bei *Jeu d'esprit* (der Kunst- und Literaturzeitschrift in San Francisso), für die ich in den letzten Jahren als freie Journalistin gearbeitet habe. Lebenslauf liegt bei. Fiona Moore.

1

Cressida Recaldo nahm ihrem ersten Ehemann Valentine Sweeney vieles übel, am meisten jedoch, daß er sie um ihr geliebtes Coribeen gebracht hatte. Bei leidenschaftsloser Betrachtung mochte es einem als das geringste Verbrechen eines Mannes vorkommen, der eine mörderische Bestie gewesen war. Doch in der Zeit nach Vals Tod, als Cressida und ihr Geliebter Frank Recaldo die Flußmündung hinter sich ließen, um dem beginnenden Skandal zu entfliehen, traf es sie besonders heftig, daß die Leinen zu ihrer kleinen, sorgfältig aufgebauten Welt gekappt worden waren. Das und der Tod von John Spain, dem alten Mann, der ihr geholfen hatte, Gil aus seiner stummen Welt zu führen, und dann bei der Verfolgung ihres Ehemanns ums Leben gekommen war.

Nachdem Cressida in einem kleinen Dorf in Oxfordshire zur Welt gekommen und aufgewachsen war, hatte sie 18 Jahre in Irland gelebt. Merkwürdigerweise gefiel ihr das, obwohl sie als junge Braut eine Katastrophe nach der anderen erlebt hatte. Coribeen war die Ruine eines georgianischen Farmhauses gewesen, das sie geerbt hatte und von dessen Lage an der Flußmündung des Glár sie wie verzaubert war. Damals war ihr noch nicht klar, daß das Haus nicht von einem eigenen Grundstück umgeben und nur durch einen unbefestigten Weg an die Straße angeschlossen war.

Zum Glück war Val Sweeney – trotz seines Namens ein Engländer – vermögend. Als begeisterter Segler und schlauer Geschäftsmann erkannte er die Möglichkeiten, die das Land um Coribeen mit seiner langen Front zum Fluß und der eigenen Anlegestelle barg. Ehe er mit der Renovierung begann, kaufte er die 25 Morgen Land, die den Besitz umgaben. Das war einige Jahre, bevor Cressida entdeckte, daß ihr Anspruch auf das Haus kein Land einschloß, nicht einmal die schmale Fahrspur zur Hauptstraße. Zusammen waren Grundstück und Haus wertvoll. Das Land konnte ohne das Haus verkauft werden, doch umgekehrt galt das nicht. Ohne Grundstück und Zufahrt war das Haus wertlos. Folglich konnte Cressida ihr Erbe nicht ohne Zustimmung ihres Mannes verkaufen und umgekehrt.

Wenige Wochen nachdem der Kauf des Grundstücks abgeschlossen war, wurde Sweeneys geliebte Yacht *Azurra* am unteren Ende des Gartens vertäut. Ursprünglich war Coribeen als Feriensitz geplant, doch Cressida wollte sich unbedingt ganz dort niederlassen. Sie zog ein, vorgeblich um die Arbeiten zu beaufsichtigen, doch ihre Ausflüge nach London wurden allmählich seltener, und als dann Gil zur Welt kam, war es ihr Hauptwohnsitz, während ihr Mann VJ – unter diesem Namen war er allgemein bekannt – an den Wochenenden kam. Für ihn war Coribeen eine Investition; er hatte nie vor, sich dauerhaft in Irland niederzulassen. Er mochte es nicht wirklich. Bald wurden aus wöchentlichen Besuchen monatliche. Das Arrangement sagte beiden zu.

Als Gil zwei Jahre alt war, entdeckte man seine schwerwiegenden Hörprobleme. Für VJ war es wie eine persönliche Kränkung, während Cressida ihr Leben darauf ausrichtete, ihrem kleinen Sohn zu helfen. Sie lernte die Gebärdensprache und das Lippenlesen, und sie unterrichtete Gil selbst, bis John Spain seine Hilfe anbot. Einige fanden es nicht ratsam, einen älteren, alleinstehenden Expriester in die Nähe des Kindes zu lassen, obwohl er früher ein ausgezeichneter akademischer Lehrer gewesen war. Doch Cressida wußte es besser. Spain war mehr als nur ein guter Freund, er war auch ihr Vertrauter und Ratgeber. Sie betrachtete ihn als eine Art Vaterersatz und hätte ihm ihr Leben anvertraut.

Als sich herausstellte, daß Gil tatsächlich taub war, lief die Beziehung der Sweeneys ernstlich aus dem Ruder. Über Nacht schien VJ jedes Gefühl für Anstand zu verlieren: Er war immer schon ein Schürzenjäger gewesen, doch nun stellte er sein Verhältnis mit der Amerikanerin Evangeline Walker, die auf der anderen Seite des Flusses wohnte, offen zur Schau. Außerdem begann er exzessiv zu trinken, und wenn er getrunken hatte, wurde er Frau und Kind gegenüber gewalttätig. Sein Geschäft litt, und innerhalb von zwei Jahren war er praktisch bankrott. Als das Geld zu Ende ging, beschloß er, Coribeen zu verkaufen, das Haus zusammen mit dem Grundstück, und dazu begann er, Cressida unter Druck zu setzen, damit sie ihren Anspruch auf das Haus aufgab. Für eine sanfte junge Frau erwies sie sich als überraschend widerstandsfähig, selbst gegenüber fürchterlichsten Schlägen. Ihre Ehe war ein Trümmerhaufen, sie hatte ein behindertes Kind zu versorgen, und Coribeen war ihre einzige Sicherheit für die Zukunft. Also weigerte sie sich, diese Zuflucht aufzugeben.

Zu diesem Zeitpunkt erschien Francis Xavier Recaldo, ehemaliger Kriminalbeamter im Hauptquartier der Garda in Dublin, Amateurmusiker und aufstrebender Reiseschriftsteller, auf der Bildfläche. Nach einem Herzanfall hatte er sich als Ortspolizist in das stille, verschlafene Passage South versetzen lassen. Hochgewachsen, gutaussehend und sensibel, war er genau die Art Mann, die einer schüchternen, vernachlässigten jungen Frau gefiel. Sie verliebten sich ineinander und hielten ihr Verhältnis geheim. Zumindest glaubten sie das.

Dann schlug an der Flußmündung das Unheil zu. Der alte John Spain fand Evangeline Walter ermordet in ihrem Garten. VJ Sweeney wurde vermißt und verdächtigt, sie getötet zu haben. Als Liebhaber von VJs Frau befand Sergeant Recaldo sich in einer unangenehmen Lage – das war die Meinung der Ermittlungsbeamten aus der Stadt. Als man dann den unwiderlegbaren Beweis für Sweeneys Mord an Evangeline Walter fand, waren sowohl er als auch Spain ertrunken. Cressida und Gil flohen unter dem Schutz von Frank Recaldo aus der Gegend.

VJ blieb für immer »vermutlich auf See ertrunken«. Die Polizei hatte ihren Täter, und der Fall wurde zu den Akten gelegt. Gegen alle Erwartungen war in den Zeitungen nicht einmal ein Flüstern wahrzunehmen, was die Verwicklung von Recaldo und Cressida anging, obwohl es den üblichen Dorfklatsch gab. Und der war letztendlich der Grund, weshalb sie ihre Sachen packten und verschwanden.

Ein paar Monate später wurde Coribeen zu einem Spottpreis verkauft; kaum jemand war bereit, in einem Haus zu leben, das mit einem Mord in Verbindung stand. Tief in ihrem Inneren wußte Cressida, ihr alter Freund John Spain hätte ihr abgeraten, ihr Haus überstürzt zu verkaufen. Doch Frank hatte darauf gedrängt, und als ihr klarwurde, daß er in der Garda keine Zukunft hatte, besonders nicht in West Cork, hatte sie den Eindruck, ihr bliebe nichts anderes übrig, als die Gegend zu verlassen. »Eines Tages«, hatte John Spain einst zu ihr gesagt, »wirst du lernen müssen, deine eigenen Entscheidungen zu treffen – für dich und deinen Sohn. Denk dran. Niemand sonst, wie liebevoll er auch sein mag, wird jemals Gils Interessen in den Vordergrund stellen. Du mußt die Verantwortung übernehmen, Cressida, für dein Leben und für seins.«

So packten sie ihre Sachen und machten sich davon. Kurz bevor ihre Tochter Katherine May – Katie May – geboren wurde, heirateten sie in aller Stille. Wenig später adoptierte Frank Gil und machte dessen Namensänderung offiziell. Seltsamerweise erwähnte Gil die Flußmündung nie, abgesehen von der ersten Zeit, als er immer wieder nach John Spain fragte. Auch von seinem Vater sprach er nicht. Nach einem Jahr voller Besorgnis kamen Frank und Cressida zu dem Schluß, er habe sein früheres Leben vergessen. Er war ein bezauberndes und glückliches Kind, dessen Schüchternheit in dem Maß schwand, wie sein Hörvermögen sich verbesserte.

Die junge Familie ließ sich in Dublin nieder, in einem kleinen Reiheneckhaus eines Vororts, von dem die Dublin Mountains zu Fuß zu erreichen waren. Das Haus in Dublin und ein winziges Feriencottage in Kerry, in der Nähe von Franks Familie, kosteten mehr, als Cressida aus dem Verkauf von Coribeen erhalten hatte, und so steuerte Frank das fehlende Kapital bei. Mit dem, was übrig war, bestritt er den Unterhalt, wenn es auch nicht ganz für Gils Schulgebühren reichte. Mit Franks Kolumne – »Irlands Musik für Wanderer« – hielten sie sich über Wasser.

Mit der Zeit lebten sich die Recaldos in ihrer neuen Umgebung ein und wurden das, was sie zu sein schienen: eine unauffällige, normale Familie. Insgeheim hatte Cressida lange befürchtet, ihre und Gils Geschichte könnte eines Tages ans Licht kommen, doch im Lauf der Jahre sah es so aus, als könne nichts in ihren privaten Kokon eindringen. Und das wäre möglicherweise auch so geblieben, wenn Frank, der es leid war, mit der Reiseschriftstellerei so wenig zu verdienen, sich nicht unter dem Pseudonym Frank Ventry als Krimiautor versucht hätte. Sein erster Detektivroman war ein bescheidener Erfolg, doch mit dem zweiten knackte er den Jackpot. Der Ruhm winkte, und darauf waren die Recaldos nicht vorbereitet.

Duncreagh Listening Post

Fischer haben eine Frauenleiche im Fluß gefunden. Der Name der Toten wird erst bekanntgegeben, wenn die Angehörigen informiert sind. Es besteht der Verdacht, daß es sich um einen gewaltsamen Tod handelt.

(Archiv)

Gil

Gleich nach meinem vierzehnten Geburtstag wurde mein Großvater krank, und man holte meine Mutter, damit sie Florence Nightingale spielte. Sie glaubte, es wäre nur für ein paar Wochen, doch der alte Scheißkerl brauchte vier Jahre, bis er den Löffel abgab. Frank und ich blieben in Dublin. Ich wollte nicht auf eine andere Schule wechseln, und Frank marschierte für seine Serie über Wanderungen kreuz und quer durch Irland. Es gab auch noch andere Gründe: wenig Geld, das Haus in Oxford zu klein, und keiner kam mit Großvater zurecht. Entscheidend war jedoch, daß Frank im Lauf des zweiten Jahres wieder für die irische Polizei arbeitete – Teilzeit. Sein Kumpel, Chefinspektor Phil McBride – Bridie – hatte das eingefädelt.

Nach dem Schulabschluß nahm ich mir ein Jahr frei und verbrachte ein paar Monate in Oxford, wo ich als Kellner arbeitete, um Cressie eine Freude zu machen. Es war nicht gerade ein großer Erfolg. Sie war die ganze Zeit über gestreßt. Es war wie ein Irrenhaus, und so setzte ich mich zusammen mit einigen Kumpels nach Deutschland ab. Nach zwei Monaten zogen wir nach Frankreich weiter, wo ich einen Job bei einem Bootshändler in La Rochelle fand. Anfangs war ich nichts weiter als das Mädchen für alles, Charteryachten reinigen und Wartungsarbeiten, doch ich kann mit Booten umgehen – mit Frank war ich schon als Kind in der Dublin Bay gesegelt – und hoffte auf einen Job als Crewmitglied, als mein Großvater starb. Nach der Beerdigung wollte ich nach Frankreich zurück, weil man mir eine Beschäftigung bei der größten Charterfirma in Aussicht gestellt hatte.

Bei der Beerdigung meines Großvaters passierte etwas Seltsames. In der Kirche fragte ich mich auf einmal, weshalb ich mich nicht an einen Beerdigungsgottesdienst für meinen Vater erinnern konnte. Man hatte mir erzählt, er sei ertrunken, als seine Yacht während eines gewaltigen Sturms auf Grund gelaufen war, und John Spain sei ertrunken, als er versucht hatte, ihn zu retten. Doch irgendwie fehlte der Geschichte der Zusammenhang. War er wirklich tot? Ich schaute verstohlen Frank und meine Mutter an, die beide angespannt und elend wirkten, und mir wurde klar, wie wenig ich über meine Herkunft wußte. Es schien, als wäre ich mit acht Jahren in voller Gestalt als Gil Recaldo aufgetaucht. Ist das nicht lächerlich?

Während der Vikar weiter von den unterstellten Tugenden meines Großvaters trällerte, ging es in meinem Kopf gewaltig rund. Das war der Moment, in dem ich letztlich meine Entscheidung traf, auch wenn ich unbewußt schon eine Weile darauf hingearbeitet haben mußte, weil mein Plan, nach Frankreich zurückzukehren, plötzlich eine Vielzahl von Möglichkeiten eröffnete. Was, wenn ich für einen Monat in dem Yachthafen arbeitete und mich dann nach West Cork davonmachte? Ich meine, wenn ich in einer Besatzung mitsegelte, wäre es schwierig festzustellen, ob ich im Hafen oder auf See war, und deshalb würde es nicht allzusehr auffallen, wenn ich mich nicht regelmäßig meldete.

Ich stellte mich darauf ein, für ein paar Wochen anzuheuern und dann eine Runde zu drehen. Doch als ich nach La Rochelle zurückkam, hatte sich ein anderer meine Stelle geschnappt, und ich landete wieder bei den Hilfsarbeiten. Das bedeutete, ich verdiente nicht viel – zumindest reichte es nicht, um etwas zurückzulegen. Eines Tages dann, ich machte gerade ein Charterboot sauber, das eine Truppe irischer Jungs in einen Saustall verwandelt hatte, stieß ich auf eine zerfledderte Ausgabe von *Cara*, das Bordmagazin der Air Lingus. Ich blätterte es beiläufig durch, als ich einen Artikel über meine Flußmündung fand. Kaum sah ich die Fotos, kam es mir vor, als würde ich von ihnen aufgesogen. Eine Aufnahme mußte von unserem Garten aus geschossen worden sein. Es war wie eine Reise in die Vergangenheit, denn es war genau das, was ich gesehen hatte, wenn ich als Kind auf dem Bootssteg saß und über das Wasser schaute. Am anderen Ufer lag *dieses Haus* – in dem die Amerikanerin gewohnt hatte. In meinem Gehirn explodierte etwas, und ich wußte, es war Zeit. Eine Woche darauf trampte ich nach Beauvais und ergatterte einen billigen Standby-Flug nach Dublin. Ich erzählte keinem, wo ich hinwollte. Für meine Leute war ich immer noch in La Rochelle. In dieser Hinsicht sind Handys eine tolle Sache.

E-Mail des Kunstredakteurs der *Daily News* an Fiona Moore:

Liebe Ms. Moore, Ihr Exposé gefällt mir, und ich freue mich, daß Sie mir das Projekt angeboten haben. Ich möchte mir die Sache noch ein paar Tage überlegen – wir sind im Augenblick ein wenig unter Druck, aber in einer oder zwei Wochen werde ich auf Sie zurückkommen. Sean Brophy.

2

Als Cressida nach achtzehn Jahren in Irland nach Oxford zog, änderte sie ihren Namen zum dritten Mal. Bei der Heirat hatte sie jeweils den Namen ihres Ehemannes angenommen, erst Sweeney, dann Recaldo, doch als sie begann, sich um ihren Vater zu kümmern, wurde sie vom medizinischen Dienst und vom Sozialdienst mit dem Mädchennamen, mit Hollingsworth, angesprochen. Es hatte wohl etwas mit der Art zu tun, wie der alte Mann sie behandelte, wie sie die pflichtbewußte Tochter spielte. Ihre Beziehung ließ in keiner Weise erkennen, daß sie andernorts und zu anderer Zeit ein eigenes Leben geführt hatte – genauer gesagt sogar zwei Leben, zwei Ehemänner, zwei Kinder hatte. Nachdem sie sich also für ein paar Monate in der Elternfalle befunden hatte, nannte Cressida sich in einer resignierten, von ihr selbst nur halb verstandenen Geste Hollings – das »worth« wurde gelöscht. Daß sie diesen Teil des Namens, der für »Wert« stand, wegließ, beschrieb ihren Seelenzustand exakt.

Seit seiner zweiten Eheschließung vor mehr als zwanzig Jahren hatte Colonel Piers Roland Hollingsworth sein einziges Kind praktisch nicht zur Kenntnis genommen. Er erschien zu keiner ihrer Hochzeiten und ließ keinerlei Anzeichen von Interesse an seinen Enkelkindern erkennen. Kurz nachdem er mit seiner zweiten Frau von Korfu aus nach Oxfordshire in den Ruhestand gegangen war, hatten Cressida und Frank mit dem neunjährigen Gil und der sechs Monate alten Katie May erstmals den Großvater besucht. Das Wochenende war gräßlich. Das Baby spürte die Anspannung seiner Mutter und schrie die ganze Zeit, und der Colonel schien irritiert, weil seine Tochter sich mit einem Mann zusammengetan hatte, den er entweder wie einen spanischen Analphabeten oder einen irischen Bauern behandelte. Bei dem ehemaligen Detektivinspektor Francis Xavier Recaldo, einem waschechten Mann aus Kerry, kam das nicht gut an. Doch zum Glück ging sein vernichtender Sarkasmus völlig an seinem Schwiegervater vorbei. Der Besuch blieb der einzige, bis die zweite Frau des Colonel drei oder vier Jahre darauf starb und er dazu überging, Cressida mit beunruhigender Häufigkeit zu schreiben und anzurufen. Nachdem er während seiner ganzen 82 Jahre, von der Geburt bis zum Greisenalter, die hingebungsvolle Aufmerksamkeit von Frauen erlebt hatte, war er, als seine Gesundheit nachließ, entschlossen, seine Tochter dorthin zurückzuholen, wo sie hingehörte.

Als Katie May in die Schule kam, hatte Cressida einen Job in einer Dubliner Kunstgalerie gefunden. Doch Frank, der zwar Freude über ihren Erfolg äußerte, wies sie auch darauf hin, zu welchen Schwierigkeiten das führen könnte. Wie würde sie zurechtkommen, wenn er unterwegs war, um für seine Bücher zu recherchieren? Wenn eines der Kinder krank würde? In den Schulferien? Die kärgliche Bezahlung würde sicherlich keine professionelle Kinderbetreuung erlauben. »Du weißt, ich freue mich für dich,

Cress, für dich ist es wundervoll, wieder arbeiten zu können.« Das »Aber« blieb unausgesprochen. Sie fühlten sich beide miserabel: Frank, weil er sich über den Erfolg seiner Frau nicht vorbehaltlos freuen konnte, und Cressida, weil sie die Belastungen an die Oberfläche gebracht hatte, unter denen ihr Leben litt. Letztlich wurde ihnen bewußt, daß ihre Beziehung zu zerbrechlich war, um eine Veränderung auszuhalten, und das hatte tiefreichende Auswirkungen auf beide.

Cressida gab die Idee auf, wieder zu arbeiten, und alles normalisierte sich, bis Großvater Hollingsworth krank wurde. »Beantworte ihn nicht«, riet Frank, als der erste Brief vom Sozialdienst kam. Es war eine dringliche Aufforderung um Stellungnahme aus dem Oxforder Krankenhaus, wo ihr Vater sich von einem Schlaganfall erholte, der seine Mobilität beeinträchtigte. Da man ihn für zu alt und zu gebrechlich für weitere Behandlungen hielt, war medizinisch wenig auszurichten. Er war etwas verwirrt und nur leicht behindert, aber er brauchte trotzdem ständige Pflege. Dabei war er geistig noch so klar, daß er sich weigerte, ein Pflegeheim in Erwägung zu ziehen, selbst wenn ein Bett frei gewesen wäre. Doch das war nicht der Fall, und so mußte er zu Hause versorgt werden.

»Sie werden es weiter versuchen, und er auch. Bleib bitte ganz ruhig, Liebes. Du solltest da nicht gleich hinstürzen. Sobald sie dich am Haken haben, werden sie dich nicht mehr loslassen. Was wird mit den Kindern?« Und dann das wahre Problem: »Um Gottes willen, Liebling, wir können uns nicht leisten, daß du ständig nach Oxford pendelst.«

Frank hatte das kaum ausgesprochen, als sie sich der Krise wirklich gegenübersahen. Das Krankenhaus benötigte Piers' Bett: Sie würden ihn umgehend entlassen. Am nächsten Tag flog Cressida nach Oxford und brachte ihren Vater nach Hause. Was hätte sie sonst auch tun können? Doch Frank hatte recht gehabt; es war ein Fehler gewesen, allzu bereitwillig zu reagieren. Wenn Cressida das Elsfield-

Haus aus der Perspektive des Sozialarbeiters betrachtete, verstand sie auf der Stelle, weshalb man glaubte, ihr Vater könne sich die häusliche Pflege rund um die Uhr leisten. Es war zwar klein, aber gut ausgestattet, gemütlich und mit wertvollen Antiquitäten vollgestopft. Es hatte keinen Zweck, den Behörden zu erklären, daß das Haus und der größte Teil seines Inhalts Piers' verstorbener zweiter Frau gehört hatten und bei seinem Tod an ihren Sohn fallen würden – dieser lebte nach Aussagen der Immobilienmakler in einer kleinen Künstlerbleibe in Jericho im Zentrum von Oxford. Er war, und das konnte man verstehen, nicht gerade erfreut, daß sein Stiefvater weiterhin im Haus seiner Mutter lebte.

Die zwei Wochen, in denen Cressida ursprünglich geglaubt hatte, die Angelegenheiten ihres Vaters regeln zu können, verstrichen. Während des ersten Monats nahm Frank die Kinder mit in die Hütte in Kerry, wo sie frei herumlaufen konnten und er sein viertes Buch »Irlands Musik für Wanderer« vollendete. Das Paar war zum ersten Mal getrennt.

Cressida saß in Oxford fest und fühlte sich von Frank vernachlässigt, der seinerseits den Eindruck hatte, sie würde sich von ihm abwenden. Sie führten zwei Haushalte, wo doch Franks Einkommen aus seiner Schriftstellerei schon mit einem einzigen über seine Grenzen strapaziert wurde. Am Ende erlag er den Schmeicheleien seines Freundes, des Chefinspektors Phil McBride; ohne seine Frau zu fragen, erklärte er sich bereit, wieder im Hauptquartier der irischen Polizei in Dublin zu arbeiten, jedoch auf Teilzeitbasis und zu flexiblen Zeiten. Vielleicht hoffte er, Cressida würde angesichts seiner Rückkehr in den alten Beruf gezwungenermaßen erkennen, in welche Lage sie die Familie wirklich gebracht hatte, doch sie war zu beschäftigt, als daß sie darüber nachgedacht hätte. Sie sorgte sich allerdings darum, wie es mit der fünfjährigen Katie May weitergehen sollte: Im September würde das neue Schuljahr beginnen.

Frank und Cressida diskutierten die Situation endlos am Telefon und in Briefen, doch da es keinen einfachen Ausweg gab, beschlossen sie, das Beste daraus zu machen. Der Gedanke, vielleicht die Hütte in Kerry zu verkaufen, wurde von allen vieren abgelehnt. Sie konnten es schaffen, wenn sie alle an einem Strang zögen, und sie trösteten sich damit, daß es nicht für lange wäre: Der ärztlichen Prognose zufolge würde Piers nur noch wenige Monate zu leben haben, höchstens ein Jahr. Die zeitweilige Trennung verfestigte sich. Frank und Gil blieben in Dublin, Cressie und Katie zogen nach Oxfordshire, und die Kleine wurde in der Dorfschule angemeldet.

Während des ersten Jahres drängelten Frank und Gil sich an jedem Feiertag und in allen Ferien in Piers' Haus, doch die Regelung funktionierte nie. Es gab nicht genug Schlafzimmer, und sie waren zu klein – Katie hatte einen winzigen Raum im Dachgeschoß, doch Gil blieb nur ein Klappbett im Wohnzimmer; Cressidas Schlafzimmer war fast zu klein für ein Doppelbett. Im Lauf der Zeit machte die Belastung sich bemerkbar – vor allem zwischen Frank und seinem Schwiegervater. Dem alten Colonel, einem Veteranen des Zweiten Weltkriegs, hatten die Neutralität Irlands sowie deren geistiger Vater Éamon de Valera nicht gefallen, mit dem er Recaldo verwechselte. Frank ging es nicht um diese Empfindung – er konnte nur die Herablassung nicht ausstehen.

Im zweiten Jahr verbrachte Gil seine freien Tage lieber mit Freunden, und auch Franks Besuche wurden allmählich seltener und kürzer. Manchmal nahm er Katie May mit nach Dublin, oder sie wurde auch mal als »Minderjährige ohne Begleitung« per Flugzeug nach Hause verschickt. Cressida erschien es wie ein Déjà vu, als sie hilflos mit ansah, wie ihre Familie zerfiel und das Vakuum durch ihren Vater gefüllt wurde.

E-Mail von Fiona Moore an Sean Brophy

Hallo, tut mir leid, wenn ich Sie dränge, aber ich bin gerade erst aus dem Ausland zurückgekommen und muß schnell mit der Arbeit anfangen. Ich würde mich freuen, wenn Sie mir Ihre Entscheidung so bald wie möglich mitteilen könnten. Der *Independent* ist ziemlich interessiert, aber ich fühle mich der *News* von früher her verpflichtet. Vier Jahre lang habe ich für die legendäre Philpot gearbeitet. Ich werde die Leute vom *Independent* bis Mittwoch hinhalten. Fiona Moore

3

Eine Woche nach seinem Tod wurde Colonel Piers Hollingsworth an einem heißen Tag im späten Juni in Elsfield, einem Dorf in Oxfordshire, beerdigt. Als Frank Recaldo seiner Familie in die halbleere Kirche folgte, wurde ihm klar, wie wenige Gedanken er diesem ersehnten Treffen gewidmet hatte. Wenige Gedanken und absolut keine Pläne. Nachdem er den Platz in der Kirchenbank neben seiner Frau eingenommen hatte, drückte er ihre Hand, und sie schenkte ihm das scheue, zaghafte Lächeln, das er so mochte. Doch er spürte ein ernüchterndes Gefühl von Verlust. Wo war die Liebe hin? Er wußte, es würde ihm sehr schwer fallen, sich wieder an das Familienleben anzupassen.

Vom Augenblick seiner Ankunft an war die Spannung an die Oberfläche gekommen, und er hatte Cressida sehr schnell verärgert, als er vorschlug, ihr Bett in das Zimmer seines verstorbenen Schwiegervaters zu tragen. Angesichts der Art, in der Cressie reagierte, hätte man meinen können, der Leichnam befände sich immer noch an Ort und Stelle. Sie lehnte brüsk ab. Während der ersten Stunden debattierten sie die Sache im Flüsterton, bis sie in die Küche verschwand, um Tee zu machen, und Frank zurückließ, der in einen unruhigen Schlaf fiel. Den ganzen Morgen über hatten sie kaum ein Wort gewechselt, und sie sprachen noch immer nicht miteinander, als sie zum Gottesdienst gingen.

In mancher Hinsicht kam es Frank vor, als treffe er seine Frau das erste Mal. Sie war wie eine Fremde. Schlank war sie immer gewesen, doch jetzt war sie dünn und wirkte blaß und ätherisch. Unter ihren hellbraunen Augen lagen dunkle Ringe, ihr ausgeblichenes honigblondes Haar war gewachsen und am Hals zu einem lockeren Knoten gebunden. Sie sah aus, als würde sie Liebe brauchen, aber Frank unterdrückte den Drang, sie in die Arme zu nehmen. Cressie schob sich durch die Kirchenbank und strich ihrer Tochter über das Haar. Katie May war immer Daddys Mädchen gewesen, aber in ihrem erzwungenen Exil waren Mutter und Tochter einander ungewöhnlich nahegekommen. Cressie fragte sich, ob sie je wieder in der Lage sein würde, sie mit jemandem zu teilen.

Innerhalb der Familie hatte sich eine Barriere aufgerichtet, die sie in der Mitte spaltete: die Männer auf der einen Seite, Cressida und das kleine Mädchen auf der anderen. Allianzen, die sich während der erzwungenen Trennung herausgebildet hatten, waren innerhalb weniger Stunden beunruhigend an die Oberfläche gekommen. Frank schaute seine Frau an: Sie war in Gedanken verloren. Der Vikar kündigte das Kirchenlied an. Erst als sein voller Bariton bei »Vorwärts, christliche Soldaten« erklang, war er mit dem Rest der Trauergemeinde vereint. Frank merkte, wie Gils Schultern zuckten. »Der Colonel als letzter«, bedeutete der junge Mann ihm. Frank hörte auf zu singen; er suchte Cressidas Blick, und plötzlich kicherten die vier hilflos. Auf dieser Basis könnten wir neu anfangen, dachte Frank. Erleichterung stieg in ihm auf. Er beugte sich über seine Tochter hinweg und flüsterte Cressie ins Ohr: »Warum gehen wir nicht gemeinsam zum Mittagessen?« Er konnte sich gerade noch verkneifen zu sagen: »Zur Feier des Tages.«

»Gute Idee.« Dann biß Cressida sich auf die Lippen. »Aber was machen wir mit denen da? Ich habe belegte Brote vorbereitet, und Grace hat gestern ein wenig Wein gekauft. Wir können doch nicht einfach gar nichts machen, oder?«

»Natürlich kannst du«, murmelte Frank. »Wie viele von denen kennst du denn?«

Cressida zuckte mit den Schultern. »Einige sind Verwandte ... glaube ich jedenfalls. Müssen sie sein.« Sie ließ ein nervöses Kichern hören.

»Ach was, Cress, du kennst keinen einzigen von denen. Wo waren die denn, als du Hilfe brauchtest? Du bist ihnen gar nichts schuldig.«

»Aber Grace ...«

»Grace wird das nicht stören. Außerdem kann sie ja mitkommen.«

Grace war eine enge Freundin der Familie, die die Gemüter zuverlässig beruhigen würde. Frank schaute sich um, doch er konnte weder sie noch ihren Mann Murray Magraw entdecken.

»Ach, was soll's?« murmelte Cressie. »Warum nicht? Auf nach Oxford.«

Frank drückte ihren Ellenbogen und legte seinen Arm um Katie May, die zu ihm heraufgrinste. »Pizza Expreß?« fragte sie. Frank nickte.

»Gott sei Dank«, murmelte Gil. Und für diese kurzen Augenblicke, mit den Gebeten für den Toten als Hintergrund, entspannten die Recaldos sich.

Nach dem Gottesdienst machten einige Leute sich davon, doch der Rest der Versammlung folgte dem Vikar zur

Grablegung, die er mit beinahe unheiliger Hast zelebrierte. Anschließend standen alle mit erwartungsvollem Ausdruck herum, bis Cressie die Nerven verlor und sie zum Tee einlud.

»Gott gebe mir Kraft«, sagte Frank verärgert. »Warum machst du das?«

»Ach, Mami«, stöhnte Katie May. »Wir wollten doch eine Pizza essen.«

»Pssst«, zischte Cressida. »Das geht schon in Ordnung. Wir haben eine Menge Zeit. Es ist erst halb zwölf, und in einer Stunde sind sie alle weg.«

»Wollen wir wetten?« schnappte Frank. »Ich glaube, man kriegt ein ausgezeichnetes Essen im ...«

»Abington Arms in Beckley«, kam Gil ihm rasch zu Hilfe. »Es ist nur ein paar Meilen entfernt. Außerdem billig. Richtiges Ale.«

Cressida trat ihm auf den Fuß. »Ihr wißt alle, wo das Haus ist?« fragte sie höflich und schaute in die Runde der Trauergäste. »Wir gehen voraus. Wir treffen uns dort in ein paar Minuten«, fügte sie hinzu und war entsetzt, als sie fast ausnahmslos von allen beim Wort genommen wurde.

E-Mail von Sean Brophy an Fiona Moore

Ich mag Ihren Stil. In ein paar Tagen habe ich einen Vertragsentwurf fertig. Ich habe mit Jez Murphy gesprochen. Er ist sehr darauf aus, eine Auswahl für *Jeu* zu übernehmen, und Suzanne Philpott von der *New England Review* will ebenfalls einsteigen. Ich meinte, sie sollte sich direkt mit Ihnen in Verbindung setzen, da Sie selbst wahrscheinlich mehr für sich herausholen können. Ich habe einige von den Sachen ausgegraben, die Sie vor zehn oder zwölf Jahren für diese Zeitung geschrieben haben. Was hat Sie in die Staaten getrieben? Ich hoffe, von Ihnen zu hören. Sean Brophy.

4

Der Leichenschmaus verlief nicht besonders gut. Wie man es auch ansah, es war eine zurückhaltende Versammlung, dachte Frank. Er war eben mit der irischen Variante vertraut, die sich gewöhnlich zu einer ziemlich fröhlichen Veranstaltung auswuchs. In Oxford dagegen waren die hastig zusammengekommenen Gäste gleichermaßen gedämpft und förmlich. Frank, den eine wieder aufgetretene Angina pectoris reizbar gemacht hatte, benötigte dringend Zerstreuung. Doch die war nirgends in Sicht. Keine erheiternden Anekdoten, kein unpassendes dröhnendes Gelächter. Keiner, der volltrunken umkippte. Eine hitzige Debatte hätte die Angelegenheit vielleicht belebt, doch der stramme

Weinkonsum hatte keine sichtbaren Auswirkungen; die Gäste blieben unbeeindruckt gedämpft. Er hatte vage gehofft, einer würde wenigstens eine Bemerkung über Cressidas Jahre töchterlicher Hingabe fallenlassen, doch keiner tat es. Statt dessen schienen sie die Tochter des lieben Piers und deren Familie als eine fremde Spezies zu betrachten. Für Frank war klar, daß nur wenige der Trauernden eine Ahnung hatten, wer er war. Und keiner fragte danach.

Eine Stunde war vergangen, und keiner der Gäste zeigte die geringste Neigung, sich zu verabschieden. Was auf dem Friedhof wie eine recht spärliche Versammlung ausgesehen hatte, füllte das kleine Haus bis zum Überlaufen. Er brauchte Verbündete, und so sah er sich nach Grace und Murray um, doch er konnte sie nicht entdecken. Nur Katie May sorgte für ein wenig Erleichterung. Alle paar Minuten zog sie am Wohnzimmerfenster vorüber, schnitt traurige Gesichter und hob flehend die Hände. Als sie damit keine Wirkung erzielte, machte sie einen Kopfstand und wackelte mit ihren dünnen Beinchen in der Luft herum. Diese vertrauten Possen brachten ihren Vater gewöhnlich zum Lachen, doch bei diesem Anlaß half es nicht.

Auch Gil war keine Hilfe. Er lümmelte sich in den bequemsten Sessel und hatte die Nase in ein Buch gesteckt, was Wellen von Verärgerung auslöste. »Warum hilfst du deiner Mutter nicht?« fragte Frank gereizt.

»Warum machst du es nicht?« gab er mürrisch zurück.

»Du sollst nicht ...«, setzte Frank an.

Gil reckte sich und stand auf. »So mit dir reden?« knurrte er. »Das wolltest du mir doch sagen, oder?«

»Nein, das stimmt nicht«, Frank log und haßte sich, weil er so versöhnlich tat.

Gil starrte ihn an. »Ich verzieh mich«, sagte er und schüttelte die Hand seines Stiefvaters ab, der ihn zurückhalten wollte.

»Warte, Gil, ich möchte ...«

»Weißt du, mir ist vollkommen egal, was du willst. Oder denkst. Oder machst. Ich bin den ganzen Weg von La

Rochelle raufgezockelt und vor zwei Tagen hier eingetrudelt. Du dagegen hast es nicht geschafft, früher als gestern abend anzutanzen. Warum fängst du eigentlich nicht an, meiner Mutter zu helfen, anstatt hier rumzustehen und dich aufzuspielen? Sie ist völlig fertig.« Er ballte die Fäuste und schob sie in die Hosentaschen. »Weißt du, ich gehe nicht davon aus, daß Mum diesen ... diesen ...«, er blickte wild um sich, »... diesen jämmerlichen Leichenschmaus wollte. Ich wette, sie wollte mit uns zum Essen gehen. Doch es war schließlich ihr Vater. Egal, ob wir ihn mochten oder nicht. Wäre es deiner, würdest du dich nicht benehmen wie ... Ach, zum Teufel damit.«

Sein Gesicht war rot angelaufen, und er erinnerte Frank schmerzlich an das verletzliche Kind, das er früher gewesen war. Er schämte sich. »Gil, bitte«, setzte er an, doch Gil ignorierte ihn.

»Warum, verdammt, schaust du nicht nach ihr, Frank? Was ist los mit euch beiden?« Er rieb sich mit dem Handrücken über die Stirn. »Nie bist du da, wenn man dich braucht.« Er drehte sich weg und ging zur Tür.

Zwei ältere Frauen traten zur Seite, um ihn vorbeizulassen, dann wandten sie sich um und sahen Frank anklagend an. »Eine Art Polizist«, hörte er die eine murmeln, als er auf dem Weg in die Küche hinter ihr vorbeischlich. »Gott gebe mir Geduld«, sagte er murmelnd zu sich selbst. »Kriegen diese bescheuerten Leute denn gar nichts auf die Reihe?«

Ich bin ein Scheißkerl, dachte er, als er die Küchentür aufstieß und Cressida am Herd stehen sah. Sie starrte ins Leere, während sie darauf wartete, daß das Wasser im Teekessel kochte. Als sie sich umwandte, streifte ein Sonnenstrahl ihr Gesicht. Meine Sonnenblume, dachte Frank. Er legte einen Arm um sie und zog sie an sich, überrascht von einer Welle des Begehrens.

Sie erstarrte. Während sie sich von ihm löste, sagte sie: »Tut mir leid, Schatz, ich muß weitermachen.«

»Sag mir, wenn ich etwas tun kann, Cressida.«

Frank drehte sich, um einen jungen Mann ins Auge zu fassen, der ihm nicht aufgefallen war, als er den Raum betreten hatte – er stand fast hinter der Tür und lehnte an der Küchendurchreiche.

»Wer sind Sie denn?« fragte Frank grob.

»Das ist Dr. Ford, Frank«, Cressie klang nervös, »er hat sich wunderbar um Daddy gekümmert.«

»Ich hab nur meine Arbeit getan.« Der Mann kam mit ausgestreckter Hand auf Frank zu. »Paul Ford, ich bin hier am Ort der Allgemeinarzt«, erklärte er selbstbewußt.

»Schon lange hier?«

»In Elsfield?« Das hatte Frank nicht gemeint, doch er nickte. »Etwa fünf Jahre. Ich bin für mehrere Dörfer der Umgebung zuständig.« Eine seltsame Stille folgte. Dann fügte er hinzu: »Ich fürchte, ich muß jetzt gehen.« Er lächelte gewinnend. »Cressida, sammeln Sie die übriggebliebenen Medikamente ein, und geben Sie sie in der Praxis ab. Ich habe Mrs. Jones angewiesen, auf Sie zu warten. Wenn noch etwas ist, rufen Sie mich einfach an. Erfreut, Sie endlich kennengelernt zu haben.« Er nickte Frank zu und ging.

»Bin ich da irgendwo reingeplatzt?« fragte Frank.

Cressida starrte ihn kalt an. »Mach dich nicht lächerlich.«

In diesem Augenblick gab der Teekessel ein schrilles Pfeifen von sich. Cressida übergoß den Tee, während Frank ihr dabei zusah. Sie erschien unerreichbar. Passiv, aber entschieden außer Reichweite.

Das »endlich« des Arztes hatte ihn getroffen. Er und Cressida mußten sich aussprechen, ehe es zu spät war, dachte er. Ehe sie vergaßen, was sie zueinander hingezogen hatte. Früher hatten sie es nicht ertragen können, voneinander getrennt zu sein, doch inzwischen zog Cressida sich immer zurück, wenn er mit ihr schlafen wollte.

Katie May stand am offenen Fenster und beobachtete sie. Sie hat auch zugehört, sagte er sich mit schwindender Zuversicht. Verdammt, verdammt, verdammt. Bildete er sich das nur ein, oder hatte seine angebetete Tochter sich von ihm zurückgezogen? Schmerzlich rief er sich ins Gedächtnis, wie sie ihm bei seinen kurzen Besuchen ausgewichen war. Wann war dieser Zustand zur Regel geworden? Zorn durchflutete ihn. Und Elend, als er seine Frau beobachtete und zusehen mußte, wie sie sich von ihm abwandte. Ihr erster Ehemann hatte sie seelisch und körperlich geschlagen, und in diesem Augenblick glaubte Frank zu seinem Schrekken und zu seiner ewigen Schande zu verstehen, weshalb.

»Wann mußt du zurück?« fragte Cressida.

»Warum?«

»Um Gottes willen, Frank, was ist los mit dir? Ich will nur wissen, wann du wieder am Drehort sein mußt.«

Du? Eigentlich hätte es doch *wir* heißen müssen. »Morgen oder einen Tag später. Sie wollen möglichst viel im Kasten haben, solange das Wetter gut ist.«

Franks zweiter Roman wurde gerade für das Fernsehen verfilmt, als er vom Tod seines Schwiegervaters erfuhr. Die momentane Erleichterung wich rasch der Angst, seine gewohnten Abläufe könnten erschüttert werden. Für einen heftigen, betäubenden Moment war er versucht gewesen, in Irland zu bleiben und einfach weiterzuarbeiten – er wischte den häßlichen Gedanken beiseite. Er konnte die Vorstellung nicht ertragen, plötzlich wieder abseits zu stehen. Er hatte so lange auf den Erfolg gewartet. Warum sollte er ihn jetzt nicht genießen?

»So bald schon?« murmelte sie.

Er schlug die Arme übereinander. »Cressie, was drückt dich? Du kommst doch auch mit, oder? Du brauchst eine Pause, nach allem, was du durchgemacht hast. Wenn die Dreharbeiten vorbei sind, können wir wieder herkommen und aufräumen.«

Sie sah ihn merkwürdig an, wie abwesend, und biß sich auf die Lippe. »Wann ist es vorbei? Ich meine den Film. Brauchen sie dich die ganze Zeit dort?«

Franks Temperatur begann zu steigen, sein Herz raste. »Nun, sie werden mich schon brauchen, nicht wahr? Es ist mein Buch, mein Drehbuch. Ja, sie brauchen mich.«

»Tu nicht so überheblich.« Cressies Augen hielten seinen Blick fest, bis er wegsehen mußte.

»Tut mir leid, meine Sonnenblume.« So hatte er sie seit Jahren nicht mehr genannt. »Bitte begleite mich. Waterford ist schön, und endlich ist das Wetter einmal herrlich. Es wird ein bißchen Erleichterung bringen, und davon hätten wir nun wirklich einiges nötig, oder? Es dauert nur noch etwa eine Woche. Danach könnten wir einige Tage für uns haben – auf Kosten der Firma. Nur du, ich und Katie May. In der Nähe von Ballyhack hab ich ein tolles Hotel entdeckt.«

»Wo ist das denn?«

»An der Küste, es ist die Grenze zwischen Wexford und Waterford. Nette Gegend. Oder wir könnten zur Hütte fahren – die ist bis zur letzten Augustwoche frei. Sag schon, Liebling, wie wär's damit?«

Der Name Frank Ventry war in aller Munde. Die Produktionsfirma, die den Film machte, hatte die Rechte an seinem dritten und jüngsten Buch gekauft, und die Geschichte sollte zu Beginn des nächsten Jahres in Produktion gehen. Außerdem war eine Option auf sein erstes im Gespräch. Das Geschäft blühte, und zum ersten Mal waren die Recaldos finanziell wirklich gut gestellt. Frank war enttäuscht, daß niemand in seiner Familie vor Freude in die Luft sprang.

»Ich kann nicht, glaube ich«, erklärte Cressida sanft; sie sah ihm dabei nicht in die Augen.

Er war erschüttert, wie gut sie es mittlerweile beherrschte, einer Konfrontation auszuweichen. Sie wirkte jetzt so wie damals, als er ihr das erste Mal begegnet war. Vor zwölf Jahren, als sie von ihrem Mann, dem Bastard, herumgestoßen wurde und verzweifelt ausbrechen wollte. Nur älter. »Bitte, Cress. Es wäre so wie früher. Es ist schon so lange her, daß ich dich ganz für mich hatte.«

»Ich muß hier alles in Ordnung bringen«, murmelte Cressida.

»Das kann warten«, wiederholte Frank ärgerlich.

»Ich glaube nicht. Ich habe Tim – Marjories Sohn – versprochen, wir würden raus ...«

»Versprochen? Jesus Christus, immer ist es ein anderer, oder vielleicht nicht?« Er zählte stumm bis zehn und versuchte sich zu beruhigen. »Ich will dir mal was sagen, Cressida.« Es klang steif. »Ich werde Katie May mit nach Waterford nehmen. Dann träumt sie nicht länger im Garten herum.«

»Was soll das heißen?«

»Schau sie doch an. Das Kind ist ständig allein. Wie es scheint, hat sie mit niemandem Freundschaft geschlossen, seit sie hier ist. Sie ist einsam.«

»Glaubst du, bei dir wäre das besser? Meinst du das?«

»Ja, Cressie. Genau das meine ich.« Auch wenn es vielleicht nicht das war, was er hatte sagen wollen.

»Und wer kümmert sich dann um sie, während du arbeitest?«

»Ach, da wird es ihr gutgehen«, sagte er hochmütig. »Zwei oder drei Leute des Filmteams sind mit ihrer Familie da.«

»Und dann sollen die Frauen sich um sie kümmern, oder wie?«

»Das wollte ich damit nicht sagen. Ich kann schon selbst auf meine Tochter aufpassen. Und es sind noch andere Kinder da. Sie hat Gesellschaft. Obwohl ich sicher bin, sie sähe es lieber, wenn du mitkommst. Und ich ebenfalls.«

Als Cressida keine Antwort gab, griff Frank nach der frisch gefüllten Teekanne, machte auf dem Absatz kehrt und ging wieder ins Wohnzimmer zurück. Er schenkte einige Tassen nach, knallte die Kanne dann auf den Tisch und stellte en passant fest, daß der Vikar als Gast ebenso unmöglich war wie in der Kirche. Der junge Mann stopfte sich belegte Brote in den Mund und vertilgte den Räucherlachs, den Frank tags zuvor am Dubliner Flughafen besorgt hatte. Er spürte eine heftige Antipathie gegen den Mann, und das nicht nur wegen dessen Gier. War es Dummheit gewesen oder Nachlässigkeit, als er sich weder an Cressidas Namen noch an ihre Beziehung zu dem Verstorbenen erinnern konnte? Während des Gottesdienstes hatte er ihre Jahre hingebungsvoller Pflege auf ein gestammeltes »Mrs. ... äh ... hm ...« reduziert. Merkwürdigerweise hatte Cressida das aus unerklärlichen Gründen belustigend gefunden.

»Frank, Darling?« Cressie hatte sich unbemerkt hinter ihn gestellt und murmelte ihm ins Ohr. »Wir werden später darüber reden.«

Frank traute sich nicht, etwas zu sagen. Ihm war danach, auf die Knie zu fallen und den Kopf auf den Boden zu schlagen. Flüchtig berührte er den Arm seiner Frau als er zum Fenster ging, um es zu öffnen – in der Sonne des frühen Nachmittags wurde es in dem nach Westen liegenden Raum stickig. Frank wurde von Scham erfaßt, weil er seine kleine Familie so vernachlässigt hatte. Sein Blick folgte seiner Frau durch das Zimmer, und er fühlte sich dabei so elend, wie sie aussah. Ihre Isolation war fast mit Händen zu greifen. Er war fast zu Tränen gerührt, wie sehr sie sich zurückgezogen hatte. Wie verloren sie war.

Er wußte nicht, wie er sich für die Eifersucht entschuldigen sollte, die er gegenüber dem Arzt des alten Mannes an den Tag gelegt hatte. Beziehungen über große Entfernungen hinweg waren schwierig aufrechtzuerhalten, dabei zerfranste selbst der Faden, der ein sehr eng verbundenes Paar zusammenhielt. Traurig fragte Frank sich, ob es noch etwas gab, das zu retten war.

E-Mail von Fiona Moore an Sean Brophy:

Hi, Sean (oder sollte ich Ed sagen?). Änderungen. Ich habe den Umfang ein wenig erweitert, um neben Künstlern (wie etwa den Malern/Bildhauern) und Schriftstellern (einschließlich der Dramatiker) auch Filmemacher aufnehmen zu können. Eines ist sicher – es gibt da eine ganze Menge Talente. Die ersten vier Folgen habe ich fertig, für die folgenden drei stehen die Interviews, und dazu habe ich eine kurze Liste von acht Artikeln erstellt, aus denen wir die letzten fünf herausziehen. Sollten wir uns nicht mal für ein Gespräch treffen? Fi.

5

Wer mochte wohl das Traueressen erfunden haben, fragte Gil sich ärgerlich. Er senkte das Buch, in dem er vorgeblich gelesen hatte, und starrte auf zwei alte Typen aus der Army, die ihm die Sicht auf den Raum verstellten, während sie sich unaufhörlich über die Unzulänglichkeiten der Labour-Regierung ausließen. Gil rückte den Sessel weiter nach vorn, um seinen Stiefvater besser beobachten zu können, während dieser auf der anderen Seite des engen Wohnzimmers mit Grace Hartfield flirtete. Frank wirkte ein wenig fröhlicher. Normalerweise bewunderte und mochte Gil beide, doch heute war er sich dessen nicht so sicher. Sie hatten vieles gemeinsam, das war ihm klar, das gleiche zurückhaltende Benehmen, die gleiche Neigung,

Stille nicht überstürzt zu unterbrechen, aber Grace war unkomplizierter. Sie war weniger auf Konfrontation aus, stellte nicht jedes verdammte Wort in Frage. Was Frank in diesen Tagen ständig machte.

Alte Gewohnheiten sind zählebig: Gil las von den Lippen ab. Er konnte nicht alles erfassen, weil sie immer wieder den Kopf abwandten, doch er war ziemlich sicher, sie sprachen über Halcyon. Er hob das Buch vor sein Gesicht. Von manchen Dingen sollte man besser nichts wissen. Jedesmal, wenn er über Halcyon nachdachte, sank ihm der Mut, und in seinem Kopf drängten sich Fragen, auf die es anscheinend keine Antworten gab. Seit er entdeckt hatte, daß sie nicht einfach dumm, sondern taub war, hatte er sie sich immer wieder gestellt. Hatte man sie auf die gleiche Weise mit Prügel geschädigt wie ihn? Und wenn ja, was war dann er? Ein geborener Psychopath? Je mehr er darüber nachdachte, desto mehr erfüllte ihn eine Furcht, die er für sich behielt, die aber an ihm fraß.

Seine Augen wanderten von einer Gesprächsrunde zur nächsten. Es machte ihm Spaß, hier und dort ein Wort aufzuschnappen, einen Flickenteppich aus Gesprochenem. Mit etwas Erfahrung konnte er »hören«, was die Leute sagten, noch ehe sie den Mund aufmachten. Taubheit war sowohl eine Schranke als auch eine Etikettierung. Sobald die Leute das Gerät in seinem Ohr bemerkten, gaben sie durch lauteres Sprechen zu erkennen, sie hätten »verstanden«. Für alle außer seiner Mutter war er durch seine Behinderung hinreichend definiert. Für Gil dagegen war sie einfach nur ein Teil seiner Person. Cressida und der alte John Spain hatten ihn gelehrt, damit umzugehen, aber später, als er sich an die Verbesserungen gewöhnen mußte, die ihm die Technik und am Ende ein chirurgischer Eingriff brachten, war er gezwungen, seinen eigenen Zugang zu dem zu finden, was ihm zu jener Zeit als donnernder Wandel seiner Wahrnehmung der Welt erschien. Für Gil war Fortschritt oft aufdringlich und anstrengend. Manchmal schien es, als würde er die Feinheiten dessen, was die Leute meinten, um so schlechter verstehen, je besser er sie hörte. Jeder Schritt zu deutlicheren Geräuschen schien sein Selbstvertrauen weiter auszuhöhlen, bis er eines Tages beschloß, es sei genug, und sein Hörgerät abschaltete. Die meiste Zeit trug er es aber weiterhin, weil er nicht ständig angemeckert werden wollte, wenn er es nicht tat. Und es hatte auch seine Vorteile, denn es sorgte für eine Art schützende Zone. Es amüsierte ihn, daß viele Menschen nicht mit seiner Behinderung zurechtkamen. Vielleicht glaubten sie, das sei ansteckend.

Als die alten Männer, die vor ihm standen, sich entfernten und ihm den Blick auf den Raum freigaben, ließ Gil das Buch auf die Knie sinken. Er war gern der stille Beobachter – es gab ihm ein Gefühl von Macht, noch im größten Getümmel am Rand bleiben zu können. Auf diese Weise ließ sich hervorragend feststellen, was *wirklich* ablief. Es gab Möglichkeiten, besser zu »hören« als mit den Ohren – über Lippen, Augen, Körpersprache. All das hatte er als Kind in sich aufgenommen, während er fast nichts hören konnte. Im Kindesalter hatte er seine Behinderung unbewußt dazu genutzt, Unangenehmes auszuschließen. Dieses Talent hatte er nie verloren. Als er älter wurde, hatte er bemerkt, daß er Geräusche willentlich ausblenden konnte. Sehvermögen und Instinkt setzte er mit Geschick ein, deshalb entging ihm wenig.

Katie May steckte den Kopf durchs Fenster. »Gilly? Warum kommst du nicht in den Garten? Bitte!«

»In einer Minute, Twink. Ich komme in einer Minute. Versprochen.« Seine kleine Schwester drehte ab und rannte davon. Gil sah ihr nach. Sie sah ihm nicht ähnlich, aber irgendwie weckte sie in ihm eine Erinnerung an Dinge, die sich ereignet hatten, als er in ihrem Alter gewesen war. Es war, als warte in seinem Inneren ein Vulkan darauf auszubrechen. Äußerlich verhielt er sich wie jeder Heranwachsende, mürrisch, zurückgezogen und wenig umgänglich, um damit seine innere Verwirrung zu verbergen.

Er nahm sein Buch wieder auf und blätterte teilnahmslos die Seiten um, während er nebenher die Uhr im Auge behielt. Endlich brachen die ersten auf. Gil klappte das Buch zu, arbeitete sich langsam zur Tür vor und schlüpfte unauffällig aus dem Haus, um sein Fahrrad zu holen: Wenn ihm alles zuviel wurde, fuhr er mit dem Rad – in Dublin ans Meer oder in die Berge, in Oxford schlug er gewöhnlich die Richtung nach Otmoor ein. Es war nicht weit, höchstens drei Meilen über kurvenreiche Landstraßen, doch an einem warmen Sommertag reichte das allemal, um richtig in Schweiß zu geraten.

Katie May erwartete ihn – sie lag buchstäblich auf der Lauer, ausgestreckt im Gras. Sie war dabei, ihre Stirnfransen unter Einschluß bunter Glasperlenketten in zwei unordentliche Zöpfe zu flechten. So etwas machte sie beim Fernsehen oder wenn sie von allem die Nase voll hatte. Als sie ihn sah, sprang sie auf. »Wohin gehen wir«, fragte sie, und er erinnerte sich an sein Versprechen. »Sag doch, Gil, bitte!« Ihre hellblauen Augen sahen verdächtig wäßrig aus.

»Hat Dad nicht gesagt, er würde mit dir auf ein Eis nach Oxford reinfahren?«

»Ja, hat er. Aber wo ist er? Ich habe das Warten satt.«

»Er muß gleich rauskommen. Die Gesellschaft löst sich langsam auf.«

»Das hat er jetzt schon stundenlang wiederholt. Ich jedenfalls stelle mir eine Party anders vor.«

»Ich auch. Was für ein blödes Volk.«

»Ich hol mein Fahrrad.«

»Nein.«

»Bitte?« Sie zog eine Schnute. Gil verkniff es sich zu lachen. Sie sah auf lächerliche Weise wie Frank aus – fast ausgemergelt schlank und mit Beinen, die in den Achselhöhlen zu beginnen schienen. Gil, der sie anbetete, vermutete, sie würde einmal eine tolle Frau werden – sie war es eigentlich schon. Normalerweise konnte sie ihn um den kleinen Finger wickeln, doch heute war das anders.

»'tschuldigung, Twink«, brummte er. »Ich muß einfach eine Weile allein sein.« Er wies mit dem Kopf auf das Haus. »Grauenhaft, was?«

Katie May zuckte mit den Schultern. »Warum darf ich nicht mitkommen?«

»Ich will mich im Radcliffe mit Jackman treffen«, erklärte er. »Jackman« war Gils Version von Oscar Wildes Bunbury – er hatte ihn sich ausgedacht, um seinem Großvater zu entkommen. Für einen Moment hatte er vergessen, daß Katie May diese List schon seit langem durchschaut hatte. »Er hat sich den Arm gebrochen.«

Seine Schwester spielte weiter mit und fragte: »Wann?«

»Na jetzt.«

»Nein, ich meine, wann hat er sich den Arm gebrochen?«

»Vor ein paar Tagen.«

»Woher weißt du das? Du warst doch in Frankreich.«

»Er hat mich angerufen«, fügte er eilig hinzu, »in Frankreich.«

»Du lügst«, zischte sie. »Ich habe Jackman erst gestern getroffen, und für mich hat er ganz normal ausgesehen.« Und mit dieser leicht surrealen Bemerkung streckte sie ihm die Zunge heraus. »Du glaubst wohl, ich bin blöd oder was? Einen Jackman gibt es gar nicht. Hast du mir das nicht selbst erzählt?« Sie rümpfte die Nase. »Du willst mich bloß nicht dabeihaben, stimmt's?«

»Heute nicht, Twink. Tut mir leid. Was machst du überhaupt hier draußen?«

»Ich geh allen aus dem Weg. Was hast du denn gedacht?« Sie seufzte dramatisch. »Warum sind bloß alle so widerlich? Du, Dad – und Mum hört nicht auf zu weinen. Man sollte meinen, sie würde sich freuen, jetzt, wo wir wieder nach Hause können, aber das stimmt nicht, oder?«

Gil schüttelte den Kopf. »Ich denke, sie ist aufgeregt, weil Großvater gestorben ist, und ... «

»Warum? Er war nicht gerade nett.« Katie May schob die Pietät ihres Bruders ohne Umschweife beiseite. »Er war immer mürrisch. Dauernd sollte ich still sein.« Sie rümpfte die Nase. »So etwas sollte ich nicht sagen, stimmt's? Manchmal war er nicht so eklig, da hat er mir Geschichten erzählt. Aber trotzdem, insgesamt war er doch meistens nörgelig. Weißt du was? Beerdigungen machen mich krank. Und du auch, Gil Recaldo, du bist richtig gemein. Du warst monatelang nicht da, und jetzt läufst du wieder dauernd davon. Ich wette, du bist hinter einem Mädchen her.«

»Bin ich nicht.«

»Und warum kann ich dann nicht mitkommen?«

»Ich bin bald wieder zurück. Wir könnten zum Schwimmen gehen oder so was.«

Katie May dachte einen Augenblick darüber nach. »Keine Lust. Außerdem sind die Stephensens nicht da, wir können also nicht in ihren Pool.« Ihr Gesicht hellte sich auf. »Grace hat uns zu einem Grillfest in ihrem Garten eingeladen. Wir könnten also zum Pool von Ferry Hinksey, und nach dem Schwimmen gehen wir dann zu ihr. Das ginge doch, oder?«

»Das werden wir sehen.«

Katie May jaulte auf. »Ich hasse das. Warum bist *du* so erwachsen und langweilig? So redet Dad immer dann, wenn er etwas nicht machen will.«

Gil drehte sein Fahrrad um und prüfte die Reifen. »Du hast ja recht.« Er zupfte spielerisch an einem ihrer Zöpfe. »Ich bin ein übler Kerl – entschuldige, Twink –, aber ich bin bald wieder da. Versprochen. Ehrenwort, du kannst mir vertrauen. In einer Stunde oder so bin ich zurück.« Er fuhr ein paar Meter und blickte dann zu ihr zurück. »Könntest du etwas für mich tun?«

»Was?«

»Sag Dad, ich hätte meinen Rückflug nach Frankreich für morgen gebucht, bei Ryan Air. Ich brauche jemanden, der mich nach Stanstead bringt. Also dann, bis in einer Stunde.«

»Eine Stunde, oder du bist tot«, rief sie. Sie stapfte in Richtung Haus und kickte dabei wütend in den Rasen.

Kurz nachdem er die Kirche passiert hatte, fuhr Gil mit Karacho über die erste von vier kürzlich zur Verkehrsberuhigung installierten Stolperschwellen und landete im Straßengraben. Ein paar Minuten lag er atemlos da, ehe er sein Fahrrad wieder aufstellte und über die Ebene blickte, in der die Stadt sich unter ihm ausbreitete. Die verträumten Turmspitzen waren in schimmernde Hitze getaucht, ein Panorama wie im Märchen. Oxford war wirklich schön – Gil gestattete sich nicht oft, etwas Gutes an dem Ort zu finden, wo man ihm seine Mutter weggenommen hatte. Er stieg wieder auf sein Rad und fuhr mit größerer Vorsicht weiter.

Etwa zehn Minuten später erreichte er Beckley, das auf das Otmoor blickte. Als Gil seinen Großvater das erste Mal besucht hatte, hatte ihm ein alter Nachbar erzählt, daß in der Antike die römischen Truppen durch das Moor marschiert waren. Die Vorstellung hatte ihn überwältigt und seine Phantasie beflügelt. Wann immer er in der Folge ins Otmoor kam, legte er den Kopf auf den Boden und war sicher, das Getrampel marschierender Füße zu hören. Doch es war zu heiß und sonnig für solche Bilder. An kühlen, feuchten Tagen hatte das Moor einen schwachen Hauch von Meer an sich. Das erleichterte es ihm, sich in sein mythisches Mündungsdelta zurückzuphantasieren. Das Otmoor war schon seit einem halben Jahrhundert oder länger trockengelegt, doch dank der ungewöhnlich ergiebigen Regenfälle der letzten Wochen fanden sich noch Spuren von Oberflächenwasser. Wenn er die Augen zu Schlitzen zusammenkniff, konnte er sich vorstellen, wie es abfloß und mit der Flut zurückkehrte. Ein kleiner Trupp Landmöwen vervollständigte das Bild.

Er saß mit dem Rücken gegen eine niedrige Steinmauer gelehnt und hatte die Arme über den Knien verschränkt. Und fragte sich, wann die letzten Gäste wohl gehen würden, wann er also sicher nach Hause zurückkonnte, ohne mit dem einen oder anderen der entfernten Verwandten seiner Mutter reden zu müssen. Für einen jungen Mann wirkten sie alt und verstaubt. Genau wie Großvater Hollingsworth, der sich nach Gils Erfahrung nie die Mühe gemacht hatte, seine Abneigung gegen die Jugend zu verbergen. Katie May hatte sein besonderes Mißfallen erregt. Doch wie durch ein Wunder hatte sie sich irgendwie ihre Lebensfreude bewahrt, was er von sich nicht gerade sagen konnte.

Das Maß an Kummer, den der alte Mann ihrer Mutter bereitet hatte, war etwas anderes. Wie er es sah, hatte sein Großvater sie immer so behandelt, seit ihrer Kindheit. Doch kaum hatte der alte Faschist verkündet, man müsse sich um ihn kümmern, lief sie los, die arme kleine Twink im Schlepptau. Hätte Frank sich nicht quergelegt, wären sie beide ebenfalls in Marsch gesetzt worden. Hätte es keinen anderen Weg gegeben, den Vater zu versorgen, ohne ihre eigene Familie auseinanderzureißen?

Gil war Frank dankbar, weil er darauf beharrt hatte, in Dublin zu bleiben. Er kicherte. Frank hatte möglicherweise vor allem an sich gedacht. Aber so hatte Gil nicht all seine Freunde verloren, und vor allem hatten sie sich nicht in das Haus in Elsfield zwängen und die ganze Zeit auf Zehenspitzen ums Krankenzimmer schleichen müssen.

Das Begräbnis war genauso schlimm gewesen wie alles andere. Die kalte, feuchte Kirche, der Vikar, der kaum ein Wort über den Verstorbenen verlor – nicht einmal Cressidas Namen hatte er richtig auf die Reihe bekommen. Und dann hatte sie ihn auch noch einladen müssen. Gil fragte sich, ob die Gurkenbrote von seiner Mutter als Scherz gemeint gewesen waren. Er warf sich rücklings ins Gras und kicherte bei dem Gedanken an Franks Gesicht, als der sah, wie Cressida den Priester mit seinem teuren Räucherlachs überhäuft hatte. »Das wird ihn lehren, sich blicken zu lassen, wenn er gebraucht wird«, grummelte er. Doch die Befriedigung, die es ihm verschaffte, seinem Vater die Schuld zuschieben zu können, verlor sich, als er über die Zukunft der Familie nachdachte. So betrachtet, war Cressida, um es in den unsterblichen Worten von Großvater Hollingsworth auszudrücken, »zur Einheimischen geworden«. In Gils Augen hatte sie sich verändert, als sie wieder nach Oxfordshire ging. Und dabei hatte er seine Mutter verloren. Er schloß die Augen, um seine Kümmernisse besser betrachten zu können und den letzten Abschnitt seines freien Jahres zu planen.

Als er aufstand, um zurückzufahren, hatte die Idee, an das Mündungsdelta zurückzukehren, sich verfestigt. Das war ihm zwar noch nicht bewußt, weil sein Kopf zu sehr mit seiner Rückkehr nach Frankreich beschäftigt war, doch die Saat war gelegt.

E-Mail von Sean Brophy an Fiona Moore

Ich mag Ihren Stil wirklich. ›Sean‹ geht in Ordnung. Fürs erste. Wie wäre es mit Montag, oder bestehen Sie auf einem Ruhetag? Wir könnten zu Mittag ein Bier trinken, im Liffey am Bachelor's Walk. Paßt halb eins? Falls Sie Zeit haben. Sean.

6

In Elsfield machten die wenigen noch verbliebenen Gäste keine Anstalten zu gehen.

»Wir haben einfach keine Ader dafür.« Grace Hartfield war hinter Frank getreten und schreckte ihn auf.

»Was?«

»Für den Leichenschmaus. Engländer machen so was nicht.«

»Ach, das ist es also? Und ich dachte schon, es hätte etwas mit dem Verstorbenen zu tun«, sagte Frank despektierlich. »Piers Hollingsworth hatte eine seltene Begabung, jede Feier zu vermasseln.«

»Demnach also im Tod wie im Leben«, flötete sie mit einem Grinsen und reichte ihm ein Glas Rotwein. »Trink was. Vielleicht hilft es ja.«

»Da bin ich mir nicht so sicher. Zwei hab ich nämlich schon gehabt«, erwiderte er, nahm das Glas aber trotzdem. »Ausgezeichnet, dieser Wein, Grace. Dafür müssen wir uns doch bei dir bedanken, oder? Cress erzählte, du hättest ihn gestern vorbeigebracht.«

»Freut mich, daß er zur passenden Gelegenheit kam, aber eigentlich war er nur für euch beide gedacht. Ich dachte, ihr hättet vielleicht beide etwas Aufmunterung nötig.« Sie lächelte.

Grace Hartfield war der erklärte Liebling der Familie Recaldo. Sie und ihr amerikanischer Ehemann Murray Magraw betrieben ein Antiquariat, das einen recht guten Ruf hatte. Sie führten das Geschäft aus ihrem weitläufigen viktorianischen Heim in North Oxford. Beide Paare hatten sich vor mehr als einem Jahrzehnt in Irland kennengelernt, als Frank den Mord an Murrays Cousine Evangeline Walter aufklärte. Nicht gerade der ideale Anfang einer Freundschaft, doch sie hatten den Kontakt über all die Jahre hinweg aufrechterhalten, hauptsächlich über Evangelines Tochter Halcyon, und waren sich während Cressidas Zeit in Oxford nähergekommen.

Obwohl Grace allmählich auf die Sechzig zuging, machte sie immer noch Eindruck und strahlte eine Heiterkeit aus, die anscheinend durch fast nichts zu trüben war. Sie hatte merkwürdig fahlgraue Augen, die Frank immer das Gefühl gaben, sie könnten direkt in seine Seele blicken, was ihm gelegentlich unangenehm war. Ihr graues Haar war zu einem modischen Bubikopf geschnitten, und sie hatte blasse Haut mit leichten Fältchen – wie Pergament, das verknittert und dann unzureichend von Hand geglättet worden war. Was er an Grace unter anderem bewunderte, war ihre Ruhe. Zudem war sie eine talentierte Beobachterin – ihr entging nur wenig. Doch am meisten mochte er sie wegen ihrer Respektlosigkeit.

»Ich freue mich sehr, dich zu sehen, Grace. Bist du eben erst gekommen? In der Kirche habe ich dich vermißt.«

»Ich war zu spät dran, und so bin ich hinten reingeschlüpft. Mittendrin hat Hochwürden mich so irritiert« – sie warf einen Blick auf den unglücklichen Geistlichen, der an der Anrichte lehnte – »daß ich wieder ging und zu Hause ein paar Dinge erledigte. Vor einer Woche haben wir unseren neuesten Katalog rausgeschickt, und wenn ich bei den Anrufen nicht auf dem laufenden bleibe, steht uns bald das Wasser bis zum Hals.« Sie lächelte reuevoll. »Schlechtes Timing, so oder so. Ich bin vorbeigekommen, weil ich dachte, die Feier wäre vorüber. Ich hatte gehofft, euch alle zum Grillen zu überreden, oder zumindest dazu, bei uns vorbeizukommen. Katie May hat bereits zugesagt.«

»Das arme Kind langweilt sich schrecklich«, erwiderte er. »Ein Grillfest wäre prima. Hat dir je einer gesagt, was für ein Engel du bist?« Er legte ihr den Arm um die Schulter und drückte sie an sich.

»Mit dem Engel ist es nicht so weit her – ich hätte hier helfen sollen, aber mir war nicht klar, daß es eine Totenfeier geben würde.«

»Ich weiß nicht, ob es irgendeinem von uns klar war. Sie ist einfach passiert. Cressie hatte das Gefühl, sie müßte etwas anbieten, aber wir hatten nicht wirklich erwartet, daß alle sie beim Wort nehmen würden. Ist Murray auch hier?«

»Er ist in Irland.« Sie schnitt eine Grimasse. »In Tipperary.«

»Wegen Halcyon?« Er zog die Brauen hoch.

»Wegen Halcyon«, bestätigte Grace mit Nachdruck. Halcyon Walter war Murrays hirngeschädigtes Mündel, das seit seiner Kindheit in Heimen lebte. Es war ein Desaster, in das Grace ahnungslos und vertrauensvoll gestolpert war, was sie selbst jetzt noch ärgerte. Das Vorhaben, Murray und damit auch Grace zum gesetzlichen Vormund des Mädchens zu machen, war kurz vor der Ermordung seiner Cousine ausgeheckt worden, ohne daß Murray seine Frau einbezogen hatte. Sie konnte sich nicht ohne Schaudern daran erinnern, wie sie und Murray auf Evangelines Einladung angereist waren, um sich mit deren Tochter bekannt zu machen, und feststellen mußten, daß Evangeline zwei Tage zuvor umgebracht worden war. Als sich während der Untersuchung des Mordfalls herausgestellt hatte, daß Cressidas damaliger Ehemann VJ Sweeney Halcyons Vater war, hatte sie angeboten, sich mit um das Mädchen zu kümmern. Stillschweigend hatten sie sich darauf verständigt, Gil nichts von seiner Verwandtschaft mit dem Mädchen zu erzählen; er kannte sie nur als Halcyon Walter, Murrays Mündel.

»Cressie hat dich vermutlich darüber ins Bild gesetzt, was passiert ist?«

»Nein, sie hat mir kein Wort erzählt.«

Grace seufzte. »Manchmal frage ich mich, ob das je aufhört, Frank.«

»Was ist denn los?«

»Weißt du das nicht? Seit Schwester Angelas Tod ist Halcyon völlig außer sich. Gewalttätig.« Sie holte tief Luft. »Ich weiß einfach nicht, wie die gute Frau das geschafft hat. Nur ein paar Stunden mit Halcyon, und ich fange an, mir die Haare auszureißen. Jetzt macht das Kloster in Clonmel dicht. Das arme Ding hat keine Ahnung, was mit ihr geschieht. Sie ist überhaupt nicht mehr zu bändigen. Wenn sie wenigstens sprechen könnte.«

»Wie lang ist Murray schon dort?«

»Zehn Tage. Sie ist abgehauen. Inzwischen liegt sie mit einer Lungenentzündung im Krankenhaus.« Abwehrend hob sie die Hand. »Sprich es nicht aus, Frank, das darfst du nicht mal denken ...«

»Tut mir leid, Grace.« Frank berührte ihre Hand. »Davor hast du dich immer gefürchtet, stimmt's?«

»Ja. Murray bringt sie mit hierher«, erklärte sie niedergeschlagen. »Was sollen wir auch sonst tun?«

»Sie soll bei euch leben? Mein Gott, wie ...«

»Wie wir das bewältigen? Keine Ahnung. Murray sagt, bis sie wieder gesund ist. Nur der Himmel weiß, was wir gemacht hätten, wenn Cressie nicht ein privates Heim in Whitney aufgetrieben hätte. Die haben uns den nächsten freien Platz zugesagt. Wir können also hoffen. Inzwischen hängt Murray in Irland fest, bis sie für die Reise gesund genug ist.«

»Kommt dir manchmal in den Sinn, daß ich dir genau das vorhergesagt habe?«

»Oft. Aber was soll das noch? Halcyon kann man keinen Vorwurf machen. Für sie ist es schrecklich. Allerdings hat sie es weit besser erwischt als die meisten anderen, die so sind wie sie. Die längste Zeit ihres Lebens hat sie dieselbe hingebungsvolle Pflegerin gehabt.« Sie rückte näher an ihn heran und dämpfte ihre Stimme. »Schwester Angela war immer besorgt, was passieren würde, wenn sie es nicht länger machen könnte.« Sie schnaubte verächtlich. »Ihre eigene Mutter hatte sie nur zweimal bei sich zu Hause. Wußtest du das? *Zweimal* in den sechs oder sieben Jahren, die Evangeline in Irland lebte. Diese Frau war schon eine Nummer. Es ist ein übles Vermächtnis. Für uns alle, für Murray und mich, dich und Cressie. Ich hoffe, wir überstehen das lebend.«

»*Evangelines Vermächtnis?*« murmelte Frank vor sich hin. Guter Buchtitel. Er stellte ihn sich quer über einem Buchumschlag vor. Durfte er das? »Evangelines Vermächtnis«, wiederholte er.

»Ich sehe ein ungesundes Leuchten in deinem Blick, Frank Recaldo. Ich hab mich schon oft gefragt, wann du darauf verfallen würdest.«

»Das könnte ich nicht«, protestierte er. »Ich würde es nicht machen.«

»Nein, ich denke, du machst es nicht. Zuviel Gruselgeschichte, selbst als Roman. Du würdest es kaum schaffen, Evangeline glaubwürdig wiederzugeben. Und es wäre unmöglich, sie sympathisch darzustellen.«

Frank schüttelte den Kopf. »Zu nah dran, zu sehr verwickelt.« Er wechselte das Thema. »Wann kommt Murray zurück?«

Grace zuckte mit den Schultern. »In ein paar Tagen? Wer weiß? Wenn ich mir dieses Pack hier anschaue, weiß ich allerdings nicht, ob ich ihn nicht beneiden soll. Die werden nur gehen, wenn wir Cressie überreden können, keine belegten Brote mehr in Umlauf zu bringen.«

»Vielleicht kannst du es versuchen – auf dich hört sie.«

Grace sah ihn von der Seite her an. »Und auf dich nicht? Seit wann, Frank?«

Müde strich Frank sich mit der Hand über die Augen. »Gestern abend hatten wir ein bißchen Krach.«

»Cressie ist einfach fertig, Frank. Sie ist in Trauer. Schau mich nicht so an, das stimmt. Sie hat sich so bemüht. Mein Gott, sie wollte nur, was alle wollen – von ihrem Vater geliebt werden. Und wie wir wissen, war Piers sehr knauserig mit seiner Zuneigung. Ich weiß ehrlich nicht, wie sie durchgehalten hat. Du solltest mit ihr in den Urlaub fahren, nur ihr beide.«

»Hab ich ihr schon vorgeschlagen, aber sie hat abgelehnt.« Er fuhr sich mit den Fingern durch die Haare. »Zumindest kommt es mir so vor«, fügte er zweifelnd hinzu.

»Frag sie noch mal, Frank. Katie May kann bei uns bleiben – und Gil natürlich auch, wenn er mag.«

Frank lachte lauthals. »Wenn er mag? Schwer rauszufinden, was Gil im Augenblick mag. Anscheinend glaubt er, ich sei nur dazu auf der Welt, um ihm das Leben zur Hölle zu machen. Er ist wütend, weil er aus Frankreich herkommen mußte. Ich bin mir nicht sicher, wer nun der Böse ist – ich oder seine Mutter –, aber er ist auf alle Fälle absolut unausstehlich.«

»Ach was, Frank, er ist ein netter Junge.«

»Na sicher – wenn du nicht seine Launen ertragen mußt.«

»Aber er war doch monatelang weg«, erwiderte sie.

»O.k. Ich passe.« Frank hob in gespielter Unterwerfung die Hände. »Morgen fliegt er nach La Rochelle zurück. Cressie ist ein bißchen verärgert – sie hatte gedacht, er würde für eine Art Familienurlaub mit uns nach Hause kommen, aber davon will er nichts wissen. Er ist so verstockt, du kannst nicht mit ihm reden.«

»Was ist da schiefgelaufen, Frank? Ihr beide seid doch wirklich gut miteinander ausgekommen.«

»Bis das Testosteron reinschoß«, erklärte er müde. »Seine Pubertät – mein Altwerden. In den letzten beiden Jahren war alles ein einziger Kampf.« Er spürte das vertraute, aber schon fast vergessene Aufwallen elterlichen Zorns, ganz wie beim ersten Anlauf, als seine beiden Söhne aus erster Ehe denselben Zustand mürrischer Trägheit erreicht hatten. Damals hatte es seine Ehe beeinträchtigt, und er fand es alarmierend, sich nun in einer ähnlichen Lage wiederzufinden. Oder benutzte er vielleicht Gil, um andere Probleme zu verdecken?

»So schlimm?« fragte Grace im Plauderton. »Kann ich irgend etwas tun?«

»Ich hoffe, das geht vorüber.« Er wandte sein Gesicht dem Fenster zu. Vor diesem Aufruhr waren er und Cressida einander so nah gewesen. Zuletzt hatte Frank sich dabei überrascht, wie er sich wünschte, weder er noch sie hätten ihr Päckchen aus früheren Ehen zu tragen, das ihnen die Freude an dem verdarb, was sie aneinander gefunden hatten. Würde auch Katie May sich zu einem Problem auswachsen? Es fiel ihm schwer, das zu glauben. Er beobachtete sie, wie sie im Garten herumtollte.

Als sie ihn sah, winkte sie und zog Gesichter. »Daddy, wann GEHEN wir endlich?« formte sie mit den Lippen.

»Bleib, wo du bist, ich bin in fünf Minuten draußen«, rief er ihr durchs Fenster zu, ehe er es mit einem Knall schloß. Er wußte nicht, ob er seiner Frau erzählen sollte, wo er hinwollte, entschied sich aber dagegen. Er sah sich in dem halbleeren Raum um. Gil war verschwunden, und Grace war unterwegs in die Küche. Er schritt zielgerichtet zur Tür. Seine plötzliche Bewegung mußte wohl das Zeichen gewesen sein, daß die Feier vorüber war, denn die Nachzügler begannen, sich im Krebsgang in Richtung Flur zu bewegen. Frank rannte fast aus dem Haus in den rückwärtigen Garten, wo Katie May ungeduldig wartete.

»Gil gesehen?« fragte er.

»Ja«, gab sie zurück. »Er ist ins Radcliffe, um Jackman zu treffen. Ich soll dir sagen, er hat für morgen früh einen Flug gebucht und möchte zum Flughafen Stanstead gebracht werden.«

»War das gerade eben?«

»Ja. Er sagt, die Totenfeier war zuviel für ihn.«

Frank grinste auf sie hinab. »Für mich auch, Baby.«

E-Mail von Fiona Moore an Sean Brophy

Lieber Sean, danke sowohl für das (unerwartete) Mittagessen als auch für die Komplimente – ich konnte meine Sachen selbst nicht richtig einschätzen, freue mich aber wirklich, daß Ihnen die ersten drei Porträts gefallen. Ich bin richtig auf den Geschmack gekommen. Wie man so sagt, man trifft so interessante Leute. Ich habe über das nachgedacht, was Sie über die Erweiterung um einige Neulinge sagten, und ich finde die Idee gut. Werde ein wenig schürfen und sehen, was dabei rauskommt. Fi.

7

Während Frank mit seiner Tochter im Garten war, sah Grace nach Cressida. Sie fand sie in der Küche auf dem Boden sitzend, den Kopf in den Armen verborgen. »Cressie, um Himmels willen, was machst du da?«

Cressida sah auf und verzog den Mund. »Ich versuche, nicht im Weg zu sein. Sind sie alle weg?«

»Fast. Bleib noch ein paar Minuten hier, dann fangen wir sie im Flur ab, um sie zu verabschieden.« Grace ließ sich neben ihrer Freundin nieder und legte den Arm um sie. »Tut mir leid, Cress, es war sicher schrecklich für dich.«

Cressida biß sich auf die Lippen. »Viel schlimmer, als ich dachte. Weißt du, irgendwie hatte ich geglaubt, ich wäre erleichtert, würde mein Leben neu beginnen … aber jetzt …«

»Cressida?« Einer der Gäste streckte seinen Kopf um die Türkante. Es war ein kleiner, pummeliger Mann mittleren Alters mit buschigen Augenbrauen und schlechten Zähnen. Er schaute auf die beiden Frauen auf dem Küchenfußboden. »Wir gehen jetzt. Wir sehen uns morgen um elf.« Kein Wort des Dankes, wie Grace feststellte.

Cressie rappelte sich auf. Ihr Rock war zerknittert, und seitlich war ein Fettfleck zu erkennen. »Morgen? Kannst du das nicht ein paar Tage aufschieben, Tim? Ich hatte bisher keine Zeit, mit meiner Anwältin zu reden. Sie war verreist«, fügte sie lahm hinzu.

»Das paßt mir aber gar nicht – dann müssen wir eben ohne sie zurechtkommen«, entgegnete er grob.

Doch es schien, als wäre Cressida nicht geneigt, sich herumstoßen zu lassen. »Morgen geht es nicht«, bekräftigte sie, doch dann verdarb sie es fast wieder, als sie ein »Tut mir leid« anhängte. Grace hatte keine Ahnung, wer er war oder wovon die Rede war.

Nach einer kurzen Pause zog Tim seinen Terminkalender aus der Jackentasche und blätterte gereizt darin herum. »Samstag?«

»Ich glaube, Anwälte arbeiten samstags nicht, oder? Jedenfalls ist meine Anwältin nicht vor Dienstag zurück, fürchte ich.«

»Das ist wirklich verdammt ärgerlich. Ist dir nicht klar ...«

Cressie richtete sich auf und schob sich die Haare aus dem Gesicht. »Bei der Beerdigung meines Vaters will ich das nicht besprechen.«

»Also dann morgen in einer Woche«, erklärte er abschließend. »Zehn Uhr. Wird Zeit, das alles abzuschließen.« Das sagte er voller Hochmut und verzog sich.

»Zeit wofür?« Grace unterdrückte ein Lachen und hob die Brauen. »Wer ist das?«

Cressida spähte in den Flur, ehe sie antwortete. »Das ist der Sohn von Marjorie, Gott hab sie selig. Du weißt schon, meine verstorbene Stiefmutter.« Sie rümpfte die Nase. »Er ist ein fürchterlicher Umstandskrämer, und« fügte sie mit einem überraschenden Anflug von Übermut hinzu »er hat gräßlichen Mundgeruch. Er kann es nicht erwarten, uns loszuwerden.«

»Dich loszuwerden?«

»Tja, es ist sein Haus, und er war nicht übermäßig erfreut, daß seine Mama es Daddy auf Lebenszeit überließ. Gestern ließ er mich wissen, ich solle abhauen.«

»Gestern? Das ist unanständig. Und er hatte die Dreistigkeit, hierherzukommen und sich mit deinem Essen vollzustopfen? Unverschämt.«

»Nun ja, ich denke, er wollte uns auf die Finger sehen. Wahrscheinlich hat er Angst, ich würde mich mit dem, was drin ist, aus dem Staub machen«, kicherte sie, »weil er anscheinend glaubt, es gehört ihm.«

»Und stimmt das?«

»Größtenteils schon, aber nicht die wenigen wichtigen Sachen. Da fällt mir ein, Grace, es handelt sich auch um ein paar Drucke, die du dir ansehen solltest. Könntest du das tun? Schöne Aquarelle.« Ihre Augen füllten sich mit Tränen.

»Natürlich, jederzeit. Möglicherweise kann ich dir nicht viel helfen, aber ich kann dich …«

»… mit einem Mann zusammenbringen«, beendete Cressie den Satz und brachte ein mattes Lächeln zustande. »Danke.«

»Und wann ziehst du nun tatsächlich aus?« fragte Grace.

Statt zu antworten, erklärte Cressida, sie müsste noch einen Blick auf die Gäste werfen. »Bin gleich zurück, Grace, geh nicht weg.«

Als Cressida zurückkam, hatte Grace schon fast die ganze Küche saubergemacht. »Alle weg, Gott sei's gedankt«, seufzte sie. Sie goß ihnen beiden ein Glas Wein ein, dann setzten sie sich an den Tisch. »Gil ist anscheinend verschwunden.«

»Er dreht eine Runde mit dem Rad. Ach ja, und Frank hat Katie May mit nach Oxford genommen, Eis essen oder so.«

Cressida ergriff ihr Glas und nahm einen langen Schluck. »Tja, das ist also, Gott sei Dank, vorbei. Bei der Hälfte von den Leuten hatte ich keine Ahnung, wer sie überhaupt sind. Wie fandest du den Vikar?« Sie kicherte. »War er nicht eine ganz besondere Nummer?«

»Ein stinkfauler Kerl. Wenigstens deinen Namen hätte er wissen können.« Grace sah auf die Uhr. Es war fast fünf. Sie erwartete den Anruf eines Kunden in New York und wußte nicht mehr, ob sie ihre Anrufe aufs Handy umgelegt hatte. Falls nicht, mußte sie zurückrufen. Cressida leerte ihr Glas, und Grace füllte es wieder, ehe sie sich selbst nachschenkte. »Cress? Willst du ein paar Tage bei mir bleiben?« fragte sie und sah sich in der engen Küche um. »Frank hält es hier nicht aus und Gil auch nicht. Sie sehen beide ziemlich elend aus.« Leise fügte sie hinzu: »Das gilt auch für dich. Magst du darüber reden?«

Cressida wandte den Blick ab und wechselte das Thema. »Murray ist nicht da, oder? Und was geschieht jetzt mit Halcyon?«

Grace seufzte. »Sie ist immer noch im Krankenhaus in Clonmel. Er wohnt ganz in der Nähe und besucht sie jeden Tag.«

»Er ist ein guter Mensch.«

Grace sah aus, als würde sie dem nicht zustimmen, hütete aber ihre Zunge.

»Sie bringen es also fertig, sie im Bett festzuhalten?« Cressida schniefte. »Das wäre das erste Mal.«

»Ja, das geht. Es geht ihr gar nicht gut, Cress. Ich wollte nichts davon sagen, ehe das alles hier vorbei war. Beide Lungen sind befallen, und sie scheint nicht auf die Antibiotika anzusprechen.«

»Wird sie … wird sie wieder gesund?«

»Murray scheint es zu glauben. Falls sie wirklich in Gefahr ist, hat er es mir zumindest nicht gesagt. Andererseits …«

»Aber er würde es dir doch sagen, oder?« fragte Cressida. »Glaubst du, Gil sollte sie besuchen? Er fährt nach

Frankreich zurück. Wir könnten Halcyon zusammen besuchen, und dann könnte er von Dublin aus einen Flug erwischen – oder von Cork. Das ginge doch?«

»Ich denke schon, aber ich glaube, an deiner Stelle wäre ich ein wenig vorsichtig, Liebes. Zum einen würde Frank ausrasten. Gil hat sie jahrelang nicht gesehen, oder? Du hast selbst gesagt, es sei besser so.«

»Jetzt sollte er sie sehen.« Grace fragte sich, ob ihre Freundin gleich einen Nervenzusammenbruch haben würde. Sie hatte nie herausgefunden, weshalb Cressida daran festhielt, das Mädchen so häufig zu besuchen. In all den Jahren zuvor hatte sie gesagt: »Val hat sie vernachlässigt, also muß ich ein Stück Verantwortung übernehmen.« Und sie hatte Wort gehalten. Selbst als sie in Oxford war, hatte sie bei ihren seltenen Besuchen zu Hause Zeit abgezweigt, um das Mädchen zu sehen.

»Aber Gil weiß nicht, daß sie seine Schwester ist, oder doch?« fragte Grace ungeduldig. Halbschwester, korrigierte sie sich insgeheim. »Worum also geht es?« In ihren Augen verhielt Cressida sich sehr merkwürdig. Halcyon konnte weder sprechen noch hören und war in einer seltsamen eigenen Welt eingeschlossen. Selbst ihre beständigen Besucher erkannte sie kaum, und sie war oft gewalttätig.

Solange Grace Frank nicht gut kannte, hatte sie sich immer gefragt, wie er mit Halcyon zurechtkam. »Besuchen ist eine Sache«, war es aus ihm herausgeplatzt, »aber der Versuch, sie in eine Familie zu integrieren, die selbst schon mehr als genug emotionalen Aufruhr zu bewältigen hat, das ist ein Schritt zuviel.« Und das hatte sich als richtig herausgestellt. Seit Katie May ein Säugling war, hatten sie Halcyon nicht mehr bei sich im Haus gehabt. Von da an hatte Cressida das Mädchen allein besucht. Grace wußte nicht, was das Faß bei Frank zum Überlaufen gebracht hatte oder ob das überhaupt der Fall gewesen war, da weder er noch Cressida eine Erklärung geliefert hatten. Aber warum sollten sie auch? Schließlich war das Mädchen Murrays Mündel.

Grace vertraute Cressida noch nicht an, daß auch sie und Murray Probleme hatten. Sie sprachen selten über das, was Grace die Halcyon-Situation nannte, doch das Mädchen war zu einem Zankapfel geworden. Zuletzt hatte sich das darin gezeigt, daß Murray, der nur für ein paar Tage nach Irland gefahren war, inzwischen seltsam unwillig schien zurückzukehren. Bei seinen Anrufen redete er pausenlos davon, wie schön und friedlich Halcyon sei. »Sie sieht aus wie Evangeline, als sie in diesem Alter war. Sie freut sich so, daß ich hier bin, weißt du? Sie will meine Hand gar nicht mehr loslassen. Armes Baby.«

Grace fröstelte. »Warum läßt du Gil nicht für den Rest des Sommers wegfahren, Cress? Im September ist er wieder zu Hause. Dann kann er sie immer noch besuchen, oder? Und übrigens«, fragte sie, weil sie das Thema gern wechseln wollte, »was will er eigentlich an der Uni belegen?«

Cressida zog die Schultern hoch. »Sag du es mir. Einmal ist es Marineingenieur, dann sind es Sprachen. Er will entweder Schiffe bauen oder Schriftsteller werden – such dir was aus.«

Grace lachte. »Er könnte problemlos beides machen. In dem Alter können sie die Welt erobern und alles tun, was sie wollen.« Sie lächelte ihre Freundin an. »Gil ist ein netter Junge, Cress. Und mach dir wegen Halcyon keine Sorgen. Sie ist sehr kräftig, sie wird wieder gesund.«

»Du hast recht«, erwiderte Cressida langsam. »Ich besuche sie, sobald wir wieder in Dublin sind. Hab ich dir eigentlich erzählt, daß Frank dafür ist, am Wochenende wegzufahren? Er möchte Samstag oder Sonntag nach Fishguard.« Sie verzog den Mund.

»Und willst du das auch?«

»Ich weiß nicht, was ich will.« Cressida fuhr sich mit den Fingern durchs Haar. »Ich dachte, alles würde einfach, nachdem Daddy gestorben ist. Ich dachte ... Ach, Grace, ich bin so schrecklich durcheinander. Ich weiß nicht, was ich tun soll.«

Grace füllte Cressidas Weinglas nach, das sie ohne erkennbare Wirkung zweimal geleert hatte. »Vielleicht hilft es dir, einiges loszuwerden.«

»Frank glaubt anscheinend, ich wäre zu nett zu Paul Ford. Er kam in die Küche, während ich mit ihm redete, und er war so grob. Ich war wütend.«

»Paul hängt ein wenig durch...«, begann Grace. Für sie war es über Monate hinweg deutlich gewesen, daß der Mediziner sich um Cressida bemühte.

»Ach, um Himmels willen, Grace, fang bloß nicht damit an. Ich mag Paul, und ich weiß nicht, wie ich es mit Daddy ohne ihn geschafft hätte, aber ich war nie hinter ihm her. Nie«, fügte sie mit Nachdruck hinzu. »Obwohl, man kann gut mit ihm reden.« Sie zog ein Gesicht. »Ich mache aus allem ein schreckliches Durcheinander.«

»Also, jetzt reicht es aber, Cressie. Warum nimmst du immer die Schuld auf dich? Du hattest ein paar schwere Monate – ein paar Jahre, wenn man es genau betrachtet. Dein Vater war sehr anspruchsvoll.« Kaum hatte Grace das ausgesprochen, wußte sie, sie hatte einen Fehler gemacht: Ihre Freundin zeigte eine Mischung aus Gekränktheit und Ärger.

Cressida verschränkte die Hände und beugte sich über den Tisch. »Wir sind gut zurechtgekommen. Nun ja, in Wahrheit wurde es nach und nach besser. Gegen Ende war er richtig nett zu mir. Was eine Art Premiere war. All meine anderen Beziehungen begannen gut, und dann ging es ständig bergab.«

Grace konnte kaum glauben, was sie da hörte. Piers Hollingsworth besaß Charme, das konnte sie nicht leugnen, aber er war völlig egozentrisch gewesen und hatte aus seinem einzigen Kind eine Sklavin und Dienstmagd gemacht. Nicht einmal die kleine Katie May hatte Vorrang vor dem alten Mann gehabt. Grace als Cressidas einzige echte Freundin in Oxford hatte es täglich erlebt, und sie war eine einsichtige Frau: Aber sie konnte nicht begreifen, wie Piers Hollingsworth seine vernachlässigte Tochter so leicht dazu gebracht hatte, sich ihm zu unterwerfen. Kein Wunder, daß Frank die Nase voll hatte.

»Geht es Frank gut, Cressie? Er kommt mir so teilnahmslos vor und ist furchtbar blaß.«

Cressida schien sie nicht zu hören. »Ich will hier nicht weg«, flüsterte sie. »Ich will Oxford nicht verlassen.«

»Aber ich dachte, du würdest es hassen, hier zu sein, und könntest es gar nicht erwarten, nach Irland zurückzukehren.«

»Das hatte ich auch geglaubt. Aber jetzt, wo es möglich ist, jagt es mir plötzlich Angst ein.«

»Steht es zwischen Frank und dir so schlimm? Liegt hier das Problem?«

»Nein. Ja. Na schön, nur zum Teil.« Cressida lehnte sich näher zu Grace hinüber, sah ihr aber nicht in die Augen. Sie feuchtete den Zeigefinger an und begann, Kreise auf den Tisch zu zeichnen. Dann brach alles aus ihr heraus. »Als Frank mich bedrängte, mit ihm zurückzukehren, habe ich gemerkt, daß ich mich hier sicher fühle. Hier bin ich aufgewachsen, ganz in der Nähe. Cressida Hollingsworth. Nicht Cressida Sweeney oder Cressie Recaldo. Ich kann so tun, als gäbe es keine Vergangenheit. Keiner weiß etwas von dem Mord oder von Val und all diesen Dingen. Ich schaue mir nicht ständig über die Schulter und frage mich, wann einer daherkommt und vor Gil oder Katie May damit herausplatzt.« Sie biß sich auf die Lippen. »Ich war nicht auf Irland versessen, weißt du? Es war Coribeen – Gil und ich zusammen auf Coribeen. Ich kann mich kaum mehr erinnern, wie Val ausgesehen hat. Jedenfalls spielte er keine Rolle. In dem Haus, in Coribeen, da war ich glücklich.«

Glücklich mit einem Mörder, der sie und ihr Kind mißhandelt hatte? Ein bemerkenswertes Glück. Grace umfaßte Cressidas Hände. »Aber als ich dir das erste Mal begegnet bin, meine Liebe, da war dein armes Gesicht übersät mit blauen Flecken, ein Auge war zugeschwollen, der kleine Gil hatte einen gebrochenen Arm. Cress, sie haben Val wegen Mordes verfolgt. Er hat dich mißhandelt. Hat dich und Gil herumgestoßen. Frank hat sich um euch beide gekümmert. Er war für dich da. Er ist ein guter, ein freundlicher Mann. Cressie?«

Cressida ließ den Kopf sinken, aber ihr Finger zog wie rasend endlose Kreise. »Ja, ein verdammter Heiliger. Siehst du das nicht?« schrie sie. »Das ist doch das ganze verfluchte Problem. Mit Frank kann ich mich nicht von der Vergangenheit lösen, kann ich nicht vergessen. Ich hasse es, Objekt des Mitleids zu sein. Jemand, zu dem man freundlich sein muß. Das ist so erbärmlich.« Sie begann zu weinen. »Ach, Grace. Ich glaube, am glücklichsten war ich, als da nur ich und Gil waren, als wir für uns waren und keiner uns ständig sagte, was wir zu tun haben. Ich hätte das Haus nie verlassen sollen.«

Grace saß regungslos da. Und jetzt, Gott möge uns helfen, geht es um dich und Katie May, dachte sie traurig. Du willst sie mit keinem teilen. Das in ihr aufwallende Mitleid schnürte ihr fast die Kehle zu. Und die Unruhe. »Sehen wir uns später, Cressie?« fragte sie sanft. »Zum Abendessen?«

Cressida stand auf und umarmte sie. »Danke, daß ich mir all das von der Seele reden konnte, Grace. Danke fürs Zuhören. Danke für alles. Ich komme sehr gern.« Sie lächelte. »Tatsache ist, daß ich Frank gesagt habe, wir würden uns bei dir treffen. Ich warte nur auf Gil, dann kommen wir rüber.«

Gil streckte den Kopf durch die Tür. »Hallo. Wo sind die denn alle hin?«

Mit einem Lächeln wandte Cressida sich ihm zu. »Dad ist mit Katie May in Oxford. Sie stoßen später zum Abendessen bei Grace wieder zu uns.«

»Wann?«

»In einer Stunde ungefähr.«

»Kommen wir am Abend noch mal hierher zurück?«

Grace sah Cressida an, die sagte: »Ich fürchte ja.«

»Gut. Hat Dad dir gesagt, daß ich für morgen einen Flug erwischt habe?« fragte er. Dann schoß er wieder davon.

Cressida zog die Schultern hoch. »Keiner sagt mir was«, erklärte sie, schien aber nicht allzu verärgert. »Hast du noch fünf Minuten für mich übrig, Grace?«

»Das war fast wie ein Blitz. Macht es dir auch nichts aus, Cress, wenn Gil schon so bald wieder abreist?«

Cressida sah nachdenklich drein. »Nein«, sagte sie in überraschtem Tonfall. »Ich glaube, ich brauche einfach ein wenig Zeit. Komisch, aber oft merkst du erst, was du fühlst, wenn du es laut aussprichst, nicht wahr?«

»Was meinst du damit?«

»Ich will nicht wieder in den Zustand von früher zurückfallen – mit mir und Frank, meine ich, ich als die Abhängige, er der Turm in der Schlacht. Ich würde es lieber etwas erwachsener haben. Etwas mehr auf gleicher Höhe. Frank muß nur so lange durchhalten, bis ich herausgefunden habe, wie ich dahin komme.«

»Gut für dich«, erwiderte Grace.

Auf die eine oder andere Weise hatte das Gespräch mit Grace für Cressida die Luft gereinigt, und zwischen ihr und Frank ging es allmählich wieder besser. Außerdem war es teilweise, wenn auch unbeabsichtigt, Tim Wallace zu verdanken, der am nächsten Morgen anrief, kurz bevor Frank mit Gil nach Stanstead fahren wollte, und versuchte, die tags zuvor mit Cressida getroffene Absprache umzuwerfen. Jetzt bestand er darauf, sie solle das Haus im Verlauf des bevorstehenden Wochenendes räumen: Sein Bauunternehmer, erklärte er, habe in der folgenden Woche Zeit, mit den Renovierungsarbeiten zu beginnen. Cressida war nicht gewillt, sich seinem Diktat zu beugen, aber Frank schlug milde vor, sie könnten, da Tims Dringlichkeiten mit ihren zusammenpaßten, die Sache hinter sich bringen. Sie setzte dem eine Liste der Dinge entgegen, die zu erledigen waren: Termine bei der Bank und dem Anwalt, die Kleider ihres Vaters mußten sortiert und an die Sammelstelle der Wohlfahrt geschickt, die Sachen des Gesundheitsdienstes ins Krankenhaus zurückgebracht, Möbel ins

Lager transportiert, Papiere gesichtet und das Haus mußte gereinigt werden. Die Liste wurde immer länger.

»Die Reinigung kannst du dir sonstwohin stecken. Wenn Wallace es so verdammt eilig hat, sehe ich keinen Grund, weshalb wir uns wegen einer Reinigung den Kopf zerbrechen müßten – schon gar nicht, wenn die Bauarbeiter kommen.«

»Ich glaube, es gibt gar keinen Bauunternehmer«, erklärte Cressida und fügte hinzu, ob Bauarbeiter oder nicht, sie könne das Haus nicht wie eine Müllkippe zurücklassen, als Gil sie an den Schultern packte. »Mum, spiel doch nicht immer die Märtyrerin. Hast du die Sklavenrolle nicht schon lange genug gehabt? Laß es sausen. Das Haus sieht gut aus.«

»Warum teilen wir nicht einfach zwischen uns auf, was zu tun ist?« schlug Frank vor. »Ich seh die Kleidung durch, dann ruf ich bei Mallam an und erkundige mich, wann sie die Möbel holen können.« Er legte Cressida den Arm um die Schultern. »Je eher das erledigt ist, mein Engel, desto eher können wir nach Hause.«

Cressida hatte immer noch Einwände. »Ich glaube, wir können nichts verkaufen, solange das Testament nicht geprüft ist.«

»Nein, aber das Auktionshaus hat sicher Lagermöglichkeiten. Es sind ja nur ein paar Positionen.«

»Aber seine Papiere sind doch in der hohen Kommode im Schlafzimmer.«

»Mum, die können wir in eine Kiste packen, und du studierst sie bei Grace«, mischte Gil sich ungeduldig ein. »Oder zu Hause. Ich wette, das meiste ist sowieso Müll.«

Cressida lächelte. »Nein«, entgegnete sie siegessicher. »Eine von den Schubladen ist voll mit Aquarellen. Ich habe sie noch nicht vollständig durchgesehen, aber es sind ein paar gute Namen darunter, und Grace hat versprochen, sie mit mir zu prüfen.«

»Sind die auch sicher von deinem Vater?« fragte Frank. »War Marjorie nicht Kunsthändlerin? Vielleicht waren es ja ihre.«

»Nein«, erklärte Cressida bestimmt. »Sie gehörten meiner Mutter. Ich kenne sie schon seit meiner Kindheit. Sie waren immer in diesem Schrank. Jedenfalls hat mein Vater sie mir hinterlassen.«

»Hast du das Testament gesehen?«

»Nein, aber vor ein paar Monaten haben wir darüber gesprochen, und ich rief den Anwalt an. Ich wollte mich vergewissern, was mir gehört. Daddy hat mit Stephen – das ist der Anwalt – eine Liste erstellt, als sie von Korfu wieder hierhergezogen sind.«

»So ein Glück. So was von aufmerksam.« Irgendwie klang es wie eine Beleidigung. Ihm drängte sich der Gedanke auf, der Inhalt der Schublade hätte ja vielleicht verkauft werden können, um einen Teil der Pflegekosten zu bestreiten, aber er hielt den Mund. Die Situation war auch so schon aufgeladen genug.

»Wir müssen los, Dad«, mahnte Gil, »oder ich verpasse mein Flugzeug.« Er umarmte seine Mutter. »Hör auf, dir um alles Sorgen zu machen, Mum. Und meinetwegen auch nicht. In zwei Monaten bin ich wieder da.«

Duncreagh Listening Post

Die in dem mysteriösen Todesfall am Fluß ermittelnde Ortspolizei wurde durch die Kriminalbeamten Superintendent Peter Coffey und Phil McBride aus Cork verstärkt. Superintendent Coffey leitet die Untersuchung.

(Archiv)

Gil

Als ich Frankreich verließ, fuhr ich nicht nach Hause und meldete mich auch nicht bei meinen Eltern. Ich arbeitete für ein paar Wochen in einem Stadthotel in Dublin, um meine Kasse aufzufüllen, dann machte ich mich früh an einem hellen Montagmorgen per Anhalter auf den Weg nach Süden. Das war der einfache Teil. Von Cork nach Duncreagh war es schon verzinkter. Der Bus war ein richtiger alter Knochenschüttler, der in jedem Dorf hielt. Ich hatte geplant, direkt nach Trianach zu fahren, doch als ich in Duncreagh ausstieg und einen Passanten nach dem Weg fragte, meinte der, es sei gut sechs Meilen entfernt, aber ich würde auf der Straße sicher einen finden, der mich mitnehme. Die Zusatzinformation war nett, aber irgendwie war ich nicht scharf aufs Trampen, und für einen so langen Marsch war es schon ein bißchen spät am Tag. Ich hatte nicht vorgehabt zu arbeiten – die Zeit war ein wenig knapp –, doch plötzlich verließ mich der Mut, und ich fragte mich, was in aller Welt ich eigentlich tat. Meine Suche erschien dumm und zwecklos. Ich war mir nicht sicher, was ich machen sollte.

Ziellos wanderte ich durch den Ort, als ich im Fenster eines schrill aufgemachten Restaurants namens Provender ein Schild entdeckte – sie suchten nach einem Aushilfskellner. Ich spähte hinein, und eine Frau hinter dem Tresen winkte mir zu. Die Tische waren fürs Abendessen gedeckt, aber es war noch zu früh für Gäste. Ich trat ein, bewarb mich für den Job und zeigte ihr die Zeugnisse von meinen verschiedenen Beschäftigungen. »Jedenfalls haben Sie alle Voraussetzungen.« Sie lachte. Ein bißchen sah sie wie meine Mutter aus, nur kleiner und fröhlicher. Sie ließ mich einen Probedurchgang mit Tellern und Gläsern absolvieren. Es war ein Kinderspiel, aber damals war das kein Wunder, nach den Monaten, die ich mit Servieren zugebracht hatte. »Der Bursche, der für mich arbeitet, mußte nach Cork zurück – er trainiert für irgend so ein sportliches Ereignis, wenn Sie so wollen«, erläuterte sie. »Er ist erst in vierzehn Tagen wieder zurück. Wenn Sie also versprechen, für diese Zeit dazubleiben, ist es Ihr Job.«

Zwanzig Minuten später zeigte man mir ein kleines, quietschrosa gestrichenes Zimmer unter dem Dach, das anscheinend zu der Abmachung gehörte. »Eines hab ich gelernt: Wir können die Leute nicht halten, wenn wir ihnen keine Unterkunft samt drei Mahlzeiten am Tag bieten«, teilte Mrs. Cronin mir aufgekratzt mit. »Bedingung: Sie bleiben die ganzen zwei Wochen, denken Sie daran. Wenn nicht, stell ich Ihnen das Zimmer in Rechnung. Einverstanden? Montags ist Ruhetag. Die tägliche Schicht ist zweigeteilt. Tut mir leid, aber das ist nun mal so.« Sie war nett, aber bestimmt in dem, was sie tolerieren würde und was nicht. Zwar redete sie wie ein Wasserfall, aber abgesehen von einem beiläufigen Blick auf meine Zeugnisse, fragte sie nicht nach irgendwelchen persönlichen Dingen. Das gefiel mir.

Das Restaurant lief gut: etwa vierzig Gedecke am Mittag und ebenso viele am Abend. Die Karte war nicht gerade üppig, aber das Futter war nicht übel – keine Spezialitäten, aber viel. Freitags und samstags spielte abends ein Jazztrio. Anders als Frank und Katie May bin ich nicht musikalisch, aber das war anscheinend eine große Attraktion, denn an solchen Abenden war der Laden immer brechend voll. Die Leute in Duncreagh waren freundlich und gaben große Trinkgelder: Ich verdiente weit mehr als etwa in Deutschland oder Frankreich. Dumm war nur, ich mußte so hart arbeiten, daß ich immer vollkommen geschafft war und den größten Teil meiner Freizeit verschlief. Während der ganzen vierzehn Tage schaffte ich es nicht nach Trianach raus. Irgendwie denke ich, ich war noch nicht bereit dafür. Leider.

Die zwei Wochen in Duncreagh hatten einen Nachteil und einen Vorzug, doch beides wurde mir erst später klar: Ich konnte mich im Ort völlig frei bewegen, ohne etwas erklären zu müssen, hatte aber keine Ahnung, wer von den Gästen des Provender vielleicht aus Trianach war. Ich nehme an, in meiner Unschuld glaubte ich, als Kellner wäre ich gewissermaßen anonym. In dem Job lernt man als erstes, den Gast nicht direkt anzusehen. Du bist der Typ, der die Bestellung aufnimmt, und keiner achtet wirklich auf dich. Solange du keinem die Suppe in den Schoß kippst, natürlich. Doch dafür bin ich dann doch ein wenig zu gut.

In einer Hinsicht hatte ich aber wirklich Glück. Das Büro der örtlichen Wochenzeitung, Auflage ungefähr dreitausend, befand sich zwei Türen vom Restaurant weg. Die Zeitung nannte sich *Duncreagh Listening Post* und nahm sich selbst sehr ernst. Mein Verstand hatte wohl nur mit halber Kraft gearbeitet, denn erst nach ein paar Tagen fiel mir ein, daß eine Zeitung höchstwahrscheinlich über ein Archiv verfügt. Die Dame am Empfang war gutgläubig und nahm es mir ab, als ich ihr erzählte, ich würde eine Arbeit für meinen Englischkurs in Oxford verfassen – sie war wohl ziemlich beeindruckt, denn sie konnte gar nicht genug für mich tun. Sie war echt nett, und ich kam mir gemein vor, weil ich gelogen – oder fast gelogen – hatte.

Die nächsten Tage schaute ich, so oft es ging, auf einen Sprung bei der *Listening Post* vorbei, um im Archiv zu stöbern. Ich hatte angenommen, die alten Ausgaben wären auf Mikrofilm oder Mikrofiche, aber sie waren Jahrgang für Jahrgang lose in riesigen Ordnern gebunden. Das verlangsamte meine Suche natürlich. Es war leicht, auf Abwege zu geraten und Lokalpossen nachzulesen. Es tauchte nichts auf, was auch nur entfernt von Interesse gewesen wäre, bis ich aufhörte herumzuspielen, mich in mein quietschrosa Zimmer zurückzog und einen Angriffsplan ausarbeitete. Ich blätterte nicht mehr wahllos durch frühere Ausgaben, sondern ging strikt nach System vor. Zunächst versuchte ich herauszufinden, wann wir vom Mündungsdelta weggezogen waren. Mit Hilfe meines Geburtstags im März als Bezugspunkt glaubte ich bei einem Datum in dessen Nähe einen Versuch machen zu können. Nach mehreren Anläufen fand ich einen kleinen Artikel über John Spains Tod draußen an den Baltiboys-Felsen. Doch ich kam nur deshalb darauf, daß er von Spain und meinem Vater handeln mußte, weil es hieß: »Ein Fischer, der zu Hilfe eilen wollte, ertrank.« Keiner der Männer wurde beim Namen genannt. Das war an sich schon seltsam, weil ansonsten überall in der Zeitung Namen und Mitteilungen über die Bevölkerung verstreut waren. Ich saß ganz still und hatte das Gefühl, ein Schwall eisiger Luft ziehe um meinen Kopf. Keine Namen. Keine Hinweise, die mich weiterbringen konnten, wenn man davon absah, wie unwahrscheinlich es war, daß die gleiche Art von Unfall, bei der mein Vater ums Leben gekommen war, im selben Jahr, geschweige denn im selben Monat, noch einmal passierte.

Ich arbeitete mich durch jeweils zwei Wochen vor und nach dem Ertrinken, doch alles, was irgendwie entfernt von Belang war, blieb letztlich auf wenige Ausgaben beschränkt: Eine vor und zwei nach dem Unfall. Ich weiß, es ist nur ein lokales Käseblättchen, das noch dazu wöchentlich erscheint und sich mehr für landwirtschaftliche Ausstellungen und örtliche Würdenträger interessiert als für sonst etwas, aber ich spürte, in der Umgebung von Duncreagh hatte sich Ende September vor zehn Jahren etwas ereignet, das zum Himmel stank. Dann glich ich die alten Berichte gegen ein paar neuere ab und stellte fest, daß die *Listening Post* kaum etwas mit den landesweit erscheinenden Magazinen gemeinsam hatte: Keine Sensationshascherei, nicht einmal vage Aufregung. Man schien sich um den Ruf der Leute zu sorgen. Ich denke, wenn man sein ganzes Leben in einem so kleinen Ort zubringt, wird das wohl wichtig sein, da jeder jeden kennt. Wie Mrs. Cronin sagte: »Hier wissen sie schon, was du zum Frühstück ißt, noch bevor du den Kühlschrank aufmachst.« Wenn das stimmte, war es vielleicht gar nicht nötig, Namen oder reißerische Einzelheiten zu drucken. Doch bei einem Bericht über eine Frau, die man tot in ihrem Garten gefunden hatte, ohne daß Namen oder der Ort genannt wurden, verblüffte mich doch, wie sehr man die Wohlanständigkeit übertrieben hatte. Aber ich war fasziniert. Im Verlauf dieser Woche, und später noch ein- oder zweimal, fotokopierte ich eine Reihe von Artikeln, die mir wichtig vorkamen, und nahm sie mit, um mir später den Kopf darüber zu zerbrechen. Erstaunlicherweise stellten die meisten davon sich als kleine Puzzlestückchen heraus und gaben mir eine Menge mit, über das ich mir Gedanken machen konnte.

Ehe ich es merkte, waren meine zwei Wochen im Provender vorüber. Bevor ich mich von Mrs. Cronin verabschiedete, und solange mein Handy noch Saft in der Batterie hatte, ließ ich einen Schwarm sorgfältig formulierter Botschaften für meine Eltern und meine kleine Schwester los. Zum Glück beantworteten sie die Anrufe nicht persönlich – doch das konnte auch daran gelegen haben, daß ich um fünf am Nachmittag anrief. Ich hatte Gewissensbisse, weil ich Katie May keine einzige Karte geschickt hatte, und hoffte, Thierry, einer der Jungs im Yachthafen, hatte sein Versprechen gehalten und alle paar Tage eine von dem Stapel eingeworfen, die ich zuvor geschrieben hatte. Er war ein netter Kerl, aber ansonsten ziemlich weggetreten.

Wo ich schon dabei war, schaute ich auch bei den SMS nach. Zwei hatte Katie May geschickt; in der ersten meinte sie, ich sei ein hoffnungloser Fall, weil ich nicht schrieb (Daumen runter für Thierry, oder hatte er vielleicht mein Frenglisch nicht verstanden?), und in der zweiten teilte sie mir mit, Dad habe kapituliert und versprochen, ihr einen kleinen Hund zu kaufen. Die liebe kleine Twink. Von meiner Mutter waren keine da. Sie hatte es nie geschafft, das Versenden von SMS zu meistern. Sie sprach ihre Nachrichten auf Band – das übliche Zeug wie Wetter, sich richtig ernähren, ausreichend Pausen machen, wann ich denn nach Hause käme. Ich hörte mir noch die anderen an, achtete aber nicht sehr darauf. Ich fühlte mich von zu Hause und der Familie abgeschnitten. Trieb davon, ohne zu wissen, wie ich je wieder zurückkommen würde.

Einen Schock hielt Duncreagh noch für mich bereit. Bevor ich mich auf den Weg machte, kaufte ich ein paar Kleinigkeiten ein, aber nur, was in meinem überfüllten Rucksack noch Platz hatte. Als ich von einem Laden zum nächsten wanderte, kam ich bei einem Grundstücksmakler vorbei, und in seinem Fenster sah ich das Bild eines Hauses – so vertraut, daß mir fast das Herz stehenblieb. Es war versehen mit einem Aufkleber ZU VERKAUFEN. Der Montag als Ruhetag schien sich für Makler ebenso zu geziemen wie für Restaurants: überall geschlossen. Ich fühlte mich krank. Sollte ich weitermachen oder mich Mrs. Cronins Gnade ausliefern und wieder um mein rosa Zimmer bitten? Als ich ging, hatte sie mich wissen lassen, ich könne jederzeit wieder bei ihr arbeiten, und ich versprach, im nächsten Sommer wiederzukommen. Im Moment war mir danach, zu ihr zu rennen und zu sagen: »Nehmen Sie mich wieder. Jetzt, jetzt, jetzt.«

Ich hatte wenig unternommen, um mich auf den nächsten Abschnitt des Abenteuers vorzubereiten – wenn man es denn so nennen konnte. Im kalten, gedämpften Licht des Tages kam ich zu dem Schluß, die ganze bescheuerte Eskapade habe überhaupt keinen Sinn. Ich nahm mir vor, mich gründlich in der Bucht der Flußmündung umzusehen und dann aufzugeben. Der Tag war angenehm, mit einem frischen Wind, der schwach nach Seetang roch. Ein oder zwei Autos hielten, und man bot mir an mitzufahren, doch ich marschierte lieber. Jeder Schritt meines Weges schien mich immer weiter von der Realität zu entfernen. Ich fühlte mich von der Vergangenheit losgelöst, drängte aber voran wie ein Roboter. Als ich etwa drei Meilen zurückgelegt hatte, rollte der Nebel vom Meer herein, und alles verschwand. Ich war im Nichts, von der Außenwelt abgeschnitten, bis ich fast von einem überholenden Lieferwagen umgefahren wurde. »Um Gottes willen, Ihretwegen wär mir fast das Herz stehengeblieben«, rief der Fahrer. »Soll ich Sie ein Stück mitnehmen?« Dieses Mal hopste ich dankbar hinein.

Zehn Minuten darauf war ich in Passage South, einfach weil ich dem Fahrer nicht sagen wollte, was mein Ziel war. Dort geschah etwas, was mich auf meinen ursprünglichen Plan zurückkommen ließ.

Passage South wimmelte von ausländischen Studenten. Der Mann im Pub redete mich auf deutsch an. Die hellen Haare, nehme ich an. Ich antwortete genauso, noch ehe ich darüber nachgedacht hatte. In der Schule hatte ich ein paar Jahre Deutsch gehabt. Ich murmelte irgendwas davon, auf die Fähre zu den Inseln warten zu wollen. Es machte alles einfacher, wenn man dachte, ich sei ein Fremder auf der Durchreise. Als ich – natürlich auf deutsch – ein Bier bestellte, glaubte ich schon, der Barmann wollte mich wegen meines Alters angehen, doch am Ende schob er das randvolle Glas über die Theke, wenn auch mit einem genau bemessenen Zögern, das mir seine Zweifel klarmachen sollte, ob ich denn alt genug sei. Ich grinste nur und sagte: »Cheers.«

Ein komischer alter Kauz mit Sonnenbrille und einer Tweedmütze saß weiter unten an der Bar und bequatschte eine Frau in Lederhosen (fetter Hintern) und dunkelgrauem Sweater mit Unmengen Silberschmuck. Beinahe hätte ich laut herausgelacht. Sie hing über ihm, während er sie mit offenem Mund begaffte, und das überraschte mich ein wenig, weil ich ihn seiner Aufmachung nach als Schwulen abgetan hätte. Von mir nahmen sie keinerlei Notiz.

Die Wände waren mit eingerahmten Seekarten bedeckt. Eine besaß sogar winzige blinkende Lichter, die entlang der Küste nacheinander aufleuchteten und die Leuchttürme markierten. Als ich den Blick landeinwärts wandern ließ, blieb ich plötzlich bei Trianach hängen. Ich hatte wohl, ohne es zu merken, die Zufahrt passiert, noch ehe mich der Lieferwagen aufgelesen hatte. Das fand ich aus irgendeinem Grund aufregend. Ich trank aus und schaute mich beim Gehen nach dem Namen über der Tür um. M&J Hussey löste bei mir gar nichts aus. Auf dem Rückweg über die Landstraße hob sich der Nebel, und ich fand es gespenstisch, wie vertraut mir die Reihen der Fuchsienhecken vorkamen. Oder war es der Duft des wilden Geißblatts? Etwas, an das ich mich undeutlich erinnerte, kitzelte mich in der Nase. Ich erwartete halb, die namenlosen Gesichter zu sehen, die meine Erinnerung bevölkerten, doch ich erkannte niemanden, und angesichts der Aufmerksamkeit, die Passanten für mich übrig hatten, hätte ich ebensogut unsichtbar sein können. Ich nehme an, ich sah aus wie all die anderen vergammelten Typen, die in der Gegend rumhingen. Nichts als ein weiterer namenloser Rucksacktourist. Ich dachte wirklich, ich sei unsichtbar.

In ganz Trianach breiteten Neubauten sich wie Ausschlag über die Landschaft aus. Eine Menge Autos kamen an mir vorbei, die meisten neu und protzig, aber es gab so wenige Fußgänger, daß es schon unheimlich war. Tars verfallene Hütte lag abseits der anderen Häuser der Siedlung – wie durch ein Wunder noch immer nicht einzusehen. Ich brauchte eine Weile, um sie ausfindig zu machen: Es gab nichts, was mit dem Bild in meinem Kopf übereinstimmte, bis ich zum Ufer hinunterging und den kleinen Stichkanal entdeckte, wo er sein Boot früher liegen hatte. Ich stand am Wasser, und die Erinnerung durchflutete mich, als hätte jemand eine gigantische Glühbirne eingeschaltet. Diesen kleinen Pfad waren wir so oft entlanggetrottet, daß meine Füße den Weg zu kennen schienen. Auf der Vorderseite war das Haus völlig überwuchert, doch der hintere Bereich war genau so, wie ich ihn in Erinnerung hatte: nackte Felsen und ein Pflaster aus Natursandstein. Der Pfad zur verrotteten Hintertür war frei.

Als ich eintrat, überfiel mich säuerlicher Mäusegeruch. Sie hatten die Vorhänge größtenteils aufgefressen, und aus Tars ramponiertem altem Sofa quoll die Füllung. Auf dem Tisch lagen Teile alter Bootsmotoren. Ich mußte lachen, als ich das sah. Es beförderte mich direkt zurück. Armer alter Tar. Er pfuschte fortwährend herum, aber er konnte nie etwas wieder zum Laufen bringen: Wenn es kaputt war, blieb es kaputt.

Ich fragte mich, warum keiner der Nachbarn hier aufgeräumt hatte. Hatte das Haus leer gestanden, seit John Spain gestorben war? Abgesehen von den Mäusen, roch es nach Schimmel und Feuchtigkeit und noch etwas, was ich wiederzuerkennen glaubte. An der Decke, wo der Regen eingedrungen war, waren große Flecken zu erkennen. Es gab keinen Strom, und ich hatte keine Streichhölzer dabei. Also zog ich mir eine Dose Bier rein und aß die zerdrückten Sandwiches, die ich in Duncreagh besorgt hatte. Mittlerweile wurde es dunkel, und in der Hütte war es kühl, also ging ich in das kleine Schlafzimmer im Hintergrund und streckte mich auf den Resten von John Spains Bett aus.

Das war der Moment, in dem die Ereignisse jener letzten Nacht an der Flußmündung anfingen, wie ein ausgeblichener Film in meinem Kopf abzulaufen. Meine Erinnerung kehrte mit aller Gewalt zurück. Schließlich und endlich hatte ich in diesem Bett schon einmal geschlafen.

E-Mail von Sean Brophy an Fiona Moore

Liebe Fiona, *Neue Gesichter* wäre ein guter Titel. Sehr gut sogar. Ungefähr einen Tag lang werde ich über den Vorschlägen brüten, die Sie mir geschickt haben. Inzwischen habe ich auch so etwas wie eine gute Nachricht für Sie. Glaube, das schreit nach einem Mittagessen. Nächsten Montag? Gleiche Zeit, gleicher Ort? Sean.

8

Nachdem Gil abgereist war, blieb der Rest der Familie bei Grace in North Oxford, wo Cressida, nachdem ihr Mann ein wenig herumgenörgelt hatte, schließlich zugab, daß sie eine Pause gebrauchen könnte. Sie schrieb rasch eine Notiz für Tim Wallace, in der sie versprach, Ende der kommenden Woche zurück zu sein. Dann wollte sie auch die Aquarelle durchsehen und alles erledigen, was noch offen war. Drei Tage darauf flogen die Recaldos nach Dublin, holten Franks Auto zu Hause ab und fuhren für die letzten Tage der Dreharbeiten nach Waterford. Als das abgeschlossen war und das Filmteam sich zerstreut hatte, fuhren sie übers Wochenende in ein Landhotel bei Ballyhack am Westford-Ufer des Barrow.

Das großartige Wetter hielt sich und damit auch ihre gute Laune. »Warum können wir nicht hier wohnen?« fragte Katie May eines Nachmittags, als die drei am Fluß entlangschlenderten.

Während sie vorausrannte, sahen Cressida und Frank einander fragend an. »Weißt du, genau das habe ich auch gerade überlegt«, merkte Frank an. »Hier, oder an einem ähnlichen Ort. Jetzt, wo Gil mit der Schule fertig ist, müssen wir nicht in Dublin bleiben, oder? Wenn wir das Haus verkaufen, könnten wir uns eine recht hübsche Bleibe auf dem Land leisten.«

Cressidas Antwort enttäuschte ihn. »Glaubst du wirklich, wir würden für das Haus so viel bekommen?«

»Mindestens. Und mein Einkommen wird sich noch weiter verbessern, da bin ich sicher.«

»Ach, Frank, natürlich wird es das.« Endlich lächelte sie. »Das wäre wundervoll – ich hatte mich davor gefürchtet, in das Haus zurückzukehren. Wir sollten es machen. Solange eine Schule für Katie May in der Nähe ist.«

»Wir könnten gleich anfangen, uns umzusehen, wenn du magst.« Frank hoffte, es sei nur das Haus, das sie fürchtete. »Zähl auf, was dir wichtig wäre.«

»Erst du.«

»Irgendwo am Fluß.«

»Flußmündung«, warf Cressida ein. »Es muß auch nah am Meer liegen.«

Frank hob ihre Hand an seine Lippen. »Nichts wäre mir lieber, Schatz.« Er zog sie an sich, und zum ersten Mal seit undenklichen Zeiten reagierte sie mit Wärme.

»Garten. Großer Garten. Ich könnte Kräuter ziehen.«

»Große Küche.«

»Großer Hund«, rief Katie May. »Wie Finnegan.« Finnegan, der rote Setter, war sehr alt geworden und gestorben, kurz bevor Cressida nach Oxford ging. »Und ein Riesenschlafzimmer mit gelben Vorhängen.« Gelb war ihre Lieblingsfarbe.

Cressida strich ihr Haar zurück. Ihre Augen blitzten. »Ach, Frank, Liebling, wäre das nicht herrlich? Wir sollten es tun.«

Er grinste auf sie hinunter. »Gut, wir werden genau festlegen, was wir wollen, und dann mit der Suche beginnen.

Wenn wir uns nicht allzusehr auf einen bestimmten Bezirk fixieren, sollten wir eine gute Auswahl haben. Es muß nahe genug an einer Stadt liegen, mit Einkaufsmöglichkeiten, Leihbücherei, Buchhandlung. Zugverbindung nach Dublin wäre gut. Noch was?« Er hängte sich bei Cressida ein. »Solange wir wieder alle vereint sind, mein Liebling, ist es mir völlig schnurz, wo es genau liegt. Wicklow, Wexford, Waterford, Kerry, Clare, Galway, Donegal.« Flink hüpfte er die ganze irische Küste entlang, doch Cork sparte er aus, obwohl sie beide daran dachten. »Wir könnten natürlich auch die Hütte ausbauen«, fügte er nachdenklich hinzu.

»Ach nein. Ich mag sie, wie sie ist«, wandte Cressida ein. »Außerdem ist sie für ganzjähriges Wohnen doch zu abgelegen.« Das stimmte: Die Hütte in der Nähe von Castlebrion lag sieben oder acht Meilen von der nächsten Schule entfernt. Ursprünglich hatten sie sie gekauft, um in der Nähe von Franks Familie zu sein. »Ich glaube, ich hätte gern wieder einen Job, wenn es geht, jetzt, wo Katie in die Schule geht.«

»Das wäre großartig«, sagte er und meinte es auch. Er nahm Cressidas Gesicht in beide Hände. »Ich komme mir wie ein Schwein vor, weil ich damals so unaufrichtig war, als du hinter dem Job in der Galerie her warst. Das tut mir sehr leid. Ich schäme mich. Manchmal wache ich auf und fühle mich elend. Wie dumm ich war.«

»Es war nicht der richtige Zeitpunkt, Schatz.« Sie lächelte reuevoll. »Nein, das meine ich wirklich. Es war einfach der falsche Moment, wenn du dir überlegst, was dann im nächsten Jahr geschah, mit meinem Vater und all den anderen Dingen. Ich bin froh, daß alles vorbei ist«, fügte sie ruhig hinzu, »aber ich bin auch froh, daß ich es gemacht habe. Mich um ihn gekümmert habe ...«

»Du bist ein freundlicher und nachdenklicher Mensch, Cress. Ich hoffe ...«, er tastete sich vor, weil er wußte, wie empfindlich sie sein konnte, wenn es um ihren Vater ging, »... ich hoffe nur, er hat sich ein wenig Anerkennung anmerken lassen.«

Cressida zuckte mit den Schultern. »Anerkennung zu zeigen war nicht gerade seine Stärke. Ich habe es auch für mich getan.«

»Ja, ich weiß. Hast du schon was ins Auge gefaßt, wegen eines Jobs?« fragte er wie nebenbei.

Cressida lachte. »Nun, sicher nicht als Krankenschwester, das kann ich dir zumindest schon mal sagen. Es stand mir bis hier, mit Bettpfannen zu hantieren. Ich will einfach die Augen offenhalten. Aber wenn wir aus Dublin wegziehen ...« Sie hielt plötzlich inne. »Frank? Was ist mit Phil McBride? Wird er sich nicht ärgern, wenn du deine Arbeit im Phoenix Park aufsteckst?«

Frank zog sie sacht an den Haaren. »Du denkst dabei doch nicht an meine Stories? Würden meine Eingebungen versiegen, wenn ich nicht meine ermittelnde Hand drinhätte?« neckte er sie. »Im vergangenen Jahr habe ich kaum etwas für Phil gemacht«, fügte er unvorsichtig hinzu und hätte sich gleich dafür in den Hintern treten können. Nachdem Gil mit der Schule fertig war, hatte er unter anderem seinen Teilzeitjob im Hauptquartier der Garda als Grund vorgeschoben, weshalb er in Dublin bleiben mußte.

Es hätte auch eine vorüberziehende Wolke gewesen sein können, die einen Schatten auf Cressidas Gesicht legte, doch die Atmosphäre kühlte sich ein wenig ab. Sie sah ihn von der Seite her an, sagte aber nichts. Sie schlossen zu ihrer Tochter auf und fanden einen abgelegenen Strand an der Mündung des Flusses, wo sie ein kaltes, schnelles Bad nahmen. Von einem Umzug in ein anderes Haus war nicht mehr die Rede.

Am folgenden Tag kam Murray Magraw von Tipperary herüber und aß mit ihnen zu Mittag. Danach besuchte Cressida mit ihm zusammen Halcyon, die noch immer in Clonmel im Krankenhaus lag. Von dort wollte sie per Bahn nach Dublin und dann weiter nach Oxford fahren, während Frank und Katie May für ein paar Tage in der Hütte bleiben würden. Sie versprach, gegen Ende der nächsten Woche zurück in Dublin zu sein.

Kaum war sie abgefahren, hellte die Atmosphäre sich auf,

doch Frank kam sich schuldig und illoyal vor, weil er das dachte. Er fuhr für das Wochenende mit seiner Tochter über Land nach Kerry. Frank war nicht wohl dabei, doch Katie May war in ihrem Element. Die Hitzewelle dauerte an, sie schwamm und spielte mit ihren Vettern, die ein paar Meilen entfernt wohnten, während Frank vergeblich versuchte, einen Aufbau für sein nächstes Buch zu entwerfen. Gewöhnlich mangelte es ihm nicht an guten Einfällen, doch dieses Mal verließ ihn seine Inspiration. Halb fragte er sich, ob das nun Hybris war, weil er behauptet hatte, nicht auf die Polizeiarbeit angewiesen zu sein. Oder, was wahrscheinlicher war, weil er geflunkert hatte. Jedenfalls erwies es sich als unerklärlich schwierig, einen tragfähigen Plot auszuarbeiten.

Zum Ausgleich hatte er Katie May einmal ganz für sich, und endlich hatte er die Zeit, mit dem kleinen Mädchen weniger streng zu sein – oder besser gesagt, zu seinem Sklaven zu werden. In Oxford war sie ziemlich einsam gewesen, jetzt genoß sie es, ihren Vater herumzukommandieren. Bald war es so, als wären sie nie getrennt gewesen, und er ertappte sich bei dem Wunsch, die Arbeitsunterbrechung möge ewig andauern.

Cressida rief jeden Morgen an und versprach, sich ihnen bald anzuschließen. Wann? Wenn sie alles erledigt hatte. Die Liste der Probleme wurde immer länger: der Anwalt war verspätet aus dem Urlaub zurückgekehrt, die Versicherung stellte die Höhe der Begräbniskosten in Frage, Grace hatte ihr geraten, einige der Aquarelle bei Sotheby's schätzen zu lassen, Tim stellte sich bei allem stur – dem Inventar, dem Zustand des Hauses, dem vernachlässigten Garten. »Er droht damit, alles durch eine Firma beheben zu lassen und uns in Rechnung zu stellen, Frank. Das wird ungeheuer teuer.«

»Sag ihm, er soll sich zum Teufel scheren«, schlug Frank verdrießlich vor. »Wenn du es nicht machst, übernehme ich das.«

»Hab ich schon. Gestern bin ich total ausgerastet. Wir haben uns im Garten vor allen Nachbarn angebrüllt.«

»Das muß für dich doch richtig Schwung in die Sache gebracht haben.«

»Er wollte mich nicht ins Haus lassen. Behauptete, ich hätte Zeug mitgehen lassen, das seiner Mutter gehörte. Zum Glück hatte ich veranlaßt, daß Stephanie vorbeikommt. Sie hat sich Tim vorgeknöpft, aber wie!«

»Aber was machst du dann noch da drüben? Warum überläßt du es nicht den beiden und kommst heim?«

»Nun, das wollte ich ja, wenn das Auto mich nicht im Stich gelassen hätte. Das Zündkabel muß erneuert werden. Ich habe es für Montag angemeldet. Mittwoch sollte alles erledigt sein – spätestens aber Freitag.« Sie entschuldigte sich nicht. Frank glaubte ihr kein Wort. Was immer seine Frau in Oxford festhalten mochte, es lag bestimmt nicht am Zündkabel des drei Jahre alten Beetle von Volkswagen, das einzige, was ihr Vater für sie angeschafft hatte. Er war wütend und verwirrt und fragte sich, ob der gutaussehende Doktor etwas mit ihrem Widerstreben zu tun hatte, Elsfield zu verlassen – doch dann verdrängte er den Gedanken. Cressida war der Welt zu weit entrückt, um sich zu verlieben. Oder doch nicht? Hallo, dachte er, ein Schritt vorwärts, zwei zurück. Seit dem Tod seines Schwiegervaters fuhren seine Gefühle Achterbahn. Die kurze, glückliche Wiederannäherung in Waterford löste sich rasch in Konfusion auf. Hatte der Gedanke an einen Umzug ihre alten Dämomen geweckt und wieder Erinnerungen an die Flußmündung wachgerufen? Er wußte, ihr Herz hing immer noch an diesem Ort. Doch an diesem wunderschönen Tag in Ballyhack war es ihr gelungen, ihre Vorliebe für ein Flußdelta – irgendein Flußdelta – auszudrücken, ohne in Streß zu geraten. Oder hatte er sich das eingebildet? Seine zunehmenden Herzbeschwerden erschreckten ihn. Er brauchte seine Frau dringend, aber sie mußte aus eigenem Antrieb kommen. Sie mußte es wollen.

Warum war die Ehe nur eine solche Achterbahn? fragte er sich wütend: Er war niedergeschlagen und hatte das Gefühl, ihm werde ziemlich übel mitgespielt.

Duncreagh Listening Post

Die ermordete Frau war eine international anerkannte Kunstexpertin. Sie erholte sich gerade von einer Operation, als sie umgebracht wurde. Eine Anzahl von Personen unterstützt die Polizeibeamten der Garda bei ihren Untersuchungen. Bislang wurde niemand angeklagt.

(Archiv)

Gil

Ich schlief fast sechzehn Stunden, bis mich gegen sechs am Morgen die Sonne weckte. Ich lag auf dem Bett und versuchte den Geruch von Verfall zu ignorieren. Dann versetzte ich mich willentlich in die Verfassung zurück, die mich bis hierher gebracht hatte. Ich beschloß, nicht aufzugeben. Meine Vorräte würden ein paar Tage reichen, falls ich sparsam damit umging. Meine Zeit gehörte mir allein. Ich stand auf und begann mit meiner Erkundung. Damals fingen meine Probleme an.

Die Landschaft hatte keine Ähnlichkeit mit der Version in meinem Kopf. Die Wirklichkeit bot eine Verzerrung meines Kindheitstraums, der klar und überschaubar war: hellgrünes Gras, graue Felsen, braune und violette Hügel. Ich hatte ein deutliches Bild einzelner Häuser vor Augen, weil es so wenige gegeben hatte. Nun waren in der ganzen Umgebung Gebäude verstreut, die meine Orientierungspunkte verwischten. Woran ich mich erinnerte, war eine schlichte, fast abstrakte Schönheit. *Leer*, wenn man von den drei oder vier Bauten absah, die mir so gewaltig vorgekommen waren, daß ich nicht einmal auf die Idee gekommen war, ich könnte sie verfehlen. Nun gab es sie entweder gar nicht, oder sie verloren sich zwischen den hellen neuen Häusern, die so zufällig wie Kieselsteine verstreut waren.

Ich fragte mich, ob es vielleicht daran lag, daß ich mich Trianach von der Landseite her genähert hatte. Selbst nachdem ich jeden Zentimeter abgewandert war und auf der Suche nach einem vertrauten Anblick endlos am Wasser entlang – und auf den Sträßchen hin und her gelaufen war, schien nichts zu passen. Man hatte Zäune errichtet, Hekken angepflanzt und die Grenzen mit Pfählen markiert. Die Konturen des Landes waren nicht eindeutig festgelegt, aber vielleicht waren sie das damals auch nicht gewesen. Wenn die Berge im Hintergrund durch den Nebel oder den herabströmenden Regen einmal sichtbar wurden, sahen sie viel kleiner aus und waren nicht annähernd so eindrucksvoll wie in meiner Erinnerung. Ich suchte nach einer riesigen Form und fand sie nicht. In meinen Träumen sah ich mich mit John Spain durch vertraute Stätten wandern, doch wenn ich wach war, verflüchtigte sich das Gefühl dazuzugehören, und ich kam mir vor wie ein Außerirdischer, fremd an einem Ort, von dem ich gehofft hatte, er würde meine Zuflucht sein.

Auch der Fluß war anders. Ich hatte mich in der Vorstellung so viele Male darüber hinweggleiten sehen, mit dem Gesicht unten an der glasigen Oberfläche. Inzwischen war da keine glasige Oberfläche mehr – hatte es sie überhaupt je gegeben? Jeder Tag brachte eine Wetteränderung; kräftige Meeresbrisen, die zu regelrechten Stürmen auffrischten, waren die einzigen Konstanten, wenn ich die Straßen und das Flußufer auf und ab wanderte, bis ich völlig durcheinander war. Und verloren.

Ich konnte mich nicht dazu überwinden, nach Passage South rüberzugehen. Nach Duncreagh zu marschieren kam überhaupt nicht in Frage. Ich wurde immer niedergeschlagener. Die elende Beschäftigung des Überlebens schien den größten Teil meiner Zeit zu beanspruchen. Ich blieb jeden Tag länger in dem verstaubten alten Bett liegen, stand nur auf, wenn mein grummelnder Magen mich weckte. Hunger war mein ständiger Begleiter, und dazu eine tiefsitzende Kälte, die in meiner Kleidung nistete, bis ich mich fragte, ob ich die feuchte Hütte wie eine Schnecke auf dem Rücken herumtrug. Der Geruch von Schimmel haftete in meiner Nase wie verdorbener Käse. Mein Kopf wurde so träge, daß mir der Gedanke, meine Suche nach Orientierungspunkten *vom Fluß aus* zu betreiben, vier Tage lang entging. Doch als mich die Vorstellung dann eingeholt hatte, wußte ich, es war der einzige Weg, wenn irgend etwas einen Sinn ergeben sollte.

Als Kind hatte ich immer in dem einen oder anderen Boot gesessen und die Bucht mit der Flußmündung in alle Richtungen überquert. Gelegentlich war es die *Azurra*, die Yacht meines Vaters, aber häufiger war ich mit Tar unterwegs. Cressie war nicht begeistert von Schiffen oder davon, auf dem Wasser zu sein. Sie hatte es gern, auf den Fluß hinauszuschauen, an seinem Ufern zu leben und entlangzuspazieren. Doch als echte Frau vom Land hielt sie sich auf Distanz. Sie ging nie zum Schwimmen und verabscheute die Yacht. Irgendwie war mir klar, es war nicht einfach die Angst vor dem Meer, die sie geleitet hatte, eher die Angst vor meinem Vater. Auch ich war nicht gern auf der Yacht. Nur in den Stunden und Tagen, die er auf See – und aus dem Weg – war, konnten wir wirklich glücklich und entspannt sein. Hatte ich etwas zu diesem Stand der Dinge beigetragen? Abgesehen davon, daß ich jede Nacht vor meinem Bett kniete und betete, mein schrecklicher Vater möge uns doch in Frieden lassen? In Ewigkeit. Amen.

In Spains Hütte störte dieser unangenehme Gedanke mein Gefühl für die Realität. Bisher hatte ich es für sicher gehalten, daß mein Unglück zustande gekommmen war, weil meine Eltern nicht miteinander auskamen. Sie hatten einander gemieden, und es störte mich, daß ich mich nicht entsinnen konnte, sie jemals zusammen lächelnd oder glücklich gesehen zu haben. Ich hatte nur eine nebelhafte Erinnerung, wann die Gewalt eingesetzt hatte, weil damals nur wenig in meine kleine Welt eingedrungen war – aber irgendwann hatte sie angefangen, todsicher. Coribeen war voller Angst, die ich, dessen war ich mir sicher, sehen und spüren, ja sogar anfassen konnte. Auch Cressie mußte sie gespürt haben, denn gegen Ende standen wir beide, wann immer wir das Haus betraten, im Flur, hielten uns an den Händen und schnupperten so wie unser Hund Finnegan in die Luft. Wir hielten den Atem an und warteten auf die nächste Explosion. Wenn meine Mutter wüßte, wieviel mir in Erinnerung geblieben ist und wieviel ich über uns, die Sweeneys, herausgefunden habe, würde sie sterben. *Gil Sweeney, Mördersohn.*

Weshalb und wie wurde die Ehe zu einem solchen Alptraum? Ich will Ihnen was verraten: Mein ganzes Leben lang habe ich Sweeney für verantwortlich gehalten und ihm, ihm ganz allein, die Schuld gegeben. Jetzt, als ich hier war, wo alles angefangen hatte, kam mir das zu glatt vor. Zu kindlich vereinfacht. Drehten Paare ohne jeden Grund durch? War Cressie wirklich nur Opfer? Hilflos, während unsere Familie auseinanderbrach? So hatte ich das gesehen, als ich noch ein kleiner Junge war und ihr meine vollkommene, grenzenlose Verehrung entgegenbrachte. Doch in den beiden Tagen rund um Großvaters Begräbnis, als ich Cressie und Frank dabei beobachtete, wie sie einander umkreisten und ihre Worte durch ihr Verhalten Lügen straften, da war ich mir überhaupt nicht mehr sicher.

Als ich klein war, sah ich Cressie als meine Heldin an. Ich hielt sie für eine Göttin. Sie war zweifellos der wichtigste Mensch in meinem Leben. Mein Vater war eine Randfigur, und bevor er bösartig wurde, machte er sich kaum bemerkbar. In den großen Zeiten, als die Geschäfte in London boomten, fanden im Haus ständig Parties statt. Manchmal wanderte ich die Treppen hinab und fand das

Eßzimmer voller rotgesichtiger Männer und Frauen, die Zigaretten pafften, während Cressie sie bediente. Sie sind mir als Beine in Erinnerung geblieben: lange Cordsamtbeine, braune Collegeschuhe, glänzende schwarze Strümpfe an schlanken Waden, die hohen Absätze der Frauen vor meinem Gesicht baumelnd, wenn ich mich unter dem Tisch versteckte. Gelegentlich beugte ein Gesicht sich zu mir herab, man lächelte oder zwickte mich – spielerisch – in die Wange, doch da ich meine Stichworte nur von Cressie annahm, ignorierte ich diese Annäherungsversuche. Wenn Sweeney und seine Spielgefährten einmal sicher an Bord der Yacht aufgehoben waren, machten Cressie und ich uns davon – manchmal besuchten wir John Spain, oder wir fuhren in eine Stadt, zu einer Galerie mit großen hellen Bildern an weißen Wänden und einem gewaltigen Flügel. In der Rückschau sehe ich diese Zeiten in einem rosigen Schimmer von Sicherheit und Zufriedenheit. Rund um Duncreagh fand ich, obwohl ich suchte, nichts, was der Galerie ähnlich gewesen wäre. Vielleicht war sie ja in Daingean, etwa zehn Meilen entfernt, aber eigentlich spielte das keine Rolle: Es gab andere Orte, die ich dringender zu finden hoffte.

Keine Ahnung, warum ich nicht gleich an ein Boot dachte. Vielleicht war es der Geldmangel. Ich hatte erst kürzlich in einem Yachthafen gearbeitet und wußte also, wie teuer es war, ein Boot zu mieten, und dazu hatte man sich natürlich auszuweisen und all das Zeug. Unten an der Bucht lagen ein paar Aluminiumkähne, Gesicht nach unten, die mich auf die Idee brachten, mir einen davon auszuleihen – was ich möglicherweise auch getan hätte, wenn ich ein anständiges Paar Ruder gefunden hätte. Mir fiel wieder der Bootshafen ein, den ich gesehen hatte, als ich von Duncreagh nach Passage South latschte – zumindest war ich mir dessen sicher, obwohl er auf der ausgeblichenen alten Karte, die ich in der Hütte fand, nicht eingezeichnet war. Ich hatte eine undeutliche Vorstellung, er könne neben der alten Brücke liegen, wo der Fluß der Straße am nächsten kommt. Doch das war ein ganzes Stück weit weg, drei oder vier Meilen von der Zufahrt nach Trianach über die Straße nach Duncreagh. Es erschien einfacher, näherliegende Möglichkeiten auszukundschaften. In der Nähe der Marina von Passage South mußte es auch einen Bootshafen geben, aber das war irgendwie zu öffentlich, zu viele Leute. In diesem Stadium wollte ich keine Erklärungen abgeben. Eigentlich zu keinem Zeitpunkt. Ich konnte den Gedanken nicht ertragen, daß Leute mit den Gebeinen meiner Familie rasselten oder meine Geschichte besser kannten als ich. Ich nehme an, ich fürchtete mich vor dem, was ich möglicherweise herausfinden würde. Unerkannt zu bleiben hat einige Vorzüge. In gewisser Hinsicht genoß ich das Gefühl von Freiheit. Auf alle Fälle regnete es die ersten drei Tage in Strömen. Unglaublich. Es goß einfach wie aus Kübeln. Stunde um Stunde. Ich denke, es muß auch so geregnet haben, als ich ein Kind war, aber es ist komisch, ich erinnere mich nur an Sonnenschein.

Am Ende holte mich eher Hunger als Neugier ein. Als ich eines späten Abends auf der Suche nach etwas Eßbarem über den Dammweg von Trianach wanderte, bemerkte ich die Lichter eines Pubs am Wegrand, den ich übersehen hatte, als ich am Anfang nach John Spains Hütte suchte. Vor der Tür parkte ein schwarzer Mercedes. Drinnen waren nur ein paar Leute, aber der Laden war so winzig und schummerig, daß er voll wirkte. Ein Kerl stand an der Bar, und an einem Seitentisch saßen zwei Männer, ins Gespräch vertieft. Auf einer Tafel wurden frische Muscheln und Fritten angeboten. Ich bestellte eine doppelte Portion und eine Halbe Lager, setzte mich ans Feuer und wartete. Der Mann an der Bar ging, und als er an mir vorbeikam, glaubte ich ihn als den Kerl wiederzuerkennen, der am ersten Tag in Hussey's Bar gewesen war. Er achtete nicht auf mich. Keine Spur von der Freundin, aber er trug noch immer seine Mütze und die Sonnenbrille. Ein Geck. Er hatte einen Ledermantel um die Schultern drapiert. Gespreizter Schwachkopf. Die beiden rauh aussehenden Männer am

Tisch setzten ihre Unterhaltung fort, die, soweit ich das ausmachen konnte, aus einer Reihe liebenswürdiger Grunzer bestand. Gemeinsam verfügten sie vielleicht noch über sechs Zähne.

Ich hatte die Miesmuscheln auf meinem Teller zur Hälfte vertilgt, als einer ging und der andere Mann, der drahtigere von beiden, seinen Stuhl näher an meinen Tisch rückte. »Magst du die Dinger da?« fragte er und zeigte auf die Muscheln.

»Ja«, erwiderte ich. »Sie nicht?«

Er lachte lauthals. »Das Zeug rühr ich nich an – na ja, außer bei der Arbeit. Mir und dem Bruder«, er nickte in Richtung Tür, »uns gehören die Muschelbänke draußen in der Bucht an der Flußmündung. Die da sind von uns. Die sind also in Ordnung, oder?«

»Die sind gut. Großartig«, sagte ich, und er wirkte erfreut. Ich hatte plötzlich eine glänzende Idee. »Haben Sie vielleicht Arbeit für mich? Aushilfsweise? Teilzeit?«

»Könnte schon sein. An wie lange hast du denn gedacht?«

»Ein paar Wochen? Ich bin bei Freunden, möchte gern meinen Anteil zahlen«, erklärte ich, unsicher, ob er mir glaubte. Eigentlich bin ich sicher, er tat es nicht. Er sah aus wie ein neugieriges Frettchen.

»Also nicht fest angestellt und kein Rentenanspruch? Verdammich, das macht es leichter. Bist anner Uni?«

Ich war schon dabei, eine schnippische Antwort zu geben, etwa: »So könnte man es ausdrücken«, oder: »Kümmern Sie sich um Ihre eigenen Angelegenheiten.« Doch er hatte etwas, was ich mir zunutze machen wollte, und so sagte ich ihm wahrheitsgemäß: »Nicht vor Oktober.«

»Siehst aus wie'n starker Kerl. Kannste mit'm Boot umgehen? Da draußen geht es wüst zu.«

»Ja. Hab in der Schule gerudert und kann ein Dingi segeln. Hat mein Vater mir beigebracht«, fügte ich vertraulich hinzu, um glaubwürdiger zu klingen.

Er ergriff meine Hand und drehte sie um. »Mit so weichen Händen wirst du's schwer haben«, befand er. »Die alten Muschelschalen schneiden dir die Finger weg. Was meinst du denn?« fragte er mit heftigem Zwinkern seiner scharfen kleinen Äuglein. Testfrage.

»Ich könnte ja Handschuhe tragen, oder?«

Lachend warf er den Kopf zurück. »Ja, nun, mein Jung', das könnt'ste wirklich. Da finde ich schon was für dich. Du hast Glück. Mein Neffe, der uns im Sommer ausgeholfen hat, der hat sich heute morgen verdrückt. Dieser undankbare Pisser«, fügte er hinzu, und ich fragte mich, auf was ich mich da eingelassen hatte. Zu spät.

»Ich hätte für eine Woche Arbeit, mehr nicht. Jeden Vormittag vier Stunden. Paßt das? Eine Woche fest, danach läßt das Geschäft mit den Touristen nach, und der Bruder und ich werden allein damit fertig. Sechs Mäuse die Stunde in altem Geld – was das in Euro macht, kannst du dir selbst ausrechnen. Also, wenn du es probieren willst, kommst du morgen früh vorbei, dann sehen wir, wie du zurechtkommst. An der alten Bootslände, genau um sechs. Du weißt, wo das ist?«

»Das find ich schon«, erwiderte ich ein wenig zweifelnd.

»Schön. Bis dann also.« Er schob seinen Stuhl zurück und stand auf, das Gesicht zu einem verschmitzten Lächeln gefaltet. »Wie heißt du denn, Junge?« fragte er und erwischte mich damit fast auf dem falschen Fuß.

»Hollings.«

»Ach, Hollings? Gut so.« Er streckte die Hand aus. »Mick Sullivan – der Bruder nennt sich George. Übrigens, die Bootslände ist oben hinter dem Old Corn Store, und der liegt ungefähr eine Meile flußabwärts von der Spain-Bucht.« Er kicherte. »Bei Ebbe kannst du direkt hingehen, ansonsten mußt du die Straße nehmen. Weißt du jetzt, wo es ist?«

Ich hoffte, er hatte nicht bemerkt, wie mir der Kiefer herunterklappte.

E-Mail von Sean Brophy an Fiona Moore

Hallo, Fi, hier hat jemand zwei Karten für Tom Murphys Eröffnungskonzert morgen abend in der Abtei hinterlassen. Besteht eine Möglichkeit, daß Sie kommen? Ich denke, wir sollten noch ein wenig mehr über Ihre großartige Idee reden, meinen Sie nicht? Kommen Sie bei dem Opa in West Cork weiter? Außerdem ist eine kurze Diskussion nötig, was Ihre Schlußfolgerungen wegen *Jeu d'esprit* im Vergleich zu *Coup de foudre* angeht. Oder bin ich da ein wenig voreilig? Sean.

9

»Wie krank ist sie denn?« fragte Cressida Murray, als sie sich in seinem Wagen niederließ.

»Es steht schlimm. Inzwischen sind beide Lungenflügel betroffen.« Sein weiches, schleppendes Amerikanisch verriet nichts von seinen Jahren in Oxford. In normalen Zeiten, wenn sie sich regelmäßig sahen, war Murray die Aufmerksamkeit selbst, doch während der Überlandfahrt von Ballyhack zum Krankenhaus von Clonmel war er, da Halcyons Zukunft auf der Kippe stand, jeder mit seinen Gedanken beschäftigt. Falls das Mädchen am Leben blieb, würde es bei der fortwährenden Belastung bleiben, angemessene Heimpflegeplätze zu sichern. Falls sie starb, wäre die Erleichterung durch Schuldgefühle gemindert, doch damit ließe es sich in jedem Fall leichter leben. Cressida wünschte sich dringend, über all das zu sprechen, doch Murray war nicht gesprächig. Sie fielen in ein düsteres, unangenehmes Schweigen.

In Murray hatte sich etwas verändert. Er verspürte keinerlei Wunsch, über seine Gefühle zu reden oder sie zu analysieren – das hatte er schon bei Grace zur Genüge getan. Er gab VJ Sweeney die Schuld für die ihm auferlegte Mühsal, und in dessen Abwesenheit traf es Cressida. Er wußte, das war nicht fair, doch er konnte nicht anders. Daß sie für ihren verstorbenen Mann zu büßen versuchte, weil dieser seine leibliche Tochter so grausam behandelt und vernachlässigt hatte, hielt Murray nicht für glaubwürdig. Das hatte er nie. »Cressie kann man keine Vorwürfe machen«, hatte Grace immer protestiert. »Du kannst sie nicht mit Sweeney in einen Topf werfen. Überleg doch, wie es für sie gewesen sein muß.«

Von Anfang an hatte Cressida bei Murray das Gefühl ausgelöst, nichts wert zu sein. Er haßte die Art, in der sie ohne jede Aufforderung die Bürde auf sich genommen hatte, Halcyon zu besuchen, während er es nur tat, weil seine ermordete Cousine ihm diesen Schwur abgeschmeichelt hatte. Im Lauf der Jahre hatte er dann doch, wenn auch grummelnd, allmählich zugegeben, wieviel von dieser Last Cressida ihm von den Schultern genommen hatte. Seine jetzige Verärgerung war schäbig: Während er es nicht geschafft hatte, für seine Großnichte die richtige Pflege zu finden, war es Cressida gelungen, einen freien Platz in einem Heim direkt bei ihrem Haus in Oxford aufzutreiben. Gnädigerweise verkniff Grace es sich, ihn zu fragen, warum er, wo er doch Halcyon so toll fand, sie so lange in diesem Bergnest gelassen hatte. Aus den Augen, aus dem Sinn.

»Was geschieht, wenn es nicht klappt? Ich könnte es wirklich nicht ertragen, wenn sie bei uns wohnen würde«, sagte er klagend. »Ich glaube, ich bekäme einen Nervenzusammenbruch.«

Grace starrte ihn mit einem ihrer hellsichtigen Blicke an. »Nur du?« fragte sie ruhig. »Du vergißt, glaube ich, daß wir *beide* mit ihr zurechtkommen müssen.« Sie kamen nicht darauf zurück, daß sie schon seit langem mit einer solchen Krise gerechnet hatten. Grace, die für Evangeline nie ein gutes Wort übrig gehabt hatte, behauptete immer wieder, Murrays Cousine habe seine Gutherzigkeit auf unfaire Weise ausgenutzt. Doch eigentlich meinte sie, daß keiner von beiden soviel Anstand gehabt hatte, sie nach *ihrer* Meinung zu fragen.

Evangeline hatte Grace nicht gemocht, aber was das anging, hatte sie weder seine erste Frau noch eine seiner Freundinnen gemocht. In finsteren Augenblicken gestattete Murray sich die Frage, ob seine Cousine die Belastungen gewollt hatte, die sie seiner Ehe auflud, als sie ihnen das Kind vermachte, mit dem sie selbst nicht fertig wurde. Möglicherweise hatte sie ja ihr Verhältnis aus der gemeinsamen Jugendzeit, als sie ihn immer dominiert hatte, erneut in Szene gesetzt. Am schlimmsten bei alledem war, daß er im Lauf der Zeit immer weniger geneigt war, seine Überlegungen mit Grace zu besprechen.

Aus den Augenwinkeln warf Murray einen Blick auf Cressida und wunderte sich, daß er nie zuvor bemerkt hatte, wie schön sie war. Aber auch so fern: Sie war Meilen entfernt, in ihrer eigenen Welt. Er fragte sich, welche düsteren Gedanken ihr wohl durch den Kopf gingen. Obwohl sie und Frank beim Mittagessen einen gelassenen Eindruck vermittelt hatten, war die unterschwellige Spannung zwischen ihnen spürtbar. Besonders als Frank erwähnte, sie würden daran denken, aus Dublin fortzuziehen. »Jetzt, wo wir wieder im sicheren Hafen sind«, so hatte er sich ausgedrückt. »Wir wären lieber auf dem Land, am liebsten irgendwo an der Küste«, fügte er hinzu, ehe er Art und Lage des Hauses schilderte, nach dem sie suchten. Für Murray hörte sich das genau nach der Bucht an der Mündung des Glár an, wo das Drama stattgefunden hatte. Doch als er sah, wie nervös Cressida war, sagte er nichts davon. Und die gleiche Unruhe ließ ihn verschweigen, daß er bei einer Auktion in der Nähe von Thurles vorige Woche Rose O'Faolain getroffen hatte, eine gemeinsame alte Freundin.

Halcyon hatte eine schlimme Nacht hinter sich gehabt, und zu der Auktion war er nur gefahren, weil Grace ihm am Telefon mitgeteilt hatte, es seien einige Bücher mit Bezug zu Irland dabei, die einen Blick wert wären. Dabei ergab es sich, daß er ein bekanntes Gesicht entdeckte.

Einige Monate nach Evangelines Tod hatte Rose O'Faolain einen schlichten Gedenkgottesdienst für sie in Daingean arrangiert, wo sie eine Kunstgalerie betrieb. Murray war gerührt, hatte aber, abgesehen von einem Dankesbrief, den Kontakt nicht aufrechterhalten. Doch die Kunsthändlerin war nicht leicht zu vergessen.

Die verflossenen Jahre hatten Rose O'Faolain nichts anhaben können – wenn überhaupt, war sie eher noch größer und prächtiger geworden. Murray dachte, sie würde ihn nicht wiedererkennen, und scheute davor zurück, selbst den ersten Schritt zu tun, doch das war dann gar nicht nötig. »Na, wenn das nicht Mr. Magraw ist. Sie *sind* doch der Buchhändler, nicht wahr? Evangeline Walters Cousin?« Sie reichte ihm die Hand. »Was für eine reizende Überraschung.« Sie blickte sich um. »Ist Ihre Frau dabei? Nein? Schade.« Verschwörerisch streckte sie ihm ihren Kopf entgegen. »Ich nehme an, Sie sind hinter den Büchern her.« Sie lachte fröhlich. »Wie geht es Grace? Eine wundervolle Frau. Ich freue mich, Sie nach all der Zeit wiederzusehen. Wie geht es Ihnen?«

Murray lächelte. »Mir geht es gut. Und ich bin erfreut, ein vertrautes Gesicht zu sehen, Mrs. O'Faolain.«

»Ach du meine Güte, das ist doch viel zu formell. Rose, fällt es Ihnen wieder ein?« Sie gaben einander die Hand.

»Murray«, murmelte er ein wenig überrumpelt. »Wie wär's mit einem kleinen Mittagessen? Ich habe mehr oder weniger alles, was ich mir vorgemerkt hatte, und die Bücher kommen nicht vor drei Uhr an die Reihe. Wir haben also Zeit, ein wenig zu plaudern. Unten gibt es einen Imbiß.«

Murray dackelte brav hinter ihr her.

Mittagessen war ein wenig übertrieben, aber auf einem langen Refektoriumstisch des mittelalterlichen Eßzimmers gab es Platten mit Bergen belegter Brote und geöffnete Weinflaschen. Rose und Murray ließen sich an einem kleinen Tisch neben dem Kaminfeuer nieder, jeder mit einem Glas billigen Burgunders. Sie plauderten über die Sammlung, ihre Geschäfte, dieses und jenes, und Murray merkte erst allmählich, daß Rose das Gespräch auf Cressida lenkte.

»Haben Sie jemanden, der für Sie arbeitet, oder werden Sie und Grace inzwischen allein mit dem Geschäft fertig?« fragte sie.

»Wir haben eine Hilfe fürs Büro und einen Buchhalter, alles andere machen wir selbst. Haben wir gemacht, besser gesagt. In den letzten paar Jahren geht uns manchmal eine Freundin zur Hand, meistens bei den Sachen, die Grace angehen – Sie wissen ja, sie interessiert sich für Periodika mit regionalem Einschlag. Derzeit bevorzugt sie gute Illustrationen – populäre Büchlein, Streitschriften, Drucke, solche Sachen –, die oft in erbärmlichem Zustand auftauchen. Grace restaurierte die Sachen immer selbst und konnte ... äh ... jemanden ausbilden.« Er schaute auf und führte sein einfältiges, ziemlich bezauberndes Lächeln vor. »Sie stellte sich sehr geschickt an, aber sie wird Oxford bald verlassen. Sie wird uns fehlen.«

»Sie reden nicht zufällig von Cressida Recaldo?« fragte Rose.

Murray lachte lauthals. »Selbige. Sie wußten, daß sie in Oxford war, sehe ich das richtig?«

Rose legte eine Hand an ihr Gesicht. »Tut mir leid, ich bin wohl nicht besonders raffiniert, was? Ja, ich hatte es über Dritte gehört. Sie hat damals für mich gearbeitet, wissen Sie. Ich war richtig froh über dieses Mädchen und finde es toll, daß Sie sich miteinander angefreundet haben. Gratuliere. Für Sie wird es nicht einfach gewesen sein, wie man es auch nimmt. Für Cressie und Frank aber auch nicht.« Und für die nächste halbe Stunde löcherte Rose Murray mit Fragen nach »Ihren jungen Freunden«. Erst als sie schon im Aufbruch waren, erwähnte sie, daß Cressidas altes Haus wieder zum Verkauf stand. »Und angesichts der aktuellen Immobilienpreise ist es ein Schnäppchen. Es steht allerdings leer, seit Cressie weg ist. Man hat es vergammeln lassen, und was die Feuchtigkeit angeht ...«

»Haben Sie es sich angesehen?«

»Nun, ja«, gab Rose sanft errötend zu. »Tatsächlich bin ich letzte Woche hingefahren. Die Neugierde hat mich überwältigt.« Sie grinste. »Um ehrlich zu sein, es war nicht nur Neugierde. Marcus Brady ist ein alter Freund von mir.« Sie zeigte verstohlen auf den Auktionator, der am anderen Ende des Raums in ein Gespräch vertieft war. »Er hatte mir erzählt, daß er Ihnen den Verkaufskatalog zugeschickt hatte, und so hoffte ich, entweder Sie oder Grace würden herkommen ...« Sie zuckte mit den Schultern. »Ach, was soll's, ich sage lieber, wie es ist. Ich bat ihn, Ihnen den Katalog zu schicken, also habe ich nach Ihnen Ausschau gehalten. Immer muß ich mich in die Angelegenheiten anderer einmischen. Ist das nicht schrecklich?« fragte sie schelmisch.

Murray runzelte die Stirn. »Nun, Rose, so würde ich das nicht sagen, aber ich weiß nicht, warum Sie das mir erzählen«, erwiderte er. »Ich mochte die Bucht an der Mündung recht gern, aber Grace nicht.«

»Hmm«, murmelte Rose. »Sie haben mich voll und ganz durchschaut, Murray Magraw, das ist doch so? In Wirklichkeit habe ich eigentlich an Cressie gedacht. Steht es immer noch gleich mit ihrem Vater?«

»Sie sind erstaunlich gut informiert, Rose.« Er kicherte, doch dann setzte er eine feierliche Miene auf. »Nein. Tatsächlich ist er vor ein paar Tagen von uns gegangen. Cressie war bis zum bitteren Ende an seiner Seite. Vier Jahre hat sie den alten Tyrannen bedient. Frank hatte das alles bis oben hin satt.«

»Aber zusammen sind sie doch noch?« fragte sie ein wenig beunruhigt.

Murray rutschte unbehaglich auf seinem Stuhl herum. »Grace glaubt, sie kommen da wieder raus«, nuschelte er, »aber ich würde nicht darauf wetten wollen.« Er sah auf. »Frank geht es bestens – wie Sie ja sicher wissen. Einer seiner Romane wird verfilmt.«

Doch Rose ließ sich nicht beirren. »Schauen Sie«, sagte sie sanft, »ich war nicht einfach nur neugierig. Ich kenne – kannte – Cressie besser als die meisten anderen. Sie hat jahrelang für mich gearbeitet, und ich hänge sehr an ihr und dem kleinen Jungen. Nach dem Mord …« Rose legte die Hand auf die Lippen. »Ach du jemine, meine große Klappe. Ich vergesse immer wieder, Evangeline ist ja … war … Das tut mir leid. Wie geht es ihrer Tochter? Halcyon, oder?«

»Ja.« Murray nickte bedächtig. »Das arme Kind ist in Clonmel im Krankenhaus. Ich bin zur Zeit unter anderem deswegen hier. Sie war in einem Heim, wurde von Nonnen betreut, hier ganz in der Nähe, wußten Sie das? Bei Twomileboris. Nun, dort haben sie dichtgemacht. Seit Jahren ist keine Novizin mehr eingetreten. Halcyon und Schwester Angela, die Nonne, von der sie betreut wurde, zogen in ein kleineres Konvent in Clonmel, doch dann starb die arme alte Nonne vor ein paar Monaten. Hally war am Boden zerstört. Weigerte sich zu essen, schrie pausenlos. Das arme Kind ist ziemlich krank.«

»Schrecklich«, sagte Rose. »Ich glaube, ich habe sie nie gesehen.«

»Vielleicht doch, ohne es zu wissen«, erklärte Murray. »Sie war auf John Spains … äh … Begräbnis.«

»Ach? War sie das?« Rose zog die Stirn in Falten. »War es vielleicht das Mädchen, auf das Cressie aufpaßte? Damals glaubte ich, sie würde Gil ein wenig ähnlich sehen.«

»Ach ja? Ich finde nicht.« Murray klang verärgert. »In Gesellschaft hängt Hally sich gewöhnlich an die jüngsten – ich vermute, es lag daran. Eigentlich sieht sie Evangeline bemerkenswert ähnlich.« Hätte er den Blick gehoben, wäre ihm aufgefallen, wie Rose ihn mitleidig ansah. »Inzwischen mag ich sie sehr gern – Grace und ich, wir haben keine Kinder, wissen Sie. Hally ist unsere ... *meine* nächste Verwandte. Ich besuche sie so oft wie möglich. Es war nicht immer leicht, mit ihr fertig zu werden, aber mittlerweile ist sie wirklich nett. Und auch hübsch. Grace und ich haben uns darüber unterhalten, sie zu uns zu nehmen, aber Grace kann sich nicht für diese Idee erwärmen.« Er suchte in Roses Augen nach Sympathie, doch sie starrte ihn nur vage an.

Rose kam sich ein wenig wie eine Betrügerin vor, billig, und wußte nicht so recht, wie sie sich verhalten sollte. Die Karten auf den Tisch legen? Murray hatte offensichtlich keine Ahnung, daß seine Frau sich einige Male mit ihr getroffen hatte, als sie *allein* hergekommen war, um Halcyon Walter zu besuchen. Rose kannte die Umstände des ersten Zusammentreffens von Grace mit dem Mädchen, zwei Tage nach der Ermordung Evangelines, ganz genau. Zu jener Zeit war Halcyon vielleicht siebzehn gewesen, geistig jedoch allenfalls drei oder vier. Murray hatte Grace nicht darüber informiert, daß er sich bereit erklärt hatte, ihr gesetzlicher Vormund zu werden – fairerweise konnte man annehmen, er habe wohl geglaubt, Evangeline würde ihn überleben. Doch die hatte ihm ihr Krebsleiden verschwiegen: Ihr Ende war schon besiegelt, als sie ermordet wurde. Und so waren die Magraws angekommen und hatten Evangeline tot vorgefunden, wodurch die Verantwortung für das Mädchen auf sie abgewälzt wurde. Grace selbst hatte es so ausgedrückt: »Ich war völlig von den Socken. Ich konnte mir überhaupt nicht vorstellen, wie ich mit ihr fertig werden sollte, und Murray hatte auch keine Ahnung. Gott allein weiß, was wir getan hätten, wenn nicht Cressie auf der Bildfläche erschienen wäre.«

»Cressie hat Ihnen mit dem Kind geholfen, nicht wahr?« fragte Rose sanft.

»Ja, für eine Weile, bis ihre eigene Tochter auf die Welt gekommen ist. Hally hat sie immer wieder mal übers Wochenende besucht. Das war alles vorbei, als sie nach Oxford ging, um ihren Vater zu pflegen. Danach blieb es dann an mir hängen.«

»Ach ja?« sagte Rose. Die Geschichte wandelte sich zu einem sauberen kleinen Dreieck mit Murray als selbsternanntem Helden. Schlimmer, als selbstzufriedenem Helden. Rose war enttäuscht: Sie hatte ihn als unbeschwerten, humorvollen Typ eingeschätzt.

»Alles war prima, bis Schwester Angela dahinschied. Hally drehte einfach das Gesicht zur Wand. In den letzten vier Monaten bin ich fast jede Woche einmal hin- und wieder zurückgefahren. Sie hat eine Lungenentzündung und spricht auf Antibiotika nicht an, das arme Lämmchen.«

»Oh, irgendwie dachte ich …« Doch Rose verriet nicht, was sie dachte. »Ich hoffe, es geht ihr bald besser«, meinte sie freundlich und fügte gewohnheitsmäßig hinzu: »Kann ich etwas für Sie tun?«

Murray sah sie an. »Danke, Rose«, erwiderte er. »Ich werde nie vergessen, wie Sie den Gedenkgottesdienst für Evangeline arrangiert haben.« Er beugte sich zu ihr. »Niemand sonst hat etwas unternommen. Selbst ihr großer Kumpel O'Dowd verzog sich. Sie wissen hoffentlich, wie sehr ich Ihre Bemühungen zu schätzen weiß. Vielleicht …« Er zögerte. »Falls irgendwas … falls die arme Hally …« Er fuhr sich mit den Fingern durch die schütter werdenden Haare. »Falls Halcyon … Sie scheinen sich mit diesen Dingen – Begräbnissen … auszukennen.«

»Was ist mit den Nonnen? Sie würden sicher …«

»Wie ich schon sagte, das ursprüngliche Heim haben sie geschlossen. Die Nonnen in Clonmel, die wenigen, die da noch sind, die kennen sie doch kaum. Ich glaube, wir müssen uns schon selbst darum kümmern.«

»Ach, Murray, in diesem Fall rufen Sie mich einfach an.« Sie reichte ihm ihre Visitenkarte. »Jederzeit. Sie können sich auf mich verlassen.« Sie stand gemächlich auf und holte sich noch ein Glas Wein.

Als sie zurückkam, war Murray reumütig. »Rose? Tut mir leid, daß ich mich bei Ihnen ausgeweint habe. Ich denke, das ist der Streß. Cressie hat viel für Hally getan, und ich bin ihr wirklich sehr dankbar. Es ist nur, weil seit der Krankheit ihres Vaters ...« Er verstummte. »Sie wissen, wie das ist. Wir stehen Cress und Frank sehr nah.« Er schenkte ihr ein verschämtes Grinsen. »Schöner Freund bin ich, was?«

»Ist schon in Ordnung, Murray. Das geht uns allen gelegentlich so. Nehmen sie es mir nicht übel, wenn ich das sage, aber Sie sehen erschöpft aus.«

»Ich *fühle* mich erschöpft.« Wieder grinste er. »Sie glauben also, Frank und Cress könnten an dem Haus an der Flußmündung interessiert sein?«

»Sicher bin ich mir da nicht, aber für Cressie war Coribeen mehr als nur ein Haus. Sie liebte den Ort sehr. Ich habe mich immer gefragt, wie eine junge Frau so abgeschieden leben kann – aber es hat Cressie ja nie etwas ausgemacht, allein zu sein.« Rose rückte näher. »Val Sweeney war brutal zu ihr, wissen Sie, und auch zu dem Kind. Ich hatte immer das Gefühl, Gils Behinderung ... VJ war groß, ein athletischer und kräftiger Mann.« Rose richtete sich auf. »Tut mir leid, ich sollte nicht so herumtratschen.«

»Warum sollte sie also zurückkehren wollen? Der Ort muß doch voller schlimmer Erinnerungen sein.«

»Das ist alles schon lange her. Nur ganz wenige Leute dürften sich überhaupt noch daran erinnern.«

»Soweit ich weiß, hat Jer O'Dowd das Haus gekauft. Sollte da nicht ein Golfplatz oder eine Marina oder so was hinkommen?« Er kratzte sich am Kopf. »Komischer Vogel. Keiner hat ihn so recht durchschaut.«

»Anscheinend konnte er keine Baugenehmigung bekommen – jedenfalls habe ich das gehört. Falls es stimmt, wäre das eine echte Premiere gewesen.« Sie ließ ein verächtliches kleines Schnauben hören. »Man sagt, er sei völlig zusammengebrochen, nachdem Evangeline ermordet worden war.« Die anderen Bemerkungen ihres Informanten behielt sie für sich: Daß er und Evangeline wie ein Paar alter Schwuchteln gewesen waren, einer so gespreizt wie die andere. Daß der Lächler es nie geschafft hatte, sich zu outen, und sich weiterhin zum Narren machte, indem er hinter verheirateten Frauen her war.

»Sie kennen ihn gut?«

»Nicht direkt, aber ich kenne ein Ehepaar, das in Trianach lebt. Tatsächlich haben die beiden vor ein paar Jahren Evangelines Haus von O'Dowd gekauft und als Gästehaus genutzt. Cressie kennt sie – Marilyn hat immer für sie geputzt.«

»Ach ja, die Donovans. Sie haben auch Evangelines Möbel gekauft.« Er zog die Brauen hoch. »Nicht so sehr gekauft, sie haben mich eher in Zugzwang gebracht, weil sie mir das Zeug aus der Hand rissen. Die waren richtig clever«, murmelte er, auf einmal angewidert. Gleichzeitig rührte sich in ihm Mitleid für Cressida. All ihre Mißgeschicke wurden betratscht und hämisch kommentiert. Rose hatte gerade noch innegehalten, ehe sie Sweeney die Schuld für Gils und implizit auch für Halcyons Behinderung gab. Es wunderte ihn nicht, daß Cressie sich davongemacht hatte. Wie hätte sie Gil schützen können, wenn sie geblieben wäre? Wie über die Gerüchte über ihren Mann hinwegkommen? Oder daß der untersuchende Polizeibeamte ihr Liebhaber war – was er und Grace vom ersten Moment an vermutet hatten, als sie die beiden zusammen sahen. Rose behauptete, nach all den Jahren hätten die Leute den Skandal vergessen. Du würdest das doch gar nicht bemerken, dachte Murray ironisch, als er ihrem Geplapper zuhörte.

Er stand auf. »Zeit, zu gehen, denke ich. Schauen Sie, es tut mir leid, Rose, aber das alles müssen Sie Cressida schon selbst erzählen. Ich möchte wirklich nichts damit zu tun haben. Es wäre mir nicht recht, wenn sie erfahren müßte, ich hätte mich über, äh, ihre Angelegenheiten ausgelassen. Ich würde mich schämen. Aber wissen Sie, ich an ihrer Stelle würde den Teufel tun und dorthin zurückkehren.«

»Vielleicht haben Sie recht. Aber sie und Frank waren beliebt. Jeder wußte, Cressie würde nie jemandem etwas zuleide tun. Und Frank auch nicht. Er ist ein anständiger Mensch. Das hat man mir oft gesagt.« Und damit verfielen die beiden in Schweigen.

Danach hatte Murray sich gefragt, was Rose wohl meinte, als sie behauptete, Cressie und Frank würden keinem etwas zuleide tun. Das fragte er sich jetzt wieder, als er und Cressie in den Hof des Krankenhauses einbogen, doch er behielt seine verstörenden Gedanken für sich.

E-Mail von Fiona Moore an Sean Brophy

Lieber Sean, ich bin Ihnen einen Gefallen schuldig. Nein, streichen Sie das, eher hundert und noch mehr. Wie schon gesagt, Sie haben mein Leben verändert. Zuvor waren es ein paar magere Jahre. Es ist toll, mich in diese Serie reinzuhängen. Morgen bin ich wieder in Cork, um mit diesem jungen Installationskünstler zu reden, Gott helfe mir. Dazu werde ich mich bei diesem Schleimer – ups, Lächler – ein wenig aufspielen. Wie ich Ihnen mitgeteilt habe, spuckt er Gift und Galle. Ich sollte ihm also besser nicht zu nahe treten. Er zetert ständig über diesen Spain. Ist es Ihnen gelungen, irgendwas über die geheiligte Evangeline herauszufinden? Ich bin ihrem angeblichen Ehemann auf der Spur – er war Kunsthistoriker bei Courtauld, hat aber vor Jahren den Löffel abgegeben. Der Buchhändler in Oxford steht als nächstes auf meiner Liste. Essen wir zusammen? Gleicher Ort, oder hätten Sie gern etwas Abwechslung? Ich nehme an, ein spätes Dinner ist nicht geplant, oder? Fi

10

Das St. Bridget's war ein modernes Krankenhaus am Ortsrand von Clonmel. Cressida und Murray stiegen durch das frisch gestrichene Treppenhaus in den ersten Stock, wo sie über einen langen Korridor zur Station gingen, die aus einer Reihe von Vierbettzimmern bestand. Halcyon lag in einem kleinen Raum – kaum mehr als ein Alkoven – genau in der Mitte, gegenüber dem Schwesternzimmer. Eines der Betten war leer; zwei weitere waren mit alten Frauen belegt, die beide entweder schliefen oder im Koma lagen.

Cressida hatte Halcyon vor etwa fünf Monaten das letzte Mal gesehen und war schockiert, sie so zerbrechlich vorzufinden. Auch sie schlief vollkommen regungslos. Strähnen weißblonden Haars ringelten sich armselig über Stirn und Ohren. Als Murray näher kam, schlug sie die Augen auf, aber sie schien durch ihn hindurch auf die Stelle zu blicken, wo Cressida am Fuß des Bettes stand. »Halcyon?« flüsterte sie. Die glanzlosen Augen ruhten für einen Moment auf ihren, ehe sie sich müde senkten.

Murray griff nach der Hand des Mädchens. »Hallo, Liebes.« Zu Cressidas Überraschung zog Halcyon ihre Hand sachte weg, und sie glaubte auf dem ausdruckslosen Gesicht so etwas wie Überdruß aufflackern zu sehen. Murray bemerkte es entweder nicht oder beachtete es vorsätzlich nicht. Er setzte sich neben das Bett und hob die kraftlose Hand erneut an. Dieses Mal erlaubte ihm Halcyon, sie zu halten, oder sie war schon wieder in den Schlaf hinübergeglitten. Murray wandte sich Cressida zu. »Sie ist schön, nicht wahr? Sie kommt so sehr nach Evangeline.« Cressida holte sich einen Stuhl aus dem Korridor und stellte ihn auf die andere Seite des Bettes. Sie versuchte, sich dem Geräusch von Murrays geflüsterten Koseworten zu entziehen.

Halcyons Veränderung machte ihr zu schaffen. Mittlerweile fast dreißig, wirkte sie dennoch wie ein magersüchtiger Teenager. Die Szene erinnerte an eine viktorianische Illustration des Totenbetts. Doch wenn sie das als störend empfand, so galt das noch viel mehr für Murrays Verhalten. Er gluckte in dem engen Raum herum wie eine alte Henne, äußerte sein Mißfallen über die vertrockneten Blumen und den leeren Wasserkrug, wo doch jeder, der halbwegs bei Verstand war, sehen konnte, daß das arme Mädchen weit davon entfernt war, etwas zu trinken oder welke Chrysanthemen zu betrachten.

»Kann ich etwas tun?« flüsterte Cressida verärgert. Er sagte nein, begab sich zum Schwesternzimmer, kam mit einem feuchten Tuch zurück und fing an, der Patientin über die Brauen zu wischen. Anfangs nahm sie es passiv hin, doch dann versuchte sie ihn fortzustoßen, was mißlang, weil ihre Arme zu schwach waren, mehr zu tun, als hilflos herumzuwedeln.

»Ich glaube, sie mag das nicht, was du da machst«, merkte Cressida sanft an.

Murray nahm sie nicht zur Kenntnis und setzte seine fürsorglichen Handreichungen fort, bis eine Schwester hereinkam und ihn bat, damit aufzuhören. »Lassen Sie das arme Ding in Ruhe«, forderte sie ihn sanft, aber mit Festigkeit auf. »Sie regen sie doch nur auf. Sie haßt es, berührt zu werden, wissen Sie das denn nicht?«

»Wichtigtuerische Schnepfe«, murrte Murray, als sie weg war. Er lehnte sich zurück und sah Cressida niedergeschlagen an. »Sie hatte es gern, wenn man ihr Haar bürstete.«

»Ja, ich erinnere mich. Selbst wenn sie ihre schlimmsten manischen Anfälle hatte, mochte sie es.«

»Meinst du, sie würde es jetzt mögen?«

»Ja, Murray, ich glaube schon. In meiner Handtasche habe ich eine weiche Bürste für sie. Mir ist sonst nichts eingefallen, was ihr Freude machen würde.« Sie packte eine rosa Kinderhaarbürste aus und schob sie über die Laken zu ihm hinüber. Seine Sanftheit rührte sie, sie hätte weinen können.

Behutsam strich er mit der Bürste über ihr Haar; anfangs kam keine Reaktion, doch nach einiger Zeit verzog Halcyons Mund sich zu einem schwachen Lächeln. »Ich habe nie genug für sie getan«, sagte Murray. »Sie ist so ein Schatz. Ich habe über dieses Heim in Whitney nachgedacht, weißt du. Aber ich denke, ich hätte es lieber, sie würde bei uns leben. Ich glaube, sie ist dafür bereit.«

Er ist verrückt, dachte Cressida. »Wird sie denn wieder gesund, Murray? Für jemanden, der so krank ist, dürfte das nicht so schnell zu schaffen sein, nicht wahr?« Wir sind beide verrückt, dachte sie.

»Ach, es geht langsam aufwärts. Heute sieht sie viel besser aus.« Er legte Halcyon den Handrücken auf die Stirn. »Die Temperatur ist ziemlich gefallen.« Er bürstete ihr Haar noch für eine Weile. »Für Evangeline habe ich das auch immer getan. Ich war verrückt nach ihr. So weit ich zurückdenken kann. Sie zog zu uns, als ich vielleicht zehn war. Ihre Eltern waren geschieden, und ihre Mutter war mit einem Folksänger nach Watts County abgehauen. Sie war eine Cousine meiner Mutter. Vangie hatte sonst niemanden. Jahrelang wollte ich sie heiraten …« Er zog die Schultern hoch. »Ich weiß noch, wie die Kleine hier geboren wurde. Ja, bei uns in Oxford wird es ihr gutgehen. Es bringt nichts, wenn sie weiter hierbleibt. Ich wünschte, ich hätte eher daran gedacht.«

Er redete noch immer, als Cressida auf Zehenspitzen hinausging. Die Schwester fing sie auf halbem Weg im Korridor ab. »Sind Sie mit Halcyon verwandt?« fragte sie.

Cressida zögerte. »Nein«, erwiderte sie. »Ich bin nur eine Freundin. Sie ist sehr krank. Das stimmt doch?«

»Ja, sehr. Aber Mr. Magraw scheint das nicht zu begreifen, oder? Ich habe alles versucht, es ihm beizubringen. Sie wird nicht mehr sehr lange durchhalten, und da erzählt er uns, er wolle sie mit nach Oxford zu sich nach Hause nehmen. Er hängt sehr an ihr, sehe ich das richtig? Und, Gott steh uns bei, er bekommt sehr wenig dafür zurück.«

»Wissen Sie, sie kann nicht sprechen. Und sie ist taub. Sie war nie imstande, mit anderen zu kommunizieren – nun ja, nicht mit Hilfe der Sprache.«

»Ach ja, ich weiß das alles. Aber …« Da war etwas, was sie beunruhigte. »Ich habe mich gefragt, weshalb sie im … ich meine, wenn er sie so gern hat und so weiter …« Sie fuhr mit der Hand durch die Luft. »Das spielt keine Rolle. Es wird ohnehin bald vorüber sein«, erklärte sie abrupt und wandte sich ab.

Duncreagh Listening Post

Gestern am frühen Morgen wurde die Leiche eines Fischers aus Trianach mit dem Rettungsschiff aus Passage South von den Baltiboys-Felsen geborgen. Wie man annimmt, ist der Mann umgekommen, als er versuchte, das Leben eines noch nicht identifizierten Yachtseglers zu retten.

(Archiv)

Gil

Die Sullivan-Brüder waren ganz in Ordnung – anfangs ein wenig wißbegierig, steckten sie voller Fragen, aber die Schau mit der Taubheit kann ich ziemlich gut abziehen. Sie hatten es bald geschnallt und zogen sich zurück. Draußen in den Muschelbänken arbeiteten wir mit Hochdruck, da war nicht viel Zeit für Geplauder, selbst wenn es möglich gewesen wäre, sich gegen den Wind und die Wellen verständlich zu machen. Das Wetter wurde immer schlimmer. Man hätte meinen sollen, die Gegend hätte dadurch einiges von ihrem Reiz verloren, doch irgendwie, ohne daß ich es zunächst bemerkte, wurde sie für mich eher reizvoller. Die beste Zeit des Tages war der frühe Morgen, ehe es zu regnen begann. Das Licht war spektakulär, und die Farben boten ein außergewöhnliches Erlebnis. Zur Dämmerung ein vielfarbiger Himmel, Wolken wie Wattebäusche und smaragdgrünes Gras. Das war die ständige Sintflut wert – zumindest, bevor sie wieder loslegte.

Jeden Morgen um sechs trat ich zur Arbeit an: Am ersten Tag war ich gegen zehn fertig, doch anschließend wechselte das immer wieder, und gewöhnlich war es Mittag, bis ich wegkam. Die Nachmittage gehörten mir. Mick überließ mir das Boot, wann immer ich wollte. »Du gibst es einfach so zurück, wie du es vorgefunden hast, Sohn.« Außer bei der Arbeit sah ich die beiden nie, vor allem, weil ihre Arbeitszeit weit länger war als meine. Außerdem wohnten sie in Passage South, und da ging ich selten hin. Die meiste Zeit über blieb ich für mich.

Abgesehen von einem gelegentlichen Winken aus einem vorbeifahrenden Auto, war ich keinem der Nachbarn begegnet, was zum Teil daran lag, daß ich die Hütte nur verließ, wenn ich sicher sein konnte, niemandem über den Weg zu laufen. Ich redete mir ein – das war echt lächerlich –, die Nachbarn würden nichts von mir mitbekommen, solange ich keinen von ihnen sah. Wegen der Hausbesetzung war ich ein wenig nervös: Falls einer anfing, Fragen zu stellen, hätte ich mich in keiner Weise rechtfertigen können. Ich stellte mir Auseinandersetzungen vor, in denen ich vollkommen cool blieb, und auch, wie die Nachbarn mich willkommen hießen. In Wahrheit hatte ich keine Ahnung, wie die Einheimischen reagieren würden, und mir war durchaus nicht daran gelegen, das herauszufinden.

Die Nächte wurden allmählich kälter, obwohl wir erst Anfang September hatten. An manchem Tag gab es ein paar Stunden strahlenden und manchmal sogar warmen Sonnenschein, aber die Hütte hat sich nie aufgewärmt. Doch ich kam immer noch zurecht – mehr oder weniger. Im Bootsschuppen der Sullivans hatte ich einen alten Campingkocher gefunden, den ich mir für ein Minimum an Kochkomfort und noch minimalere Wärme auslieh. Gott sei Dank hatte ich einen warmen Schlafsack. An wirklich schlimmen Tagen verbrachte ich viele Stunden eingemummelt im rückwärtigen Schlafraum. In mancher Hinsicht verhielt ich mich wie ein verletztes Tier, das sich in Einsamkeit und Stille zurückzieht, um wieder zu Kräften zu kommen für irgendwelche Drachen, die auf der Lauer liegen. Denn es existierten in der Tat Drachen, da gab es für mich keinerlei Zweifel. Die Lust darauf, etwas zu unternehmen, ließ nach: Ich erntete Muscheln, machte ein paar Expeditionen in dem schweren alten Ruderboot, und das war's auch schon. Es schien genug, daß ich imstande war, über den Tag zu kommen. Jeden Morgen bei lausiger Ernährung um sechs aufzustehen, das war kein Spaß. Ich war ständig hungrig. Ich kam mir ziellos vor, gewichtslos, eher tot als lebendig. Und ich hatte die Schnauze bis oben voll.

Bei meiner Ankunft war ich ganz versessen darauf gewesen, meine verflossene Geschichte zu entdecken, die Gespenster auszutreiben. Aus der Entfernung, weit von der Flußmündung, hatte es irgendwie so ausgesehen, als würde allein die Reise schon Lösungen liefern, ohne daß ich mich selbst bemühen mußte. Ich hatte diese schrullige Idee, meine Geschichte sei in die Landschaft eingeschrieben, und ich brauchte sie nur zu lesen. Doch ganz im Gegenteil: Die Erinnerungen schwebten außerhalb meiner Reichweite, waren unmöglich zu erhaschen. An einem bestimmten Punkt erkannte ich, der Schlüssel zu meiner Vergangenheit lag in den Herzen und Köpfen der Leute um mich herum. Das herauszufinden war das eine, doch etwas anderes war es, mich denen zu stellen, die über die Informationen verfügten. Viel leichter war es, mich in meiner sicheren kleinen Ecke herumzudrücken.

Wegen der Taubheit in meinen Kindertagen hatte es mich immer erhebliche Anstrengung gekostet, mit anderen zu kommunizieren, und mein Mißtrauen gegenüber Fremden war geblieben. Die Vorstellung, nach Hause zu fahren und mich auf die Uni vorzubereiten, verflüchtigte sich allmählich. Die Zukunft wurde unscharf. Seit ich wieder in Irland war, hatte ich keinen direkten Kontakt mit zu Hause gehabt oder mit meiner Mutter geredet. Solange ich im Provender jobbte, hatte ich mein Handy immer aufgeladen und meine üblichen Nachrichten hinterlassen, während ich sorgfältig jeden Hinweis vermied, wo ich mich herumtrieb. Als es den Geist aufgab, wurde es schwieriger. Ich stopfte es ganz unten in meinen Rucksack und erledigte die gelegentlichen Anrufe aus der Telefonzelle in Passage South. Ich wollte keine Postkarten mit irischen Marken verschikken, um das Spiel nicht aus der Hand zu geben, und weil ich keinen anderen schlauen Einfall hatte, machte ich gar nichts. Es mußte etwas passieren.

Und das tat es. Eines Nachts hatte ich auf dem Bett gelesen und war gerade eingedöst, als etwas mich aufstörte. Ich richtete mich auf und schnüffelte. Sofort erkannte ich hinter den anderen Gerüchen den schwachen Duft, der mich seit Tagen vor ein Rätsel gestellt hatte. Ich zog meine Stiefel aus, tapste zur Tür, schob sie behutsam auf und schaute ins Wohnzimmer. Hier war der Geruch stärker, obwohl alles unverändert erschien. Als ich meinen Blick zum zweiten Mal durch den Raum wandern ließ, sah ich das Mädchen. Sie kauerte auf dem alten Sofa, die Beine angezogen, und starrte ins Leere. Wie es zu erwarten gewesen war.

Ich lehnte mich an die Tür des Schlafraumes und beobachtete sie still. Sie hatte den Joint bereits ausgedrückt, doch sein süßlicher Geruch hing noch in der staubigen Luft. Ihre verwaschenen Jeans und der Sweater paßten farblich gut zu der unansehnlichen Decke, die ich in einem Schrank gefunden und über die herausstehenden Sprungfedern des Sofas gebreitet hatte. Meine Anwesenheit schien sie in ihrem seligen Zustand so wenig wahrzunehmen, daß ich sie für völlig bekifft hielt, bis sie blinzelte. »Namd«, sagte sie lässig.

Beinahe hätte ich lauthals gelacht. »Du hast es also bequem?«

»Ja, riesig«, antwortete sie ganz ruhig.

»Wer bist du?«

»Das könnte ich dich auch fragen.«

»Warum tust du's nicht?«

Sie streckte eines ihrer langen Beine aus und musterte gelangweilt ihren vergammelten weißen Turnschuh. »Nicht nötig«, entgegnete sie beiläufig. »Ich weiß es schon.«

Ich bemühte mich nach Kräften, unbeeindruckt zu wirken. Es ging schief. »Was machst du hier?«

»Was machst du hier?« äffte sie mich nach und kicherte. »Redest du immer so?«

»Wie – so?«

»Als hättest du eine Pflaume im Mund.«

»Ja, immer. Stört es dich?«

Sie ließ das Bein sinken und richtete sich ein wenig mehr auf. »Macht mir nix. So oder so nicht. Klingt vielleicht 'n bißchen komisch, aber sonst würdest ja auch du mich stören.«

»Warum das denn?«

»Kein Warum.« Sie zuckte mit den Schultern, gelangweilt. »Übrigens, dein Bier hab ich leer gemacht. Es war warm. Widerlich. Mir ist schlecht geworden.«

»Ach ja? Und jetzt soll ich dich wohl bemitleiden?«

»Wie du willst.« Ihre Schultern fingen zu beben an, zunächst fast unmerklich, doch am Ende warf sie den Kopf zurück und lachte schallend. Ich konnte mir kaum verkneifen einzustimmen. Und während sie immer noch johlte, blieb ich cool und schob mich näher heran. War nicht leicht, einen genauen Blick auf sie zu werfen, solange meine Augen sich nicht an das schummrige Licht gewöhnt hatten. Aber dann ... na ja, sie war in Ordnung. In meinem Alter, vielleicht etwas jünger. Sah gut aus. Das heißt, sie hätte gut aussehen können, wenn sie sich ein bißchen besser hergerichtet hätte. Kurze schwarze Löckchen mit Strähnen in Orange oder Rot, gebändigt mit einer Phalanx von Haarklammern auf beiden Seiten ihrer hohen Stirn. Sie trug einen glitzernden Nasenstecker in einem Nasenflügel, und beide Ohren waren mit Reihen silberner Ringe verziert, die von den hübschen Ohrläppchen hinaufkletterten, bis sie unter dem Haaransatz verschwanden. Ihre Haut wirkte merkwürdig: Entweder war sie unnatürlich weiß, oder sie hatte eine Art selbstleuchtendes Make-up aufgetragen.

»Björk, wie ich annehme?«

Verächtlich kräuselte sie die Nase. »Hau bloß ab. Keine Chance, Sweeney.« Ich wäre fast aus den Latschen gekippt.

»Aha«, krähte sie und setzte sich aufrecht hin. »Das hat gesessen.«

»So heiße ich nicht.«

»Ach nein? Und warum bist du dann im Viereck gesprungen?«

»Gesprungen? Ist da jemand gesprungen? Was machst du überhaupt hier, außer kiffen und mir mein Bier wegtrinken?«

Sie warf sich rücklings gegen die Armlehne, was eine Staubwolke freisetzte. »Ich spionier dir nach, Sweeney«, verkündete sie herausfordernd, und als ich nicht zusammenzuckte, wirkte sie mit einem Mal verunsichert.

»Wie kommst du denn auf Sweeney?«

»Wieso nicht? Ich mag den Klang. Hört sich cool an, oder?« Sie setzte sich auf. »Tatsache ist, ich wollte den Namen selbst annehmen, hatte aber eine bessere Idee.«

»Und du bist wer?« Ich ließ mich auf die Sofalehne fallen, die bedrohlich ächzte.

»Shay Donovan.«

»Shay? Für Seamus? Bißchen männlich, nicht? Für mich siehst du wie ein Mädchen aus. Na schön, fast.« In meinem Kopf raste es. Donovan. Donovan?

»Verpiß dich«, gab sie zurück, doch das hörte ich kaum. Warum löste der Name irgend etwas in mir aus? Oder besser, woher zum Teufel wußte sie, wer ich war? Ich konnte spüren, wie es mir kalt den Rücken hinunterlief. Ihre Hand streifte meine, wurde auf der Stelle zurückgezogen. »Ich dachte zunächst an Sweeney, aber das paßt nicht zu Donovan, oder? Sweeney Donovan? Nö, man braucht was Kurzes, eine Silbe. Shay Donovan, das hat wirklich was. Besser als Noreen jedenfalls.« Sie wandte den Kopf, und wie ich erkennen konnte, war sie um einiges jünger, als ich geglaubt hatte. Fünfzehn oder sechzehn. Ein Kind.

»Du heißt Noreen?«

»Ja. Nach meiner Großmutter. Hab sie nicht mal gesehen«, fügte sie angewidert hinzu. »Ich habe es eben beschlossen. Von jetzt an sollen alle mich Shay nennen.«

»Und ich bin der erste? Welche Ehre, aber eigentlich ziehe ich Noreen vor.«

»Eigentlich?« äffte sie mich nach. »Hmm, du machst es dir leicht. Hast du je von einer Berühmtheit gehört, die sich Noreen nennt?« Sie verzog das Gesicht.

»Und du wirst also berühmt?« Ich grinste. »Ein Popstar?« Mir gefiel, wie sie sprach: Ihre klare, helle Stimme schwang munter auf und ab, und so konnte ich ohne weiteres verstehen, was sie sagte.

»Nö, Schauspielerin. Berühmt – wie Fiona Shaw. Sie stammt aus Cork, weißt du. Oder ich werde Filmstar.« Sie sprach es Fil-um aus, und der Star bekam ein langes, gedehntes A. Ein Fil-um-Staar.

Ich bemühte mich, nicht zu lachen. Ich wollte, daß sie blieb. »Wette, es gelingt dir auch.«

»Hör auf, mich auszulachen. Ich mein das wirklich ernst.«

»Hab ich gelacht? Nein, hab ich nicht. Aber ich sag dir was, Shay, schaff die Eisenwaren ab. In den Ohren, das ist o.k., aber gelöcherte Nasen kommen nicht so gut rüber, oder? In der Großaufnahme, meine ich.«

Noreen alias Shay schaute mich prüfend an, ob ich sie vielleicht verarschen wollte. Beruhigt rieb sie sich die Nase. »Vielleicht hast du recht. Um die Wahrheit zu sagen, ich wäre froh, wenn ich das Zeug los wäre, dauernd entzündet sich was. Ich hab mir das nur zugelegt, um Mummy zu ärgern.« Sie kicherte. »Verdammt widerlich, wenn du dich erkältest.«

»Solltest du nicht in der Schule sein?«

»Wann? Jetzt? Ich gehe nicht auf die Abendschule, wa?« meinte sie gedehnt. »Hier in der Gegend gibt's nur Tagesschulen – wir sind so was von gewöhnlich, Gott steh uns bei.« Sie erhob sich, zog die Vorhänge auf und sah hinaus. Sie war kleiner, als ich erwartet hatte, vielleicht eins dreiundsechzig, phantastische Figur mit einer fünfzehn Zentimeter breiten Fläche von blassem Fleisch zwischen den Jeans und dem Sweater. Ich versuchte, nicht darauf zu starren. Das Mädchen war hinreißend. Ich sah fast schon das Plakat vor mir: *Shay Donovan, einfach hinreißend.* Auch ihr Verhalten.

»Mein Gott«, stöhnte sie plötzlich, »schau dir diesen beschissenen Regen an. Mitten im beschissenen Nirgendwo.« Sie seufzte. »Bist du aus London?«

Fast hätte ich ja gesagt, doch irgendwie konnte ich sie nicht anlügen. »Nee.« Dabei hätte ich es belassen sollen, aber das tat ich nicht. Ich weiß nicht warum. »Ich lebe in Dublin. Manchmal auch Oxford – meine Mutter ist Engländerin.«

»Hast du da deinen Akzent her?«

»Welchen Akzent?«

Sie zuckte mit den Schultern. »Was auch immer. Also, wie geht nun die Story?«

»Über Oxford? Gar nicht. Mein Großvater lebt da – hat da gelebt. Er ist gerade gestorben. Meine Mum hat sich um ihn gekümmert. Ich war derweil bei meinem Vater in Dublin.« Ich verzog das Gesicht zum Zeichen, daß es eine Qual war. Hoffte, sie würde die Sache fallenlassen. Den Teufel tat sie.

»Eltern. Gehen einem auf den Wecker. Hat es dir etwas ausgemacht, deine Mum so weit weg?«

»Nicht viel«, log ich. Sie sollte mich nicht für einen Trauerkloß halten.

»Mir geht's genauso. Meine Leute sind im Urlaub. Das nimmt den Druck ein bißchen. Bist du am College? In Dublin?« fragte sie.

Was mich in eine Zwangslage brachte. Falls ich zugab, noch nicht auf dem College zu sein, würde sie das Interesse verlieren. Ich wollte wirklich, daß sie blieb – wenigstens für eine Weile.

»Im Oktober fange ich an. Nach der Schule hab ich ein Jahr ausgesetzt. Bin durch Europa gereist.«

»Das mache ich bestimmt nicht. Ich will direkt nach London. Auf die Königliche Schauspielschule«, ließ sie mich wissen und rümpfte die Nase, als wäre die Entscheidung unumstößlich und sie angeödet. Dann bemerkte ich, wie sie sich die Daumen drückte. Sie wollte also wirklich Schauspielerin werden. »Aber erst nächstes Jahr, so ein Pech. Ich kann es verdammt noch mal nicht erwarten, endlich rauszukommen, aber ich muß noch ein Jahr zur Schule.«

Also siebzehn. Toll. Mir war nach einem Freudentänzchen. »Warum? Hier ist es doch wunderbar.«

»Ach ja? Und du bist der Fachmann für so was, nehme ich an? Genau. Kein Problem, wenn du weißt, dir sitzt nicht immer die Mutter im Genick. Hier ist absolut nichts los. Ich langweile mich zu Tode.«

»Ich versteh dich«, tröstete ich sie. »Doch es ist nicht der Ort, es ist einfach das Gefühl, solange du in der Schule bist, mußt du immer nur tun, was andere wollen, oder? Die letzten zwei Jahre ist mir das genauso gegangen. Ich habe es gehaßt ...«

Sie fuhr herum, und wie ich sah, war ihre Stimmung umgeschlagen. Sie dachte wohl, ich würde sie bevormunden. »Du weißt wohl 'ne ganze Menge. Es ist aber doch der Ort. Das einzige bißchen Aufregung, das wir hier hatten, ist passiert, als ich noch nicht auf der Welt war. Aber du solltest eigentlich etwas darüber wissen, Sweeney, oder täusche ich mich?«

»Nenn mich nicht immer Sweeney. Ich heiße Hollings.«

»Ja? Darauf wette ich.« Sie lachte gackernd. »Hollings, wie?« Wieder äffte sie mich nach und verdrehte die Augen. »So ein blöder Zufall. Du sagst nicht die Wahrheit, oder? Du bist hier unberechtigt eingedrungen, genau wie ich.«

»Wie kommst du denn darauf?«

»Weil dir die Hütte hier nicht gehört, stimmt's? Es heißt, der alte Knabe, dem das hier gehörte, hat es einem Jungen namens Sweeney vermacht – obwohl, wahrscheinlich ist er kein Junge mehr. Der Alte hieß Spain.«

Das war mir neu, und ich glaubte es ihr nicht. Ich meine, sie glaubte es vielleicht sogar selbst, aber es war möglicherweise nur lokaler Tratsch.

»Bist du o.k.?« fragte Shay. »Du siehst ein bißchen merkwürdig aus.«

»Das liegt an der schlechten Beleuchtung. Mir geht's gut. Was hast du eben über den alten Mann gesagt?«

»Die Bucht gleich da unten ist nach ihm benannt – Spain's Cove. Manche meinen, er war ein wenig seltsam, aber hier in der Gegend reden sie immer drum herum, und so bedeutet es wahrscheinlich, er war ein richtiger alter Perversling. Ich meine, warum sonst würde er das Haus einem *Jungen* hinterlassen?« fragte sie in aller Unschuld, aber in ihren Augen war ein verschlagener Ausdruck.

Gott, ich ging fast an die Decke. Irgendwie kam mir das alles so vertraut vor. Dieses schlimme Wort und der arme alte Tar. Vor meinen Augen blitzte sein Gesicht auf. Alter Mann stirbt, Hütte liegt verlassen da. Natürlich dachten sich die Einheimischen Geschichten dazu aus. Aber wenn es auch nur im entferntesten wahr gewesen wäre, hätte Cressie es sicherlich gewußt. Und wenn sie es wußte, hätte sie es mir erzählt, oder? Nun ja, hätte sie wirklich? Als mir diese Gedanken durch den Kopf schossen, wurde ich von einer schlimmeren Ahnung überwältigt: *Nicht, wenn es wahr war.*

Ich stand auf und ging zu ihr. Zwar war ich um einiges größer als sie, doch sie wich keinen Zentimeter zurück, obwohl sie eindeutig eingeschüchtert wirkte. »Du weißt nicht, wovon du redest«, erklärte ich ärgerlich. Meine Stimme zitterte, ebenso meine Hände. Ich ballte sie zu Fäusten und schob sie in die Tasche, damit sie es nicht bemerkte.

»Doch, ich weiß es – fertig, aus. Die Leute reden noch immer darüber.« Sie rümpfte die Nase und schnitt mir eine Grimasse. »O.k., o.k., ich habe geschwindelt. Ich hatte keine Ahnung davon, ehe ich meine Tante Marilyn gefragt habe, weil ich bemerkt hatte, wie du hier ein und aus gehst.«

»Du hast mich gesehen? Scheiße. Du hast das doch nicht rumerzählt, oder?«

»Komm wieder runter! Wem sollte ich es erzählen?« Sie grinste frech. »Was einer nicht weiß, macht ihn nicht heiß. Ich bin nur zufällig mit Tante ins Gespräch gekommen und habe was in der Art gesagt, wie traurig es doch sei, daß dieses Haus allmählich verfällt. Kein Wort über dich, tut mir leid, dich enttäuschen zu müssen ...«

»Danke.«

»Aber bitte sehr. Würdest du das auch für mich tun?«

Ich konnte sehen, sie blödelte nur, wartete aber dennoch auf eine Antwort. Ich schloß die Augen und versuchte gleichmäßig zu atmen. »Ja, Shay, das würde ich auch für dich tun. Ich habe den Stoff nie gesehen. Nun erzähl schon.«

Sie lachte. »Also gut. Wie ich schon sagte, als ich so rücksichtslos unterbrochen wurde, Tante Marilyn ist großartig. Sie war es, die mir von dem alten Mann und dem Jungen erzählt hat und davon, wie der alte Mann durch den Klatsch in den Tod getrieben wurde.« Dann beschrieb sie mit der Hand einen Bogen in der Luft und verbeugte sich tief. Wahrhaftig, eine Herrin des Dramatischen.

»Und sie meinte, der alte Mann hätte dem Jungen die Hütte vermacht?«

Sie errötete. »Na ja, nicht so direkt. Sie erwähnte nur, daß es da einiges Gerede über Spain und den kleinen Jungen gab.« Sie sah mich aufsässig an. »Das *könnte* ja wohl der Grund gewesen sein, weshalb man diesen Platz aufgegeben hat, oder? Jedenfalls kam mir das richtig romantisch und all so was vor. Ich meine, es könnte doch wahr sein, oder? Das ist nicht ausgeschlossen.«

»Sie hat sich das also bloß ausgedacht?«

»Meine Tante Marilyn?« Sie kicherte. »Da wär ich mir nicht so sicher. Ich wette, sie weiß mehr, als sie sagt«, erklärte sie. »Hat sie nicht für die Mutter des Jungen gearbeitet? Von daher weiß ich deren Namen, Sweeney. Sie hat bei ihnen saubergemacht – bevor sie sich auf Größeres verlegt und das B&B da unten eröffnet hat.« Sie rollte die Augen.

»Wo ist da unten?«

»Wo sie wohnt, meinst du? An der alten Bootslände. Riesenhütte, immer voll. Meine Mom sagt, sie haben den alten Bau verschandelt, weil sie überall Balkone angebaut haben. Sie nennt es ›Key West‹, aber sie ist bloß neidisch, weil Marilyn inzwischen ein Vermögen gemacht hat.«

»Hast du ihr erzählt, daß ich hier bin?«

»Also weißt du, wofür hältst du mich, um Himmels willen? Ich laß nicht mal raus, daß ich selbst herkomme, weil sie es nur meinen Leuten erzählen würde, und dann kann ich mich auf was gefaßt machen. Du übrigens auch, wenn man dich findet. Unerlaubtes Eindringen nennt sich das, falls du es nicht weißt.« Sie zog die Augenbrauen hoch. »Einbruch und Betreten. Dafür kriegst du sicher Wachtmeister Ryan an den Hals. Außer natürlich, du bist der Sweeney-Junge«, flötete sie.

Ich antwortete nicht. Warum erinnerte ich mich nicht an ihre Tante Marilyn, wenn sie, wie Shay behauptete, für uns gearbeitet hatte? »Wohnst du auch in Trianach?«

»Ja, auf der anderen Seite. Die abgelegene Ecke, sag bloß, du kennst das nicht? Unsere nächsten Nachbarn sind eine Viertelmeile weg. Haus *Tranquillity*, wie Mammi es nennt. Das ist so was von *peinlich*. Sie hat auch ein B&B, aber ich bin oft bei Marilyn. Von daher kenne ich das hier. Ich komme seit meiner Kindheit hierher.« Sie stellte ein freches kleines Lächeln zur Schau. »Meine geheime Höhle. Traurig, was?«

»Aber nein«, erwiderte ich. Ich wollte meine Arme um sie legen, und deshalb wechselte ich das Thema. »Ist John Spain schon lange tot?«

»Viele, viele Jahre. Zehn, zwölf. Vielleicht auch mehr. Ich habe nichts davon gesagt, daß sein Vorname John ist«, erklärte sie scharf.

»Tatsächlich? Weißt du, was mit ihm passiert ist?«

»Ertrunken.«

»Noch was?«

»Was meinst du?«

»Du sagtest, es wäre getratscht worden, ein Skandal …«

Sie zuckte die Schultern. »Ich nehme an, es war, weil der alte Knabe es mehr mit den Jungs hielt …«

»Echt? Weißt du das sicher, oder denkst du dir das auch nur aus?«

»Wer bist du eigentlich? Die Gedankenpolizei? Ich gehe davon aus, daß es verbürgt ist.« Sie zuckte mit den Schultern. »Skandal heißt gewöhnlich Sex, oder? Oder besser noch schwuler Sex. Bist du schwul, Sweeney?«

»Weder schwul noch Sweeney.«

»O-oh«, spottete sie. »Mach dir nichts draus, schwul sein ist megacool.«

»Ja, ich seh schon, wie dich das anmacht, aber leider nein. Wie lange gibst du hier schon die Hausbesetzerin?«

»Biste nich 'n bißchen unverschämt, hm?« Ihr Akzent wurde ausgeprägter, je mehr sie sich aufregte. »Du hast hier 'n Bruch gemacht, nicht ich. Ich komme hier seit ewigen Zeiten her und hab nie Ärger gehabt, bis du aufgekreuzt bist und blöde Fragen stellst. Wer glaubst du überhaupt, wer du bist?« Sie schnappte sich ihren Beutel und wankte zur Tür. Als ich die Hand ausstreckte, um sie zurückzuhalten, schlug sie sie wütend fort.

»Tut mir leid«, sagte ich. »Geh nicht weg. Bis du wieder klar im Kopf bist. Du kannst mir vertrauen. Ich werde keinem erzählen, daß du hier warst.«

»Solange ich nichts von dir erzähle, das ist es doch, oder? Guter Witz. Wen kennst du denn hier überhaupt?«

Das war der Punkt, an dem ich zu dem Schluß kam, ihr vertrauen zu müssen. »Keine Ahnung.«

Sie legte den Kopf schräg wie ein neugieriger Vogel. »Heißt das niemanden? Oder weißt du nicht, wen du kennst?«

Echt clever. Ich glaube, in diesem Augenblick hätte ich mich in sie verlieben können. Ich dachte darüber nach.

»Letzteres. Ich weiß nicht, wen ich kenne. Deshalb bin ich hier. Ich könnte ein wenig Hilfe gebrauchen. Würdest du vielleicht noch ein warmes Bier mit mir teilen?«

Es dauerte nur ein oder zwei Sekunden, dann hatte die Neugier über ihre Wut gesiegt. »Nur, wenn du mir sagst, wer du bist. Deinen richtigen Namen, nicht irgend so 'n ausgedachten.«

Sie war unbezahlbar. »Gil.«

»*Gil*?« Sie wirkte verblüfft. »Gil? Willst du mich verarschen oder was?«

»Nein. Ich heiße Gil. So ungewöhnlich ist das auch wieder nicht.«

»Gil Hollings?« fragte sie und wartete zum Glück nicht auf die Antwort. »Weißt du was? Das Sweeney-Kind, von dem ich dir erzählt habe, hieß auch Gil. Aber das weißt du sowieso, oder?«

Ich verschüttete das Bier.

E-Mail von Sean Brophy an Fiona Moore

Hallo, meine Schöne. Ich habe Dir das Zeug, das ich über den verstorbenen Mr. Walter und Deine Buchhändler ausgegraben habe, per Boten rübergeschickt. Du findest es in Deinem Briefkasten: Übrigens findest Du, wenn Du mit dem Walter-Fall fertig bist, möglicherweise heraus, daß dieser neue Stoff einen anderen Fall aufwirft. Magraws Frau war vor ungefähr zwanzig Jahren in einige merkwürdige Machenschaften verwickelt. Und das alles zeigt mir, was für ein schlaues kleines Kätzchen Du bist. Du bist auf eine Goldader gestoßen, Mädchen, das läuft und läuft. Gerade hatte ich einen von RTE an der Strippe. Seiner Reaktion nach glaube ich, wir könnten das weltweit bringen. Was sagst du? S. ist von heute abend an für eine Woche bei ihrer Mutter. Urlaubszeit? Sean.

11

Cressida war wieder in Oxford und verbrachte ein paar Tage bei Grace, während Murray bei Halcyon in Irland blieb. Grace war überrascht und einigermaßen verärgert, als er ihr Angebot abgelehnt hatte, zu ihm nach Clonmel zu kommen. »Ich möchte da lieber allein durch, Schatz, zumindest im Augenblick«, hatte er erklärt. Dann hatte er auf eher rührselige Weise um etwas Zeit gebeten, damit er sich darüber klarwerden könne, wie er sich fühlte. »Ich glaube, ich habe nie wirklich um Evangeline getrauert, weißt du. Um meine Eltern auch nicht. Hally liegt im Sterben, Schatz. Ich habe noch nie jemanden *sterben* sehen, nicht einmal meine Mom. Ich denke, es ist etwas Großes, oder? Und deshalb möchte ich ihr gerne beistehen.«

»Er will mich dort nicht dabeihaben«, teilte Grace Cressida mit. »Ich habe den Eindruck, er will mich bestrafen, weil ich Halcyon nicht ausreichend gern habe.«

»Ach Grace, nein«, widersprach Cressida sanft. »Ich bin sicher, das ist es nicht. Manche Wege muß man einfach allein gehen. Bei meinem Vater hatte ich dieses Gefühl. Es hat mir immer etwas ausgemacht, daß er nicht viel von mir hielt, aber eigentlich mußte ich vor allem herausfinden, was *ich* ihm gegenüber empfand – oder ergibt das keinen Sinn?«

»Hmmm«, murmelte Grace. »Ob das auch für Murray gilt, weiß ich nicht. Vielleicht.« Sie ließ ein bitteres kleines Schnauben hören. »Ich glaube, unser Problem hat mehr damit zu tun, daß wir keine Familie haben. Es lag an mir. Dadurch kommt man sich nutzlos vor, das ist nicht zu vermeiden. Für mich war Halcyon nie ein Kinderersatz.« Sie hob die Stimme. »Murray ist bei ihr plötzlich so verdammt frömmlerisch geworden. Ich weiß nicht, was schiefläuft. Ich kann diesen sentimentalen Quatsch von wegen Komm-in-Kontakt-mit-deinen-Gefühlen nicht ausstehen. Um die Wahrheit zu sagen, die ganze Sache hat uns beiden jahrelang Konfliktstoff geliefert. Eigentlich immer, seit Halcyon auf der Bildfläche erschienen ist, wenn ich so darüber nachdenke. Sie macht mich richtig krank.« Grace atmete tief aus, als wäre etwas lange Zeit aufgestaut gewesen. »Nicht gerade menschenfreundlich, was? Ach, was soll's. Wie ging es ihm, als du ihn getroffen hast?«

»Er war in einer seltsamen Stimmung. Ich bin nicht lange im Krankenhaus geblieben. Ich hatte das Gefühl zu stören, und darum nahm ich einen früheren Zug nach Dublin. Er wollte nicht unhöflich sein, aber er wollte mich auch nicht dabeihaben. Und da wir uns schon reinen Wein einschenken: Ich hatte das höchst seltsame Gefühl, er würde –

das klingt jetzt vielleicht schrecklich – heile Familie spielen. Wäre das möglich?« Sie rümpfte die Nase.

»Erzähl mir davon«, bat Grace müde.

»Nun, du weißt ja, wie schwer es ist, Halcyon zum Stillhalten zu bewegen – sie davon abzuhalten, zu schreien, herumzurasen, mit dem verdammten Fernseher rumzufummeln. Sie ist unaufhörlich unter Dampf. Du bist so hektisch dahinter her, sie zu beruhigen, daß du sie niemals richtig ansiehst. Na ja, Grace, ich will dir mal was sagen. Ihr Gesicht ist richtig hübsch. Ich glaube, ich habe das nie zuvor bemerkt. Sie lag ganz still in dem Krankenhausbett, die Wangen rot und das Haar weich und blond, als wäre es frisch gewaschen. Murray ging sehr sanft mit ihr um – er hielt die ganze Zeit über ihre Hand, während ich da war. Außerdem sprach er mit ihr, als könnte sie hören und ihn verstehen. Und was wirklich merkwürdig war, sie sah ganz normal aus. Ungewöhnlich. Sie ist sehr dünn und wirklich recht hübsch. Murray meint, sie sei das Ebenbild ihrer Mutter. Ich habe Murray nie zuvor über Evangeline reden hören.« Cressie biß sich auf die Lippen. »Ich war einigermaßen schockiert. Ich hätte mir nie vorstellen können, daß irgend jemand sie mag«, flüsterte sie, »aber wie ich sehen konnte, mochte Murray sie.«

»Ach ja, Murray *verehrte* Evangeline. Er betete sie geradezu an«, erklärte Grace in weichem Ton. »Ich konnte sie nicht ausstehen, und sie mich auch nicht, aber das hat Murrays Gefühle kein bißchen verändert. Für ihn war sie das Höchste.«

»Ich verstehe.« Cressida nickte bedächtig. »Ihn mit Halcyon zu beobachten war ein wenig surreal, das gebe ich zu. Bis dahin hatte ich Evangeline nicht mit einbezogen. Irgendwie hatte ich den Eindruck, Murray würde sich vielleicht schuldig fühlen, weil er sie mit dem Kind nicht unterstützt hat – nachdem ... nachdem ... Val ...«, ihre Lippen bebten, »... nachdem der Saukerl sie im Stich gelassen hatte.«

»Kann sein«, bestätigte Grace nachdenklich. »Murray und Evangeline ... Die ganze Beziehung ist ... nun, ich habe das nie wirklich verstanden. Ich weiß gar nicht, ob ich das möchte. Er sagte immer, es mache ihm nichts aus, keine Kinder zu haben. Tatsächlich sah er das immer recht positiv. Bis vor kurzem betrachtete er Halcyon als wahre Plage. Ich brauche dir ja nicht zu sagen, wie hoffnungslos er ihretwegen war, besonders am Anfang, als sie auftauchte. Ohne deine Hilfe hätte er das nicht bewältigt. Es war ja schon eine Riesenveranstaltung, sie auch nur im Kloster zu besuchen – er wäre gar nicht erst hingegangen, wenn du ihm nicht gezeigt hättest, daß es möglich war, irgendwie mit ihr in Kontakt zu treten.«

»Entweder das, oder wir machten alles nur noch schlimmer, weil wir bei ihr Erwartungen weckten, die keiner von uns erfüllen konnte. Vielleicht hätte ich mich nicht einmischen sollen.«

»Wer kann das schon sagen? Du hast getan, was du konntest. Auch Murray hat das getan, aber ich weiß wirklich nicht, wo dieses Ich-bin-der-einzige-der-sich-um-sie-Kümmert herkommt«. Sie sah auf. »Ich glaube, ich habe ihn verloren. Er hat eine andere gefunden.«

»Was? Bist du sicher?«

»Nein, das nicht. Er hat kein Wort gesagt, aber hast du nicht gemerkt, wie oft er inzwischen in die Staaten fliegt? Zwischen diesen Besuchen und den Ausflügen zu Halcyon ist er kaum noch zu Hause. Früher war es immer nur eine Lesereihe im Jahr, nun sind es zwei, manchmal sogar drei.«

»Aber vielleicht ist wirklich nichts weiter dran als Lesungen«, gab Cressida zu bedenken.

Grace zuckte schwach mit den Schultern. »Er sehnt sich nach der Frucht seiner Lenden. Er wünscht sich ein Kind, selbst in diesem späten Stadium noch.«

»Das ist nicht dein Ernst? Ärgert dich das nicht?« fragte Cressida neugierig.

Grace dachte einen Augenblick lang darüber nach. »Um die Wahrheit zu sagen, ich weiß nicht, was ich empfinde. Murray und ich haben ein angenehmes Leben. Es geht uns gut zusammen, und ich mag seinen Sinn für Humor, obwohl ich seit einiger Zeit nur sehr wenig davon mitbekomme.« Sie legte den Kopf schief. »Das hat sich alles sehr langsam angeschlichen, ein Hinweis hier, eine achtlose Bemerkung dort, und eines Tages stellst du dann fest, über deine Art zu leben ist entschieden worden, ohne daß du es gemerkt hast. Ich bin traurig, das ist alles. Und es ist ziemlich schwach, das nach fast zwanzig Jahren zu sagen.« Sie runzelte die Brauen. »Weißt du, immer hat irgend etwas gefehlt. Kinder? Ich hatte nicht den Eindruck, aber inzwischen frage ich mich das. Möglicherweise müssen Ehen durch Kinder zementiert werden. Ich fühle mich einfach sehr, sehr müde.«

»Ach, Grace, das tut mir so leid.«

»Schau nicht so tragisch drein. Es könnte auch gar nichts sein. Alles nur Einbildung. Gestern kam der junge Jamie auf einen Sprung vorbei, mit Reggie im Schlepptau, der genauso aussieht wie der gutmütige alte Trottel selbst.« Grace lachte. Reggie war ihr erster Ehemann und Jamie eines seiner beiden Kinder aus zweiter Ehe. »Er und Dee haben sich schließlich scheiden lassen. Ich bin nicht sicher, ob ich ihm je entwachsen bin, weißt du.« Sie zuckte mit den Schultern. »Er hat mich behandelt wie ein Stück Scheiße, aber jetzt ... na ja, ich freue mich immer, wenn er bei mir ist.« Sie sah Cressie an. »Tut mir leid. Diese Geschichte mit Halcyon hat mich wirklich erwischt.« Sie atmete tief ein. »Ich nenne sie Evangelines Vermächtnis. Oder, wenn ich wirklich schlecht drauf bin, das Vermächtnis dieses Miststücks.« Sie lächelte ironisch. »Es ist immer viel leichter, einem anderen die Schuld zu geben, nicht? Ich weiß einfach nicht, wie ich damit fertig werde, wenn sie bei uns wohnt, falls das mit dem Heimplatz in Whitney nichts wird.«

Cressida biß sich auf die Lippen. »Noch was, wo ich mich eingemischt habe, was?«

»Keineswegs. Wir wären wirklich beschissen dran, wenn du ihn nicht aufgetan hättest.«

»Ich glaube, das war ohnehin umsonst«, erklärte Cressida. »Wie die Schwester im Krankenhaus mehr oder weniger zu verstehen gab, wird sie wohl nicht am Leben bleiben.«

»Tatsächlich? Sie ist sehr stark.«

»Du hast sie in letzter Zeit nicht gesehen. Sie ist ein Schatten. Völlig ausgezehrt.«

Grace holte tief Luft. »Cress? Ich wollte dich schon immer fragen, weshalb du Halcyon plötzlich nicht mehr zu dir nach Hause genommen hast.«

»Kannst du Gedanken lesen?« Cressida rieb sich die Augen. »Das ist schon seltsam, aber seit ich sie gesehen habe, kann ich an kaum etwas anderes denken. Sie sah so süß und unschuldig aus. Ich konnte mich nur schwer daran erinnern, welchen Schrecken sie verbreitet hat.« Sie legte die Hand auf den Mund. »Sie hätte Katie May fast umgebracht«, sagte sie leise. »Manchmal frage ich mich, ob ich mir das nur eingebildet habe, aber dann rast mir das alles wieder durch den Kopf, in allen Einzelheiten, und ich fange an zu zittern. Katie May war damals erst achtzehn Monate alt. Halcyon war übers Wochenende bei uns. Ich weiß noch, es war ein warmer, sonniger Tag. Spätnachmittag. Frank arbeitete oben. Er hatte einen Schreibtisch am Fenster unseres Schlafzimmers, das auf den Garten hinausgeht, Gott sei Dank. Ich war mit Halcyon in der Küche und versuchte, den Abwasch zu erledigen. Sie hatte viel an Gewicht zugelegt. Übergangslos war sie vom Kind zur Frau geworden und sehr unberechenbar, wenn du dich erinnerst. Durch das Fenster behielt ich die Kinder im Auge. Gil war zu der Zeit vielleicht zwölf und annähernd so groß wie ich. Er hielt Katie May an den Händen und schwang sie zwischen seinen Beinen auf und ab.

Ich merkte erst, daß Halcyon nicht mehr in der Küche war, als ich sie durch den Garten trampeln sah. Eine Art Vorahnung sagte mir, etwas Schreckliches würde geschehen, aber ich konnte mich nicht rühren. Sie blieb ein Stück vor den Kindern stehen und zeigte mit vorgerecktem Finger auf Gil. In ihren Augen war er ihr Privateigentum, und sie haßte es, wenn er seine Aufmerksamkeit anderen zuwandte, besonders wenn es das Baby war.

Auf ihrem Gesicht lag ein seltsamer Ausdruck. Sie fing an, sich im gleichen Takt vor und zurück zu bewegen wie Katie May, die vor Freude jauchzte. Als nächstes sprang sie ohne jede Vorwarnung auf Gil zu, stieß ihn um und grapschte sich das Baby. Als Gil sich aufrappeln wollte, verpaßte Halcyon ihm einen kräftigen Fußtritt in die Seite. Ich schrie nach Frank und rannte in den Garten. Gil lag auf den Knien und hielt sich den Bauch. Mich bemerkte Halcyon nicht – sie schleuderte Katie May immer wieder um ihren Kopf herum. Immer schneller. Anfangs lachte Katie May, doch dann bekam sie Angst und begann zu kreischen.

Es dauerte alles nur ein paar Sekunden. Gil kam auf die Füße, Halcyon wandte sich um und entdeckte mich. Sie hielt inne. Dann begann sie das Baby zu schütteln. Je stärker sie schüttelte, desto mehr schrie Katie May. Je näher Gil und ich kamen, desto wütender schüttelte sie sie. Dann verstummte Katie May. Es war ein Schock. Schockierender als das Geschrei. Hinter mir sagte Frank: ›Nicht bewegen, nicht bewegen, Cress.‹ Es war unheimlich; obwohl Halcyon nicht hören konnte, drehte sie sich zu Frank um. Auf ihrem Gesicht zeigte sich ein seltsamer, erschreckender Ausdruck. Mit beiden Händen hielt sie das Baby in der Mitte umfaßt und hob es langsam über ihren Kopf. Katie May war ganz schlaff, wie eine Stoffpuppe, und plötzlich war mir klar, Halcyon wollte sie quer durch den Garten schleudern.

›Halt dich raus, geh, um Gottes willen, weg von ihr‹, schrie Frank und rannte an mir vorbei. Halcyon warf, und Katie May flog in einem perfekten Bogen durch die Luft, während Frank sich nach vorn warf. Sie hatte fast den Boden erreicht, als er sie fing. Er lag verdreht da, Katie May mit ausgebreiteten Gliedern auf seiner Brust, als würde sie schlafen. Sie war blau im Gesicht. Meine Beine gaben nach. Ich kroch zu Frank und versuchte Katie May zu beatmen. Johlend drehte Halcyon eine Ehrenrunde, die Arme über dem Kopf wie ein Fußballer. Gil stand wie angewurzelt da, weiß wie die Wand.

Katie May rührte sich nicht. Wir trugen sie ins Haus, und ich lief nach nebenan, um Hilfe zu holen. Unsere Nachbarin war Krankenschwester und, Gott sei's gedankt, auch zu Hause. Sie fuhr Katie May und mich ins Krankenhaus und bestand darauf, bei uns zu bleiben. Sie wußte, man würde dort glauben, ich hätte dem Baby etwas getan, und sie hatte recht. Sie unterstellten es. Aber Marie erklärte, was geschehen war – ich weiß nicht, wie ich die Leute sonst überzeugt hätte.

Der arme Frank blieb mit Halcyon im Haus zurück. Er war in einem schrecklichen Zustand, weil er uns nicht begleiten konnte. ›Sie fährt zurück‹, bestimmte er, als wir zusammen zur Klinik aufbrachen. ›Jetzt sofort. Ich bringe sie selbst hin. In meinem Haus bleibt sie keine Sekunde länger.‹ Ich wußte, er hielt es nicht aus, ihren Namen auszusprechen. Gil erklärte, er werde mitfahren, um sie ruhig zu halten. Der arme kleine Kerl. So tapfer. Er fürchtete sich, aber trotzdem fuhr er mit.

Als wir im Krankenhaus ankamen, atmete Katie May wieder normal. Ein paar Stunden lang behielten sie sie zur Beobachtung da. Aber sie war in Ordnung, Gott sei Dank. Keine bleibenden Schäden. ›Das war's dann wohl‹, meinte Frank, als er und Gil dann am Abend zurückkamen. ›Sie wird hier nie wieder auftauchen.‹ Und sie kam auch nie wieder.

Als Gil im Bett war, sagte er noch eine ganze Menge mehr – er warf mir vor, naiv zu sein, weil ich geglaubt hatte, mit Halcyon fertig werden zu können, obwohl klar war, daß ich es nicht schaffte. Es war schrecklich. ›Du bist für dieses Mädchen nicht verantwortlich‹, schrie er. ›Schuldgefühle machen dich nicht zu einem besseren Menschen. Reine Zeitverschwendung. Katie May und Gil, für die haben wir Verantwortung. Die beiden müssen wir schützen. Sie hätte unser Baby fast umgebracht.‹ Als ich einwandte, sie würde nicht begreifen, was sie tut, meinte er, er könne nicht begreifen, warum ich so verflucht verständnisvoll sei und mich bei jedem dahergelaufenen Kind als Mutter Teresa aufspielte, warum ich Halcyon über meine eigenen Kinder stellte. ›Stell deine verdammten Prioritäten endlich richtig, Cress‹, sagte er immer wieder.« Sie verstummte.

Grace ging in die Küche und kam mit einer geöffneten Flasche Meursault zurück.

»Das ist ein bißchen übertrieben«, befand Cressida.

»Kommt von Reggie. Wir brauchen etwas, was uns aufheitert«, erwiderte Grace. »Was ist nun mit Frank?«

»Was soll mit ihm sein?«

»Gehst du wieder zu ihm zurück?«

»Zurück? Ich habe ihn nicht verlassen, Grace.«

»Warum bist du dann hier?« fragte Grace unverblümt. Cressida begann alles aufzuzählen, was sie in Oxford noch zu erledigen hatte, ziemlich genauso wie bei Frank. Grace hörte zu, bis ihr die Puste ausging. »Du weißt, du bist herzlich eingeladen zu bleiben, Cressie, solange du willst, meine Liebe, aber ich glaube, du solltest zu Hause bei deiner Familie sein. Laß die Dinge nicht schleifen. Frank ist ein liebenswerter Mann. Ich weiß, das willst du gerade nicht hören, weil du dich über ihn geärgert hast. Na schön, er kann ein wenig egoistisch sein, aber ihr beide paßt wirklich gut zusammen – meistens. Und ihr seid gute Eltern. Ich bin weit älter als du, nimm also meinen Rat an – ihr müßt zusammen sein, nicht voneinander getrennt. Es ist nicht gut, etwas in sich hineinzufressen, das macht alles nur schlimmer. Ich weiß, wovon ich rede. Ich sitze im selben Boot.«

»Ich geh schon zu ihm zurück, Grace. Ich liebe Frank, seit jeher. Aber ich langweile ihn – ich bin so ein Schwächling geworden.«

»Quatsch«, widersprach Grace resolut, »und das weißt du auch. Um Himmels willen, sieh dir doch bloß an, was du in den letzten vier Jahren durchgemacht hast. Kein Wunder, wenn du dich mies fühlst.«

»Ich war wirklich wütend auf ihn, weil er nicht kam, als Gil letztes Jahr die Schule abgeschlossen hatte. Es wäre ihm möglich gewesen. Wir haben uns auseinandergelebt,

Frank und ich. Ich brauche einfach ein wenig Zeit, um meine Gedanken zu sortieren.«

»Wie Murray, meinst du?« fragte Grace lakonisch.

Cressida zuckte mit den Schultern. »In Waterford schien alles wieder ins Lot zu kommen, bis Frank zugab, daß er einige Jahre hindurch überhaupt nicht für die Polizei gearbeitet hat. Ich meine, kann man ihm das glauben? Schließlich war das die Begründung, weshalb er in Dublin blieb, als Gil mit der Schule aufgehört hat. Er hat mich angelogen, Grace.«

»Er ging ein wenig sparsam mit der Wahrheit um, sagt man dazu, glaube ich. Sei fair, Cress. Wie um alles in der Welt hättest du ihn in Elsfield in die Wohnung quetschen können? Da war einfach kein Platz. Und außerdem, was wäre daraus geworden? Dein Vater beanspruchte jede Sekunde deiner Zeit.«

Tapfer versuchte Cressida zu lächeln. »Vier Jahre sind eine lange Zeit. Vieles hat sich verändert, Grace. Ich habe mich verändert. Ich bin es leid, den beschissenen Fußabtreter zu spielen. Ich möchte von vorn anfangen, aber nach meinen Kriterien – wenn das einen Sinn ergibt. Frank hat mich viel zu lange beschützt, mich in einem Zustand ohne Entwicklung festgehalten. Das habe ich gelernt, als ich meinen mürrischen Vater versorgte.« Sie lachte über den Ausdruck auf dem Gesicht von Grace. »Na ja, gut, auf der Beerdigung konnte ich das nicht loswerden.« Die Atmosphäre hellte sich auf.

»Und jetzt ist es abgeschlossen?« Grace grinste sie an.

Plötzlich sah Cressida aus wie eine Katze vor der Sahneschüssel. »Ich bin nicht direkt nach dem Besuch bei Halcyon hergekommen. Für ein paar Stunden legte ich einen Zwischenstopp auf der Isle of Man ein.«

»Meine Güte, Cress, du steckst voller Überraschungen.«

»Nicht ich, Grace, Daddy. Er starb nicht mittellos, was immer er seiner Schwiegerfamilie für Märchen aufgetischt haben mag. Und was das angeht, auch Frank und mir. Er hatte ein nettes kleines Sümmchen beiseite geschafft und dort auf die Bank gelegt. Vor etwa sechs Monaten hat er es rausgelassen, als ich androhte, ich würde nach Hause zurückkehren und ihn sich selbst überlassen.«

»Als er dir die Hölle heiß machte, meinst du? War es eine Bestechung, um dich zum Bleiben zu überreden?«

»So kann man es auch sehen, aber natürlich wäre ich auch so geblieben. Fünfundsiebzigtausend. Der schlaue alte Saukerl hat mir nicht mal gesagt, daß es auf meinen Namen hinterlegt war.«

»Hast du es Frank schon erzählt?«

»Noch nicht. Es ergab sich keine Möglichkeit«, erklärte sie verlegen.

»Er hat angerufen, mußt du wissen, als du gerade aus Clonmel abgefahren warst. Und am nächsten Tag noch einmal, da warst du wohl gerade auf der Isle of Man.«

»Ach ja? Was hast du ihm gesagt?«

»Ich bin ihm irgendwie ausgewichen. Ich hab gesagt, du wärst wohl beim Anwalt«, meinte Grace trocken. »Ich lüge lieber nicht, Cress, wenn es geht. Nicht gegenüber Frank. Ich denke, du solltest mit ihm reden.«

»Ist schon erledigt, Grace, ich hab ihn heute morgen gesprochen. Über die Isle of Man hab ich nichts gesagt. Das mache ich lieber, wenn ich wieder zu Hause bin. Er ist einverstanden, aus Dublin wegzuziehen. Wir haben in Waterford darüber geredet und dann heute morgen wieder.«

»Beim Leichenschmaus hat er vage Andeutungen gemacht. Wißt ihr denn schon ungefähr, wohin ihr wollt?«

»In die Nähe des Wassers. Abgesehen davon – nein«, sagte Cressida ausweichend. »Eines ist aber sicher, egal, wieviel Frank jetzt verdient, der Batzen von meinem Vater macht einen gewaltigen Unterschied. Was immer wir kaufen, ich bin mit daran beteiligt.« Sie strahlte.

Grace hatte ihre Zweifel, ob Frank wirklich so erfreut wäre. Die fünfundsiebzigtausend hätten für eine professionelle Pflege eingesetzt werden können. Eine armselige Summe, um dafür eine Ehe aufs Spiel zu setzen.

Duncreagh Listening Post

IM MORDFALL TRIANACH GESUCHTER MANN ERTRUNKEN
(Archiv)

Gil

Von nun an schwänzte Shay die Schule. Sie war im letzten Schuljahr und hatte deshalb einen eigenen Stundenplan. Das war zwar praktisch, aber trotzdem gab es Schwierigkeiten zu bewältigen. Die Schule lag in Duncreagh, und der Bus hielt jeden Morgen am Dammweg, um die Kinder aufzusammeln, die in Trianach wohnten. Wenn sie nicht mitfuhr, würde das Fragen nach sich ziehen. Also stieg sie ein, was aber bedeutete, daß sie den Weg zu Spain's Cove wieder zurückkommen mußte. Die ersten paar Tage wartete sie gewöhnlich auf mich, wenn ich von den Muschelbänken zurückkam, also gegen Mittag. Sie nannte mich immer Sweeney. Erst dachte ich, sie wollte mich ärgern, bis ich merkte, daß sie hinter dem theatralischen Auftreten recht schüchtern war. Also ließ ich das auf sich beruhen. Ich nannte sie Shay, sie nannte mich Sweeney. Wie die Personen in einem Stück. Ich mußte ihr nicht eigens einschärfen, mich außerhalb der Hütte nicht Sweeney zu nennen: Shay war clever – sie liebte Verschwörungen, und ich stand hoch im Kurs, weil ich ihr eine bot.

Da war ich also, Anfang September. Ich hatte einen Unterschlupf, ein Boot, einen Kumpel und ausreichend Knete, um ein paar Wochen über die Runden zu kommen. Ich kam mir schlau vor, aber insgesamt gesehen nicht klüger, was meine Geschichte anging. Das sollte sich jedoch bald ändern. Es war Shay, die den Unterschied ausmachte – sie kannte sich überall aus. »Als erstes müssen wir dich richtig ausstaffieren«, erklärte sie gebieterisch, aber mit einem Sinn fürs Praktische. Sie nahm mein Handy mit nach Hause und lud den Akku wieder auf. Außerdem dachte sie sich eine gute Tarnung für mich aus. Erst sollte ich ein Neuer aus ihrer Klasse sein, aber dann kam sie zu dem Schluß, ich sähe zu alt aus. »Wette, du bist irre sportlich, Sweeney, mit diesen Schultern«, behauptete sie und haute mir auf den Rücken. Als ich nicht zurückzuckte, fuhr sie fort: »So geht's. Du bist die Vertretung für den Sportlehrer.« Sie fiel in eine vornehme Sprechweise. »Die guten Leute verlassen uns immer. Duncreagh hat kein Sportcenter, deshalb zieht es sie bald wieder fort«, erklärte sie hoheitsvoll. »Heutzutage bekommt die Schule keine guten Leute.« Ich weiß nicht, wen sie diesmal nachmachte, aber sie brachte mich zum Lachen. »Wollen doch mal sehen. Du stehst zwischen Schule und Uni, also springst du nur für ein paar Wochen ein, bis sie einen Festen finden.« Sie schniefte. »Was natürlich nie passiert. Wie auch immer. Wir werden dich«, sie hielt den Kopf schief, »Julian Wray nennen.«

»Nein. So heißen bloß Wichser.«

»Hör auf. Das gilt.«

»Kennst du jemanden, der Julian Wray heißt?«

»Aber natürlich. Hat im letzten Trimester an der Schule einen Job angenommen. Englisch. Blieb gerade mal eine verfickte Woche, wenn du also nicht Tennis gespielt hast, konntest du nicht mal einen Blick auf ihn erhaschen.«

»Und du spielst Tennis?«

Sie lachte. »Ich hätte damit angefangen, wenn er etwas länger geblieben wäre. Wahrlich, ein richtiger Mann. Wie du, Sweeney.«

»Soll ich das jetzt als Kompliment auffassen?«

»Wie du meinst, Julian.«

»O.k., Noreen«, erwiderte ich und fing mir noch einen Knuff an die Schulter ein. Für siebzehn konnte sie recht kindisch sein. Bald begannen einige der nützlicheren Gegenstände aus dem Haus der Donovans in Spains Hütte aufzutauchen. Neben einem ständigen Nachschub an Lebensmitteln »borgte« Shay sich zwei Öljacken aus, dazu das alte Fahrrad ihres Vaters, einen kleinen Heizofen mit Paraffin, saubere Handtücher und eine Daunendecke. »Wird es deiner Mum nicht auffallen?« fragte ich.

»Nein. Sie hat Massen davon. Außerdem ist sie nicht da. Bis zum nächsten Jahr wird von diesem Zeug nichts gebraucht, wenn überhaupt. Kannst du das alte Fahrrad wieder in Gang bringen?«

Sie ging die ganze Zeit über in der Hütte ein und aus. Bei meiner Rückkehr von den Muschelbänken fand ich sie einige Male lernend am Tisch vor. Ich war besorgt, weil jemand sie sehen könnte, doch sie erinnerte mich daran, daß sie jahrelang in der Hütte ein und aus gegangen war und deshalb keiner sich etwas dabei denken würde. »Am Ende tun sie es natürlich trotzdem, wenn sie es nicht jetzt schon tun. Aber das bedeutet nicht viel, Sweeney. Die werden sich einfach denken, die kleine Donovan hat irgendwas vor. Aber keiner wird es offen aussprechen. Ist dir schon mal aufgefallen, daß alte Leute vor den Jungen ein wenig Angst haben? Ist es dir je aufgefallen, Sweeney? Sollen sie sich Gedanken machen. Wir tun doch keinem was, oder?«

Ich war mir nicht sicher, ob die Sullivan-Brüder wußten, was bei mir nicht stimmte, aber ich habe den Verdacht, es war so. Wie Shay es ausdrückte: Trianach war ein komischer Ort – Informationen quollen hier aus dem nassen Gras. Oder von sonstwo her.

Die Bucht der Flußmündung erkundeten wir an den Nachmittagen. »Es heißt Abend, Sweeney. Abend. Hier in der Gegend kennen wir keine Nachmittage.« Allerdings nicht jeden Nachmittag und nicht immer zur gleichen Zeit, auch wenn wir den gleichen Ablauf einhielten. Ich beschrieb die Häuser und Örtlichkeiten meiner Erinnerung, und wenn sie erkannte, wonach ich Ausschau hielt, führte sie mich hin. Einen Ort, das Haus ihrer Tante, sparten wir aus, weil Shay nicht dabei ertappt werden wollte, wie sie die Schule schwänzte. Bei den ersten Anläufen blieb ich ziemlich allgemein, aber am dritten Tag, als ich sie fragte, wo die Frau ermordet worden war, fiel sie fast aus dem Boot.

»Was für eine Frau?«

»Die Frau im Garten.« Ich hielt inne – nicht, weil Shays Mund sich zu einem überraschten O geöffnet hatte, sondern wegen der Bilder, die wahllos in meinem Kopf abliefen. Dunkel, aber ich konnte eine Frau erkennen. Nackt. Lachend. Ich schluckte. »Irgendwo hier ist eine Frau ums Leben gekommen.«

»Ermordet? Du hast ermordet gesagt.« In ihren Augen war Aufregung zu erkennen. »Wann? Wo?«

»Ich dachte, das wüßtest du«, entgegnete ich und berichtete ihr von dem Artikel im *Duncreagh Listening Post*.

Verneinend schüttelte sie den Kopf. »Ist das der Grund für all das hier?« Sie schwenkte ihre Hand von mir zum Fluß und in die Runde. »Mord? Wow.«

»Nein – ich hab dir doch gesagt, ich weiß gar nichts. Es ist etwas in meiner Erinnerung.«

»War sie mit dir verwandt?«

»Ich glaube nicht.« Plötzlich schüttelte es mich so heftig, daß ich nicht mehr rudern konnte. Shay schob mich zur Seite. »Zurück zur Hütte. Wir müssen miteinander reden.«

In der Hütte setzte ich den Paraffinofen in Betrieb und berichtete alles von Anfang an. Ich erzählte ihr, ich sei als Gil Sweeney zur Welt gekommen und hätte an der Flußmündung gelebt, bis etwas Schreckliches mit meinem Vater passierte und wir wegziehen mußten. Und irgendwie spielte dabei das Haus eine Rolle.

»Welches Haus?« fragte sie.

»Das Haus, wo die Frau gestorben ist, glaube ich.« Sie hörte aufmerksam zu und gab keinen einzigen schnippischen Kommentar ab. »Woher weißt du, daß es hier war? Auf Trianach? Wie kannst du dir sicher sein?«

»Das kann ich nicht...«, setzte ich an und brach ab. Ich schloß die Augen und konzentrierte mich. »Es ist hier in der Nähe. Es ist nicht weit von dieser Hütte.« Es schien, als wären mir die Worte an einem langen Band aus dem Mund gezogen worden. Ich spürte, wie Shays Hände mich hielten, und ich ließ den Kopf auf ihre Schulter fallen. »Ich war da.«

»Du warst in dem Haus?«

»Nein. In einem Auto, hoch über dem Boden. Es war dunkel.« Ich hielt inne.

»Hoch über dem Boden? Meinst du einen Geländewagen oder so was? Einen Jeep?«

Frank hatte einen Jeep gehabt – wir hatten ihn jahrelang benutzt. »Nein, kein Jeep. Eher wie ein Espace – vielleicht auch ein Range Rover. Ich entsinne mich nicht.«

»Erzähl mir von dem Haus. Wie sah es aus?«

»Groß, einsame Lage, mit Felsen drum herum. Ein hohes Gebäude. Ich habe die ganze Gegend danach abgesucht, konnte aber nichts Vergleichbares finden.« Und dann klappte mir der Unterkiefer bis zum Boden. »Bei Gott, das hab ich ganz vergessen. Ich habe ein Bild von dem Haus.«

»Du hast was? Mein Gott, du bist vielleicht ein Typ, weißt du das?«

Ich filzte die Tasche, in der ich die Zeitungsausschnitte und die aus dem Air-Lingus-Magazin herausgerissene Seite aufhob. Sie mußte irgendwann naß geworden sein, denn die Papiere waren zusammengepappt. Bis wir alles auseinandergepflückt hatten, war es zerknittert und zerrissen. Shay blickte kaum eine Sekunde darauf, dann sagte sie ganz ruhig: »Nimm dein Handy, Sweeney, und ruf diese Nummer an. Wenn jemand abhebt, legst du einfach auf.« Ich tat, was sie mir sagte. Nach dem fünften Läuten schaltete sich ein Anrufbeantworter ein.

»Gut so. Ich hatte mir schon gedacht, daß sie vielleicht nicht da ist. Jeden Freitag um diese Zeit ist sie beim Friseur in Duncreagh. Komm schon, Sweeney, ich will dir was zeigen.«

»Was?«

»Das Haus, du Dussel.« Sie ergriff meine Hand, wir krochen aus der Hütte und schossen quer über den Weg durch eine Lücke in der Hecke. Wir kämpften uns durch zwei schlammige Äcker, einen schmalen Pfad entlang, kletterten dann auf eine Felsnase und schlitterten schließlich in dichtes Gestrüpp. »Warte hier«, zischte Shay und verschwand. »Keiner zu Hause«, erklärte sie, als sie zurückkam. »Dann wollen wir mal.«

Es war monströs. Es ähnelte ein wenig einem der Gebäude meiner alten Schule, nur hatte jedes Fenster einen schmiedeeisernen Balkon, weiß gestrichen und voll mit hellroten Geranien. Es war nicht das Haus. Shay wartete gespannt auf meine Reaktion, doch ich schüttelte den Kopf. »Keine Chance.«

»Also, das ist zum Schreien, Sweeney, streng deine Phantasie an!« Sie hielt mir die Seite aus dem Magazin unter die Nase und zerrte mich durch den terrassierten Garten zum Flußufer hinunter. »Jetzt?« Sie zog mich ins nasse Gras. Wir saßen im Lotussitz nebeneinander. Nichts stimmte überein. Das Haus in meiner Erinnerung hatte riesige Felsen an der Seite und eine weite Rasenfläche, die sich zum Fluß hinunterzog und an beiden Seiten von Feldern begrenzt wurde. Direkt am Ufer ein Baum, an dem die Frau immer stand – und als ich den Kopf wandte, nahm sie für einen Augenblick Gestalt an. Sie lacht, den Kopf zurückgeworfen. Ich lese ihr von den Lippen ab. »Weiß dein Daddy, wo du bist?« wiederholt das lachende Gesicht immer wieder. Ich sah Shay an. »Nein«, sagte ich. »Es sieht ganz anders aus.«

»Natürlich sieht es anders aus. Marilyn hat es umgestaltet. Sie guckt zuviel Fernsehen. Kneif die Augen zusammen, und schau noch mal genau hin«, kommandierte sie.

Sie glättete den Zeitungsausschnitt auf dem Schoß. »Woher, glaubst du, stammen die Steine für diese gräßliche Terrassierung? Mit der Planierraupe hergeschoben. Marilyn hält sich für einen Scheiß-Filmstar. Was meine Mom dazu sagt, hab ich dir erzählt. Denk dir die Balkone weg, Sweeney. Was siehst du jetzt?«

Doch ich hörte nichts außer ›Marilyn‹. »Hier wohnt deine Tante? Ich verstehe gar nichts.« In meinem Kopf drehte sich alles.

»Ja, meine Tante. Deshalb sind wir vorher nie hier vorbeigekommen. Ist es nun das Haus oder was?«

Ich konnte nicht antworten, weil ich fürchtete loszuschreien. Auf einmal fühlte ich mich verwirrt, orientierungslos. Und ängstlich. Doch das Haus erkannte ich noch immer nicht. Wir hatten Niedrigwasser, die Flut setzte langsam ein. Ich zog die Schuhe aus, dann die Jeans, und watete in das eisige Wasser. Ich sah mich erst um, als mir das Wasser bis zur Hüfte ging. Mit zusammengekniffenen Augen versuchte ich die Konturen des Hauses ohne Marilyns übertriebene Balkone auszumachen. Zu beiden Seiten des Hauses war das Gebüsch so dicht, daß ich leicht so tun konnte, als wären es die Felsen, an die ich mich zu erinnern glaubte.

»Und?« rief Shay.

Ich ließ mir etwas Zeit mit der Antwort. »Ja«, sagte ich und nickte. »Ja.«

»Du solltest da besser wieder rauskommen, sonst holst du dir noch den Tod in der Kälte«, rief sie.

Cressie hatte das auch immer gesagt. Sie nahm mich dazu bei der Hand und legte ihren Mund an mein Ohr. »Komm, mein kleiner Liebling«, ihre Schmetterlingslippen formten die Worte, die mit ihrem Parfum in mein Ohr strömten. »Komm schon, mein kleiner Liebling.« Ich sah sie über den Rasen laufen, durch den Lichtschein, den ein beleuchtetes Fenster darauf warf. Ich legte die Hand auf den Mund, dann sank ich langsam in den kalten, kalten Fluß.

Als ich wieder auftauchte, kam eine Frau über die Terrassen zu Shay herunter. »Noreen?« rief sie. »Was machst du hier?«

Shay winkte, dann rannte sie am Ufer entlang in Richtung Spain's Cove. »Ich bin in ein paar Minuten zurück,

Marilyn«, rief sie und verschwand in der Hecke. Marilyn zündete sich eine Zigarette an und parkte ihren Hintern auf der langen steinernen Terrassenmauer. Ich weiß nicht, ob sie mich sehen konnte, aber sie schaute in meine Richtung, während sie den Rauch ausblies. Ihr Haar war weißblond, und sie trug ein altmodisches rotes Kleid mit breitem Gürtel. Fast wartete ich darauf, daß der Wind ihren Rock hob. So wie auf dem berühmten Photo von Marilyn Monroe. Doch diese Marilyn hier lachte nicht.

Ich hielt aufs andere Ufer zu.

E-Mail von Fiona Moore an Sean Brophy

Du wirst es kaum glauben, wen ich heute gesehen habe, als ich Lulu in der Schule angemeldet habe. ›Deinen Mann‹: Recaldo. Konnte ihn gar nicht verfehlen. Eins fünfundachtzig bis eins neunzig und immer noch sensationell gutaussehend. O.k., o.k., nun raste nicht gleich aus. Zur Zeit steh ich nur auf schicke Kerle mit rotem Haar. Sein Kind geht, wie Du weißt, in Lulus Klasse. Er ist nicht im Adressenverzeichnis, das hab ich überprüft, also muß ich warten, bis die Schule anfängt, und ihm dann folgen, wenn Du keine andere Idee hast. Danke für all Deine Infos. Die Akte füllt sich zusehends. Sean, eine Bitte. Könntest Du das Interview mit Ventry machen? Der Schleimer gab mir zwei Hinweise, denen ich noch nicht nachgehen konnte. ›Deine‹ Frau Walter hatte ein Kind. Hirngeschädigt, irgendwo weggesperrt. Heute abend erfährst du alles. Bei mir? Fi.

12

Frank wußte, daß er krank war, als sie aus Kerry zurückkamen. Nach der langen, öden Fahrt fühlte er sich völlig abgeschlafft und erschöpft. Er packte Katie May nach einem Glas Milch umstandslos ins Bett, setzte sich für eine halbe Stunde ans Klavier, um sich zu entspannen, und folgte ihr kurz darauf, ohne sich um Post oder Telefon zu kümmern. Er schlief einigermaßen gut und hatte die erste

Panik überstanden, als er am nächsten Morgen nach unten tapste. Während das Wasser kochte, hörte er den Anrufbeantworter ab. Es waren insgesamt zehn Anrufe, darunter drei von Gil, die sich kaum voneinander unterschieden. Es gefiel ihm immer noch in La Rochelle und in dem Job. Er schickte allen liebe Grüße und verabschiedete sich jedesmal mit den Worten: »Echt heiß hier, Schwimmen ist toll. Wir sehen uns bald. Hast du schon deinen Welpen, Twink?«

»Ist das eine Verschwörung?« fragte Frank beim Frühstück.

»Nein, Daddy, ich hab es dir doch gesagt, du hörst einfach nie zu. Gil wünscht sich auch einen kleinen Hund.«

»Also wollen wir alle einen«, räumte Frank resigniert ein. »Aber warum warten wir nicht, bis Mommy wieder zu Hause ist? Ich muß einiges erledigen, könntest du dich also für eine Weile verziehen? Schau Fernsehen oder so was. Nach dem Mittagessen gehen wir in die Stadt, wenn du magst. O.k.?«

»O.k.«, sagte Katie May folgsam und ging in ihr Zimmer hinauf.

Frank setzte sich an den Computer und starrte aggressiv auf den leeren Bildschirm. Eine beiläufige Bemerkung von Grace Hartfield bei der trübsinnigen Beisetzung seines Schwiegervaters hatte sich in seinem Gehirn festgesetzt und wollte nicht weichen. Er begann zu schreiben.

Evangelines Vermächtnis

Die Folgen der Ermordung Evangeline Walters wirkten für lange Zeit nach. Jede Familie, die damit in Berührung gekommen war, war gezeichnet, wenn auch in unterschiedlicher Weise. Es war fast so, als wären ihre Gefühllosigkeit und Bosheit in deren Leben eingesickert und hätten es auf heimtückische Weise vergiftet. Es schien keine Rolle zu spielen, ob jemand sie in irgendeiner Weise geschätzt hatte, denn Murray

Magraw, ihr Cousin und treuer Freund, war nicht dagegen immun, ebensowenig der Lächler O'Dowd, der sie auf seine Art liebte. Anderen erging es schlimmer. Innerhalb einer Woche nach Evangelines Tod war ihr ehemaliger Liebhaber VJ Sweeney wegen des Mordes an ihr auf der Flucht vor der Polizei. Als man unwiderlegbare Beweise für seine Schuld fand, war er bereits tot. Ertrunken, als seine Yacht auf Grund lief. Da man ihn nicht mehr anklagen konnte, wurde der Fall ohne Aufsehen zu den Akten gelegt. Sweeneys Witwe und ihr Sohn verließen die Bucht an der Flußmündung unter dem Schutz von Frank Recaldo.

Selbst für jene, die davonkamen, erwies das Glück sich langfristig als flüchtig. Evangelines Leben war von Haß und einem wilden Bedürfnis nach Rache an der Familie VJ Sweeneys geprägt, der sie, als sie eine junge Frau war, geliebt und dann mit der schwer hirngeschädigten Tochter sitzengelassen hatte. Wenn das unglückliche Wesen, das man Halcyon getauft hatte, wie erwartet schon im Kindesalter gestorben wäre, hätte Evangelines Unglück möglicherweise nicht so lange weiterwuchern können.

Mit Evangeline war nicht zu spaßen. Fast zwei Jahrzehnte lang ließ sie nicht von Val Sweeney ab. Es war kein Zufall, daß sie am Ende an derselben abgelegenen Bucht landete, die Häuser in Sichtweite voneinander. Inspektor Phil McBride, der den Mordfall untersuchte, merkte mehr als einmal an, ihr ausgefallener Name sei falsch gewählt: »Medea« hätte besser zu einer Frau mit einem so ausgeprägten Sinn für persönliche Kränkungen gepaßt. Er ließ nicht erkennen, ob diese Bemerkung dadurch ausgelöst worden war, daß ihr spezieller Jason – Valentine Jason *Sweeney – mit einer weit jüngeren Frau verheiratet war und das Paar einen hübschen und intelligenten kleinen Sohn hatte.*

Als Evangeline Walter entdeckte, daß VJ Sweeneys zweites Kind taub – und lange Zeit auch stumm – war, sah sie sich veranlaßt, den Zustand ihres eigenen Kindes neu zu bewerten. Sie fing an, einen Racheplan zu ersinnen, der nicht nur ihren Exgeliebten, sondern auch seine neue Familie zerstören würde. Evangeline Walter nahm es als persönliche Beleidigung, daß Cressida Sweeney, die sie, ebenso wie die meisten anderen Frauen, als dumme kleine Närrin ansah, ihren Sohn nicht aufgab, wie Evangeline das mit ihrer Tochter getan hatte. Jene liebte Gil offensichtlich abgöttisch, und er war immer in ihrer Nähe. Dagegen war Halcyon seit ihrer Kindheit von einer Institution in die andere abgeschoben worden und hatte nur selten Kontakt mit ihrer Mutter gehabt.

Was das Faß für Evangeline zum Überlaufen brachte, war die Entdeckung, daß der alte John Spain bei der Erziehung des Knaben die Hand im Spiel hatte. Schlimmer noch, selbst für einen unaufmerksamen Beobachter war klar erkennbar, wie Gil unter seiner Fürsorge aufblühte. Bis zu diesem Zeitpunkt hatte sie Spain nur als eine ihrer beiläufigen Eroberungen betrachtet, als einen geilen alten Mann, leicht und vergnüglich zu verführen und insoweit ihr Privatbesitz. Als er dann ins gegnerische Lager überlief, sah sie ihn in einem anderen Licht. Er hatte sich den Reihen ihrer Feinde angeschlossen, und deshalb mußte seine Untreue bestraft werden. Für eine Frau mit ihrer blühenden Phantasie erforderte es nicht viel Zeit, um herauszufinden, wie Spains zwiespältige Situation als in Ungnade gefallener Priester dafür eingesetzt werden konnte, die Rache an Sweeney zu vollziehen.

Zur fraglichen Zeit hatte es in Irland eine Reihe von Fällen von Kindsmißbrauch gegeben, in die auch Priester und religiöse Einrichtungen verwickelt waren. Die öffentliche Empörung schlug hohe Wellen, und natürlich hatte es in diesem Zusammenhang in der kleinen Ortschaft Spekulationen über Spain gegeben. Also war es für eine Unruhestifterin ein leichtes, in Umlauf zu bringen, daß der alte Mann ein widernatürliches Interesse an dem Jungen zeige. Da Evangeline heimtükkisch war und keine direkte Anschuldigung äußern wollte, wählte sie ihre Worte mit Bedacht. Ihr Kumpel, der Lächler O'Dowd, würde das Gerücht zuverlässig weiterverbreiten – falls es nur sorgfältig genug formuliert war –, und in diesem Fall war die Schlange höchst überzeugend. »Ich bin besorgt«, murmelte Evangeline ihm ins Ohr, »weil dieses dumme Sweeney-Mädchen ihren Jungen in die Nähe vom alten Pater *Spain läßt. Allein. Im Boot des alten Knaben. Die Bucht rauf und runter schippern sie, den lieben langen Tag. Ich weiß nicht, ich weiß nicht, aber jemand sollte den Vater des Kindes warnen, meinst du nicht? Dieses arme Kind ist taub und blöd. Ich meine ...« Schmale Schultern hochgezogen, Hände elegant ausgestreckt. »Ich mache mir wirklich ernsthafte Sorgen um ihn. Er könnte ja nicht einmal um Hilfe rufen.«*

Die Intrige war angezettelt, doch sie führte, wie sich zeigen sollte, in gewisser Weise zu einem Overkill. Buchstäblich. Hatte sie geahnt, daß diese wenigen rachsüchtigen Worte binnen sehr kurzer Zeit drei Tote nach sich ziehen und weitere Leben zerstören würden? Kaum. Von einer gutaussehenden Frau, die ihre besten Jahre schon eine Weile hinter sich hatte und auf alle Fälle an Krebs sterben würde, konnte keiner erwarten, daß sie ihr eigenes Leben und noch viel weniger das von anderen Menschen schätzen würde. Nur selten adelt Leid die Seele. Evangeline betrachtete ihr Leiden als persönliche Beleidigung: Es ekelte und entsetzte sie. Da sie zum Tod verdammt war, faßte sie den Entschluß, ihre Feinde mitzunehmen. Das Problem war nur, daß ihre Definition von »Feind« verschwommen war. Bald wurden auch ihre Freunde in ihren apokalyptischen Plan hineingezogen.

Vielleicht hätte sie nicht so triumphiert, wenn sie gewußt hätte, daß sie VJ Sweeney zu Diensten war, als sie ihm die Mittel an die Hand gab, seine Frau zum Verkauf ihres geliebten Hauses zu zwingen. Sweeneys vielfältige Geschäfte waren den Bach hinuntergegangen, und er war praktisch bankrott. Coribeen war ein kleines Vermögen wert, wie es inmitten seiner fünfundzwanzig Morgen am Ufer des Glár lag, kurz vor dessen Einmündung in die Bucht in einem der besten Segelreviere an der Südküste Irlands. Eine bevorzugte Lage, reif zur Erschließung, wie der Lächler O'Dowd oft habgierig anmerkte.

Sweeney machte sich nicht allzuviel aus dem Schicksal seiner Frau, die er als Närrin verachtete, und dem seines tauben Sohns, den er für einen Idioten hielt. Doch er wußte, falls seine Frau gezwungen sein würde, sich zwischen Gil und Coribeen zu entscheiden, würde fraglos das Kind an erster Stelle stehen. Er mußte lediglich damit drohen, seine Frau bei der Behörde anzuschwärzen, weil sie dem alten Mann ermöglichte, sich Gil unkontrolliert zu nähern.

Die Drohung reichte aus. Sobald die Anschuldigung in der Welt war, wußte Cressida, sie war nicht mehr zurückzunehmen. Die Schleusentore waren offen, und sie sollten alle fortgeschwemmt werden: Cressida, Gil und John Spain. Als sie protestierte, griff ihr Mann das Kind an und schlug sie nieder. Als sie wieder zu sich kam, war VJ verschwunden, und der Alptraum hatte begonnen …

Frank ging zum Anfang zurück und las das Ganze noch einmal durch. Dann schob er seinen Stuhl zurück. Er überdachte alles sorgfältig und beschloß dann, es seinem Verleger erst zu zeigen, wenn es besser ausgearbeitet war. Die Namen mußten geändert werden, auch die Örtlichkeiten. Er zermarterte sich immer den Kopf wegen der Namen für seine Hauptpersonen, obwohl die für die Nebenrollen gewöhnlich unverzüglich in seinem Kopf auftauchten. Das Problem war, die Namen dieser speziellen Geschichte hatten sich in seinem Gehirn festgesetzt und würden nicht so einfach daraus zu entfernen sein. Er tippte »Henriettas Vermächtnis«, löschte dann »Henriettta« wieder und ersetzte es durch »Hester«, was ihm noch schlimmer vorkam. Er verordnete sich, die Namen für den Moment zu vergessen. Immerhin hatte er einen ersten Entwurf, und wenn es ihm gelang, die Personen zu tarnen, konnte er später über andere Namen nachdenken.

Oben hörte er Katie May. Mit zur Decke gerichteten Augen verfolgte er das Trippeln ihrer Füße. Nach einer Weile begann sie auf ihrer Klarinette zu spielen. Er lauschte ihren Übungstonleitern, von denen sie mühelos zu einer kleinen Passage aus dem *Nocturne* von Field überging, das er am Abend zuvor zu spielen versucht hatte. Sie war wirklich begabt und, was noch besser war, sie hatte eindeutig Freude an ihrer Musik. Frank schwoll vor väterlichem Stolz. Er schaltete den Computer aus, legte den Kopf in die Hände und weinte.

An diesem Nachmittag meldete er Katie May in der neuen Schule an. Als sie wieder zu Hause waren, fing die Kleine aufs neue mit ihrer Kampagne an: »Können wir einen Hund bekommen?« Schließlich drückte Frank ihr ermattet eine Ausgabe der *Gelben Seiten* in die Hand und stellte ihr die Aufgabe, die nächsten Zwinger herauszusuchen, die Irish Setter verkauften. Das war ein Fehler. Nur ein paar Stunden später fuhr er die Dublin Mountains herunter, während Katie May auf dem Rücksitz einen winzigen, japsenden Welpen streichelte, für den Frank einen obszön hohen Scheck ausgestellt hatte. Im stillen dankte er für die zusätzlichen Einnahmen vom Fernsehen und drehte das Radio für die Sendung *In Tune* an, während seine Tochter munter plapperte. Zum Glück erforderte der größte Teil ihres Geplappers keine besondere Aufmerksamkeit, bis er hörte: »Wie wollen wir ihn nennen, Dad?«

»Rafferty«, erwiderte er abwesend und mit einem Ohr bei der *Alten Rhapsodie* von Brahms.

Für eine Nanosekunde trat Schweigen ein, dann meldete sie sich: »Ich glaube, Rafferty gefällt mir, Dad.«

Als er die Eingangstür öffnete, klingelte das Telefon.

»Schatz?« Es war Cressida, und Franks Herz sank. Wie er an ihrem gestreßten Tonfall erkannte, war etwas nicht in Ordnung. »Es ist wegen Halcyon, Frank. Sie ist letzte Nacht gestorben. Im Schlaf. Murray hat die Beerdigung für übermorgen arrangiert, im Kloster von Twomileboris. Grace und ich fahren im VW hin, und von dort komme ich direkt nach Hause. Ist das für dich o.k.? Zur Messe willst du doch sicher nicht gehen, oder, Frank?«

»Nein, Cressie. Das wäre Heuchelei. Du weißt, was ich über sie denke.« Er fühlte sich zu geladen, um weiterzusprechen, zu enttäuscht. »Wir sehen uns also Freitag«, sagte er und legte auf. Er lehnte sich gegen die Wand, schloß die Augen und wartete darauf, daß der Anfall von Angina pectoris vorüberging.

Duncreagh Listening Post

Spain, Reverend John Andrew, ehemals Mitglied der Societas Jesu. In tiefer Trauer: seine Zwillingsschwester, Schwester Mary Philomena vom Reparation Convent in Twomileboris.
Walter, Mrs. Evangeline, schmerzlich vermißt von ihrem Gefährten und Freund Jeremiah O'Dowd. Beisetzung im Familienkreis. Bitte keine Blumen.

(Archiv)

Gil

»Du bist verrückt, Sweeney, weißt du das? Niemand schwimmt über diesen Fluß – die Strömungen sind zu stark«, schimpfte Shay, als ich mich ins Boot zog.

Sie hatte recht: Die Flut strömte rasch herein. Noch fünf Sekunden länger, und mit mir wäre es zu Ende gewesen. Ich war ungefähr zwanzig Minuten im Wasser gewesen und in einem unterkühlten, aber euphorischen Zustand. »Ich war fast schon drüben«, erklärte ich großspurig, »aber trotzdem danke fürs Kommen.«

»Du konntest es gar nicht sehen, Sweeney. Du hattest mindestens noch 'ne halbe Meile vor dir.« Es war schwierig, das Boot stabil zu halten – es tanzte auf den Wellen wie ein Korken. Ich sackte zu ihren Füßen zusammen. »Du bist völlig fertig. Ist dir das klar?« Sie lachte, das Gesicht rosig, das Haar vom Wind zerzaust. Ich fragte mich, was sie wohl sagen würde, wenn ich sie zu mir herunterziehen und abknutschen würde. Wahrscheinlich würde sie mich wieder über Bord werfen. Sie zog ihren Sweater aus und warf ihn mir aufs Gesicht. »Sieh zu, daß du dich trockenlegst, und zieh deine Jeans an. Ich weiß ja nicht mehr, wo ich hinschauen soll.«

»Schau einfach weg, bis ich meine nasse Unterhose los bin«, riet ich ihr. Sie fiel fast um vor Lachen, dachte jedoch nicht im geringsten daran wegzuschauen. Wäre es nicht so unbequem eng gewesen, hätte ich mich vielleicht auf sie geworfen. Sie sah aus wie Himbeereis, und da gab es eigentlich nur eines, was man machen konnte, aber die nasse Unterhose wirkte doch reichlich dämpfend, wenn nicht auf sie, so doch auf mich. Wir tauschten die Plätze, und als ich die Ruder übernahm, drehte das Boot sich in den Wind und zeigte erneut auf Tante Marilyns Haus. Sie war immer noch da, immer noch rauchend, immer noch den Blick auf uns gerichtet.

Shay beachtete sie nicht. »Also, wohin geht's jetzt?« fragte sie.

Wir hatten die Mündungsbucht noch nicht einmal zur Hälfte überquert. Ich zeigte aufs entferntere Ufer, das gerade aus dem Nebel auftauchte. »Rüber zur anderen Seite, wenn wir es schaffen. Wir sollten dort bald ein Haus sehen.«

»Du meinst Coribeen?«

Ich zog mir gerade den Reißverschluß hoch und hätte mir fast die Eier abgeklemmt. »Du kennst es?«

»Hast du Matsch in der Birne oder was? Natürlich kenn ich es. Schließlich ist es das größte Grundstück weit und breit, oder?« Lässig winkte Shay zwei Leuten zu, die stromauf in einem Segelboot an uns vorbeizogen.

»Wohnt da jemand?«

Sie warf mir einen vernichtenden Blick zu. Was sie dachte, konnte ich nicht sagen. »Warum willst du dort hin?«

Ich zuckte mit den Schultern. »Weiß nicht genau«, murmelte ich.

»Ich dachte, du vertraust mir?« Plötzlich war sie verärgert. »Du bist einfach Scheiße, Sweeney. In der einen Minute ehrlich und in der nächsten ...« Sie schien den Tränen nahe. »Ich versuche dir zu helfen, falls du es noch nicht gemerkt haben solltest, und du läßt Informationen nur raus, wenn es dir in den Kram paßt. Ich komme mir wirklich bescheuert vor, daß ich deinetwegen die Schule schwänze. Ist dir das klar? Und jetzt bin ich deswegen dran.«

Du glaubst, deine Tante hat dich durchschaut?«

»Klar doch. Was glaubst du, weshalb sie da rumsteht? Sie wartet auf uns, was sonst. Verdammt.«

»Wird sie es deinen Eltern verraten?«

»Nein, wenigstens das nicht. In dieser Hinsicht ist Marilyn in Ordnung. Aber sie selbst wird mich runterputzen, und das ist genauso schlimm.« Sie ließ mir den Anflug eines Grinsens zukommen. »Hab ich dir nicht vor ein paar Tagen erzählt, daß meine Leute in Florida sind? Habe ich nicht ganz zufällig erwähnt, daß ich eigentlich bei meiner Tante sein sollte? Ihr gegenüber habe ich behauptet, ich würde bei Freunden übernachten.«

»Bei mir?« Ich beugte mich zu ihr hin.

»Das denkst du dir so. Mach keine Sachen, Sweeney, ich bin immer noch sauer auf dich. Du hast doch verdammt noch mal in Coribeen gewohnt, oder? Marilyn hat dort gearbeitet. Für eine Mrs. Sweeney.« Sie starrte mich an. »Und da die in Coribeen wohnte, mußt du auch da gewesen sein. Also hör auf, mich zu verarschen. Entweder wir ziehen das gemeinsam durch oder gar nicht.«

Der Wind hatte sich zu einer scharfen Brise ausgewachsen, und sie sah allmählich so verfroren aus wie ich mich fühlte – mehr brombeerblau als himbeerrosa. »Tut mir leid.« Ich arretierte die Ruder in ihren Befestigungen und streckte die Hände nach ihr aus. »Kannst du mir verzeihen?«

Sie gab keine Antwort, sondern starrte durch mich hindurch, als wäre ich gar nicht da. Ich glaubte, sie würde schmollen, doch nein: Sie machte schon wieder Pläne. »Du bist doch über achtzehn, oder? Hast du einen Führerschein?«

»Warum fragst du?«

»Würdest du bitte damit aufhören, Fragen mit Fragen zu beantworten, Sweeney? Das macht mich wahnsinnig. Hast du einen?«

»Ja. Viel Praxis hab ich zwar nicht, aber ich kann fahren.«

»Gut. Schau uns an, wie wir in diesem blöden Kahn rumhängen – schnell nach nirgendwo. Wie weit sind wir denn vorangekommen? Die Wurzel aus Null Komma nix. Man braucht Stunden, um über diesen beschissenen Fluß zu kommen.«

»Aber mit dem Rad würde es noch länger dauern.«

»Wer redet vom Radfahren? Es sind sechs Meilen nach Duncreagh und auf der Straße nochmal sechs oder acht bis Coribeen.« Sie sah mich mit hochgezogenen Brauen an.

»Wir brauchen ein Auto«, sagte ich, »offensichtlich. Aber wer würde einem Achtzehnjährigen ein Auto vermieten? Selbst wenn ich es mir leisten könnte, macht das keiner.«

»Ans Mieten hatte ich gar nicht gedacht, sondern eher, na ja, an so etwas wie *ausborgen*. Mommys Fiat Punto steht in der Garage, und keiner fährt damit.« Sie warf den Kopf in den Nacken und lachte. »Die Schlüssel liegen auf der Frisierkommode. Also, was hältst du davon?«

Etwas zweifelnd sah ich sie an. »Weiß nicht. Ich will dich nicht noch mehr in Schwierigkeiten bringen. Ich meine, wenn du dir das Auto ausleihst, ist das eine Sache. Aber ich? Deine Mutter würde dir die Hölle heiß machen.«

»Mein Gott, du hast wirklich nur dich im Kopf. Ich dachte dabei nicht an dich, sondern an mich«, erklärte sie hämisch. »Ich bin siebzehneinhalb, mußt du wissen, und ich *habe* einen vorläufigen Führerschein. Ich darf aber nur fahren, wenn einer mit vollwertigem Schein neben mir sitzt. Mommy läßt sich immer von mir rumkutschieren. Also? Bist du bereit?«

Ich sah sie endlos lange an. Ihre Wangen röteten sich immer mehr, bis ich dachte, sie würde gleich in Flammen stehen. Ich leckte mir über die Lippen und schmeckte Salz. »Shay? Warum tust du das alles für mich?«

Sie wollte mich nicht ansehen. »Warum nicht?« nuschelte sie. Ihre Füße schienen ihr ungeheuer interessant vorzukommen. »Ich denke mal, ich, äh, muß dich wohl irgendwie mögen.«

»Mögen?«

»Ich steh auf dich, du verkommener Schwachkopf«, platzte sie heraus und bedeckte ihr Gesicht mit den Händen.

Ich streckte die Finger aus und berührte ihr feuchtes Haar. »Ach, Shay«, ich strahlte sie an. »Du bist wirklich phantastisch. Ich denke die ganze Zeit an dich. Du bist wunderbar.« Ich beugte mich zu ihr und küßte ihren Handrücken. Ich blieb weiter auf Kurs, als sie mich wegstieß, aber ich merkte, sie meinte es nicht wirklich ernst. Wir sahen zum Haus hinüber, und Marilyn winkte. »Du willst für heute Schluß machen?« fragte ich.

Sie nickte. »Ja. Macht es dir was aus? Ich sollte besser mit ihr reden. Gil?« Sie sah mich scheu an. »Ich möchte nicht, daß du ... du weißt schon, was?«

»Du meinst Rumfummeln?« fragte ich. Shay nickte. Sie war eine wirklich seltsame Mischung. Einerseits dieses »Ich bin ein harter Brocken«, und dahinter war sie sanft und lieb und vielleicht ein wenig ängstlich. Genau wie ich. »Es sollte zur richtigen Zeit passieren, und es sollte etwas bedeuten. Für uns beide«, sagte ich.

Shay wirkte erleichtert. »Genauso empfinde ich das«, erklärte sie grinsend. »Mein Vater würde sagen: ›Aufschlag und Spiel‹. Also, Gil, jetzt ist Rudern angesagt.« Es gefiel mir, wie sie plötzlich auf meinen Namen umschaltete – es hörte sich freundlicher an, intimer. Ein gemeinsames Geheimnis, so wie »Shay«. Ich wußte, ich war der einzige, der ihren angenommenen Namen benutzte, obwohl sie es mir nicht gesagt hatte, und sie wollte gewiß nicht, daß ich anfing, sie Noreen zu nennen, solange keine anderen Leute dabeiwaren.

Wir fuhren direkt auf Tante Marilyns Steg zu, zumindest versuchten wir es. Es waren bestimmt nicht mehr als zweihundert Meter, doch wir brauchten noch einmal eine halbe Stunde dazu. Und auch dann schaukelten wir so heftig, daß wir nicht am Steg festmachen konnten. Das Boot der Sullivans mußte ich jedoch auf alle Fälle an seinen Liegeplatz zurückbringen, der vielleicht hundert Meter stromab an der alten Bootslände lag. Mir machte es nichts aus, ich war froh, mit ihr zusammen zu sein, und auch sie schien es nicht zu stören. Wir redeten nicht viel: Der Wind war stark, die Flut drückte herein, und eine kräftige Unterströmung brachte uns ständig vom Kurs ab – ich mußte all meine Kraft aufbieten, um das Boot unter Kontrolle zu halten. Als wir festmachten und die Ruder verstauten, führte sie mich über einen überwucherten Pfad durch ein paar private Gärten zum Haus ihrer Tante. »Das nennt sich übrigens Old Corn Store«, erklärte sie, während wir den Garten hinaufgingen.

Es blieb keine Zeit, sie nach dem Grund zu fragen, weil Marilyn in der Küchentür auf uns wartete. Sie legte Shay die Hand auf die Schulter. »Wer ist das?« fragte sie mit Blick auf mich.

»Ein Freund«, nuschelte Shay und wand sich los.

»Meinst du, ich hätte keine Augen im Kopf? Was für ein Freund?« Ich muß einen tollen Anblick geboten haben: die nassen Haare klebten am Kopf, und mein Gesicht war blau vor Kälte. Aus der Nähe sah Marilyn älter aus als meine Mutter. Dunkle Augen, schwarze Brauen, schweres Make-up und sehr rote Lippen. Genau wie die Geranien. Auf den ersten Blick konnte ich sehen, daß die »beschissenen Regenbalkone«, wie Shay sie nannte, ihre Idee gewesen waren. *Miami am Glár*. Und als sie sagte: »Was ist, Noreen, ich warte immer noch«, da wußte ich, warum. Ein harter Brocken, diese Frau. Kein Zweifel.

»Julian«, hob Shay an.

Marilyn beäugte mich von Kopf bis Fuß. »Du bist der Junge, der für Mary Cronin gearbeitet hat, nicht wahr?«

Ich war von den Socken. Ich meine, man konnte sie kaum übersehen. Wäre sie in dem Restaurant gewesen, hätte ich sie sicher bemerkt. »Ja.«

»Woher weißt du das?« quiekste Shay.

Marilyn sah uns mitleidig an. »Bei Gott, Noreen, ich sehe vielleicht wie ein Kohlkopf aus, aber deshalb bin ich noch lange nicht so grün. Spielt dort nicht jedes Wochenende die Band?«

»Das Jazztrio?« Ich sah Shay an.

»Ja, also, sie spricht von meinem Dad und Onkel Steve. Und Johnny Moran. Sie spielen schon seit Jahren zusammen.«

»Davon hast du mir nichts gesagt.«

»Du hast nicht gefragt.« Shay errötete. »Überhaupt, was macht das schon?«

Ich glaube, es machte wirklich nichts.

»Du bleibst heute über Nacht, Noreen?« fragte Marilyn auf eine Art, die einem keine Wahl ließ.

»Ja. Und falls es dich interessiert, ich war heute nicht in der Schule, aber morgen gehe ich wieder hin, du mußt mir also nicht die Hölle heiß machen. O.k.?« Sie verstanden sich gut miteinander, als wären sie im gleichen Alter, aber ich konnte erkennen, daß Shay es sich nicht mit ihr verderben wollte.

»Hast du das von mir erwartet?« Marilyn lachte. »Da liegst du gar nicht so falsch. Jetzt aber rauf mit dir für ein heißes Bad – nimm eins von den Gästezimmern, du bist ganz durchgefroren, Kind.« Sie wandte sich mir zu. »Du kannst die untere Dusche nehmen. Ich wette, du hast dich schon 'ne ganze Weile nicht mehr richtig gewaschen, oder? Deine nassen Sachen schieb ich in die Waschmaschine, einverstanden?« Mit anderen Worten hieß das: Ich weiß alles über dein Kommen und Gehen, junger Herr. »Vielleicht finden wir ja was zum Wechseln für dich, während deine Sachen trocknen. Hättest du gern was zu essen? Julian?«

Sie zog die Brauen hoch und sah mich an. »Und jetzt ab mit euch, ihr beiden abgesoffenen Ratten.« Sie lachte johlend. »Die Dusche ist da drüben.«

Eines war sicher – in diesem Haus war ich noch nie gewesen. Selbst wenn ich von den überall verteilten schwarzen Ledermöbeln absah, war der Raum so riesig und merkwürdig geschnitten, daß ich ihn unmöglich hätte vergessen können. Ein Junge von etwa zwölf lümmelte sich auf einem der Sofas und sah fern. Er ähnelte Shay so sehr, daß ich glaubte, er sei ihr Bruder. »Hiermit lernst du meinen Cousin Liam kennen«, bemerkte sie, als wir an ihm vorbeigingen. »Auch bekannt unter dem Namen Heuler.« Spielerisch fuhr sie ihm durch sein drahtiges schwarzes Haar.

»Au, laß das«, raunzte er und gab ihr einen ordentlichen Knuff.

»Hausaufgaben, Liam«, rief Marilyn von oben. »Ausschalten. Auf der Stelle.« Sie reichte mir ein paar abgetragene Jeans, die um die Hüften zu weit waren, und einen Sweater, der eher auf der kleinen Seite zu Hause war.

Ich duschte brühheiß und wusch mir den Fluß aus den Haaren. Nachdem weder Kamm noch Bürste vorhanden waren, fuhr ich einfach mit den Fingern durch. Ich hatte einen Haarschnitt nötig. Shay war noch oben, als ich meine nassen Sachen in die Küche trug. Marilyn packte sie umgehend in die Waschmaschine und schaltete sie ein. Dann drehte sie sich um und sah mir voll ins Gesicht. Für einen Moment herrschte Schweigen. »Gil? Du bist doch Gil Sweeney, oder?«

Was hätte ich schon sagen können außer »Ja«? Ausflüchte schienen zwecklos. Inzwischen steckte ich bis zum Hals drin. *Gil Sweeney, Mördersohn.* Halb erwartete ich, von Marilyn rausgeworfen zu werden. »Gil Sweeney?« Dieses Mal redete sie viel lauter.

»Gil Recaldo«, sagte ich.

»Ach ja, Frank«, erwiderte sie mit einem leicht verschleierten Blick. Ich wußte, daß er auf Frauen diese Wirkung hatte. »Frank und deine Mutter haben also geheiratet? Ich hatte schon davon gehört. Sie waren immer verrückt nacheinander. Du bist das erste Mal wieder hier?«

»Warum schreist du so?« fragte Shay von der Tür her. »Er ist nicht taub.«

Marilyn sah zu Shay hinüber und dann zu mir. Ich fing an, mich vor ihr zu fürchten. Im selben Augenblick erinnerte ich mich wieder an sie – nicht als Person, sondern als einen Bestandteil meiner Kindheit. Den Ausdruck auf ihrem Gesicht kannte ich aus den Situationen, in denen die Leute entdeckten, daß ich taub war.

Ich ging Shay entgegen und nahm ihre Hand. »Ich bin wirklich schwerhörig«, gab ich zu, »aber nur ein wenig. Als ich jünger war, konnte ich überhaupt nicht hören.« Sie starrte mich an. »Mein Gott, du läßt aber wirklich kaum etwas an Infos raus«, sagte sie und pflanzte sich an den Tisch.

Ich glaube, das war die unangenehmste Mahlzeit meines Lebens. Ich konnte mich nicht mehr konzentrieren, und wenn das passiert, ist mein Hörvermögen im Eimer. Ich war versucht, mich Marilyn zu Füßen zu werfen und sie anzuflehen, meine Geheimnisse zu wahren, doch ich wollte auch, daß sie einige Dinge erklärte. Allerdings mochte ich sie nicht besonders, aber vielleicht nur deswegen, weil ich den Verdacht hatte, sie würde Shay gegen mich aufbringen, wenn sie konnte. Shay schaute dauernd von einem zum anderen, und ich war sicher, ihre Tante würde ihr alles stecken, sobald ich ging.

Aber was wußte sie überhaupt? Was wußten die Leute denn sicher? Der Artikel aus dem *Duncreagh Listening Post* war zweideutig: Man konnte ihn interpretieren, wie man wollte. »Der wegen Tötungsdelikt gesuchte Mann an den Baltiboys ertrunken.« Damit konnte jeder der beiden gemeint sein, Spain oder mein Vater. »Mann wegen Tötungsdelikt gesucht.« Ich aber wußte, wer von beiden gemeint war. Oder glaubte es wenigstens. *Gil Sweeney, Mördersohn.* Die eine bedeutsame Angelegenheit, die ich Shay nicht mitgeteilt hatte, meiner Freundin, meiner Favoritin.

Als ich so am Tisch saß, während draußen das Licht rasch dahinschwand, stürzten die Dinge auf mich ein. Bilder flitzten vorüber, aber ich war nicht imstande, ihre Bedeutung zu erfassen. Ich war zu sehr damit beschäftigt, die Unterhaltung bei Tisch von mir und meiner Familie abzulenken. Keine Chance. »Wie geht es deiner Mutter?« fragte Marilyn munter. »Du weißt, daß ich für sie gearbeitet habe? Kannst du dich an mich erinnern?«

Das zumindest konnte ich wahrheitsgemäß beantworten. »Nein.« Doch ich erinnerte mich an das Gefühl ihrer Anwesenheit im Raum, und als sie mich streifte, während sie in die Küche ging, um Tee zu machen, wußte ich, warum. Sie benutzte noch immer das gleiche Parfüm.

Ich schob meinen Stuhl zurück. »Ich glaube, ich sollte jetzt gehen.«

Shay sah auf. »Bitte mich, dir den Weg zu zeigen«, formte sie mit den Lippen. Wundervoll. Sie hatte sich gedacht, wenn ich schon taub war, sollte ich vielleicht auch von den Lippen lesen können.

»Könntest du mir zeigen, wie ich zurückkomme, Noreen?« fragte ich.

Marilyn drehte sich um. »Deine Sachen müßten inzwischen trocken sein«, meinte sie, und wieder fürchtete ich mich vor ihr.

»Vielen Dank für alles, Mrs. Donovan. Der Tee war köstlich.«

Sie lächelte und streckte die Hand aus, als wollte sie auf immer Lebewohl sagen. »Liebe Grüße an deine Mutter, und an Frank auch.« Dann überraschte sie mich. »Sag ihnen, sie sind hier jederzeit willkommen. Wir haben viel Platz.« Sie wirkte, als wolle sie noch etwas hinzufügen, besann sich aber anders. »Komm schnell wieder zurück, Noreen. Bald ist es dunkel.«

E-Mail von Sean Brophy an Fiona Moore

Fi, das Buch habe ich gelesen; das Interview mit Ventry ist für nächste Woche vereinbart. Du hast recht, er ist gut. Die Fernsehgesellschaft hat anscheinend Optionen auf all seine Sachen, er muß also eine ziemlich heiße Nummer sein. Wie es scheint, ist kaum etwas über ihn bekannt, dazu keine Interviews. Respekt für Deine Art, aufstrebende Talente direkt anzugehen. Kaum Informationen auf dem Umschlag, aber bei dem Namen frage ich mich, ob er Ire ist. Das Schnüffeln nach Details überlasse ich dem Spezialisten. Hast Du heute die Todesanzeigen gelesen? Die eine ganz unten – Walter, Halcyon. Könnte das die Tochter sein? Wenn ja, warum lebte sie in Tipperary? Entschuldige die Funkstille. Familienprobleme. Heftig. Erzähl ich Dir alles, wenn wir uns treffen. Alles Liebe, Sean.

13

Nemesis, die Rachegöttin, war ihm verstohlen auf den Fersen.

Früh am nächsten Morgen rief Franks Lektorin an, um den Terminplan zu besprechen. »Wir möchten zeitlich alles richtig abstimmen, Frank. Hören Sie? Ich habe folgendes vor: Die Fernsehwerbung für das zweite Buch wird an die Ausstrahlung des Films im Oktober gekoppelt. Sie haben uns ein paar umwerfende Standfotos geschickt. Dann, unmittelbar anschließend, machen wir die Hardcover-Version Ihres dritten im November. Wir bringen es mit allem, was wir haben, für das Weihnachtsgeschäft. Blaskapellen, Bannerwerbung, das ganze Brimborium. Wie finden Sie das?«

»Klingt gut«, entgegnete er unsicher.

Rebecca ließ sich nicht abschrecken. »Wirklich großartig ist aber, daß auch Interesse an einer Umsetzung in eine Rundfunkserie besteht. Die Verkäufe entwickeln sich phänomenal. Hab ich es Ihnen schon gesagt, daß von der ersten Hardcover-Ausgabe inzwischen fünfundzwanzigtausend gedruckt sind? Vielleicht sogar mehr. Ich bin so aufgeregt. Sie bringen es noch weit, Frank Ventry.«

Der Autor und Drehbuchschreiber dankte im stillen dafür, daß er so umsichtig gewesen war, ein Pseudonym zu wählen, als er seinen ersten Roman veröffentlicht hatte. Seitdem hatte er im Verlag sorgfältig die Fiktion gepflegt, dies sei sein richtiger Name. Seine Reisebücher hatte er unter eigenem Namen geschrieben, weil er den Vertrag für die Reihe vor dem Walter-Mord abgeschlossen hatte, als Anonymität noch kein Thema war. Obwohl Recaldo ein sehr ungewöhnlicher Name war, hatten nur wenige den Polizisten oder Expolizisten mit dem Autor der Reiseserie in Verbindung gebracht.

Zum Glück war ihm eingefallen, daß es vielleicht anders werden könnte, wenn er sich dem Krimischreiben zuwandte. Er hatte zwar kaum erwartet, mit seinen Romanen so schnell in die Bestsellerlisten zu kommen, aber derselbe Instinkt, mit dem er seine Familie für mehr als ein Jahrzehnt sicher abgeschirmt hatte, hatte ihn dazu gebracht, sein erstes Manuskript unter einem Pseudonym vorzulegen. »Frank Ventry« hatte er einfach deswegen gewählt, weil er in Ventry in der Grafschaft Kerry zur Welt gekommen war und der Name für das Krimigenre genau den richtigen flotten Klang besaß. »Ich sage das stellvertretend für dich, Troilus, mit deiner ausgeprägten Phantasie, ich selbst denke nicht so«, hatte Phil McBride gegrummelt. »Warum hast du nicht Nägel mit Köpfen gemacht und auch einen anderen Vornamen gewählt, wo du schon dabei warst?« Frank hatte erwidert, sein eigener sei ausreichend verbreitet. Er hatte sich einigermaßen damit angefreundet und hätte es schwer gefunden, sich an einen anderen zu gewöhnen. Mit einem anderen Nachnamen war viel leichter umzugehen. Man mußte ihn nicht annähernd so oft verwenden.

»Haben Sie mitbekommen, was ich gesagt habe?« unterbrach Rebecca seine Gedanken.

»Ja doch. Werden sie verkauft? Scheint verdammt viel zu sein.«

»Das will ich meinen. Es liegt an der Macht des Fernsehens, die arbeitet für Sie. Wann ziehen Sie auf die Bahamas um?« scherzte sie.

»Bald.« Er lachte. »Nach der Sendung. Sind Sie da?«

»*Wild Horses wouldn't keep me away*, die Stones, wissen Sie noch? Heute morgen habe ich die Einladung bekommen. Ihnen ist hoffentlich klar, daß ich deswegen eine Woche Urlaub abgesagt habe? Haben Sie die Kopien schon gesehen?« fragte sie.

»Nur die erste Folge.«

»Und?«

»Und, ja, Michael Gambon ist wirklich sehr gut. Ich glaube, das ist in Ordnung so. Aber vielleicht bin ich nicht der geeignete Kritiker.«

»Nun, wenn Sie sagen, es ist o.k.«, gluckste sie, »dann muß es verdammt toll sein. Gratulation. Wir sind alle entzückt. Hab ich Ihnen schon gesagt, daß wir im Criterion ein Dinner für Sie geben? Lassen Sie uns wissen, wen Sie einladen möchten«, flötete sie. »Ich kann es wirklich kaum erwarten, Ihre Frau kennenzulernen – Cressida, nicht wahr? Sind die Kinder auch dabei?«

»Ja«, sagte Frank mit überkreuzten Fingern. Seine Einladung hatte schon im Briefkasten gelegen, als er aus Kerry zurückkam, doch Cressida gegenüber hatte er sie nicht erwähnt. »Wenn mein Sohn Gil rechtzeitig aus Frankreich zurück ist. Außerdem will ich vielleicht noch ein oder zwei Freunde einladen. Ich schicke Ihnen die Adressen.«

»Wir buchen ein Hotel und die Flugtickets für die Familie, Frank. Ruth soll Sie wegen der Einzelheiten anrufen. Sind zwei Nächte o.k.?«

»Nein, wir bleiben nur eine. Cressie dürfte es nicht gern sehen, wenn Katie May die Schule ausfallen läßt. Hatten Sie Zeit, einen Blick in das Exposé zu werfen, das ich Ihnen gefaxt habe?«

Sie zögerte, nur für den Bruchteil einer Sekunde. »Es ist nicht zufällig ein authentischer Fall?«

Franks Herz setzte für einen Schlag aus. »Warum fragen Sie?«

»Weil es irgendwie anders ist als Ihre bisherigen Sachen. Die ganze Story ist schon in dem Exposé enthalten, oder? Und das ist eine Premiere – normalerweise lassen Sie mich raten. Oder gibt es noch Wendungen, die Sie nicht angesprochen haben?«

»So ungefähr«, sagte er, unangenehm berührt.

»Unser *Mystery Man*. Nur nichts aus der Hand geben, was? Ich frage doch nur, wie Sie die Sache angehen wollen.«

»Das weiß nur Gott.« Er gluckste. »Vielleicht probier ich's mal mit Inspiration – falls Sie glauben, es funktioniert.«

»Es ist extrem visuell ausgerichtet. Warten Sie nur ab, bis die Filmleute es zu sehen bekommen! Geoff war fast täglich am Telefon, er glaubt, Sie wären das Beste seit Erfindung der Brotscheibe.«

Frank geriet in Panik. »Mir wäre lieber, Sie zeigten es niemandem«, er hob die Stimme, »für den Augenblick.« Er trat sich selbst in den Hintern, daß er es abgeschickt hatte. Das hatte er eigentlich gar nicht vorgehabt, aber er war auf Cressida sauer gewesen, weil sie zu der Beerdigung gerast war. Als er dann noch Phil McBride angerufen hatte, um ihm ein paar Informationen zu entlocken, hatte dessen Partner Mark erklärt, Phil sei in den Staaten und werde erst in zwei Wochen zurückerwartet. Aus Gründen, die Frank jetzt nicht mehr nachvollziehen konnte, hatte er sich kochend vor Wut hingesetzt und Namen wie Örtlichkeiten geändert. Mit verblüffender Einfallslosigkeit hatte er die Story im äußersten Norden Donegals angesiedelt und das Exposé noch einmal getippt. Während er Rebecca zuhörte, hoffte er, es würde für Cressida nicht wiederzuerkennen sein, doch im Grunde wußte er, daß er sie damit unterschätzte. Doch beim Schreiben würde immer noch alles anders werden. Oder doch nicht? »Ich habe mir das noch mal überlegt, Rebecca«, sagte er langsam.

Da seine Lektorin lange schwieg, glaubt er schon, sie habe aufgelegt. »Was Sie auch sagen, Frank.« Sie wählte ihre Worte. »Wollen Sie mir damit zu verstehen geben, es ist ein wahres Verbrechen?« fragte sie listig. »Wenn ja, muß ich Ihnen zwei Dinge sagen. Ich muß alle Einzelheiten kennen, Kapitel für Kapitel. Ich muß einen Juristen dransetzen. Frank? Sehen Sie sich vor. Es ist entsetzlich teuer, wenn sie einen verklagen. Sie arbeiten immer noch für die irische Polizei, oder?«

»Das ist vorbei. Letztes Jahr hab ich es hingeworfen. Keine Sorge, ich werde niemanden in Verlegenheit bringen. Ich glaube, die Story muß noch überarbeitet werden, mehr nicht. Und letzte Nacht ist mir eine bessere Idee gekommen«, fügte er wahrheitswidrig hinzu. »Ich möchte es noch ein wenig mit mir herumtragen und schauen, wie es sich entwickelt. Vielleicht ist es ja an der Zeit, von der klassischen Detektivgeschichte wegzukommen. Es fängt an, mich zu langweilen.«

»Was?« platzte Rebecca heraus. »Machen Sie keine Witze! Wie viele Krimischreiber mit Ihrer Polizeierfahrung kennen Sie eigentlich? Um Himmels willen, Frank.« Sie machte mit den üblichen Schmeicheleien weiter – seinem guten Schreibstil, seiner einzigartigen Fähigkeit, einen Blick auf die wahre Welt der polizeilichen Ermittlungen zu vermitteln usw., usw.

»Ich wollte Sie nur ein wenig hochnehmen.«

»Ach ja? Ich bin ein wenig durcheinander«, bekannte sie nach einer Pause. »Ich möchte das klarstellen. Sie ziehen *Henriettas Vermächtnis* nicht zurück?« Sie kicherte. »Eines sag ich Ihnen, der Titel muß weg. Das sind nicht Sie, aber ganz und gar nicht. Klingt eher nach Familiensaga.«

»Ein Arbeitstitel. Erst will ich die neue Idee ausprobieren.« Er hörte, wie seine Stimme vor Angst allmählich angespannt klang, und berührte abergläubisch das Holz seines Schreibtischs. Er fragte sich, was er seiner Ansicht nach eigentlich tat – sagte. Er hatte keinen neuen Einfall. Wie sollte das auch möglich sein, wo er vor allem mit seiner nachlassenden Gesundheit beschäftigt war und seine Ehe in die Brüche ging? Abgesehen von dem Anruf wegen der Beisetzung, hatte er seit drei Tagen nicht mehr richtig mit Cressida geredet. Scheiß auf Evangeline und ihr bescheuertes Vermächtnis, dachte er wütend, ehe er es im Geiste umschrieb: Beschissen durch Evangelines bescheuertes Vermächtnis.

»Schön. Solange Sie nicht die Richtung wechseln, Frank. Lassen Sie sich Zeit.« Rebeccas weiche Stimme drang in seinen Gedankengang. »Sie haben gearbeitet wie ein Irrer. Ende Oktober brauchen wir etwas für den Frühjahrskatalog. Nur die üblichen kleinen Klappentexte – vielleicht hundertfünfzig Wörter. Ich sag Ihnen was.« Sie wurde geschäftsmäßig. »Warum soll ich Ihnen *Vermächtnis* nicht einfach zurückschicken?« Was er an seiner Lektorin am meisten mochte, war, sie ließ ihn seine Fehler in dezenter Dunkelheit machen. Sie gab ihm eine Chance, das Exposé zurückzuziehen, und wenn er das tat, würde sie nie wieder auf das mißglückte Stück zurückkommen. Falls er jedoch beschloß, es zu überarbeiten und ihr wieder zurückzuschicken, würde sie es als neu akzeptieren und keine Witze mehr über den Titel reißen. Den er auf alle Fälle ändern würde.

»Machen Sie das«, bat er höflich. »Ich danke Ihnen, Rebecca.«

»Hat man Ihnen je gesagt, daß Ihre Manieren bestechend sind, Frank? Ich werde es gleich in die Post legen –

es existieren keine Kopien, falls Sie sich das fragen. Ich schick es Ihnen über die Firma Datapost. Ist Ihnen das recht?« fragte sie.

Und jetzt kam der Augenblick, in dem Nemesis auf seine Schulter klopfte.

»Ach, noch etwas, Frank«, sagte sie beiläufig. »Wir hätten gern, daß Sie ein wenig Reklame machen – ist das o.k.?«

»Wir?«

»Ich. Die Verkaufs- und Werbeabteilung.«

»Nein, Rebecca. Sie wissen, das war nicht abgemacht.«

»Ach, jetzt seien Sie doch nicht so, Frank. Es hat sich einiges geändert. Als Sie die Filmrechte verkauft haben, wußten Sie, daß man es von Ihnen erwarten würde – wenn wir es nicht tun, dann in jedem Fall die Fernsehleute.«

»Ich habe Ihnen – und denen – von Anfang an gesagt, was ich machen werde und was nicht. Keine Auftritte in der Öffentlichkeit«, erklärte er knapp. »Und das wissen Sie auch.«

»Aber, mein Lieber, es steht nicht in meiner Macht...« Weiter kam sie nicht.

»Das mit mein Lieber, das zieht bei mir nicht, Rebecca. Das bringen Sie doch nur, wenn Sie sich bereits auf etwas eingelassen haben, von dem Sie wissen, daß ich es hasse. Also was ist es nun? Spucken Sie's schon aus.«

»Mein Gott, Frank, Sie hören sich genau wie ein Polizist an. Nicht ich, Herr Kommissar – unsere Werbeleute haben sich mit denen vom Fernsehen zusammengesetzt. Ich verspreche Ihnen, es ist keine große Geschichte, nur ein, zwei Interviews im Radio und bei Zeitungen, so was eben.«

»Was heißt das?« fragte er ungnädig.

Rebecca schien verärgert. »Was ich gesagt habe. Ein paar armselige Interviews. Kein Fernsehen. Für den Sender nehmen sie einen Trailer. Und dann hängen wahrscheinlich Sie an der Strippe und sagen mir, man würde Ihnen nicht genug Ehre erweisen. Also nur Rundfunk. Was dagegen?«

»Radio ist o.k., nur keine Fotografen. Sie sollen das Bild vom Schutzumschlag nehmen.« Mister Geheimnisvoll persönlich. Eine Ansicht im Profil, sitzend, um seine Größe zu verstecken, und ein Hut, der seine Züge verdunkelt.

»Was haben Sie eigentlich? Sie sehen doch sehr gut aus.«

»Wie Sie wissen, ist mir mein Privatleben wichtig«, sagte er steif, dann mußte er einen Ausbruch höhnischen Gelächters wegen seiner gestelzten Ausdrucksweise unterdrücken. »Wie Sie selbst sagten, Rebecca: ›Wollen Sie Ihre Identität nicht preisgeben, dann von Anfang an‹«, zitierte er sie. »Guter Rat. Ich bin Ihnen sehr zu Dank verpflichtet.« Er wußte so gut wie sie, daß es – von ihm wie auch vom Verlag – ein guter Werbetrick gewesen war, den schwer Erreichbaren zu spielen. Das hatte sich gelohnt. Wie es schien, gab es nichts, was wünschenswerter war als ein kamerascheuer Autor. »Sonst noch was?« fragte er in umgänglicherem Ton.

»Zwei von den Schwergewichten wünschen sich Interviews. Die *Times*, der *Telegraph*. Durchhalten, einfach durchhalten. Wir haben unter der Bedingung zugesagt, daß Sie den Interviewer genehmigen. *Sie* haben ein Vetorecht. o.k.? Und wir begrenzen es auf, sagen wir, insgesamt sechs.«

»Vor einigen Minuten sprachen Sie noch von zweien.« Zum Streiten fühlte er sich zu müde.

Rebecca verstummte. »Also gut«, stimmte sie nach einer langen, vielsagenden Pause zu. »Zwei in London, zwei in Dublin. Und im Rundfunk natürlich.«

»Natürlich. Bleibt mir eine Wahl?«

»Nur wer sie interviewt – und das war ein hartes Stück Arbeit, kann ich Ihnen sagen. Sie wollen Ihre Bücher doch verkaufen, oder?« Die Frage: *Warum hätten Sie sie sonst schreiben sollen?* hing unausgesprochen in der Luft.

Frank dachte an das Geld, das er verdiente und noch verdienen würde, wenn er seine selbst aufgestellten Regeln nur dieses eine Mal verbog. »Ich denke, es könnte schlimmer sein«, räumte er ein. »Rücken Sie meine Adresse nicht raus, o.k.?«

»Sie kaufen sich besser einen neuen Hut. Die bestehen auf einem Fotografen.«

Hilfe! In diesem Augenblick beschloß er, sich einen Bart stehen zu lassen und eine Brille zu besorgen. »Na schön«, sagte er ergeben, »das werde ich dann wohl aushalten müssen, oder?«

»Ja«, bestätigte sie sanft. »Ich bin sicher, das wird Ihnen nicht übermäßig viel ausmachen. Sie sind doch ein ganzer Kerl, Frank. Ich sehe nicht, wie zwei Fotografen Sie fertigmachen sollten.« Geschmeichelt nahm Frank sich die Freiheit, sich überreden zu lassen.

Duncreagh Listening Post

Der Stadtrat von Daingean hat den Plan abgelehnt, das Gebäude auf Coribeen abzureißen und auf dem Gelände ein Hotel mit Yachthafen zu errichten. Wie ein Ratssprecher erklärt, wäre es »reinster Vandalismus, ein so herausragendes Wahrzeichen dem Erdboden gleichzumachen«.

(Archiv)

Gil

Shay begleitete mich zur Hütte zurück. Es schien nicht mehr besonders sinnvoll, weiterhin durch die Gegend zu schleichen, und so gingen wir direkt darauf zu. Auf der schmalen Straße kam uns ein älterer Mann entgegen. »Großartiger Abend, Gott sei Dank«, grüßte er und tippte an seine Mütze, als würde er uns kennen, obwohl ich ihn nie zuvor gesehen hatte. Ich schaute ihm über die Schulter nach und sah, wie er das gleiche tat. »Wer ist das?« fragte ich Shay.

»Wer?«

»Der alte Knabe, der eben vorbeiging.«

»Ist mir nicht aufgefallen.« Sie sah sich um, doch er war schon weg.

»Er schien dich zu kennen.«

»Nun, es ist eben eine beschissen kleine Insel, also wird es wohl so sein. Was macht das schon?«

Danach sprachen wir nicht mehr viel. Mein Magen rebellierte ein wenig; das lag vielleicht an der gewaltigen Menge, die ich gerade verputzt hatte, doch es fühlte sich mehr nach der Vorahnung einer Katastrophe an.

»Kommst du mit rein?« fragte ich an der Hintertür.

»Nein, ich mach mich lieber auf den Heimweg, sonst kommt sie und schaut, wo ich bleibe.« Sie kicherte. »Marilyn denkt immer an das Schlimmste.«

»Eine Minute?«

Wir fielen schon übereinander her, ehe wir im Haus waren. »Ich muß wirklich gehen«, sagte sie jedesmal, wenn wir nach Luft schnappten. Ich wollte sie wirklich, doch in meinen Eingeweiden setzten sich alle möglichen Ängste fest. Sie würde fortgehen und nie wieder zurückkommen, sobald Marilyn ihr alles erzählt hatte. Oder ich würde nicht dazu imstande sein, wenn sie doch zurückkam. Und wenn ich könnte, würde es ihr vielleicht nicht gefallen, die Hütte war wie eine Gruft und roch genauso übel. Keine Spur romantisch. Ich wollte mehr als eine schnelle Nummer, fürchtete aber, sie würde glauben, ich sei kein richtiger Mann, dumm und unbeholfen. Ich wünschte, sie würde mich ganz fest umarmen und mich lieben, und vor allem wollte ich ihr alles über mich erzählen, was ich für mich behalten hatte. Doch ich wußte, ich hatte es zu lange hinausgezögert. In meinem Kopf ging alles wirr durcheinander, und ich hatte keine Ahnung, wo ich anfangen sollte. Ich wollte sterben. Ich wußte nicht, was Marilyn ihr erzählen würde oder was Shay schon erraten hatte.

Es blieb keine Zeit, sie darauf vorzubereiten, also versuchte ich es gar nicht erst. »Kommst du morgen?« fragte ich.

Lachend entzog sie sich mir. »Weil heute abend die Zeit nicht mehr reicht?« fragte sie schroff. Doch sie sah aus wie eine Rosenknospe.

Ich griff nach ihr und drückte sie an mich. »Hör zu, Shay. Es gibt da einiges, von dem ich dir nichts erzählt habe. Nichts, was ich genau weiß, sondern was ich erraten, herausgefunden habe.«

»Du fürchtest dich vor meiner Tante, nicht?« flüsterte sie. »Das solltest du nicht, Marilyn ist ganz vernünftig.«

»So? Mir kommt sie ein bißchen unheimlich vor. Sie mag mich nicht besonders, oder?«

Shay kicherte. »Es liegt nicht daran, *wer* du bist, du Trottel, sondern *was* du bist. Ein großer haariger Affe, der hinter meiner Unschuld her ist.«

»Nun, in dieser Hinsicht hat sie jedenfalls recht.« Ich küßte sie auf die Nasenspitze. »Versprich mir, daß du wiederkommst.«

Sie stand auf und strich sich die Kleidung glatt. »Versprochen.«

»Egal, was passiert?«

»Egal, was passiert?« Shay kicherte. »Versuch nicht, dein Glück zu erzwingen, Sweeney.« Sie öffnete die Tür und spähte hinaus. »Die Luft ist rein«, flüsterte sie und sah mich über ihre Schulter hinweg an. »Du wolltest nicht, daß sie weiß, wer du bist, stimmt das, Gil? Es hat dir nicht gefallen, daß sie dich Sweeney nannte«, sagte sie und stob davon.

Ich saß lange in der Dunkelheit und ließ alles, was den Tag über geschehen war, an mir vorüberziehen. Ich dachte an das Haus der Tante, an den Garten. In jenem Augenblick, als ich im Fluß stand und zu ihnen zurückschaute, hatte in meinem Kopf etwas Klick gemacht, aber wie üblich konnte ich nicht herausfinden, wie es richtig zusammengehörte. Nun machte ich mich bereit, mich zu öffnen und die Gespenster hereinzubitten. Ich legte mich aufs Bett, leerte meinen Kopf von allem anderen – besonders von Shay – und gestattete den Erinnerungen, erneut in mich einzusickern.

Zwei Stunden später stand ich wieder auf. Es war dunkel, und ich zitterte. Es fühlte sich so an, als wäre ich innerlich ebenso kalt wie äußerlich. Ich zog mich warm an und ging in die Nacht hinaus. Dieses Mal folgte ich der Straße zur alten Bootslände. Ich konnte einfach nicht anders. Ich lief mit automatischer Steuerung.

Anfangs war die Nacht pechschwarz, doch nach etwa einer Meile verzogen die Wolken sich, und ein schwach leuchtender Halbmond schien hindurch. In den Hecken raschelte es ohrenbetäubend und gespenstisch. Je näher ich der Bootslände kam, desto mehr hatte ich das Gefühl, wieder alten Fußstapfen zu folgen. Ich war halbtot vor Angst. Es war eine klare Nacht, und der Wind hatte sich gelegt. Ich saß auf einem umgedrehten Boot und sah zu, wie das Wasser sacht ans Ufer schwappte, während ich mir Mut machte. Alles war so anders: zu viele Hecken, die Lichter von zu vielen Bungalows. Doch am Nachmittag, als Shay und ich in den Garten des Old Corn Store geraten waren, hatte ich gewußt, daß ich schon einmal da gewesen war. Als ich aufstand, war der Mond nicht mehr zu sehen.

Plötzlich hat der achtjährige Gil sich materialisiert. Er sitzt auf der Rückbank des Range Rover, das kleine weiße Gesicht an die Scheibe gedrückt. Dic Tür des Wagens steht offen, der Fahrersitz ist leer. Er krabbelt darüber hinweg, klettert hinaus und sieht sich um. Einen Arm preßt er gegen seine Seite. Er blutet im Gesicht. Das Bild verblaßt.

Langsam marschierte ich über den Kiesstrand zum Flußufer hinunter und hielt mich an die Wasserlinie, bevor ich durch die zwei Gärten an die Grenze des Old Corn Store kroch, und mich in den Schatten der Hecke kauerte. Das hohe Dach zeichnete sich gegen den Himmel ab, und ich ließ meinen Blick langsam abwärts wandern. Das flackernde Licht eines Fernsehgeräts tanzte auf den Rändern der Vorhänge an den riesigen französischen Fenstern.

Stille. Jetzt ist der kleine Gil wieder da. Das Licht aus dem Haus liegt fast über dem gesamten Weg, der über den abfallenden Rasen durch den Garten hinabführt. An den offenen französischen Fenstern steht ein Tisch, eine Bank dazu. Auf dem Tisch eine Flasche. Meine Augen wandern hinauf und hinab, sie suchen und suchen, und ich erhasche einen Blick auf dunkle, in den Büschen beiderseits des Hauses verborgene Gestalten. Ich kann sie nicht richtig sehen, aber ich spüre, sie sind da. Da fällt mir ein winziges

Aufblinken ins Auge, etwas oberhalb von meinem Standort. Dort raschelt etwas Großes und Schwarzes in den Blättern – nicht auf Bodenhöhe, sondern weiter oben, weit höher als mein Kopf. Ich sehe, wie die Zweige sich bewegen und wieder beruhigen.

Eine Frau kommt aus dem Haus, scheinbar schwebend. Sie trägt ein langes, leichtes Kleid, das in der Brise flattert. Tanzt sie? Sie streckt die Arme aus und wirbelt umher wie eine Ballerina. Das Kleid gleitet auseinander. Ich sehe ihre Brüste und das dunkle Haar ihrer Scham, und ich fühle mich erhitzt und aufgeregt, weil ich jetzt weiß, wer sie ist. Es ist die Frau, die immer auf mich zeigt, wenn ich mit Tar auf dem Boot bin. Ich drehe den Kopf, um der Richtung ihres langen weißen Arms zu folgen. Tar kommt den Garten herauf, einen silbernen Fisch in den ausgestreckten Händen. Die Schuppen glitzerten im Licht. Als die Frau auf ihn zugeht, schaut sie zu mir herüber, und für einen Moment sehe ich, wie ihre Lippen sich bewegen, doch ehe ich ablesen kann, was sie sagt, wendet sie sich wieder Tar zu. Sie lacht, greift nach dem Fisch und wirft ihn auf den Boden. Sie stehen da und sehen einander an. Ich friere. Sie hält ihre Brüste mit den Händen, bewegt sie auf und ab, auf und ab. Tar kommt auf sie zu, immer näher. Er stolpert, und sie zieht seinen Kopf auf ihre nackten Brüste. Ich will Pipi machen.

Nun gehen sie zurück, den Garten hinauf, aneinandergeklammert. Hinauf, weiter den Abhang hinauf gehen sie, zum Pflaster am Fenster. Dort steht jemand, hinter ihnen, sie können ihn nicht sehen. Die Bewegung fällt mir auf, aber ich bin abgelenkt – ich beobachte lieber Tar und die Frau. Was sie tun, elektrisiert mich. Sie zieht seine Latzhosen aus gelbem Ölzeug herunter. Die Hosenträger klemmen die Arme an seinen Seiten fest, er kämpft, um sie freizubekommen. Nun wirft sie ihr Kleid ab. Nackt. Sein Overall liegt auf seinen Füßen, und sie kniet und hat sein Ding im Mund. O Gott. Plötzlich stürzt er sich auf sie. Stoßweise pumpt er auf und ab, auf und ab. Auf und ab.

Ich kann Tars Gesicht nicht sehen, aber die Frau ist glücklich, denn sie lächelt, lacht vielleicht sogar. Tar fällt aufs Gesicht, rollt herunter und von ihr weg. Er erhebt sich auf die Knie und hält seinen Kopf mit den Händen fest, als würde er weinen. Dann plötzlich kommt Bewegung in das Wesen hinter der Frau, es greift ihr ins Haar und zerrt sie auf die Füße. Die Frau schwingt herum, die Gestalt in Schwarz stößt sie fort. Heftig. Sie stürzt gegen einen der Felsbrocken am Haus und bleibt regungslos liegen.

Die andere Person steht da und schaut auf sie hinab, dreht sich dann langsam zu mir um. Für den Bruchteil einer Sekunde fängt das Licht aus dem Fenster ihr Gesicht ein. Ich sehe meine Mutter. Tar zerrt sie fort, den Garten hinunter zum Wasser.

Meine Beine versagen, und ich kann mich nicht an den Rückweg erinnern. Also krabble ich den Garten hinauf und halte mich dabei dicht an die Hecke. Ein großer brauner, verdreckter Schuh tritt auf meinen Knöchel, und eine Hand greift nach meiner Schulter. Ich reiße mich los und entkomme durch die Hecke. Ich rase über den Acker, ohne mich umzusehen, und höre nicht auf zu rennen, bis ich das Auto erreicht habe. Jemand verfolgt mich. Ich klettere in den Wagen, lege mich mit dem Gesicht nach unten auf die Rückbank und verberge den Kopf. Mit einem Arm. Den anderen kann ich nicht bewegen.

Jemand schlägt auf das Auto. Ich warte, bis die Schwingungen nachlassen, dann hebe ich langsam den Kopf und schaue hinaus. Tar sieht mich. Er hält Mama mit einer Hand am Arm. Tränen laufen ihm übers Gesicht. Mama schaut mich an, und auch sie weint. Über ihrem Auge ist ein riesiger Schnitt, das ganze Gesicht blutverschmiert. Und plötzlich fällt mir wieder ein, weshalb wir hier sind.

E-Mail von Sean Brophy an Fiona Moore

Liebe Fi, anderer Treffpunkt, andere Zeit, und entschuldige bitte. Wie wär's mit Roly's in Ballsbridge, so gegen neun Uhr abends? Hat Dir eigentlich nie jemand gesagt, daß die Redakteure die Zeche übernehmen? Sogar – ganz besonders – bei geselligen Anlässen. Dein Sean.

14

Dichter Verkehr hielt Grace und Cressida auf, als sie Oxford verließen, und deshalb beinahe die Nachtfähre von Fishguard nach Rosslare verpaßten. Alle Kabinen waren belegt, und so waren sie gezwungen, die Nacht in Mäntel eingerollt in der Bar zuzubringen. Beide waren in düsterer Stimmung; sie machten sich Sorgen wegen der Ungewißheit ihrer Zukunft. Glücklicherweise verlief die Überfahrt ruhig, wenn auch unbequem, doch es goß in Strömen, als das Schiff um Viertel vor sieben festmachte. Sie begaben sich unverzüglich ins Talbot Hotel in Wexford, wo sie sich eine Dusche und ein Frühstück gönnten, ehe sie weitereilten. Ein paar Meilen vor Clonmel trat Cressida auf die Bremse und hielt am Straßenrand an. Sie schluchzte.

»Cressie? Was ist denn los?« fragte Grace beunruhigt.

»Begräbnisse«, schniefte Cressida. »Zu viele Begräbnisse.« Sie zog einen zerknüllten Brief aus der Tasche. »Das hab ich gestern gefunden, als ich das Bett in Elsfield abzog.«

Grace las die Mitteilung von Franks Hausarzt, in der ein Termin beim Kardiologen bestätigt wurde. »Ach du meine Güte, Frank hat wohl wieder Probleme mit dem Herzen?« Grace hörte sich zwar überrascht an, doch das stimmte nicht ganz: Sie hatte bemerkt, wie mitgenommen Frank bei der Beerdigung ausgesehen hatte. »Blödes Timing, was? Hat er nichts davon gesagt?«

Cressida schüttelte den Kopf und wischte sich die Augen. »Ach, Grace, ich fühle mich schrecklich. An dem Abend, als er ankam, sagte ich ihm, ich hätte es satt, einen Kranken zu betreuen. Er muß geglaubt haben, ich meinte ihn.«

»Aber das ist doch irrational. Er hatte dir doch nichts davon erzählt.« Sie las den Brief noch einmal.

»Ach, Grace, ich glaube wirklich, es trifft einen immer gleich dreimal. Ich habe solche Angst. Er wird sterben, ich weiß es.«

»Nein, der stirbt schon nicht, Cress. Möglicherweise eine Routinekontrolle, aber selbst wenn sie ihn behandeln müssen, übersteht er das sicher. Das gilt für euch beide.«

»Und was ist, wenn er einen neuen Bypass braucht?«

»Du ziehst voreilige Schlüsse, aber auch dann ist es nur eine Operation. Ich kenne mehrere Leute ...«

»Wieviele kennst du, die zwei bekommen haben?«

»Zwei«, log Grace, »und beide sind gesund und munter, und ein ganzes Stück älter als Frank. Cressie, solltest du nicht besser nach Hause fahren? Das hier bleibenlassen und direkt nach Dublin zurückkehren?«

»Nein«, erwiderte Cressida nach einer Weile. »Nein.« Sie wirkte merkwürdig entschlossen. »Du glaubst, ich sei herzlos, ich weiß, aber das stimmt nicht. Ich habe nur das Gefühl, ich kann mich dem noch nicht stellen. In meinem Kopf geht alles drunter und drüber, ich kann nicht klar denken. Ich fühle mich so gräßlich ausgepumpt. Wie es aussieht, kann ich nicht mal eine Nacht richtig durchschlafen.«

»Das überrascht mich nicht. Für deinen Vater mußtest du monatelang drei- oder viermal pro Nacht raus. Aber wäre es da nicht besser, wenn ihr zusammen wärt? Wäre es nicht leichter?«

Cressida dachte darüber nach. »Sobald wir in Clonmel sind, ruf ich Joe an, unseren Hausarzt. Er wird mir sagen, was los ist. Er soll es mir unverblümt sagen. Ich möchte wissen, was auf uns zukommt.« Sie rieb sich die Wange, dann trocknete sie sich die Augen. »Es macht mich krank, wie ein Kind behandelt zu werden«, platzte sie heraus. »Ich möchte ein gleichwertiger Partner sein. Bei Franks Spielen mach ich nicht länger mit.«

»Wie war das?«

»Wenn er es mir sagen würde, glaubt Frank, dann würde ich nur aus Pflichtgefühl nach Hause kommen, und er wüßte nicht, ob ich das auch wirklich will. Verstanden?«

»Ach, Cressie, nun komm schon.« Grace strich sich müde das Haar zurück. So hätte Cressida ebensogut ihre eigene Lage schildern können. All das erschien verdammt vertraut. Mußten alle Paare diese aufwühlenden Zerwürfnisse durchmachen? Man schlich auf Zehenspitzen umeinander herum, fürchtete sich davor, dem anderen gegenüber aufrichtig zu sein, und machte es dadurch noch wahrscheinlicher, daß ein zerbrechliches Gefüge auseinanderfiel. »Was empfindest du denn eigentlich?«

»Ich wünschte mir, er hätte meiner Liebe zu ihm vertraut, ich weiß aber nicht, ob *er mich* dafür genug liebt. Oder mir vertraut.«

»Ich glaube, da liegst du schief, Cress.«

Cressida starrte rebellisch durch die Windschutzscheibe. »O nein, ganz und gar nicht. An jenem Abend, als Halcyon auf Katie May losging, hatten Frank und ich einen fürchterlichen Krach, und von da an lief alles verkehrt. Er beschuldigte mich, ich würde unser Baby in Gefahr bringen, und ich weiß, er dachte dabei daran, wie es mit Gil gelaufen war. Natürlich sprach er das nicht aus, aber anschließend ließ er Katie May nicht mehr aus den Augen. Das ging über Monate so. Schrecklich, wirklich schrecklich. Ich hatte nicht geahnt, daß er so wütend sein kann.« Sie schloß die

Augen. »Sein Zorn schien das ganze Haus auszufüllen. Es war wie bei Val. Gil war durch den Schock praktisch erstarrt. Sein Gesicht, als er Halcyon dabei zusah, wie sie fast das Baby umgebracht hätte, verfolgt mich in alle Ewigkeit. Damals zog er sich in sich selbst zurück. Mit Frank konnte ich nicht über Gil reden, auch über alles andere nicht. Ich hatte viel zuviel Angst, Katie May zu verlieren.«

»Ach, davon hatte ich ja keine Ahnung, meine Liebe.« Grace legte den Arm um Cressidas Schultern und legte den Kopf an ihren. Evangelines Gift, dachte sie wütend, hat uns alle erfaßt. »Aber warum hast du dann Halcyon weiterhin besucht?« fragte Grace ruhig. »Es sah ja nicht so aus, als hätte sie je etwas davon wahrgenommen.«

»Ich konnte sie doch nicht im Stich lassen, oder?« entgegnete Cressida langsam. »Ich nehme an, ich stellte es mir als eine Art Strafe vor. Oder als Buße?«

»Wie überaus katholisch. Für was?«

»Dafür, daß Gil o.k. war und sie nicht. Und für meine schöne, vollkommene kleine Tochter. Meine Art, auf Holz zu klopfen, und alles festgemacht an Schuldgefühlen wegen Val, denke ich.« Sie legte ihre Hand auf Grace' Arm. »Wenn ich etwas Gutes tat, etwas, das mir sehr, sehr schwer fiel, dann würden, so hoffte ich, keine schlimmen Dinge mehr passieren. Schwer in Worte zu fassen, aber ich hielt an diesem Aberglauben fest, Halcyon würde das Geheimnis besitzen, was eigentlich falsch gelaufen war – mit ihr und ihrer Mutter und mit mir und Gil. Ich mußte sie auf meine Seite ziehen, weil ich das Gefühl hatte, sie würde, wenn ich sie nur genug liebte, sie würde ... es ans Licht bringen und mir helfen, es zu verstehen. Mir dabei helfen, nicht länger den Eindruck haben zu müssen, die ganze Geschichte sei mein Fehler gewesen. Dann wäre mit Frank und mir alles im Lot.«

»Aber Cressie, Liebes, Halcyon fehlt jede Intelligenz. Sie ist stumm. Wie hätte sie ...«

»Aber das hat sie doch getan. An jenem Tag im Garten konnte ich es auf ihrem Gesicht sehen«, erklärte Cressida nachdrücklich. Sie sah Grace an. »Weißt du, ich glaubte immer, etwas in mir würde Val wütend machen. Aber wie mir an jenem Tag klarwurde, muß er auch Halcyon weh getan haben. Das lag in seinem Naturell. Es schien fast, als würde sie etwas ausagieren, was ihr selbst zugestoßen war.«

»Das hat Murray immer gedacht«, meinte Grace nachdenklich.

»Was?« Cressida fuhr herum. »Warum hat er mir das nie gesagt? Oder du?«

»Ach, Cress, wie hätten wir das tun können? Keiner von uns redet je darüber, oder? Jedenfalls nicht richtig.«

»Das ist wahr. Da gibt es etwas, was ich außer John Spain keinem Menschen erzählt habe. Etwas, von dem Frank und Gil nichts wissen.« Cressie sprach wie im Traum.

Grace verstärkte den Griff um die Hände ihrer Freundin.

»Ich habe gelogen, was Gils Taubheit angeht. Ich wußte schon davon, bevor sie diagnostiziert wurde.«

»Tatsächlich?« Grace bemühte sich um einen normalen Tonfall.

»Man hat immer gesagt, ich hätte ihn nie allein gelassen, er sei immer bei mir gewesen. Aber einmal habe ich ihn allein gelassen. Da war er vielleicht achtzehn Monate alt und fing an zu sprechen. Im gleichen Alter wie Katie May an jenem schrecklichen Tag. Ich hatte ihn für seinen Nachmittagsschlaf ins Bettchen gelegt. Val war gerade vom Segeln zurück und nahm ein Bad. Ich bat ihn, ein Auge auf Gil zu haben, während ich zum Supermarkt fuhr. Ich ließ die beiden allein im Haus zurück.«

»Aber was soll daran falsch gewesen sein?« Grace sah ihre Freundin genauer an. »Hatte Val da schon angefangen, dich zu mißhandeln? Damals schon? Schon so früh?«

»Nein. Ehrlich nicht. Damals nicht. Aber er hatte nicht viel mit Gil zu tun. Oder mit mir, was das angeht. Er war sehr oft unterwegs. Er war nie dabei, wenn es darum ging, das Kind zu baden oder zu füttern oder etwas in der Art. Gil hatte gefälligst sauber, mit frischen Windeln versehen und vollständig angezogen zu sein, ehe Val ihn auf den Arm nahm. Er behauptete, er sei zu alt für all diese Geschichten vom ›neuen Mann‹. Val konnte Unordnung nicht ausstehen. Im Supermarkt hat es dann etwas länger gedauert als beabsichtigt. Als ich zurückkam, schrie Gil. Seine Windel mußte gewechselt werden. Ich dachte, er würde deshalb schreien. Doch als ich ihn hochnahm, hatte er Blut am Kopf – es lief ihm aus dem Ohr. Val lag im Bett und schlief fest. Als ich ihm Vorhaltungen machte, erklärte er, ihn nicht angefaßt zu haben. Gil hätte seit meiner Abfahrt geschrieen und mit dem Kopf gegen das Kinderbett geschlagen. Ich fragte ihn, weshalb er Gil nicht die Windel gewechselt hatte. Ich weiß gar nicht, warum ich mich damit abgab, denn Val machte es nie. Er konnte den Geruch nicht ausstehen. Babygeschrei ebensowenig.«

»Was, glaubst du, ist wirklich passiert?«

»Ich weiß es nicht. Ich kann nicht sicher sein. Manchmal hat Gil seinen Kopf ja wirklich gegen sein Kinderbett geschlagen. Er war recht kräftig als Baby. Er hielt sich immer mit den Händen an den Gitterstäben fest und rüttelte und rüttelte. Ich band eine kleine Glocke an einen der Stäbe, denn er hörte es gerne bimmeln.«

»*Hörte*?«

»Ja«, gab Cressida mit erstickter Stimme zu. »O ja, Gil konnte hören.«

»Aber danach nicht mehr?«

»Da bin ich mir nicht sicher. Sein Naturell schien sich zu ändern. Er schrie sehr viel und klammerte sich stärker an mich. Ich brauchte eine Weile, bis ich merkte, daß sein Hörvermögen ganz oder teilweise weg war. Wochen, vielleicht sogar Monate. Ich machte mit Val gemeinsame Sache, dabei hätte ich auf meinen Instinkt hören und Gils Gehör gleich richtig untersuchen lassen sollen. Vielleicht hätte man etwas machen können, wenn ich sofort zum Arzt gegangen wäre, aber ich hatte Angst. Angst, sie würden denken, daß ich ihn mißhandelt habe. Erst fünf oder sechs Monate später brachte ich ihn zu einem Test ins Krankenhaus. Die Schwester stellte mir eine Menge Fragen. Dann nahm der Arzt mich in die Mangel, weil sie die früheren Hörtests mit Gil gemacht hatten. Sie fragten mich, ob ich bei ihm je die Beherrschung verloren und ihn geschüttelt hätte. Solche Sachen eben.«

»Und Gil weiß nichts davon?« fragte Grace. Cressida schüttelte den Kopf. »Und Frank?«

»Nein, aber …«

»Was?«

»Gil fragte mich danach, nachdem Halcyon Katie May angegriffen hatte. Nicht direkt und zielstrebig, aber ich wußte, worauf er hinauswollte. Dieser merkwürdige Ausdruck auf ihrem Gesicht, als sie Katie May in die Luft hielt, ging ihm nach. Er wollte etwas über sie wissen, nicht über sich selbst, doch es schien ihn nicht losgelassen zu haben. Wie hätte ich es ihm sagen sollen? Er weiß absolut nichts von seinem Vater. Ich konnte es nie ansprechen. Ich wollte, daß er es vergißt. Selbst jetzt könnte ich es ihm nicht sagen.«

»Ach ja?« Grace war skeptisch. »Was ist mit Halcyon? Weiß er, daß sie seine Schwester war?«

»Halbschwester, wenn überhaupt. Nein, er weiß es nicht.«

»Er hat es sich bestimmt gedacht. Gil ist sehr intelligent.«

»Wie sollte er? Wir waren sehr vorsichtig.« Cressida sah sie voller Furcht an. »Er war so klein … Ach, Grace, ich hatte mein Leben lang so viel Angst. Ich werde dieses Gefühl nicht los, daß eines Tages eine Hand nach meiner Schulter greift und … und … ich mit all diesen gräßlichen, gräßlichen Fragen überschüttet werde …«

Als Cressida wie ein Kind ihre Augen mit den Händen bedeckte, fragte Grace sich, wie sie je die Kraft gefunden haben mochte, ihr Leben irgendwie in die Hand zu nehmen. Dennoch war sie, vielleicht gerade wegen ihrer Unsicherheiten und Ängste, eine hingebungsvolle Mutter geworden. Und dann kam Grace der möglicherweise traurigste Gedanke von allen: Ihr wurde klar, um wieviel gelassener Cressida mit der kleinen Katie May im Vergleich zu Gil umging. Und dennoch war sie Gil gegenüber, als er im gleichen Alter gewesen war, ebenso wunderbar gewesen. Fragen. *Cressie hatte gerade zugegeben, Fragen würden ihr Angst einjagen.* Was für Fragen? In ihr entwickelte sich Mitleid.

»War das die Zeit, als Val anfing, dich zu mißhandeln, Cress?«

»Ich fragte ihn immer wieder, was mit Gil geschehen war. Er schlug mich deswegen und meinte, ich sei hysterisch.«

»Und von da an ging es immer so weiter?«

»Nein, eine Weile lang nicht.« Cressida neigte den Kopf wie eine reuige Sünderin, die sich Grace als Beichtvater erkoren hat.

»Soll das heißen, dein Mann hat dich und dein Kind mißhandelt, und *du* hast das Gefühl, *du* seist die Schuldige?« Ungläubig schüttelte Grace den Kopf. »Ach, Cress, dein Gott ist wirklich rachsüchtig.«

Cressida achtete nicht auf sie. »Val schämte sich wirklich. Er sagte mir immer wieder, wie leid es ihm tue, er wisse nicht, was über ihn gekommen sei, und versprach, es nie wieder zu tun. Er war für eine lange Zeit danach richtig nett.«

»Weil du ihn gedeckt hast?«

Cressida errötete bis unter die Haarwurzeln. »Vielleicht, aber ich wußte es ja nicht sicher.«

»Ach, Cressie.«

»Du hörst dich genau wie Frank an.« Cressida ließ den Motor wieder an.

Duncreagh Listening Post

Kunstexperten aus aller Welt versammelten sich gestern in Cork zu einem Gedenkgottesdienst für die verstorbene Mrs. Evangeline Walter. Die Feier wurde von der Galeriebesitzerin Mrs. Rose O'Faolain, einer Freundin und Kollegin der Verstorbenen, ausgerichtet.

(Archiv)

Gil

Ich wußte nicht, wie spät es war, als ich zur Hütte zurückkam, und es war mir auch egal. Wie zum Teufel hatte ich mich nur so vertun können? Ich war wie erstarrt wegen der Angst und des Elends, die ich, das wußte ich, mit meiner Mutter teilte. All diese Jahre hindurch mußte es sie innerlich zerfressen haben. Warum hatte sie die Frau angegriffen? Warum hatte Tar die Frau gevögelt? Sie hatte ihn auch gewollt, das konnte ich sehen; sie hatte sich ihm aufgedrängt, auch daran erinnerte ich mich. Sie war widerwärtig, hatte ihn zum Narren gemacht. Sie hatte ihm die Hosen bis zu den Knöcheln heruntergezogen, ihn festgesetzt, war wie ein Tier über ihn hergefallen. Ich haßte es. Wer war sie, dieses Weib, das gelacht hatte?

Es schüttelte mich unaufhörlich, ich konnte nichts dagegen tun. Meine Augen fühlten sich wie rohes Fleisch an, weit geöffnet starrten sie in die Dunkelheit. Shay würde nie mehr zurückkommen. Wie könnte sie auch? Ehe ich sie im Arm gehalten hatte, war mir der Gedanke an Sex stets abstoßend vorgekommen. Jetzt wußte ich warum: Ich hatte die Wirklichkeit in ihrer brutalsten Form gesehen. Doch unabhängig davon konnte ich nicht begreifen, welche Kräfte da im Spiel gewesen waren. Wie konnte ich nur so vieles vergessen haben? Je mehr ich darüber nachdachte, desto wütender wurde ich. Warum vertraute meine Mutter mir nicht? Oder Frank? Feiglinge, alle beide. Man hätte es mir sagen müssen. Sie hatten kein Recht, es vor mir zu verheimlichen. Wie konnten sie es wagen? Glaubten sie, ich sei schwachsinnig? Sie hätten wissen müssen, daß ich eines Tages zurückkehren würde. Ich schlug mir mit den Fäusten gegen den Kopf und schimpfte und haderte in der leeren Hütte, bis meine Wut erstarb und allmählich wieder Vernunft einkehrte. Ich war davor zurückgeschreckt, Shay mehr zu erzählen als das Nötigste. Meine Mutter mußte sich mit allem auseinandersetzen, und für sie stand weit mehr auf dem Spiel. Was hätte sie denn überhaupt sagen können, um alles richtig zu machen – für jeden von uns? *Gil Sweeney, Mördersohn.*

Hatte sie gewußt, daß da noch jemand im Garten war? Schon als ich mich das fragte, wußte ich, sie hatte es nicht gewußt. Ich war ihr gegenüber im Vorteil: Weil ich taub war, waren meine Augen nicht abgelenkt. Und mein Geruchssinn war immer ausgeprägt gewesen. Was war mit Tar? Ich fand es beinahe unerträglich, an ihn zu denken. Statt dessen stellte ich mir den Schuh vor, der sich auf meinen Fuß senkte, die Hand, die meinen verletzten Arm packte, was rasende Schmerzen durch die Schulter bis in meinen Kopf schickte. Für einen Augenblick sah ich mich selbst, den kleinen Jungen, schluchzend und erschrocken, wie er sich losreißt, während der tote Arm – der gebrochene Arm – schlaff herabhängt. Die Augen fest geschlossen, beschwor ich den Anblick des verdreckten Schuhs herauf. Ein brauner Schuh, vorne bestickt. Ein brauner Collegeschuh, wie mein Vater ihn trug, und Kordhosen mit eingetrocknetem Schlamm am Aufschlag. Nun konnte ich sein Rasierwasser riechen, und das jagte mir einen noch größeren Schrecken ein. Was hatte mein Vater in diesem verfluchten Garten gemacht? Er war hinter mir her gewesen. Er wollte mir wieder weh tun.

Der gebrochene Arm machte mir Sorgen. Er hatte etwas zu bedeuten, was ich nicht ergründen konnte. Ich hatte immer gewußt, daß ich mir als Kind das Handgelenk gebrochen hatte, denn es war auch heute noch schwach. Man hatte mir jedoch erzählt, der Unfall sei geschehen, nachdem wir von der Flußmündung weggezogen waren, einige Zeit vor Katie Mays Geburt. Unfall? Was für ein Unfall? Ich entsinne mich, im Krankenhaus gewesen zu sein. Der Arzt mit dem Stethoskop um den Hals stand am Bett. Er ließ mich meinen Herzschlag hören und erzählte mir, mein Arm sei nicht richtig zusammengewachsen, weshalb sie ihn neu einrichten müßten. Er war fett und hatte ein riesiges, strahlendes Gesicht. Ich betrachtete seine dicken rotvioletten Lippen. »Zähl doch mal von zehn rückwärts«, sagte er. »Kannst du das?«

Als ich die Augen aufschlug, sah ich zuerst Cressie, die am Bett saß und Frank anlächelte. Er hatte den Arm um ihre Schultern gelegt. Später wurde es dann zur Familiensage, daß ich mir den Arm gebrochen hätte, als ich von einem Apfelbaum gefallen sei. »Neu einrichten« hatte mir damals nichts bedeutet, doch jetzt verstand ich. Ich verfolgte es langsam noch einmal zurück. Zum ersten Mal hatte ich mir in jener Nacht den Arm gebrochen.

Meine Kindheit ähnelte einem Stummfilm: Solange die Leute mich nicht direkt ansahen, konnte ich nicht ablesen, was sie sagten. Aber ich hatte immer schnell gespürt, wenn etwas nicht stimmte oder Unheil heraufzog. Diese Fähigkeit besitze ich immer noch. Wann immer mein Vater sich anschickte, mich zu schlagen, duckte ich mich, ehe er zuschlug, im letzten Augenblick weg. Meine Mutter hatte nie so schnell ausweichen können. Sie hatte es vielleicht an meiner Stelle abbekommen. In der fraglichen Nacht hatte es uns zwar beide erwischt, doch ich habe so ein Gefühl, als wäre diese spezielle Attacke nur für mich gedacht gewesen. Wodurch war sie ausgelöst worden?

Ich versetzte mich in den Range Rover zurück und spulte den Film langsam rückwärts ab, um mir wieder ins Gedächtnis zu rufen, was in den Stunden geschehen war, ehe wir an der Bootslände ankamen.

Ich bin mit Tar auf dem Boot. Meine Mutter ist irgendwo anders, und er paßt auf mich auf. Wir absolvieren unsere Lektionen, dann bitte ich ihn, mit mir rauszufahren, damit ich die Seehunde beobachten kann. Zuerst will er nicht, doch ich weiß, wenn ich hartnäckig bettle, gibt er nach. Und das tut er dann auch, weil ich mich genau daran erinnere, mit ihm auf dem Boot gewesen zu sein.

Die Sonne scheint auf den rotvioletten Berg. Frank, in sein komisches kleines Segelboot hineingefaltet wie ein großer schwarzer Storch, segelt an uns vorbei. Ich lache und winke, und er winkt zurück. Ein schnelles Motorboot überholt uns und bringt uns fast zum Kentern. Wir rudern an dem Garten entlang, wo die Frau steht. Sie hat einen Korb in der Hand. Sie winkt und lacht. Tar wirkt traurig und wütend. Die Frau zeigt auf mich und lacht wieder. Da ist noch eine andere Frau – ein Mädchen –, sie läuft den Garten herunter. Sie trägt ein langes weißes Kleid, und auch ihr Haar ist hell. Aber nicht so wie ihr Kleid.

Auf dem Rückweg kommt die Yacht meines Vaters, die *Azurra*, an uns vorbei. Ihr Motor sorgt für eine starke Heckwelle, die als riesiges V nachläuft und uns wie verrückt schaukeln läßt. Ich schaue der Heckwelle nach, als mir etwas auffällt. Auf der Yacht befinden sich die Frau mit ihrer Freundin in dem weißen Kleid, dazu mein Vater und noch ein anderer Mann. Tar tippt mir auf die Schulter und zeigt in die Richtung, wo Frank sich abmüht, sein Segel zu justieren. Er wollte mich ablenken, nehme ich an, doch ich spüre, er hat vor etwas Angst. Oder vor jemandem?

Nun ist es sehr viel später, die Sonne geht unter, und ich sitze mit meiner Mutter im Auto, das über die Hauptstraße nach Duncreagh rollt. Sie fährt schnell wie immer und steuert auf eine Tankstelle zu. Sie biegt zu hastig ein und kracht beinahe in einen großen schwarzen Wagen, der an den Zapfsäulen wartet. Der Fahrer springt heraus, und ich sehe, es ist Mr. O'Dowd, der gelegentlich mit meinem Vater auf der Yacht ist. Er ist wütend. Meine Mutter steigt aus und geht hinüber, um mit ihm zu reden. Ich klettere aus dem Auto. Beide beugen sich über die hintere Stoßstange.

Plötzlich begann mein Herz heftiger zu schlagen. Ich wußte, was kommen würde. Ich setzte mich auf und kreuzte die Arme über der Brust, schaukelte vor und zurück, als mir wieder einfiel, wie ich Halcyon das erste Mal getroffen hatte.

Das Mädchen im weißen Kleid steigt aus Mr. O'Dowds Wagen und läuft zu mir herüber. Es fängt an, mein Gesicht zu betatschen. Ich fürchte mich und zucke zurück. Mr. O'Dowd richtet sich auf, er sagt etwas zu meiner Mutter. Ich bekomme nur ein Wort davon mit: »Lady«. Er schaut mich an und dann die Lady. Ich glaube, das sei ihr Name. Lady. Wir stehen alle sehr still da. Jedesmal, wenn er den Kopf dreht, scheint das Stunden zu dauern. Erst zu ihr, dann zu mir. Einmal, zweimal, dann blickt er direkt meine Mutter an, und wie immer lächelt er dabei. Ich stehe neben ihr, kann also sein Gesicht deutlich sehen, aber obwohl ich seine Lippen beobachte, kann ich nicht verstehen, was er sagt. Etwas über die Lady, glaube ich.

Als wir nach Hause kommen, telefoniert mein Vater gerade. Meine Mutter steckt mich ins Bett, doch ich schlafe nicht ein. Ich muß dauernd an die Lady in Weiß denken. Ich steige aus dem Bett und gehe nach unten.

Ich stehe im Pyjama in der Küche und halte meinen Teddy fest. Meine Eltern sitzen einander gegenüber am Tisch. Mein Vater trinkt ein Glas Rotwein. Er trägt einen marineblauen Pullover und hellbraune Kordhosen. Einen Fuß hat er auf einen Stuhl gelegt. Die braunen Collegeschuhe haben Schlammflecken auf dem Bezug hinterlassen. Er lächelt meiner Mutter zu. Auf dem ganzen Weg die Treppe hinunter habe ich geübt. *Laaaaady, Laaady, Lady. Paaaapa.* Ich möchte, daß er mich anlächelt. Sag mir doch, ich bin ein kluger Junge, weil ich diese Worte sagen kann. *Papa, ich habe Lady gesehen.* Es kam korrekt heraus. Jetzt wird er mir zulächeln. Ich sage es noch einmal. Er schiebt seinen Stuhl zurück, aber er lächelt nicht. Sein Gesicht ist ganz verzerrt. Er schleudert das Glas über den Tisch hinweg auf meine Mutter. Sie steht auf, den Mund weit geöffnet. »Lauf, Gil.« Sie streckt die Hände aus, Handflächen senkrecht, stößt sie durch die Luft. »Lauf, lauf.« Plötzlich fliege ich quer durch den Raum, und mein Gesicht wird gegen die Fußleiste gedrückt. Meine Mutter liegt neben mir auf dem Boden. Ich blinzle durch halbgeschlossene Augen und sehe, wie mein Vater seinen großen braunen Schuh hebt und auf ihren Kopf hinabsausen läßt. Immer wieder tritt er sie.

Nun liege ich unter dem Bett, zur Kugel gerollt, und halte mir den schmerzenden Arm. Meine Mutter liegt auf dem Boden und versucht mich zu überreden, da wieder rauszukommen. Ihr Gesicht ist blutverschmiert, und sie sieht verängstigt aus.

Lady/Halcyon? Sie waren ein und dieselbe. Ihren Namen hatte ich immer gekannt, doch bis zu diesem Augenblick hatte ich das Mädchen vergessen, das ich an jenem Tag im Garten der Frau, auf der Yacht meines Vaters und später an der Tankstelle gesehen hatte. Wirklich verrückt war aber, daß ich, während ich mich im Bett hin und her wälzte, die ganze Zeit die Yacht meines Vaters, die *Azurra*, vor Augen hatte, wie sie in Zeitlupe übers Wasser glitt, und ich in Tars kleinem Boot ritt auf ihrem Kielwasser. Als ich schließlich einschlief, wurde genau dieses Bild zu einem Bestandteil meines Traums, der sich endlos wiederholte, und während ich auf der Welle ritt, kam ich immer näher ans Heck der Yacht heran, bis ich meine Hand ausstrecken und es berühren konnte. Als ich beim Aufwachen darüber nachdachte, erinnerte ich mich an etwas, das wirklich seltsam war. Auf dem Heck stand nicht *Azurra*, sondern *Halcyon*. Die Buchstaben waren dunkelblau und mit Gold abgesetzt. Ich sagte mir, es sei nur ein Traum gewesen, in dem ich unbewußt ein Detail mit einem anderen verbunden hatte. Doch tief in mir wußte ich, es hatte eine besondere Bedeutung.

E-mail von Fiona Moore an Sean Brophy

Bingo, Sean! Ich bin Recaldo von der Schule aus gefolgt. Er ging zu Fuß, es war also kein Problem. Immer wieder blieb er stehen, und zuerst dachte ich, er habe mich durchschaut, aber dann wurde mir klar, er ist kurzatmig – er ist nicht gesund, glaube ich. Er wohnt eine halbe Meile von der Schule entfernt in einer ziemlich erbärmlich aussehenden Doppelhaushälfte. Lulu mußte ich gar nicht erst in Richtung auf seine Tochter schubsen, da sie schon auf sie fixiert ist. Es sind die einzigen beiden neuen Mädchen in der Klasse, und so klammern sie sich natürlich aneinander. Das war die gute Nachricht, jetzt die schlechte. Gestern ist dieser O'Dowd aufgetaucht. Mein Gott, der findet wirklich, er sei toll, und denkt, mir gehe es ebenso. Ha, ha. Aber gut, er hat eine Story. Sie brodelt schon seit Jahren in ihm. Erwischte ihn genau in dem Moment, wo alles hochging. Gut, daß wir dieses zum Verkauf stehende Haus ausfindig gemacht haben. Ein Mausoleum, aber eine perfekte Einführung. Er gehört zu denen, die ein wenig Honig ums Maul mögen, und was meinst Du? Ich hab den Job bekommen. Wie es scheint, erinnere ich ihn an Vangie. Muß am Akzent liegen. Na, hab' ich eine Story? Bis dann, Fi.

15

Die Dubliner Zeitungen waren die schnellsten, und es war klar, daß die Fernsehgesellschaft schon mit ihnen Kontakt aufgenommen hatte, wenn nicht sein Verleger. Der Journalist, der anrief, war ein umgänglicher, jugendlich klingender Mann namens Sean Brophy. »Ich gehe in wenigen Wochen in Urlaub«, eröffnete er das Gespräch. »Ich wollte nur einen Termin verabreden, ehe Sie zuviel zu tun haben. Man wird sich bald um Sie reißen. Ich finde das, was Sie schreiben, wirklich gut«, sagte er. »Manchmal bespreche ich auch Krimis, aber unter einem anderen Namenszeichen«, fügte er hinzu und gab sich als Verfasser der besten Kritik von Franks letztem Buch zu erkennen. Natürlich war das Eis damit gebrochen. Das Interview wurde für die folgende Woche vereinbart. Auf die Frage, welchen Ort er am liebsten habe, schlug Frank die National Gallery vor.

»In London? Ach so. Ich verstand Ihren Verleger so, daß Sie in Dublin ein wenig Reklame machen würden«, erklärte Brophy.

Frank dankte insgeheim dafür, daß man dem Journalisten nicht mitgeteilt hatte, wo er wohnte – wo er eigentlich hätte merken müssen, daß Brophy ihn für Informationen anzapfte.

»Das stimmt«, entgegnete er ausweichend. »Wir können auch Dublin nehmen, wenn Sie wollen.«

»Spitze. Wie wär's dann mit der Cafeteria der *irischen* Nationalgalerie?« fragte er mit einem Lachen zurück.

Frank sagte zu. Falls eine Woche nicht ausreichen sollte, sich einen Bart stehen zu lassen, würde er eben mit einem Dreitagebart für Kreative auskommen müssen. Er legte den Hörer mit dem flauen Gefühl im Magen auf, allmählich vom Schicksal eingeholt zu werden.

Jahrelang hatte er alle Erinnerungen an jene schicksalsschweren Tage aus seinem Kopf verbannt, aber jetzt verfolgten sie ihn Tag und Nacht. Er begann zu schwitzen, als er sich in Erinnerung rief, wie sorgfältig er die Geschichte von John Spain frisiert hatte. Wie er den entscheidenden Hinweis unterdrückt hatte, wonach Cressida in jener Nacht im Garten der toten Frau gewesen war. Als die beiden Beamten aus der Stadt, die Inspektoren McBride und

Coffey, auf der Bildfläche erschienen, hatten sie ihn sofort durchschaut und direkt ins Visier genommen, wenn nicht wegen des Mordes, dann wegen Zeugenbeeinflussung. Zwei unangenehme Tage. Bis der Wind aus unerfindlichen Gründen drehte und Phil McBride sich auf seine Seite schlug. Wie hätten die Dinge sich wohl entwickelt, wenn er das nicht getan hätte? Nach diesem Fehlstart arbeiteten die beiden Männer gut zusammen und gruben rasch überwältigende Beweise für Sweeneys Schuld aus. Seitdem waren sie enge Freunde.

Frank öffnete den Ordner mit dem *Vermächtnis*. Er überlegte kurz, dann änderte er seinen eigenen Namen in Hanrahan. Diese eine Namensänderung wirkte sich überraschend aus: Er gewann eine andere Perspektive, und als er den Entwurf noch einmal durchlas, gewann der Polizist die Oberhand über den Autor.

Frühmorgens wird eine Frau gesehen, die an einem Baum in ihrem Garten am Ufer steht. Ein alter Fischer kommt vorbei, um ihr guten Tag zu sagen, und entdeckt, daß sie tot ist – mit Blut beschmiert, aber immer noch aufrecht stehend. Er legt sie ins Gras und ruft den Ortspolizisten, der seinerseits seine Vorgesetzten in der Zentrale benachrichtigt. Als diese ankommen, ist die Version des Fischers bereits überprüft. In der neuen Fassung beginnt Jack Hanrahan das Beweismaterial wie folgt durchzugehen: Der Fischer ist ein Expriester mit undurchsichtiger Vergangenheit. Er verließ den Jesuitenorden wegen der Frau des spanischen Botschafters in Italien, die später Selbstmord beging.

Er hat freundschaftlichen Umgang mit einer jungen Engländerin und unterrichtet deren tauben Sohn.

Die Tote hatte anzügliche Gerüchte in Umlauf gebracht und bezichtigt den alten Mann der Pädophilie.

Sie hat eine siebzehnjährige hirngeschädigte Tochter, die sie verschweigt und in einem abgelegenen Kloster weggesperrt hat. Der Vater verleugnet das Kind. Die Frau hat ihn achtzehn Jahre lang verfolgt.

Sie hat Krebs im Endstadium. Der mutmaßliche Mörder X ist so gut wie bankrott. Sie kauft über einen Freund seine geliebte Yacht mit der Zusage, X dürfe sie weiter nutzen, doch dann bricht sie diese Vereinbarung und verkauft die Yacht.

X entdeckt das einen Tag vor ihrer Ermordung. Zur gleichen Zeit trifft er seine Tochter zum ersten Mal wieder, seit sie drei war.

Am selben Tag sieht auch Cressida das Mädchen und erkennt, wer es ist.

Gil erzählt seinem Vater, er habe »die Lady gesehen«.

Den Nachmittag verbringt Gil mit Spain. Sweeney sieht sie zusammen und droht, Spain als Päderasten anzuzeigen, falls Cressida nicht einwilligt, das Haus zu verkaufen. Als sie sich weigert, greift Sweeney sie und seinen Sohn an. Später sieht man ihn, wie er über den Fluß zu Evangelines Haus segelt. Cressida will Spain warnen und findet ihn, von Evangeline sexuell gedemütigt, in deren Garten. Cressida sieht rot, packt Evangeline und schlägt sie nieder. Bei dem Kampf verliert Cressida ihren Schildpattkamm. Spain zerrt sie weg und verfrachtet sie und Gil in die Stadt, wo sie sich verborgen halten.

Was anschließend geschieht, ist unklar. Nach der Version, die Spain der Polizei erzählt, stolpert er über die Leiche. Doch am Ende gibt er zu, den Garten im Lauf der Nacht noch einmal aufgesucht zu haben, obwohl er sich nicht festlegen will, wie oft. Er besteht darauf, daß die Frau gegen Mitternacht noch gelebt und am erleuchteten Fenster gestanden habe.

O'Dowd, Nachbar und Freund der Toten, behauptet, er habe gegen ein Uhr morgens die Stimme von Ella Fitzgerald aus Evangelines Haus gehört. Auch ihn verdächtigt man, mehr zu wissen, als er zugibt. Abgesehen von Spains späteren Besuchen im Garten, bestätigt Cressida schließlich seine Aussage. Es gibt noch andere Details, doch das ist die Hauptrichtung. Hanrahan gleicht die Bewegungen gegeneinander ab und kommt zu der Überzeugung, daß

Spain den zeitlichen Ablauf falsch dargestellt hat, um die Zeit zu vertuschen, in der er den Garten abgesucht und ein wenig aufgeräumt hat, ehe er die zuständigen Ermittlungsbeamten benachrichtigte.

Der Autopsie zufolge hatte die Frau mehrfach und mit mehr als einer Person heftigen Geschlechtsverkehr, ehe sie einen tödlichen Schlag in den Unterleib erhielt, wo sie kurz zuvor operiert worden war. Der Modus operandi verweist zwingend auf den vermißten Sweeney, der seine Frauen verprügelte, auch wenn da noch die kleine Aufgabe blieb, die Stories aufeinander abzustimmen und konkrete Beweise herbeizuschaffen. Das gelingt, aber erst, nachdem Sweeney und Spain ertrunken sind.

Frank lehnte sich zurück und ging alles zum x-ten Mal durch. Einiges fiel aus dem Zusammenhang. Der zeitliche Abstand zwischen Cressidas Angriff auf Evangeline und der Entdeckung der Leiche betrug gut acht Stunden. Was hatte Spain während dieser Zeit noch getan? Und Cressida? Alles paßte zu verdammt gut ineinander. Eine beinahe von allen gefürchtete Frau war von einem Mann beseitigt worden, den jedermann zu verabscheuen schien. Und wer ertrinkt dann passenderweise? *Oder wird ertränkt?* Nach einem Jahrzehnt verloren die losen Enden sich allmählich.

Die ganze Sache stank. Hanrahan würde sich, wenn er die Untersuchung durchführte, die Aussagen Spains und Cressidas gleich zu Anfang genauer ansehen, und Frank Recaldo würde er in Null Komma nichts von dem Fall abziehen.

»Bah«, sagte Frank und löschte seinen erfundenen Polizisten. Gedankenverloren rieb er sich das Kinn. Dieses Buch konnte er auf keinen Fall schreiben. Wenn er es täte, müßte er diese ganze schreckliche Zeit erneut durchleben und die Menschen, die er liebte, in kaltes Scheinwerferlicht tauchen, nicht zuletzt seine Liebste. Ohne weitere Umstände verschob er die ganze Datei in den Papierkorb.

Ärger kommt nie allein. Das Telefon läutete. Frank schnappte sich den Hörer.

»Mr. Recaldo?« Es war die Sprechstundenhilfe seines Arztes, die ihm mitteilte, daß man seine Aufnahme im Krankenhaus für die übernächste Woche festgelegt hatte. »Dr. Boylan würde gern mit Ihnen reden.«

»Jetzt? Sie meinen, ich soll in die Praxis kommen?«

»Nein, der Herr Doktor ist in der Leitung.«

»Frank? Wie ist es Ihnen gegangen?« fragte der Arzt, und auf Franks Stirn bildeten sich Schweißperlen.

»Gut, Joe«, behauptete er. »Keinerlei Probleme in den letzten paar Wochen. Die neue Behandlung scheint anzuschlagen.«

»Was erzählen Sie mir da, Frank? Sie wollen den Eingriff doch nicht noch einmal hinausschieben? Wissen Sie überhaupt, wie schwer es war, das einzufädeln? Mann, Sie treiben es wirklich zu weit mit sich, von mir ganz zu schweigen. Ist Ihre Frau eigentlich inzwischen wieder nach Hause gekommen?«

»Nein«, mußte Frank zugeben. »Sie ist morgen oder so wieder da.« Er kreuzte die Finger. Cressida mußte von sich aus kommen und den Willen haben, wieder mit ihm zusammen zu sein. Ihr zu sagen, er sei krank, würde auf Zwang hinauslaufen, und das erschien ihm unerträglich. Es paßte einfach nicht zu ihm, zum Gegenstand von Mitleid zu werden.

»Sie haben es ihr nicht gesagt, Frank, oder?«

»Nein. Wie auch? Die letzten vier Jahre hat sie ihren Vater gepflegt. Wie zum Teufel kann ich ihr zu verstehen geben, daß ihr der nächste Marathon bevorsteht?« fragte er anklagend.

Joe Boylan war aus härterem Holz geschnitzt. »Ich fürchte, Ihnen bleibt nichts anderes übrig, weil Sie diese Operation nicht länger aufschieben können. Tut mir leid, Frank, das ist wirklich hart, aber seit der letzten sind schon ein paar Jahre vergangen. Wie lange ist es nun her?«

»Vierzehn«, murmelte Frank. »Im November.« Damals

war er achtunddreißig gewesen, viel zu jung für einen vierfachen Bypass. Nun sollte er den nächsten bekommen. Eigentlich hatte Joe Boylan schon vor sieben oder acht Monaten davon gesprochen, daß der Eingriff notwendig sei, doch Frank hatte nichts davon hören wollen. Schwieriger war es allerdings gewesen, die zunehmende Stärke der Anfälle und die entsprechenden Veränderungen seiner Lebensweise zu ignorieren. Seine Libido war geschwunden. Hatte seine langen Wanderungen aufgegeben und anschließend nicht einmal mehr kurze Strecken geschafft. Hatte alle Aktivitäten eingeschränkt, weniger getrunken, weniger gegessen, weniger geschlafen. Hatte nichts gehoben und war nur geflogen, wenn es unvermeidlich war. Aber er hatte es aufgeschoben, Cressida einzuweihen. Wie sollte er das auch, wenn er sich selbst nicht eingestehen wollte, wie schlimm alles geworden war? Erst in den letzten drei oder vier Wochen, als er schon im Ruhezustand Anfälle hatte, waren die Alarmsignale schließlich auch bei ihm angekommen.

»Ihnen sind noch zwei nicht blockierte Arterien verblieben. Und eine davon macht Probleme.«

»Das hat man mir so gesagt«, erwiderte Frank trocken. Wie hatte der Kardiologe es formuliert? »Bei Ihnen muß ein Stück Rohr neu verlegt werden.«

»Ja und?«

»Ich hab das schon einmal durchgemacht, Joe. Würde es Sie überraschen, wenn ich sage, daß ich einfach ein wenig ängstlich bin?«

»Nein, natürlich nicht. Sicher sind das keine guten Aussichten, aber die Technik ist mittlerweile viel weiter entwickelt. Dieses Mal wird es Ihnen weit weniger traumatisch vorkommen. Und wenn es geschafft ist, werden Sie sich nicht wiedererkennen.«

Aber ach, wird meine Liebste mich wiedererkennen? Meine Cressida.

»Nach dem Eingriff wird man Sie noch vier oder fünf Tage dabehalten«, erklärte Dr. Boyland kurz angebunden.

»Also Dienstag rein, Operation Donnerstagmorgen. Mitte der folgenden Woche sind Sie wieder zu Hause. Falls Ihre Frau … darüber reden will, soll sie mich anrufen. Jederzeit.«

Frank dankte ihm und legte auf.

E-Mail von Fiona Moore an Sean Brophy

Sean, Du mußt übersinnliche Fähigkeiten haben. Ventry ist Ire, wenn auch nicht von der geschwätzigen Sorte. So 'ne Art Einsiedler, nach allem, was man hört. Ich war in Waterford und hab mit dem jungen Filmproduzenten Ian Whyte geredet. Und was meinst Du? Er hat nicht nur eine Option auf alles, was Ventry schreibt, sondern den ersten Film schon im Kasten. Er fackelt nicht lange, das ist schon mal sicher. In England wird er im Oktober ausgestrahlt, hier einen Monat später. Möglicherweise hat er ihn auch weiterverkauft – nach Frankreich und in die Staaten. Mit den Aufnahmen für den zweiten fängt er im Frühjahr an. Das ist die gute Nachricht. Die schlechte ist, daß Ventry irgendwo in Oxfordshire lebt und Interviews total verweigert. Der J.D. Salinger unserer Tage. Fällt Dir was ein? Freitagabend, wie ausgemacht? Fi.

E-Mail von Sean Brophy an Fiona Moore

Fi, nicht in Oxford. In Dublin. Ich habe Ventry angerufen und das Interview festgeklopft. Er wollte mir weismachen, er würde in London leben. Wollte es noch mal verlegen. Aber ich konnte ihn festnageln. Erfährst Du alles heute abend, Sean.
PS: S. hat alles gestoppt und mir bis zur nächsten Woche Zeit gegeben. Wenn ich nur daran denke, krieg ich Kopfschmerzen. Was denkst Du darüber? S.

16

Evangeline tobte durch seine Träume und störte seinen Schlaf. Frank warf sich die ganze Nacht hin und her, sorgte sich um seine Gesundheit, um Cressida, die Kinder, die Vergangenheit, die Zukunft – kurz, um alles. Am meisten bedrückte ihn, daß er damit gescheitert war, Gil bei der Bewältigung seiner Vergangenheit zu helfen. Als er den kleinen Jungen adoptierte, hatte er diese Verantwortung freiwillig auf sich genommen. Er liebte das Kind, als wäre es sein eigenes, hatte aber nie auch nur ansatzweise Anstalten gemacht, das Thema anzusprechen. Schlimmer noch, er hatte nicht den kleinsten Spielraum offengelassen. Er und Cressida wollten eine Umgebung für Vertrauen und emotionale Geborgenheit schaffen, in der Gil sich der erschrekkenden Brutalität seiner frühen Kindheit allmählich nähern und dann damit auseinandersetzen konnte. Es hatte keinen Zweck, Cressida die Schuld zu geben: Für sie stand viel mehr auf dem Spiel – zumindest die Möglichkeit, sich ihrem Jungen vollkommen zu entfremden. Nicht daß sie sich nicht jahrelang mit dem Problem herumgequält hätten – das hatten sie sehr wohl. Aber Cressida in ihrer Verwirrung und ihrem Schrecken hatte sich gestattet, sich von Frank leiten zu lassen, und er, der arme Mann, strampelte sich im Dunkeln ab. Er hatte es vermasselt.

In dem allgemeinen Kummer verborgen, war der Mord das störendste Thema.

Als Frank am nächsten Morgen aufstand, befand er sich in einem höchst angespannten Zustand, und er flippte aus, als er den Saustall sah, den Rafferty auf dem Küchenfußboden angerichtet hatte und den Katie May ungeschickt zu beseitigen versuchte.

Er nahm ihr den Mop aus den Händen. »Bring diese Landplage nach draußen. Sofort. Und laß ihn erst wieder rein, wenn ich es sage.« Er wischte die Küche, was sich als Therapie erwies, und machte Frühstück. Anschließend diktierte er eine Einkaufsliste, die Katie May mühsam niederschrieb, während Rafferty zusammengerollt auf ihren Knien lag. Als sie fertig war, schauten sie und der Welpe beide mit dem gleichen jämmerlichen Ausdruck und nassen Augen zu ihm auf. »Du bist nicht mehr böse auf uns, Dad, oder?«

Uns? Frank sah liebevoll auf sie hinunter und lächelte. »Nein, Liebes, du hast getan, was du konntest. Entschuldige, daß ich so ein Miesepeter war. Hab nicht so gut geschlafen, aber jetzt geht es wieder. Warum unterhältst du seine Hoheit nicht ein wenig, während ich ein paar Sachen erledige? Dann beziehen wir die Betten neu und machen für Mommy sauber. Was sagst du dazu?«

Katie May befestigte ein Stück Bindfaden an Raffertys Halsband. »Ich bringe ihm bei, an der Leine zu laufen«, erklärte sie selbstbewußt und war nicht merklich erschüttert, als der widerspenstige Welpe einen Sitzstreik inszenierte und auf dem Hintern über den feuchten Boden geschleift werden mußte. An der Tür nahm sie ihn hoch und trug ihn zu seiner ersten Lektion in den Garten.

Frank beobachtete sie ein paar Minuten lang durchs Küchenfenster, dann setzte er sich, weil er es nicht lassen konnte, an den Computer und erweckte den *Vermächtnis*-Ordner aus dem Papierkorb zu neuem Leben. Bemüht versuchte er sich einzureden, daß sich nach mehr als einem Jahrzehnt kaum jemand an das Verbrechen erinnern würde, wenn man von ein paar Leuten in Passage South oder Trianach absah. Doch er hatte so lange in Wolkenkuckucksheim gelebt, daß sein Denken verzerrt war. Sein Pseudonym war ein wohlgehütetes Geheimnis, und was Publicity anging, war er höchst vorsichtig gewesen. Nun bedauerte er es, Phil McBrides Rat nicht ernst genommen zu haben, Frank zusammen mit Recaldo fallenzulassen. Aber wer sollte schon den zunehmend bekannter werdenden Frank Ventry mit dem bescheidenen Polizeisergeanten Frank Recaldo in Verbindung bringen, der er damals gewesen war, oder mit dem Mord? Die Aufregung hatte sich schnell gelegt, und das Interesse im Gebiet der Flußmündung hatte sich in der Woche nach dem Mord auf eine Serie von Banküberfällen mit terroristischem Hintergrund in Dublin verlagert. Es war leicht gewesen, sich einzureden, daß die allgemeine Amnesie anhalten würde, wenn auch kaum besonders klug.

Wer also würde die Geschichte wiedererkennen, fragte er sich selbst. Abgesehen von Phil McBride, dem treuen Leser und Freund. Wie immer bei Phil würde seine Reaktion nicht leicht vorherzusagen sein. Cressie? Cressie war ein anderer Fall. Sie wäre am Boden zerstört. Möglicherweise würde sie sogar glauben, er wolle ihr damit zusetzen, sie bestrafen – wofür? Für ihr Widerstreben, nach Hause zurückzukommen? Schuldbewußt schob Frank den Gedanken beiseite.

Am seltsamsten an Franks Rückzug in sich selbst war, daß es ihm, ehe er den Entwurf für das *Vermächtnis* fallenließ, überhaupt nicht in den Sinn kam, er selbst könnte in den Mittelpunkt des Interesses geraten. Jahrelang war seine beträchtliche Intelligenz allein darauf konzentriert gewesen, seine Frau und seine Familie zu schützen, nicht aber sich selbst. Für einen Mann, der sich die kompliziertesten und beunruhigendsten Handlungsfäden ausdachte, erwies er sich als außerordentlich begriffsstutzig, wenn es um sein eigenes Leben ging: Vor lauter Bäumen sah er den Wald nicht.

Und Gil? Was war mit Gil? Durch all die Konstruktionen Frank Recaldos drang immer wieder die kleine, stille Figur des Kindes Gil. Doch nun war er dauernd dicht bei ihm. Gil, der nicht in Erwägung gezogene, der unterschlagene Zeuge. Selbst jetzt versuchte Frank noch zu verleugnen, daß weder er noch einer seiner Kollegen zu irgendeinem Zeitpunkt herauszufinden versucht hatten, welche Rolle der kleine Junge gespielt hatte. Oder was er vielleicht gesehen hatte. Gil, der nie außer Sichtweite seiner Mutter hatte sein dürfen. Vor Franks Auge zogen Bilder aus Evangelines Garten vorbei. Die tote Frau im Gras. John Spain tauchte immer wieder in höchst verunsichernder Weise auf und hielt stur wie ein Maulesel an seiner gut einstudierten Geschichte fest. »Wann haben Sie sie zuletzt lebend gesehen?« hörte er sich fragen.

»Ehe ich sie tot auffand, meinen Sie? Sie stand an dem Baum, als ich gestern abend vom Fischen zurückkam.«

»Sie waren allein?«

»Warum sollte ich nicht allein gewesen sein?« Kein Wort über Gil, der den ganzen Nachmittag bei ihm gewesen war. Wann immer er an Evangeline Walter dachte, stiegen dieselben Fragen und dieselbe Furcht wie Blasen an die Oberfläche: Frank hatte Cressida vor dem Mord zwei Tage lang nicht gesehen. Insgesamt war sie vier Tage unauffindbar gewesen: zwei vor und zwei nach dem Mord. Vor seinem inneren Auge sah er, wie seine Finger mit dem kleinen Schildpattkamm spielten. Sie hatte die Amerikanerin verabscheut, die sie verdächtigte, ein Verhältnis mit ihrem Mann zu haben, und die sie wegen ihrer Lästerzunge fürchtete.

Frank barg den Kopf in den Händen und schloß die Augen. Als Cressida schließlich ihr Gesicht gezeigt hatte, war es übel zerschnitten und mit blauen Flecken übersät; Gils Arm lag in einer Schlinge. Lange hatte es gedauert, bis sie zugab, Evangeline geschlagen zu haben. Spain hatte das zögernd bestätigt, aber behauptet, Evangeline sei nicht schlimm verletzt gewesen. »Sie lag da und hat uns ausgelacht, als ich Cressie fortzog. Später in der Nacht sah ich sie dann am offenen Fenster ihres Hauses. Es war Musik zu hören. Ella Fitzgerald.«

»Wo waren Sie?«

»Auf dem Fluß draußen, mit dem Boot selbstverständlich.«

»Sie haben gesagt, Sie seien ins Bett gegangen. Macht es Ihnen etwas aus, mir zu erzählen, was Sie dann dort draußen wollten?«

»Ich wollte mich vergewissern, daß es ihr gutgeht.«

Man hatte ihm fast jedes Wort der Geschichte einzeln aus der Nase ziehen müssen. Das Ergebnis war schrecklich. In der Mordnacht kam Spain und flehte Evangeline an, ihn nicht länger zu verleumden, doch sie lachte ihn aus und setzte der Beleidigung noch eins drauf, indem sie ihn zu einer brutalen sexuellen Begegnung anstachelte, die von Cressida, die dazukam, später als Vergewaltigung bezeichnet wurde, bei der Evangeline der Aggressor gewesen war. Auch Cressida hatte nur in peinigend kleinen Häppchen berichtet: Am selben Tag hatte sie erstmals Halcyon getroffen. Ein Blick hatte ihr genügt, und sie hatte erkannt, daß das Mädchen das Ebenbild Val Sweeneys war. Und fand so bestätigt, was sie schon immer geglaubt hatte: Val hatte eine Affäre mit Evangeline. Und die mußte zudem schon ziemlich lange vor und auch während ihrer gesamten Ehe bestanden haben. Als sie dann Sweeney damit konfrontierte, hatte er den Spieß umgedreht und gedroht, sie bei den Behörden anzuzeigen, weil sie ihren achtjährigen Sohn in der Obhut »dieses perversen Priesters« gelassen hatte. Die Bühne für Gewalttaten war eingerichtet. Als Spain und später Cressida sich auf den Weg zu Evangeline Walters Garten gemacht hatten, waren sie beide verzweifelt und voll wilden Zorns gewesen.

Als Frank gefragt hatte, wo Gil zu diesem Zeitpunkt gewesen sei, hatte Spain erklärt, er sei im Wagen oder in der Hütte gewesen. Wie gelähmt, weil er zugesehen hatte, wie seine Mutter von ihrem Mann geschlagen wurde. Und deshalb hatten die Polizeibeamten geglaubt, Spain würde Cressida decken. Hatte er sich hauptsächlich um Gil Sorgen gemacht? Und dann Evangeline Walters perverse Deutung seiner Zuneigung zu dem kleinen Jungen. Frank dachte über die Beweise gegen VJ Sweeney nach, die man im Kofferraum seines verlassenen Wagens gefunden hatte: die blutdurchtränkten Kleider der toten Frau, Sweeneys ebenso blutiger Pullover und seine Kordhose, eine hölzerne Truhe, vollgestopft mit ihren persönlichen Papieren. Und als belastendstes Stück, eingewickelt in die Zeitung des Tages, ein winziges Diktiergerät, das zufällig oder absichtlich eingeschaltet geblieben war, als Evangeline Walter und Sweeney sich unterhielten. Phil McBride, bis in seine unerschütterlichen Grundfesten schockiert, beschrieb es als verbales Gewaltvideo. Es ließ keine Zweifel mehr an Sweeneys Schuld.

Weil Sweeney rechtzeitig gestorben war, hatte man das Bandgerät nie einer rigorosen kriminaltechnischen Untersuchung unterzogen. Auch die Verbindung von Zeitung und Diktiergerät war nie gründlich untersucht worden – zumindest, soweit Frank wußte. Er wollte das nicht unbedingt hinterfragen, und zwischen ihm und Phil McBride war die Frage aufgrund einer stummen Übereinkunft tabu. Doch nun, zehn Jahre später, war sie wieder da und machte ihm weiter zu schaffen. Frank hatte nie daran gezweifelt, daß Sweeney Evangeline getötet hatte – er fragte sich eher, ob der Mann Hilfe gehabt hatte. Und die zweite Frage lautete: Von wem, und warum?

Der kleine Gil machte sich erneut bemerkbar. Jeder Zeuge, der Cressida gelobt hatte, weil sie sich so hingebungsvoll um ihren tauben Sohn kümmerte, hatte dafür fast dieselben Worte gebraucht: »Er war immer bei ihr, sie ließ ihn nie aus den Augen.« Jesus, dachte Frank, nehmen wir an, das traf buchstäblich zu? Was dann? Das reicht, dachte er, damit ist jetzt Schluß. *Schluß für immer.*

Frank schaltete den Computer aus. Einmal mehr wurde Gil in den Hintergrund gedrängt. Er hatte selbst genug am Hals. Seine Frau war auf dem Weg zurück nach Hause, und er hatte ihr gegenüber nichts von seiner Krankheit oder der Klinik erwähnt, was sie, wie er wußte, als weiteres Beispiel dafür ansehen würde, daß er nur in seiner eigenen Welt lebte, während er in Wahrheit unfähig war, sich seinem eigenen Schrecken zu stellen. Schuldbewußt registrierte er, daß er es auch versäumt hatte, seine Lektorin vor der anstehenden Operation zu warnen. Als Rebecca erzählte, sie habe zu Ehren seines Besuchs ihren Urlaub abgesagt, hatte er nicht reagiert. Es war keine Absicht gewesen, eher der Wunsch, er könnte den Eingriff durch Willenskraft aus der Welt schaffen. Er lächelte ironisch und fuhr sich mit den Fingern durch die Haare, dankbar, zwei Zumutungen entgangen zu sein. Keine Vorpremieren, kein festliches Dinner, und wenn er sich geschickt anstellte, hatte er durchaus eine Chance, auch dem Rest der Werbeveranstaltungen aus dem Weg zu gehen.

Dabei kam ihm der Gedanke, ein wenig Abwechslung könnte ihnen vielleicht über die Krise hinweghelfen und die Genesung beschleunigen. Hätte er gleich mit der Suche nach einem neuen Haus begonnen, anstatt nach Kerry abzudüsen, hätten sie inzwischen einige Möglichkeiten, die sie in Betracht ziehen konnten. Er sah sich in dem schmuddeligen Eßzimmer um und erkannte, wie trist es für Cressie sein mußte, hierher zurückzukehren. Sie hatte das Haus immer gehaßt, den Vorort, die Nähe der Stadt. Hätte er an dem Tag am Fluß in Waterford nicht alles verdorben, wären sie vielleicht schon auf ihr ideales Heim gestoßen. Doch als ihm dann bewußt wurde, daß sie jede Anspielung auf Coribeen vermieden hatten, befürchtete er, kein anderes Haus würde es je damit aufnehmen können, und sein Mut geriet ins Wanken. Sie konnten nicht wieder zurück. Wie denn auch? Wie konnten sie die Kinder je mit dem konfrontieren, was geschehen war?

Er schüttelte seine Lethargie ab. Es gab Tausende schöner Orte, wo sie hinziehen konnten. Und die sie sich wahrscheinlich auch leisten konnten. Die Produktionsfirma hatte eine beträchtliche Summe bezahlt. Doch wie lange würde die Goldader reichen? Wie jeder Autor sorgte er sich darüber, wie lange Inspiration und Glück vorhielten. Frank kreuzte die Finger, schob ungeduldig seinen Stuhl zurück und rief Katie May.

»Willst du nach Dublin?« fragte er die Kleine. »Ich muß einiges erledigen, aber für einen Hamburger reicht die Zeit. Was hältst du davon?«

»Wir sollten ein paar Blumen für Mummy besorgen«, schlug Katie May vor.

»Gute Idee.« Er legte seinen Arm um ihre Schultern und drückte seine Wange an ihre.

Drei Stunden später kamen sie mit einem Riesenstrauß roter Rosen, einem Lederhalsband samt Leine für Rafferty und einem Stapel mit Angeboten von fünf Immobilienmaklern nach Hause zurück. Vater und Tochter saßen am Küchentisch und wühlten sich durch. Zu seinem Erstaunen stieß er in der Mitte des Stapels auf eine überschwengliche Beschreibung von Coribeen mit Farbfoto. Er starrte es an und schob es dann quer über den Tisch zu seiner Tochter. »Was hältst du denn von dem da?« fragte er.

»Das hier gefällt mir besser«, erwiderte Katie May erfreulich unkompliziert nach einem flüchtigen Blick. Sie hielt ein Blatt hoch, das ein schlecht gedrucktes Schwarzweißphoto eines schön proportionierten Hauses nahe Avoca im Bezirk Wicklow zeigte. »Schau, Dad, da ist eine Hundehütte im Garten, die Rafferty sicher gefallen wird.«

»Die Frage ist aber, gefällt es dir, meine Kleine?« fragte er. Sie nickte so heftig, daß ihr Kopf fast davonzufliegen drohte, und ihre Begeisterung machte ihm plötzlich bewußt, daß in seinen und Cressidas Kalkulationen nicht nur Gil, sondern auch Katie May an den Rand gedrängt worden war. »Oxford war dir zuwider, was?«

Katie May sah überrascht auf. »Manchmal«, entgegnete sie zögernd. »In der Schule hat es mir nicht besonders gefallen. Die anderen Kinder haben mich ausgelacht. Sie sagten, ich würde mich komisch anhören.« Sie verzog den Mund. »Nicht halb so komisch wie die.« Sie lächelte ihn wehmütig an. »Ich hatte keine Freunde. Keine beste Freundin, weil ich sie nicht zum Tee oder so mit nach Hause bringen konnte. Wegen Großvater.« Sie zuckte mit den Schultern. »Ich bin wirklich ganz, ganz froh, wieder zu Hause zu sein, Dad.«

»Was war mit Großvater? Hast du ihn gemocht?« Großvater – ein solches Erwachsenenwort für ein kleines Mädchen. Es sprach Bände, daß sie keine Koseform benutzte.

»Na ja, der war nicht gerade freundlich, vor allem als ich kleiner war.« Sie sah ihren Vater an. »Ich sollte die ganze Zeit still sein, weil er keinen Lärm mochte. Manchmal hat er mir Geschichten erzählt. Über den Krieg.« Ihre Augen weiteten sich. »Wußtest du das, Dad? Großvater war Soldat in Griechenland. Alle seine Kameraden sind umgekommen. Dad, was sind Kameraden?«

»Freunde. Es waren seine Freunde.«

Katie May dachte einen Moment darüber nach. »Er hat immer um sie und ihre unsterblichen Seelen geweint«, plapperte sie seine Worte nach. »Ist das nicht traurig? Ich wußte nicht, daß alte Leute weinen. Dann wurde er plötzlich wütend und schrie mich an, ich solle mich verziehen. Er war ein bißchen komisch. Man konnte nie sagen, ob er nett sein würde oder nicht. Mummy hat gesagt, es geht ihm nicht gut, weil er so furchtbar alt ist.«

»Aber du hast ihn gemocht?«

Katie May zog die Nase in Falten. »*Gemocht* eigentlich nicht. Er war nicht immer freundlich, nicht wie du und Mummy. Ich bin lieber hier bei dir, aber schöner wäre es, wenn Mummy auch hier wäre.« Frank wurde bewußt, daß er sich nie in die Lage der Kleinen versetzt, sich nie vorgestellt hatte, was es bedeutete, dauernd mit einem mürrischen alten Mann zu leben. Ohne es zu wollen, hatten er und Cress ein schlimmes Durcheinander angerichtet, und das war zum größeren Teil seine Schuld. Er hatte Cressie ausgegrenzt. Er hatte seine Arbeit und Gil dazu benutzt, sich den Freiraum für seine neue Karriere zu verschaffen, weil er für seine Familie Geld verdienen wollte. Doch das stimmte nur zum Teil. Er liebte das Schreiben und wollte weitermachen, weil er wußte, er war gut darin. Der Erfolg war spät gekommen, und deswegen schätzte er die damit verbundenen Freiheiten um so mehr. Allerdings jagten ihm die unvermeidlichen Folgen der Publicity Angst ein. War sein Schreiben also nichts als maßloser Egoismus?

Am Abend vor Piers Hollingsworths Begräbnis hatte Cressie ihm vorgeworfen, daß er sie immer an ihre Grenzen stieß und ihr andauernd unmögliche Prüfungen ihrer Liebe abverlangte, Hürden, über die sie gefälligst zu springen habe. Sie hatte recht gehabt. Und selbst wenn sie es nicht alles wieder erwähnen würde, wenn sie von der Operation erfuhr, wäre es wie ein weiteres Scheitern. Ein Scheitern ihrer oder seiner Liebe? Warum machte er so dumme Sachen? Sie wußte so gut wie er, daß er sich nicht deswegen weigerte, in Oxford zu leben, weil er mit seinem Schwiegervater nicht zurechtkam, sondern weil er es nicht ertragen konnte, an einem Ort ganz von vorn anzufangen, mit dem ihn keine Geschichte verband. Bis zu diesem Zeitpunkt war es ihm nicht in den Sinn gekommen, daß seine kleine Tochter möglicherweise ebenso empfand.

Schwerfällig stand er auf. »Komm jetzt, Kleine. Gehen wir runter zum Pizza-Treff und holen uns was zum Tee.« Er schaute zweifelnd auf den Welpen, der gerade ein altes T-Shirt zerlegte.

»Er kommt mit«, bestimmte Katie. Sie nahm Rafferty hoch und folgte ihrem Vater zum Auto.

Als sie eine halbe Stunde später zurückkamen, war der VW-Beetle vor der Tür geparkt, und Cressida stand mit ängstlichem Blick auf der Schwelle. Katie May purzelte aus dem Auto. »Mummy, Mummy, Mummy«, schrie sie und rannte in die offenen Arme ihrer Mutter, während Rafferty nach ihren Fersen schnappte.

»Wer ist das denn?« Cressida machte sich los, bückte sich, packte den Welpen und hielt ihn an ihr Gesicht.

»Das ist Rafferty.« Katie May hüpfte auf und ab.

Cressida sah über ihren Kopf hinweg auf Frank. Sie wurde rot. »Ach, Liebling, ich bin zu Hause. Ich kann es noch gar nicht glauben.«

Frank legte ihr seine Hände auf die Schultern. »Du hast kürzere Haare«, stellte er fest und drehte sie um sich selbst. Mit frischen Strähnchen, kurz und modisch, wirkte sie jungenhaft und jugendlich. »Das sieht wunderbar aus«, sagte er. »Du bist wunderbar. Ach, willkommen Liebste.« Er nahm sie in die Arme und vergrub sein Gesicht in ihrem Haar. Es roch nach Pfirsich.

Duncreagh Listening Post

HOTEL ATLANTIS GESCHLOSSEN.
Das bekannte Wahrzeichen von Passage South, ursprünglich von dem schweizerischen Hotelier Otto Bleiberg konzipiert und erbaut und vom damaligen Premierminister Charles Haughey eröffnet, wird geschlossen. Mittlerweile ist eine neue Holding gegründet worden. Die Baugenehmigung für die Umwandlung in eine Luxuswohnanlage wurde erteilt. Die letzten Herbst in Trianach ermordete Frau besaß Anteile der ursprünglichen Betreibergesellschaft.

(Archiv)

Gil

Als ich aufwachte, war es heller Tag. Jemand hämmerte an die Hintertür. Ich wußte, das war nicht Shay, denn sie klopfte nie an. Ich war steif, durchgefroren und hungrig und wollte niemanden sehen, doch das Geräusch klang immer ungeduldiger. Dann rief eine Stimme: »Aufmachen, ich weiß, du bist da drin.« Eine Frauenstimme. Marilyn Donovan. Mist!

Ich taumelte zur Tür und ließ sie ein. Sie sah sich um und schnüffelte in der abgestandenen Luft herum. »Jesus«, sagte sie, »ich will gar nicht wissen, was ihr da getrieben habt.« Ich hatte große Lust, ihr eine reinzuhauen. Wenn ich etwas hasse, dann Eltern mittleren Alters, die sich bemühen, total verständnisvoll und cool zu sein. Tatsächlich war ich richtig sauer auf alle Erwachsenen. Ich ließ Mrs. Donovan meinen herausforderndsten Blick mit der Botschaft »Mach hier keinen Aufstand« zukommen, aber sie lachte bloß.

»Nun«, sagte sie, »wie ich sehe, bist du ein scharfer Hund und all so was, aber ich habe mich gefragt, ob dir vielleicht ein kleines Frühstück genehm wäre? Wir müssen uns unterhalten, oder besser, ich muß mit dir reden, Gil Sweeney.«

»Wenn es wegen Shay ist ...«

»Shay? Wer zum Teufel ist Shay?«

»Ich meine Noreen. Wir haben überhaupt nichts getrieben, wie Sie das ausgedrückt haben.«

Sie rümpfte die Nase. Demonstrativ. Und da stieg der Geruch auch direkt in meine. »Du nennst sie also Shay?« Sie lachte. »Shay Donovan, Bühnen- und Kinostar und das neueste Pop-Idol, nehme ich an?« Sie hielt den Kopf schief. »Fürs erste ist der Star in der Schule. Ich hab sie selbst hingefahren. Falls du also daran denkst, hier rumzuhängen und auf sie zu warten, kannst du das vergessen. Also, was ist nun mit frühstücken?«

»Habe ich denn eine Wahl, Mrs. Donovan?«

»Ja, Gil. Du hast. Du kannst kommen. Oder es bleibenlassen. Was du willst.« Sie legte eine Pause ein. »Warum bist du so abweisend?«

Ohne Vorwarnung füllten meine Augen sich mit Tränen, und angewidert hörte ich dieses schreckliche Schluchzen, das von einem anderen zu kommen schien. Sie rührte sich nicht, streckte auch die Hand nicht aus oder spendete Trost. Sie stand da und wartete ganz ruhig, bis ich mich wieder gefangen hatte, dann sagte sie einfach: »Was es bei dir ausgelöst hat, daß du wieder hier bist, kann ich mir allenfalls vorstellen, Junge, aber von mir hast du nichts zu befürchten, das verspreche ich dir. Das Auto steht draußen.« Sie wandte sich ab und ging zur Tür; nach kurzem Zögern folgte ich ihr.

Wenigstens regnete es einmal nicht, doch der Himmel war bedeckt und die Luft feucht und kalt. Wir marschierten in bedrücktem Schweigen zum Auto, als eine schwarze Mercedes-Limousine, groß wie ein Leichenwagen, um die Ecke geschossen kam und uns fast überfuhr. Ich erhaschte einen Blick auf den Fahrer und erkannte den alten Knaben, der gestern abend an Shay und mir vorbeigekommen war, als wir zu Spains Hütte zurückgingen. »Dieser Typ wird noch jemanden umbringen, wenn er so weitermacht. In letzter Zeit ist er sehr unberechenbar geworden.«

»Wer ist das?«

Sie sah mich fragend an, den Kopf auf die Seite gelegt. »Den kennst du nicht? Das ist Jer O'Dowd – ansonsten auch als der Lächler bekannt.« Mein Herz setzte für einen Schlag aus, aber ich konnte nicht reagieren, weil ich zu sehr bemüht war, Ruhe zu bewahren. Marilyn sagte kein Wort mehr, bis wir an ihrem Küchentisch saßen, zwischen uns eine große Kanne Tee und einen gehäuften Teller dick mit Butter bestrichener Scheiben aus selbstgebackenem braunem Brot. Zu meiner Erleichterung plauderte sie belangloses Zeug, was mir die Zeit verschaffte, mich wieder zu fangen. Zuerst sprach sie von Noreen und erzählte mir, wie klug sie war: Ihre Eltern erhofften sich viel von ihr und würden keine Gammelei dulden. Noreen war fröhlich und freundlich und kam großartig mit dem jungen Liam zurecht. Dann sagte sie, sie habe noch eine Tochter namens Aisling, die in Dublin Jura studierte, um Anwältin zu werden. Sie sprach über das Jazztrio und erzählte mir, daß Frank oft mit den »Lads« auftrat, als er Revierpolizist in Passage South war, und wie er gelegentlich im Hotel auf dem Flügel spielte, um ein bißchen nebenher zu verdienen. »Er ist ein glänzender Musiker«, meinte sie. »Und er war der angesehenste Polizist, den wir hier in der Gegend je hatten.« So glitt sie von der Gegenwart in die Vergangenheit, mühelos und freundlich. Gegen mein anfängliches Mißtrauen konnte ich erkennen, warum Shay sie so mochte.

»Ich hab für deine Mutter gearbeitet, weißt du. Damals war ich die oberste Putzfrau der Grafschaft.« Sie kicherte. »Absolut von mir eingenommen. Kannst du dich denn nicht an mich erinnern?«

Ich schüttelte den Kopf, weil ich nicht sagen wollte, daß ich mich daran erinnern konnte, wie sie mir aus dem Weg ging, aber sie mußte es mir vom Gesicht abgelesen haben. »Du warst ein hübsches Kind, vielleicht zwei Jahre alt, als ich das erste Mal nach Coribeen kam. Aber du bekamst oft gewaltige Wutanfälle, hast geweint, geschrieen, mit den Füßen aufgestampft. Manchmal auch den Kopf angeschlagen. Ich hatte ein wenig Angst vor dir. Um die Wahrheit zu sagen, ich konnte nicht gut damit umgehen. Mit kleinen Kindern bin ich noch nie gut zurechtgekommen, nicht mal mit den eigenen. Ich nehme an, ich habe unter anderem deswegen pausenlos gearbeitet. Es war praktisch Aisling, die Liam großgezogen hat. Das muß ich zu meiner Schande gestehen. Doch wenn sie älter werden, machen sie mir mehr Freude.« Sie lächelte mich an. »Du warst immer völlig durchgedreht, wenn Cressie nicht im Raum war. Deshalb sah sie, glaube ich, immer so müde und gestreßt aus.« Sie machte eine kleine Pause. »Ich habe lange gebraucht, um dahinterzukommen. Wie geht es ihr denn inzwischen?«

Ich zuckte mit den Schultern. »Ziemlich unverändert. Still, ein bißchen in sich gekehrt. Die letzten vier Jahre war sie in Oxford und hat sich um meinen Großvater gekümmert.« Unsere Blicke trafen sich. »Sie läßt sich leicht von anderen ausnutzen«, fügte ich hinzu.

Dann überraschte sie mich. »Das ist kaum zu glauben. Die Cressida, die ich kannte, hatte unheimlich viel Kraft, aber auch ein gutes Herz. Schau nicht so ungläubig. Deine Mutter mag vielleicht still sein, aber sie ist stark – besonders dann, wenn es um ihre Familie geht.«

Ich wollte nicht, daß sie weiterredete. Ich wollte nicht von ihr hören, daß mein Vater ein brutaler Mann war. »Warum sind Sie weggegangen?«

»Ich bin nicht gegangen«, entgegnete sie geradeheraus. »Ich bin gefeuert worden. Ich hatte den Fehler gemacht, Mitleid mit Cressie zu zeigen, und das mochte sie nicht. Verständlich – bei mir wäre es genauso gewesen.«

»Haben Sie Noreen das alles erzählt?«

»Teilweise. Gestern abend haben wir uns lange unterhalten. Sie weiß, wie das in Coribeen für dich war. Sie hat davon geredet, mit dir zusammen hinzugehen, also dachte ich mir, sie hätte ein Recht darauf. Sie ist verrückt nach dir, falls du das noch nicht gemerkt hast. Und sie macht sich Sorgen. Ich möchte nicht, daß ihr jemand weh tut, hast du das verstanden?«

»Was haben Sie ihr noch gesagt?«

»Sowenig wie möglich. Ich habe mich bemüht herauszufinden, wieviel *du* ihr erzählt hast. Sie fragte mich nach John Spain.«

»Und?«

»Ich konnte ihr ja nur sagen, was ich weiß. So viel ist das übrigens gar nicht, das meiste vom Hörensagen und Klatsch. Frank kann dir das sicher besser beantworten.«

Ich kam vom hohen Roß herunter. »Würden Sie mir's trotzdem erzählen?«

Sie goß sich noch eine Tasse Tee ein. »John Spain war vielleicht achtzehn oder zwanzig Jahre hier. Er war ein großartiger Fischer – als er hier ankam, versuchte er sich tatsächlich als einer auszugeben. Er war umgänglich, konnte aber nicht verbergen, daß er ein gebildeter Mann war. Ich habe keinen Hinweis darauf, wie seine Vergangenheit herauskam, aber sie war bekannt. Das ist eben Passage South, die Buschtrommel kann manchmal ohrenbetäubend sein. Spain war Jesuitenpriester, Universitätsprofessor in Rom und danach in Harvard, er muß also als Hochschullehrer ein ziemliches As gewesen sein.«

»Was hat ihn nach Trianach gebracht?«

»Er ist, glaube ich, ganz in der Nähe geboren, bei Daingean irgendwo. Eines Tages tauchte er einfach auf, ließ sich im verfallenen Schulhaus nieder und fing an, es wieder herzurichten. Doch der arme Mann war hoffnungslos ungeschickt mit seinen Händen. Mein Schwiegervater Des, er ruhe in Frieden, bekam Mitleid mit ihm und erledigte eine Menge von den Arbeiten, dazu organisierte er noch fünf Kumpel, die mithalfen. Damals begann Spain, die Kinder zu unterrichten, meinen Steve und Noreens Dad, und da schnappte Des wohl das Gerücht auf. Damals waren die Zeitungen voll mit Skandalen, die den Klerus betrafen, meist hatte es mit den Kindern zu tun, die in ihrer Obhut waren. Manches war sicher wahr, doch eine Menge war meiner Meinung nach weit übertrieben, aber es wirkte sich aus, und nicht immer auf die Schuldigen. Als bekannt wurde, daß er ein entlassener Priester war, begannen die Gerüchte und breiteten sich aus, bis zwei Jahre danach Steves Tante Molly aus Boston kam und uns die ganze Geschichte erzählte. Spain war vielleicht ein geiler alter Bock, aber nie an Kindern interessiert. Seinen Absturz hat er den Frauen zu verdanken. Ist er nicht mit der Frau eines Botschafters durchgebrannt, und sie beging dann Selbstmord – irgend so was?«

»*Consuela.*« Es kam einfach so aus mir heraus.

»Was?«

»Ihr Name war Consuela. Er stand in Goldbuchstaben innen im Boot.« Marilyn starrte mich mit offenem Mund an. »Er redete immer mit ihr.«

»Und du erinnerst dich daran? Gott steh uns bei, ist das nicht furchtbar traurig?« Sie sah mich durchdringend an, den Kopf schief gelegt. »Darüber sprichst du das erste Mal, nicht wahr?«

Darauf gab ich keine Antwort. »Und was geschah dann?«

»Wie Molly erzählt hat, verließ die Frau seinetwegen Mann und Kinder. Und auch ihr schickes Leben. Aber sie hatten kein Glück, die Armen, keine Minute Ruhe. Die Presse war so hinter ihnen her, daß die arme Frau in den Tod sprang. Sind diese Journalisten nicht alle miteinander selbstgerechte Heuchler?« Sie lehnte sich zurück und sah mich an, als versuchte sie herauszufinden, wie sie fortfahren sollte. Ich wartete.

»Da ist etwas, was du wissen solltest, Gil.« Sie sprach langsam und wählte ihre Worte mit Bedacht. »Kurz bevor John Spain ertrank, schwirrten alle möglichen fürchterlichen Geschichten über ihn durch die Gegend, und wie er kleine... daß er ein Pädo... Päderast war.« Sie stolperte über das Wort. Sie war dunkelrot im Gesicht. »Hast du nicht Noreen erzählt, in dem Haus sei eine Frau umgebracht worden?«

»Ja, tut mir leid, wenn Sie das geärgert hat. Ich meine, ich kann schon verstehen ...«

Marilyn winkte ab. »Das ist unwichtig. Es ist bekannt. Das hätte ihr jederzeit schon vorher jemand erzählen können, nur zufällig ist das nicht passiert. Ich befasse mich allerdings nicht damit, denn sonst könnte ich nie hier leben, obwohl es mir wirklich gut gefällt. Steve und ich reden nie darüber. Niemals. Ich nehme an, wir wollen es beide vergessen. Es war eine rundum traurige Angelegenheit. Viele Leute haben böse was abgekriegt.« Wieder verfiel sie für einen Moment in Schweigen, um dann einen geschäftsmäßigen Ton anzuschlagen. »Wie auch immer. Was ich sagen will: Die Frau, die in diesem Haus lebte und ermordet wurde, war angeblich verantwortlich für die Gerüchte um John Spain. Sie beschuldigte ihn insbesondere, er würde dich belästigen.«

Warum war ich nicht überrascht? Hatte ich von diesen Gerüchten erfahren? Hatte Tar etwas gesagt, um mich zu warnen? Oder meine Mutter? Das glaubte ich nicht, denn eine andere kaum greifbare Assoziation sagte mir, es war keiner von beiden gewesen. Ich schloß die Augen, aber es wollte nicht auftauchen. Ich konnte spüren, wie ich errötete, doch ich sah ihr direkt in die Augen. »Das hat er nicht getan. Auch mein Vater nicht. Ich hätte es nicht vergessen, wenn einer der beiden so etwas gemacht hätte. Dessen bin ich mir jedenfalls sicher. Mein Vater prügelte mich windelweich, aber das ist die einzige Art von Mißhandlung, die ich je aushalten mußte, und an die erinnere ich mich deutlich. John Spain hat mich nie unsittlich angefaßt.«

Marilyn ließ einen kleinen Seufzer hören und schüttelte langsam den Kopf. »Als hätten wir das nicht alle gewußt, Gil. Ich erwähnte es nur, weil ich nicht wollte, daß du diese alten Geschichten hörst und etwas anderes denkst. John Spain, er ruhe in Frieden, lebte hier all die Jahre, und weil er nun einmal war, was er war, schauten die Leute hin. Wenn er also jemals etwas in der Art getan hätte, dann wäre das bekannt geworden. Diese Frau war ein verdrehtes Wesen, die ihn auf dem Kieker hatte. Warum, das weiß Gott allein, ich weiß es jedenfalls nicht, obwohl ich mir jahrelang den Kopf darüber zerbrochen habe.«

»Danke.« Shay hatte recht gehabt. Marilyn war in Ordnung. »Kannten Sie sie?«

»Ja. Ich habe für sie gearbeitet. Aber hab ich nicht für praktisch alle die Zugereisten gearbeitet? Heute frage ich mich, wo ich die Energie hernahm. Sie war Amerikanerin, so 'ne Art Kunstexpertin. Sie schrieb immer die Kataloge für die Galerie O'Faolain in Daingean. Deine Mutter hat auch in Teilzeit für Mrs. O'Faolain gearbeitet – sie waren eng befreundet. Ich denke, Mrs. Walter hat so etwa zwölf Jahre lang hier gelebt.«

Die Kälte kroch von meinen Zehen aufwärts. »Mrs. Walter?«

»Ja. Evangeline Walter.« Sie kicherte und verfiel in einen amerikanischen Akzent. »›Nennen Sie mich einfach Vangie, Honey.‹ Wann immer sie das sagte, mußte ich einfach an Vagina denken.« Sie gluckste. »Ich sollte mich was schämen.« Sie beruhigte sich wieder. »Ihre gequälte Seele möge in Frieden ruhen«, fügte sie fromm hinzu.

»Gequält?«

»Ja, davon war ich überzeugt, und ich sah sie ja jede Woche. Sie war sehr einsam, ganz und gar mit sich selbst beschäftigt, und für keinen hatte sie ein gutes Wort, nicht einmal für jene, die glaubten, sie seien mit ihr befreundet. Sehr neurotisch.«

»Hatte sie viele Freunde?«

Diese Frage schien Marilyn zu überraschen. »Nicht hier in der Gegend. Sie war ziemlich viel auf Reisen. Ich denke, der Lächler O'Dowd – also Jer O'Dowd – stand ihr am nächsten. Dicke Freunde, das waren sie wohl.«

»Er war mit meinem Vater befreundet, nicht wahr?« fragte ich ins Blaue hinein.

Marilyn sah mich mit einem merkwürdigen Blick an. »Na ja, ich weiß nicht, ob ich das befreundet nennen würde, obwohl sie manchmal Geschäfte miteinander machten«, erwiderte sie unbehaglich. »Sie saßen in der Geschäftsleitung des Hotels Atlantis in Passage South. Inzwischen ist es geschlossen, es wird in Wohnungen umgewandelt.« Wie ich bemerken konnte, hielt sie etwas zurück, doch ich war zu nervös, um sie zu bedrängen.

»War Mrs. Walter eine enge Freundin meiner Mutter?«

»Deiner Mutter?« Marilyn war erstaunt. »Nein, das würde ich nicht sagen. Mrs. Walter war keine Frau, die mit Frauen gut auskam. In keiner Weise.«

Es ging mir nicht in den Kopf, was sie eben gesagt hatte. Die Frau, die uns zugelacht hatte, war Halcyons Mutter? Warum hatte meine Mutter sich dann all die Jahre um deren verrückte Tochter gekümmert? Doch das konnte ich nicht fragen, weil ich von Marilyn keinen Kommentar dazu hören wollte, oder besser, weil ich meine andere Befürchtung nicht von ihr bestätigt haben wollte. Ich sah sie über den Tisch hinweg an. Sie starrte aus dem Fenster und grübelte über etwas nach. Ich goß mir noch eine Tasse des lauwarmen Tees ein und trank ihn, während ich wartete. Seltsam, wie in sich gekehrt man werden kann, wenn man das, was einem durch den Kopf geht, erheblich interessanter findet als das, was gerade gesprochen wird. Ich nahm nicht alles wirklich auf. Andauernd dachte ich über die Yacht nach, über den auf den Heckspiegel gemalten Namen und die Leute, die an jenem Tag auf der Yacht gewesen waren. Am Ende konnte ich sie identifizieren: mein Vater, Mr. O'Dowd, Mrs. Walter und die Lady in Weiß, Halcyon Walter.

»Hatte sie eine Tochter?« Ich wollte die Bestätigung.

Marilyn schluckte. »Ja«, murmelte sie. »Selbst habe ich sie nie getroffen, obwohl man mir erzählt hat, sie wäre einen Tag vor Mrs. Walters Ermordung hier gewesen. Eigentlich seltsam, denn soweit ich weiß, hatte sie ihre Mutter nie zuvor besucht. Ich glaube, sie war zurückgeblieben. Geistig behindert. Als Mrs. Walter von New York hierherzog, wurde das Mädchen in ein Kloster in Tipperary gesteckt. Zu den Nonnen. Die haben sie die ganze Zeit über dortbehalten.«

»Warum hat Mrs.... Warum ist die Frau hierhergezogen?«

»Tja, nun, da setzt es bei mir aus. War schon ein wenig daneben, dieser Umzug – für jemanden, der so sehr an Kunst interessiert war, oder nicht? Man sollte doch annehmen, sie hätte eher in einer großen Stadt leben sollen. Ich meine, abgesehen von der Kunstgalerie O'Faolain, dürfte die nächste in Cork sein.«

»Warum hat man das Mädchen eingesperrt?«

»Ich weiß nicht, außer daß nicht viele Leute fähig sind, auf so jemanden aufzupassen, und Mrs. Walter, würde ich sagen, gehörte nicht dazu. Man erzählt, man hätte es dem Mädchen nicht ansehen können, daß sie ... nun ja, zurückgeblieben war.« Marilyns breite, lächelnde Lippen verzogen sich zu einem Schmollmund. Wir schwiegen eine Weile, während ich dahinterzukommen versuchte, weshalb meine Mutter Halcyon all diese Jahre hindurch besucht hatte. Wenn ich es mir recht überlegte, hatte ich bis zu diesem Zeitpunkt immer angenommen, sie habe es getan, weil unser Freund Murray Magraw ihr Vormund war, und da er und seine Frau in Oxford lebten und wir in Irland ... Jetzt schossen mir einige andere Szenarien durch den Kopf, und dazu noch ein verstörendes Detail, das ich bequemerweise beiseite geschoben hatte, das mich jetzt aber nicht mehr losließ: Halcyon und ich hatten die gleiche Haarfarbe. Die gleichen Augen. Man mußte kein Wissenschaftler sein, um sich auszurechnen, was das hieß. *Gil*

Sweeney, Mördersohn. Hatte Halcyon etwas mit dem Mord zu tun?

»Gab es eine große Untersuchung?« fragte ich, was Marilyn unvorbereitet traf.

»Was? Wegen des Mordes an Mrs. Walter? Ja, das zog sich eine Weile hin, genau.«

»Wer hat ermittelt?«

Diese Frage schien Marilyn zu wundern, doch das hielt sie nicht von einer Antwort ab. »Nun ja, Frank natürlich, er war schließlich hier Ortspolizist. Dazu kamen noch zwei andere Kriminaler aus Cork. Einer hieß Coffey – dem bin ich nie begegnet. Der Typ, der mich befragt hat, kam aus Dublin. McBride hieß er. Ein echter Dubliner, ein bißchen so 'n Klugscheißer.« Sie erwärmte sich für das Thema. »Wenn man ihn traf, konnte man meinen, er hätte bloß 'ne große Klappe, voller Sarkasmus, aber für den ganzen Quatsch, den er erzählte, war er scharf wie sonstwas. Er ließ aber schon rein gar nichts aus. Nicht so geschliffen wie Frank, nicht gebildet.«

Marilyn stand auf. »Würdest du gern nach Coribeen rüberfahren, Gil? Es steht zum Verkauf, weißt du. Ich war heute morgen beim Auktionator und hab mir den Schlüssel ausgeliehen – falls du es sehen willst. Ich kann dich hinbringen, wenn du magst.«

Ich schüttelte den Kopf. »Nein«, sagte ich. »Nein, danke, im Moment nicht.« *Niemals.*

Sie hob die Brauen. »Du hast nicht vor, mit Noreen hinzudüsen, oder?« Sie bemühte sich zu sehr, freundlich zu sein.

»Wie sollte das gehen?« fragte ich unschuldig. »Zum Rudern ist es zu weit, und …« Ich zuckte mit den Schultern.

»Könnte es sein, daß Madame Noreen angeboten hat, das Auto ihrer Mummy auszuborgen, hm? Wenn ja, vergiß es! Das habe ich gestern abend mit ihr geklärt. Aber falls dir das lieber ist, können wir hinfahren, wenn sie von der Schule zurück ist.«

»Nein danke, Mrs. Donovan, ich möchte da überhaupt nicht hin. Ich bin noch nicht soweit.«

E-Mail von Fiona Moore an Sean Brophy

Sean, O'Dowd rückt immer mehr Material raus. Dynamit. Das schreit nach kreativer redaktioneller Bearbeitung, glaube ich. Ich fürchte, er ist immer noch ein wenig scharf auf mich, was mich wundert. Hält er mich für schwer von Begriff, oder was? Ich hatte ihn kaum gesehen, da konnte ich schon sehen, daß er schwul ist. Noch nicht geoutet, aber eindeutig schwul, und doch beschreiben alle Leute aus seinem Umfeld ihn als »großen Frauenhelden«. Ist das zu glauben? Gut möglich, daß sie mich auf den Arm nehmen. Falls er noch ein einziges Mal versucht, mich zu betatschen, fang ich an zu schreien. Fi.

17

Frank brachte es nicht über sich, Cressida nach Halcyons Beisetzung zu fragen, und schon gar nicht, solange Katie May jedes Wort mitbekam. Sie aßen gemeinsam zu Abend, was halbwegs harmonisch ablief, weil sie beide sich auf das kleine Mädchen und Rafferty konzentrierten. Als Katie May im Bett lag, luden ihre Eltern gemächlich das Auto aus, sogar noch langsamer, als Franks Herz es erzwang. Es war fast, als hätten sie Angst, ohne Beschäftigung und ohne die Ablenkung durch das Kind zusammen zu sein.

Als das Auto schließlich leer und alles ordentlich im Flur gestapelt war, schlug Frank einen Schlummertrunk vor, doch Cressida erklärte, sie würde lieber erst alles in

Ordnung bringen. »Sonst können wir uns hier nicht rühren. Es wird nicht lange dauern.« Als sie hinzufügte: »Du setzt dich jetzt eine Weile hin«, vermutete Frank, sie wisse von der anstehenden Operation. Er ging in die Küche und starrte im Sitzen die Wand an, während er sie die Treppen rauf- und runterlaufen hörte. Seine Gedanken liefen wirr durcheinander, und er fragte sich, ob sie es je wieder schaffen würden, auf eine Wellenlänge zu kommen.

»Ich hätte gern eine Tasse Tee, wenn du eine machst.« Cressida schob ihren Kopf in die Tür. »Ich bin so gut wie fertig.« Frank setzte den Wasserkessel auf und bereitete eine kleine Kanne Tee zu, und dann stellte er zwei Gläser und eine halbleere Flasche Hennessy auf den Tisch.

Ein paar Minuten später huschte sie scheu in die Küche. Sie hatte sich die Haare gebürstet und alte Jeans und einen vergammelten grünen Pulli angezogen, den er jahrelang nicht an ihr gesehen hatte. Die Sachen betonten, wieviel Gewicht sie verloren hatte. »Du siehst hübsch aus.«

Cressida lachte. »Wir sind wie zwei Windhunde. Zwischen uns ist kein Gramm Fleisch.« Sie hörte sich nach ihrem alten Selbst an. Die akzentuierte englische Stimme klang weicher, weil der leise Anflug von Cork wieder da war, den er so an ihr mochte. Sie nahm seine Hand in ihre beiden Hände. »Ich bin deinetwegen hier, Liebster. Ich weiß von dem Bypass. Das wird alles wieder werden.«

»Wie lange weißt du es schon?« Er konnte sie nicht anschauen, weil er ihr Mitleid nicht sehen wollte.

»Am Tag der Beerdigung. Ich hab die Praxis von Tipperary aus angerufen – das hatte nichts mit dir zu tun.«

Sie erwähnte nicht, daß sie den Brief der Klinik gelesen hatte, den er in Oxford unter dem Kissen zurückgelassen hatte. »Ich brauchte ein Rezept. Das Übliche. Dabei bin ich zufällig an Joe geraten – seine Sprechstundenhilfe war nicht da«, schwindelte sie. »Er hat es mir gesagt.« Sie legte seine Hand an ihre Wange. In Wahrheit hatte Cressida bis nach der Beisetzung gewartet, ehe sie Dr. Boylan anrief. »Bedrängen Sie ihn nicht«, hatte Joe geraten. »Im Moment will er nichts davon wissen. Behauptet dauernd, es gehe ihm gut. Aber mit Ihrer Hilfe wird er die Kurve kriegen. Cressida? Sie werden für ihn wirklich stark sein müssen, meine Liebe. Es wird für Sie beide keine leichte Zeit werden.« Er versprach, Frank gegenüber nicht zu erwähnen, daß sie miteinander gesprochen hatten.

»Du hast vier Jahre am Krankenbett gesessen«, erklärte er steif. »Ich hatte gedacht, du würdest so etwas nicht mehr erleben wollen.«

Cressida hob seinen Kopf an. »Aber, Frank, wie kommst du denn darauf? Ich bin deine Frau, um Gottes willen. Ich bin immer bei dir.« Sie holte tief Luft. »Frank? Sollten wir nicht allmählich miteinander reden?«

»Ja, da hast du recht.«

»Dann aber weg mit dem Tee«, sagte sie entschieden. »Gieß uns von diesem Zeug ein.« Mit der Fingerspitze schob sie ihm ein Glas hin und wartete, während er einen kräftigen Schuß einschenkte. Sie nahm einen Schluck, dann schwenkte sie das Glas in der Hand. »Warum hast du nicht mit mir geredet?«

»Ich hatte Angst.«

»Wovor? Daß ich einen Wutanfall bekäme? Oder weglaufen würde?

»Nun, du hast selbst gesagt, du bist es leid, die Krankenschwester zu spielen.«

»Richtig. Doch das war Pflicht. Daddy war nicht gerade pflegeleicht.«

»Er hätte diese verdammten Bilder verkaufen und eine Pflegerin einstellen sollen«, erwiderte er ruppig und war überrascht, als Cressida kicherte.

»Er hatte doch eine Pflegerin im Haus. Er war viel zu geizig, dafür auch noch zu bezahlen.« Sie sah ihn ernst an. »In Wahrheit hatte er Angst davor, allein zu sein. Er hatte Angst vor dem Sterben.«

»Es war nicht gut für uns. Das hat er nicht bedacht.«

»Nein. Aber vielleicht ist es ja für mich gut gewesen, Frank. Ich habe in den letzten Jahren eine Menge über ihn und auch über mich gelernt.« Sie beugte sich näher zu ihm. »Ich bin stärker geworden. Ich kann verzeihen. Ich werde wütend, aber ich kann es überwinden. Weißt du, ich bin nicht mehr das arme verlorene Wesen, das ich einmal war. Das Leben mit meinem Vater hat mich härter gemacht.«

»Das hatte einen Preis.«

»Ja. Einen hohen Preis. Das ist mir klar.« Sie lehnte sich näher an ihn. »Er fürchtete sich vor Institutionen, und auch vor Frauen. Ich zählte nicht, weil ich seine Tochter war. Sein ganzes Leben lang hat er die Frauen benutzt, meine Mutter, mich und Marjorie. Solange du gehorsam warst, war er honigsüß, aber im Grunde mochte er Frauen nicht. Genau wie Val. Das hat mich wirklich gewundert – in seinen Einstellungen war er Val sehr ähnlich, aber, Frank, vor ihm hatte ich keine Angst.« Sie klang erstaunt. »Das gehört zu den Dingen, die ich über mich herausgefunden habe. Anfangs versuchte ich immer, ihm zu gefallen, wie ich das auch bei Val gemacht habe. Du bist ganz anders, Frank, Lieber, aber vielleicht mußte ich weggehen, um das zu schätzen. Um zu lernen, es zu akzeptieren. Du bist so erwachsen, Frank. Du läßt den Menschen Raum, ihre eigenen Entscheidungen zu treffen. Und Fehler zu machen. Das kann eine große Herausforderung sein – für manche, die an Diktatoren gewöhnt sind, auch beängstigend. Es ist schwer, ständig erwachsen zu sein, nicht wahr?«

»Warum hast du mir das alles nicht früher erzählt?«

»Warum hast du mir nicht erzählt, wie krank du bist?«

»Das bin ich nicht.«

»Hör auf damit, Frank. Du willst mich schonen. Laß es. Ich habe gelernt, die Dinge in die Hand zu nehmen. Du mußt lernen, ein wenig loszulassen. Hör mir zu. Ich bin hier, weil ich bei dir sein will, aber ich hätte mir wirklich gewünscht, du hättest mich darum gebeten – damit ich eine Wahl gehabt hätte.«

»Vielleicht hatte ich Angst, du würdest nein sagen.« Sie sahen einander erschrocken an. Sie waren so nah am Abgrund gewesen, ehe sie zurückgewichen waren.

»Ach, du mein über alles geliebter Mann, gemeinsam können wir alles überstehen, oder?«

Sie gingen Hand in Hand zu Bett, und zum ersten Mal seit Monaten schliefen sie miteinander. Ruhig und zärtlich. Anschließend lagen sie noch stundenlang wach, redeten leise über Franks Operation und wie es danach weitergehen sollte.

»Ich möchte dir etwas sagen, Frank«, begann sie, als er fast eingeschlafen war. »Wenn das vorbei ist, möchte ich alles abwerfen und mich darauf konzentrieren, uns wieder in Schwung zu bringen. Gemeinsam.« Sie kuschelte sich an ihn. »Ich war in einem sehr tiefen Loch gefangen, nicht nur in den letzten paar Jahren, sondern seit jeher. Du bist sehr geduldig gewesen.«

»In den letzten Jahren war ich ein selbstsüchtiges Schwein.«

»Das ist wohl wahr, aber vielleicht hattest du dir ja einen Anspruch darauf erarbeitet? Wie auch immer, da haben wir schon mal was gemeinsam.«

Frank setzte sich auf, drehte die Nachttischlampe an und fuhr die Konturen ihres Gesichts mit dem Finger nach. Er küßte sie auf die Nase. »Du hast dich verändert. In jeder Hinsicht. Du hast dich verändert.«

»Ist das o.k.?«

»Mehr als das.« Er drückte sie an sich. »Erzähl.«

»Es geht um Halcyon. Bei der Beerdigung ist etwas geschehen. Ich hatte befürchtet, der Lächler O'Dowd würde auftauchen, aber er kam nicht. Zur Messe erschienen nur ganz wenig Leute. Murray, Grace, ich und eine alte Freundin von mir, Rose O'Faolain.«

»Rose?«

»Du kennst sie?«

»Ich, äh, bin ihr mal begegnet. Nette Frau. Was wollte die denn da?«

»Hab Geduld. Von Rose erzähl ich dir später. Die Messe fand in einer kleinen Kapelle des Klosters statt. Mit den beiden verbleibenden Nonnen. Beide uralt. Es war ergreifend, wie sie Halcyon anscheinend als ihr eigenes Kind ansahen. Freundliche Frauen. Sie müssen sehr einsam gewesen sein, wie sie durch dieses weitläufige alte Haus wanderten, das von all dem Leben, das sie kannten, verlassen war. Sie wirkten so winzig, als sie ins Taxi stiegen, um nach Hause zu fahren. Wir anderen gingen dann ins Hotel zurück, und Murray war schließlich sternhagelvoll – und so rührselig. Für die arme Grace war das schrecklich. Als er anfing, über Evangeline zu reden, ging sie zu Bett. Ich blieb.«

»Warum?«

»Weil ich ihn nach einigen Dingen fragen wollte. Dinge, die er mir nüchtern nicht beantwortet hätte. Ich wollte genau wissen, was mit Halcyon nicht in Ordnung war und welche Rolle Val Sweeney dabei gespielt hatte.«

»Und jetzt weißt du es?« fragte Frank sanft.

»Ja. Kaum hatte er angefangen, konnte er nicht mehr aufhören. Es schien, als wäre alles in ihm aufgestaut gewesen und hätte darauf gewartet, herauszusprudeln. Frank, an dem Tag, als Halcyon verletzt wurde, war Murray dabei. Val und Evangeline lebten in New York, Murray war ein junger Student in Princeton. Er wohnte bei ihnen. Halcyon war ungefähr zwei, sie lief, redete, war kaum zu bändigen und hatte häufig Wutanfälle. Sie hätten nie Kinder gewollt, erzählte er, keiner von beiden kam gut mit ihr zurecht. Sie waren zu ungeduldig, gaben ihr im einen Moment nach und ignorierten sie dann wieder, und so lief sie meist unbeaufsichtigt in der Wohnung herum.

Es war an einem Sonntag. Sie schlossen sich ein paar Freunden zu einem Picknick im Central Park an. Drei oder vier Paare. Halcyon war das einzige Kind. Sie tranken eine ganze Menge und lagen alle in der Sonne, als Halcyon zu brüllen begann. Ihre Eltern beachteten sie nicht. Murray wechselte ihre Windel und verschwand dann, um die schmutzige in einen Abfalleimer zu werfen. Der stand ein ganzes Stück weit weg. Unterwegs konnte er hören, wie Halcyon immer hysterischer wurde, deshalb trödelte er herum. Als nächstes sah er, wie Val sie an der Hand hinter sich herschleifte. Murray stellte sich hinter einen Baum. Er wußte, wenn Val ihn sah, würde er das Kind bei ihm abladen.« Sie schloß die Augen und seufzte.

»Und dann?«

»Val warf das Kind in die Luft und setzte sie dann immer wieder auf den Boden. Wie man es macht, wenn man Kinder ablenken will. Nach den ersten paar Malen hörte sie auf zu weinen, doch er warf sie immer höher, bis sie wieder zu schreien anfing. Und dann ließ er sie plötzlich los. Das Kind landete auf der Kante eines Randsteins. Val stand einfach nur da und schaute auf sie hinab. Eine Frau kam vorbei, um zu helfen, doch die Kleine war anscheinend o.k. Sie lag ganz still, aber die Augen waren geöffnet. Murray hob sie auf, und sie kehrten zu Evangeline zurück, die sie ins Gras legte. Sie gab ihr die Flasche, dann schlief die Kleine ein. Als sie nach Hause kamen, fing sie zu wimmern an, und sie bemerkten eine Beule und einen Bluterguß an ihrer Stirn. Evangeline wollte Halcyon in die Klinik bringen, doch Val meinte, dafür sei keine Zeit, weil sie ihn sofort zum Flughafen fahren müsse, denn sonst würde er seinen Flug verpassen.

Er hatte für diesen Abend einen Flug nach London geplant. Das war einer der Gründe, weshalb Murray blieb – er wollte Evangeline helfen, während Val weg war. Evangeline hatte geglaubt, der Flug gehe um acht, doch Val beharrte darauf, es sei ›um achtzehn Uhr, Schatz, nicht acht Uhr‹. Am Ende brachen Evangeline und Val zum Flughafen auf, und Murray blieb mit dem Baby im Arm zurück.

Die Kleine wollte nichts essen, also legte er sie ins Bett. Sie wimmerte weiter, schlief aber ein. Als Evangeline nach zwei Stunden immer noch nicht zurück war, sah Murray sich das Baby genauer an und merkte, daß es ihm sehr schlechtging. Es röchelte laut, und sein Gesicht war hochrot. Als er es auf die Seite drehte, erbrach es sich. Murray wußte nicht, was er tun sollte. Es gab noch keine Handys, also auch keine Möglichkeit, mit Evangeline Kontakt aufzunehmen, und wie er aus Erfahrung wußte, war sie ziemlich wahrscheinlich irgendwo unterwegs, um Freunde zu besuchen oder sich einen Film anzusehen. Er hinterließ ihr eine Nachricht, wickelte das Baby in eine Decke, lief auf die Straße hinaus und winkte ein Taxi heran. Als sie im Krankenhaus ankamen, hatte das Baby eine Beule von der Größe eines Hühnereis, Blutergüsse, und es zeigte keine Reaktion mehr.

»Natürlich glaubte das Krankenhauspersonal seine Geschichte nicht. Sie nahmen an, er sei der Vater und habe das Kind mißhandelt. Eine Stunde verging, und von Evangeline keine Spur. Sie warfen ihm weiterhin vor, das Baby geschüttelt oder auf den Boden geworfen zu haben. Sie drohten ihm mit der Polizei.« Cressida begann leise zu weinen.

Frank drückte sie an sich. »Schscht, Liebes«, flüsterte er. »Du mußt nicht weitermachen.« Aber er wußte, daß sie jetzt nicht aufhören konnte, daß sie beide an Halcyons Attacke auf Katie May dachten.

»Als man bei dem Kind einen Schädelbruch feststellte, war die Hölle los. Murray wurde zum Verhör dabehalten, bis Evangeline vier Stunden später eintraf. Dann wurden sie beide in die Mangel genommen, jeden Tag, fast eine Woche lang, bis man endlich die Frau ausfindig machte, die im Park zu Hilfe gekommen war. Halcyon war zwei Wochen hindurch ohne Bewußtsein, und Val blieb in London. Tatsächlich war es für lange Zeit das letzte Mal, daß Evangeline ihn sah. Doch sie blieb auf seiner Fährte.« Cressida schüttelte ungläubig den Kopf. »Sie wußte alles über ihn. Schon ehe sie ihn wieder traf.«

»Er war ein Stück Scheiße.«

»Ja. Und ich hatte immer geglaubt, es sei etwas in mir, was ihn so werden ließ.« In ihrer Stimme klang Verwunderung mit. »Aber gewalttätig ist er immer gewesen.«

»Sie hat ihn bestraft. Sie hat uns alle bestraft.« Frank sprach wie zu sich selbst.

Cressie schien ihn nicht zu hören. »Ich habe mich genauso verhalten wie sie. Ich deckte Val. Ich ... ich ... wenn sie sich nur schon früher gerächt hätte. Sie hätte ihn ...«

»Was?« fragte Frank sanft. »Ihn anzeigen sollen?« Er wußte aus eigener Erfahrung, um wieviel leichter es war, dem greifbaren Elternteil die Schuld zuzuschieben. Wie zögernd die Polizei in allen Ländern war, sich auf häusliche Auseinandersetzungen einzulassen, wie verschwommen die Grenzen waren. Gleichzeitig fragte er sich, wie Evangeline Walter es angestellt hatte, sich herauszuwinden. Wahrscheinlich hatte sie behauptet, es sei ein Unfall gewesen.

Sie hielten sich fest umschlungen. »Ich muß dir noch viel mehr erzählen«, sagte sie.

»Ich dir auch, aber wir sollten erst mal darüber schlafen. Du hast eine lange, lange Reise hinter dir.« Er hielt sie von sich weg und lächelte. »Du bist so tapfer und so klug. Unterbrich mich, wenn ich das nächste Mal zu dozieren anfange. Ach, Cressie, mein Liebling, willkommen zu Hause.«

Duncreagh Listening Post

Geschäftsmann aus Trianach wird Geschäftsführer der Atlantis Apartments PLC in Passage South und gibt das Coribeen-Anwesen zum Verkauf frei.

Gil

Ich hatte halb erwartet, daß Marilyn zurückkommen würde, und in der Tat war sie gegen halb drei an der Hütte. Ihr Gesicht war gerötet, und sie wirkte verärgert. »Wann fährst du nach Hause?« fragte sie unvermittelt.

Ich wurde wütend. »Weiß nicht. Irgendwann.« Sollte heißen: »Misch dich nicht ein, geht dich überhaupt nichts an.«

Die Botschaft war wohl klar und deutlich angekommen. Sie starrte mich an. »Mein Gott, du bist vielleicht ein empfindliches Kerlchen. Ich glaube, das habe ich nicht verdient.« Sie sah aus, als wollte sie gleich wieder davonstürmen, aber als ich mich entschuldigte, besann sie sich anders. »Gut. Ich mach's kurz. Ich nehme an, du hast Kontakt zu deinen Eltern. Und bevor du dich wieder aufregst, ich frage nicht nach ihrer Telefonnummer. Du sollst ihnen nur eine Nachricht von mir übermitteln. Machst du das?«

»Ja«, sagte ich zerknirscht. »Und es tut mir leid, daß ich so grob war. Ich ...«

»Schon gut, Junge. Du bist überreizt. Vergiß es.« Sie nagte an ihrer Lippe. Kein Lippenstift, wie ich bemerkte.

»Ich war drüben Coribeen. Die Versteigerung ist nächste Woche. Und jetzt hör mir gut zu, denn das könnte, wie ich glaube, sehr wichtig sein. Schreibt Frank diese Kriminalromane? Ist er vielleicht zufällig Frank Ventry?«

Ich wußte nicht, was ich sagen sollte – es gehörte zu den Dingen, über die zu sprechen Frank uns verboten hatte, und ich begann zu verstehen, weshalb. Marilyn sah mich genau an und las in meinem Gesicht. »Wie ich sehe, habe ich recht«, erklärte sie. »Sag ihm, bei dem Auktionator war eine Frau – eine Journalistin. Ihr Akzent klang ein wenig amerikanisch, aber sie ist Irin. Er führte uns gemeinsam herum. Mich hat er allerdings nicht beachtet. Nun ja, das war zu erwarten, oder? Ich bin als Bieterin nicht ernst zu nehmen. Ich trottete einfach hinter ihnen her. Auch sie schien gar kein Interesse an dem Haus zu haben – und was mir wirklich einen Schrecken eingejagt hat, sie brachte das Gespräch auf deine Familie, Gil. *Und* auf den Mord an Mrs. Walter«, fügte sie ausdrücklich hinzu. »Ich wäre fast tot umgefallen, als sie plötzlich erzählte, sie sei zu jener Zeit hier gewesen und habe ›diesen umwerfend attraktiven Polizisten Recaldo‹ getroffen. Wie schwer er wegen seines ausgefallenen Namens zu vergessen sei, und ob uns klar sei, daß er heute Detektivgeschichten schreibt, und auch diese Reisebücher. Sie hatte wirklich alles parat, die neugierige Kuh. Aber jetzt kommt's! Das mußt du ihm erzählen. Sie sagte, sie würde für das Magazin der *Daily News* eine Artikelserie über ungelöste Verbrechen schreiben. Na ja, und da sie für dieses Käseblatt schreibt, wußte ich, worauf sie aus war. Gil? Die macht Ärger. Ich nahm den Auktionator beiseite und fragte ihn, wer sie ist. Sag Frank, Fiona Moore war heute in Coribeen. Ich wußte nicht, wo ich sie hintun sollte, aber auf dem Weg hierher lief mir Aoife Hussey über den Weg. Aoife erinnerte mich daran, daß sie zur Zeit des Mordes hier gewesen ist und eine Menge Fragen über John Spain gestellt hat. Sie schien mehr an ihm als an dem Mord interessiert. Merk dir den Namen, *Fiona Moore*. Aoife sagte, ihr habe jemand erzählt, Fiona Moore hätte zu der Zeit in amerikanischen Blättern über ihn geschrieben, als er sein Priesteramt verlassen hatte.« Sie sah mich an, als wollte sie mir etwas darüber sagen, aber das wollte ich nicht hören. Sie sollte aufhören, über Tar zu tratschen.

»Haben Sie sie getroffen, als sie über den Mord berichtete?«

»Nein, ich war krank. Damals wohnte ich neben der Kneipe, und Aoife hielt mich auf dem laufenden, aber sie ließ nie durchsickern, daß ich für Mrs. Walter gearbeitet hatte. Auch ihr Mann Michael nicht. Und Frank natürlich genausowenig. Sonst hätte man mich fertiggemacht. Ich konnte nie den Mund halten. Die hätten Hackfleisch aus mir gemacht.«

Das fand ich eher unwahrscheinlich. Ich setzte zu einer Frage an, aber sie wischte sie mit einer Handbewegung beiseite. »Das ist noch nicht alles. Warte ab, bis ich dir erzählt habe, was dann geschah. Ich dachte mir, ich könnte selbst ein paar Nachforschungen anstellen, und deshalb bot ich ihr an, da ich nun mal so eine Besserwisserin bin, sie ein Stück mitzunehmen, doch sie hatte schon eine Mitfahrgelegenheit. Als nächstes kommt Jer O'Dowd die Straße raufgeschnurrt. Jetzt wissen wir also, wohin er wollte, als er uns heute morgen fast umgefahren hätte.«

»Ist er daran interessiert, Coribeen zu kaufen?«

»Kaufen? Natürlich nicht, Junge. Er verkauft es. Hat nicht er es von deiner Mutter gekauft? Wußtest du das nicht?« Ich schüttelte den Kopf, und sie legte wieder los. »Ach, tatsächlich. Ist der Lächler nicht unser hiesiger Grundstückstycoon? Und ein ganz gerissener, wie ich zu meinem eigenen Leidwesen erfahren habe. Wir glaubten, wir bekämen ein nettes abgeschlossenes Anwesen, aber da hatte doch dieser gierige Bastard auf jeder Seite des Old Corn Store ein Feld herausgeschnitten, ehe wir abgeschlossen hatten. Und als nächstes baute er vier Häuser – acht, wenn man die mitzählt, die er auf dem Grundstück seines eigenen Hauses errichten ließ. Ein beschissener Haifisch. Die unmittelbaren Nachbarn sind ja alle einigermaßen in Ordnung, aber es war nicht ganz das, was wir uns vorgestellt hatten.« Sie schnaubte verächtlich. »Der Lächler O'Dowd ließ sich niemals ein Geschäft entgehen. Aber auf Coribeen ist er sitzengeblieben.« Sie gluckste schadenfroh. »Er hatte 'ne Menge großartiger Pläne damit – Yachthafen, Hotel, Golfplatz. Aber die Pointe war, daß kurz nach dem Verkauf durch deine Mutter die Grenzen des Verwaltungsbezirks neu gezogen wurden, und statt der Planungsbehörde von Duncreagh, die er in der Tasche hatte, hatte er es plötzlich mit Daingean zu tun, und das war nun was ganz anderes. Mit Coribeen hat er verloren, und ich habe das schreckliche Gefühl, er schiebt die Schuld an allem auf deine Mutter. Ich glaube, einem wie dem Lächler möchte ich lieber nicht in die Quere kommen – er hat einen boshaften Charakter. Natürlich verkauft der gerissene Hund mit dem Haus nur einen halben Morgen Grund. Gott allein weiß, was er mit dem Rest vorhat.«

»Werden Sie es kaufen?«

»Natürlich nicht. Es ist in einem schrecklichen Zustand, total verwahrlost«, sagte sie ungeduldig. »Und noch etwas kann ich dir sagen. Diese Fiona, die hat auch in keiner Weise vor, es zu kaufen. Und so frage ich mich natürlich, was zum Teufel der Lächler damit bezweckt, wenn er sie durch die Gegend kutschiert. Wie unter alten Freunden. ›Hallo, Fiona‹, sagte er, als er herauskam. ›Ich sehe, Sie haben Marilyn getroffen. Sie kann Ihnen alles über die Sweeneys erzählen.‹ So eine Unverschämtheit. ›War sie nicht die Dame, die dort als Raumpflegerin tätig war?‹ Ich machte auf dem Absatz kehrt, aber er war noch nicht fertig. ›Und hat sie nicht auch für die arme Evangeline Walter gearbeitet?‹ Sie wollte irgend etwas sagen, aber ich beachtete sie nicht und stieg in mein Auto. Diesen Kerl bring ich noch um.« Marilyn wischte sich das Haar aus dem geröteten Gesicht. »Die ganze Geschichte war nicht sauber. Weißt du was, Gil? Ich hatte das schreckliche Gefühl, in eine Art Inszenierung hineingestolpert zu sein. Ich schwöre, O'Dowd wußte, daß ich in Coribeen sein würde. Der Auktionator muß es ihm gesteckt haben. Hab ich Verfolgungswahn? Ich weiß es bei Gott nicht, aber was immer da sein mag, ich könnte mich jedenfalls selbst in den Hintern treten, weil ich überhaupt hingefahren bin. Diese Fiona, die hing an ihm wie die Krätze. Jer vorn, Jer hinten. Ein einziges Getätschel. Für eine Minute fühlte ich mich an Mrs. Walter erinnert. Ich habe eine Gänsehaut bekommen, also wirklich. Er war immer ein Frauenschreck. Allerdings keine Mädchen von hier. Der Lächler hat es gern etwas exotischer. Ein Mann für sonntags, absolut kein Kerl für alle Tage. Er hält sich für den Herrn des beschissenen Tanzsaals.«

Marilyn redete sich in Rage. »Diese Reporterin wird bald mit ihren bescheuerten Fragen über mich herfallen. Warum zum Teufel will sie bloß das ganze Zeug wieder ans Licht zerren? O'Dowd wird keinerlei Bedenken haben, ihr auch noch meine Adresse zu geben. Ich mach mich einfach dünne und verzieh mich für ein paar Tage in Noreens Haus. Die Familie nehm ich mit. Ich kann dir auch nur dringend raten, Gil, es genauso zu machen und schleunigst hier abzuhauen.« Sie umarmte mich flüchtig, was mir ein wenig merkwürdig vorkam. »Ich weiß nicht, warum ich so aus der Fassung bin. Da ist etwas sehr Merkwürdiges passiert. Weißt du, was er mir nachgerufen hat? ›Habe ich dich heute morgen nicht zusammen mit dem jungen Burschen gesehen, der sich in Spains alter Hütte eingenistet hat? Ich werd das Gefühl nicht los, ihn von irgendwo her zu kennen.‹ Er grinste dieses Weib an, als er das von sich gab. Mit einem Hab-ichs-dir-nicht-gesagt-Blick in seiner selbstzufriedenen Visage. Dann lachte er lauthals. Hörte sich ein wenig irre an, wenn ich ganz ehrlich bin. Er hält sich für so wahnsinnig schlau. Doch ich hoffe, er weiß, was er tut, denn die Frau, also, der möchte ich wirklich nicht in die Quere kommen. Also ab nach Hause mit dir, sei ein braver Junge. Ich habe diesem Kerl immer mißtraut, und vielleicht wäre das auch dir zu empfehlen.«

»Warum? Er kennt mich nicht und weiß auch nicht, wo ich mich aufgehalten habe. Ich war wirklich sehr vorsichtig.«

»Hmm. Nicht vorsichtig genug, würde ich sagen. Genau wie die kleine Noreen. Du bist nicht unsichtbar. Mehrere Leute haben mir gegenüber deine Anwesenheit erwähnt. Ich würde sagen, der Lächler hat dich erkannt. Basta.«

»Wie sieht er denn aus, Mrs. Donovan?« fragte ich ruhig.

»Hast du ihn denn heute morgen nicht gesehen?«

»Nicht genau.«

»Den meisten von uns würde das vollauf genügen. Er stellt dauernd ein beschissen breites Grinsen zur Schau, die ganze Zeit gurkt er mit seinem Riesenschlitten durch die Gegend, mit seiner bescheuerten Sonnenbrille und der Mütze, die seinen Kahlkopf verstecken soll.«

»Den hatte ich schon vorher gesehen. Zweimal. Den ersten Tag in Husseys Kneipe und an dem Abend, als ich die Sullivan-Brüder traf. Verdammt! Wo wohnt er denn?«

»Früher neben dem Old Corn Store, inzwischen ist er auf der anderen Seite, doch er hat immer noch Eigentum auf Trianach.« Sie verfiel so lange in Schweigen, daß ich glaubte, sie hätte meine Anwesenheit vergessen. »Ich wollte das eigentlich gar nicht weitererzählen«, sagte sie zögernd, »weil ich nicht sicher bin, ob ich verstehe, worauf dieser Widerling hinauswollte. Also wiederhole ich jetzt einfach, was er gesagt hat, nachdem er behauptet hatte, dich von irgendwo her zu kennen: ›Mrs. Walters Tochter Halcyon ist letzte Woche gestorben, wußten Sie das, Marilyn? Die Arme hätte ja einiges zu erzählen gehabt, wenn sie nicht stumm und dumm gewesen wäre. Wie ich höre, ließ die gewesene Mrs. Sweeney, jetzt Mrs. Recaldo, sich bei der Beisetzung in Clonmel blicken. Ist das nicht äußerst merkwürdig?‹ Und er nahm Mrs. Moore am Arm und führte sie zum Auto.« Marilyn nagte an ihrer Unterlippe. »Denk an meine Worte, diese Journalistin ist dabei, den ganzen Saustall wieder durchzuharken. Du solltest besser schnell von hier verschwinden, Gil. Heute noch. Tut mir leid, für dich haben die Dinge sich nicht so gut entwikkelt, Junge, aber vielleicht kommst du ja eines Tages wieder?« Sie lächelte schwach. »Denn sonst macht Noreen mir die Hölle heiß.«

Sie ließ mich verwirrt zurück, und es gelang mir nicht, meine Gefühle zu ordnen. Ich versuchte mehrmals, zu Hause anzurufen, doch es war keiner da. Ich sprach nichts auf Band. Nachdem ich Marilyns Geschichte nochmals durchdacht hatte, entwarf ich einen Plan. Ich griff erneut nach meinem Handy und rief Chefinspektor Phil McBride im Hauptquartier der Garda in Dublin an.

Man stellte mich sofort durch. Er mußte gespürt haben, daß etwas in der Luft lag, denn er war ungewöhnlich ernst. Keine Witze, keine Spitznamen. »Gil? Was kann ich für dich tun?«

»Ich habe etwas mit Ihnen zu besprechen.«

»Schieß los!«

»Nein, nicht am Telefon. Könnten wir uns treffen?«

»Wann?«

»Morgen?« Ich hatte mich erkundigt, wie lange die Reise nach Dublin dauern würde, wenn ich mich von Marilyn ein Stück weit mitnehmen ließ.

»Bist du immer noch in Frankreich?«

»Nein, ich bin wieder zurück.«

»Aber nicht zu Hause?« Er wirkte zurückhaltend. »Morgen können wir uns nicht treffen, Gil. Ich hab schon was vor. Später in der Woche oder am Wochenende ließe es sich machen.«

Ich atmete tief ein. »Ich bin in West Cork. Trianach.«

Es folgte ein langes Schweigen. »Und deine Leute wissen es nicht.« Es war keine Frage, also antwortete ich nicht. »Willst du mich deswegen sehen? Du solltest besser mit deinen Eltern darüber reden.« Was hätte ich sagen können? Daß sie ihre Chance zehn Jahre lang nicht genutzt hatten? Daß ich Fragen hatte, die sie vielleicht nicht beantworten wollten? »Phil, bitte, ich muß wissen, was geschehen ist.«

»Du mußt? Hast du da unten mit jemandem geredet?«

Ich zögerte. »Ja. Mit Marilyn Donovan.«

»Worüber?«

»Über den Mord an der Amerikanerin.« Ich wollte ihren Namen nicht nennen.

»Ja, richtig. Hast du sonst mit jemandem Kontakt aufgenommen?«

»Nein.«

»Nein? Womit hast du dann eigentlich ein Problem?«

»Mein Aufenthalt hier hat alles wieder hochkommen lassen. Ich war beim Old Corn Store. Phil? Mir ist wieder eingefallen, was in jener Nacht im Garten passiert ist. Meine Mutter war da, John Spain ... Cressie ...« Meine Stimme bebte. Scheiße, ich wurde zu einem richtig weinerlichen Baby.

»Das weiß ich alles. Hör zu, Gil. Woran du dich auch erinnern magst oder glaubst, dich zu erinnern, deine Mutter hat es nicht getan.« Er sprach bestimmt und unaufgeregt, gab mir aber keine Möglichkeit, ihn zu unterbrechen. »Gil? Denk genau nach. Kannst du dich erinnern, im Garten noch irgend jemanden gesehen zu haben?« Seine Stimme schien Meilen entfernt.

»Ja.«

»Ja? Ja? Weißt du, wer es war?«

»Ich habe nur seine Füße gesehen.«

»Oh.«

»Braune Collegeschuhe, wie die von meinem Vater.« Ich sprach es zum ersten Mal laut aus und kam mir wie Judas vor. »Ich konnte sein Rasierwasser riechen.«

»Jesses.« Er ließ einen leisen Pfiff hören. »Wir treffen uns im Hinterzimmer des Hotels Boswell in der Molesworth Street. Zwei Uhr. Falls du schon eher in Dublin bist, ruf mich an. Hier oder bei mir zu Hause. Gil? Geh direkt dorthin. Sprich mit niemandem darüber. Mit keinem. Hörst du?« Er hängte ein, ehe ich ihn fragen konnte, ob das meine Eltern einschloß. Ich packte meine Sachen und setzte mich, um zu warten.

Shay kam gegen sechs zur Hütte, gerade als ich die Hoffnung aufgegeben hatte, sie zu sehen.

Sie entdeckte meinen Rucksack in dem Moment, in dem sie eintrat. »Du fährst ab?«

»Ja, ich muß. Ich werd nicht damit fertig. Muß meinen Kopf klarbekommen. Tut mir leid, Shay.« Ich fühlte mich wie gelähmt.

»Ich kann dich sicher nicht umstimmen. Sehen wir uns wieder?« murmelte sie.

Ich legte meine Arme um sie. »Das hoffe ich doch. Ich schreib dir. E-Mail. Telefon. Ich habe beschlossen, noch ein Jahr auf Reisen zu gehen. Weit weg – Australien, die Staaten. Vielleicht könnten wir beide zur gleichen Zeit mit dem College anfangen.« Wunschvorstellungen, Wunschvorstellungen.

Sie schniefte. »Und ich nehme an, du erwartest von mir … Ach, verdammt, Sweeney …«

»Bitte nenn mich nicht Sweeney«, erwiderte ich ruhig. »Bitte.«

»Es war nur, es war nur – ach, Gil, ich habe mir nichts dabei gedacht.«

»Das weiß ich, aber ich fühle mich sehr unwohl damit«, erklärte ich so ruhig wie möglich, doch dann konnte ich mich nicht mehr beherrschen. »Frag doch deine Tante über die Sweeneys«, schrie ich. »Frag sie. Sie weiß mehr über uns als jeder andere. Frag sie.«

»Schscht.« Sie legte ihren Kopf an meine Brust und schaukelte vor und zurück. »Komm und leg dich ein wenig hin. Heute abend ist es schon zu spät, um abzureisen. Ich bringe meine Tante dazu, dich morgen früh nach Duncreagh mitzunehmen.« Sie kicherte. »Sie traut mir nicht zu, daß ich allein zur Schule komme.«

Duncreagh Listening Post

BEWEGENDE MOMENTE IN PASSAGE SOUTH BEI DER BEISETZUNG DES HELDENHAFTEN FISCHERS AUF SEE

(Archiv)

Gil

Shay blieb so lange, daß ich mich wunderte, weshalb Marilyn sich nicht mit einer Schrotflinte auf die Suche nach mir begab. Als sie dann gegangen war, erlaubte ich mir, eine Stunde ein wenig zu dösen, bis sie sicher nicht mehr zurückkommen würde und es für irgendwelche unsichtbaren Nachbarn zu spät war, sich noch draußen herumzutreiben. Ich fühlte mich seltsam, fast als wäre ich außerhalb meines Körpers unterwegs, als ich dann in die samtene dunkle Nacht hinausglitt, wie ich es auch in der Nacht des Mordes getan hatte.

Damals hatte meine Mutter geschlafen, auf dem Bett zusammengerollt und immer noch im schwarzen Pulli und Jeans, während ich Tar hinaus auf die Straße folgte. Er ging schnell und schien nicht zu merken, daß ich hinter ihm war. Auf einmal trug er keinen Overall mehr. In seinem alten Marinepullover, der Kordhose und mit einer ausgefransten Seemannsmütze auf dem Kopf war er nur schwer auszumachen. Ich versteckte mich hinter einem Felsen, bis er im Boot saß und davonruderte. Dann kletterte ich auf die Spitze der Landzunge.

Als ich oben bin, kommt er gerade auf der anderen Seite an, ein Stück draußen und schwer gegen die Strömung ankämpfend. In diesem Augenblick legt die Barkasse meines Vaters weiter unten am Ufer ab und hält quer über den Fluß auf Coribeen zu. Tar dreht ihr den Rücken zu, aber er muß sie hören. Er dreht den Kopf.

Ich sitze da und schaue ihm eine lange Weile dabei zu, wie er gegen die Flut ankämpft, und als er weit genug entfernt ist, schlittere ich über den schlüpfrigen Abhang der Landzunge hinab und laufe am Ufer entlang hinter ihm her. Zuerst kann ich ihn in der Finsternis nicht finden, doch dann kommt der Mond durch die Wolken, und ich sehe, daß er das Boot verlassen hat. Es schaukelt zwischen den Rudern, die er irgendwie senkrecht in den Schlick gerammt hat. Wir haben Vollmond, aber es ist bewölkt, und deshalb ist der Garten einmal hell erleuchtet und in der nächsten Minute wieder in Dunkelheit getaucht. So als würde jemand das Licht ein- und ausschalten.

Tar rennt geduckt den Hügel hinauf zum Haus. Die riesigen französischen Fenster sind weit geöffnet, doch die Lichter sind ausgeschaltet. Die Frau liegt dicht am Fenster auf der Terrasse. Sie trägt etwas um den Hals – einen Schal? –, aber sonst ist sie nackt. Sie liegt auf dem Bauch, den Po in der Luft. Wie ich, wenn ich Bauchweh habe. Etwas Weißes, vielleicht ihr Kleid, liegt ein wenig abseits. Tar beugt sich lange Zeit über sie. Ich kann nicht sehen, was er macht. Er richtet sich auf und verschwindet im Haus, läßt die Frau liegen, wo sie ist. Er hilft ihr nicht, also muß sie tot sein. Cressie hat sie umgebracht! Nein, nein, *nein*. Ich fange an zu zittern und zu weinen. Nein! Bitte, lieber Gott, laß sie nicht tot sein. Der Mond verschwindet. Für lange, lange Zeit geschieht nichts. Die Flut drängt allmählich herein, und bald kann ich die Hütte nicht mehr zu Fuß erreichen. Ich wate zu dem Ruderboot und klettere an Bord. Unter einer der Sitzbänke finde ich eine gefaltete Persenning. Ich zerre sie hervor und versuche, sie um mich zu wickeln, doch sie ist steif und kalt. Ich liege auf dem Bauch, mit dem gesunden Arm halte ich ihren Saum und warte auf Tar. Ich kann die Augen nicht offenhalten.

Ich weiß nicht, wie lange ich unter der Persenning liege. Ich warte immer noch auf Tar, doch er kommt nicht zurück. Als ich wieder hinausspähe, fällt Mondlicht in den Garten. Inzwischen ist die Frau zugedeckt. Auf der Terrasse fällt mir ein großes rechteckiges Ding auf, das neben dem offenen Seitentor steht. Ich kann nicht genau erkennen, was es ist, weil es zu weit entfernt ist, aber ich glaube, es ist eine Kiste oder ein Schrankkoffer mit Messinggriffen. Als das Licht darauf fällt, funkelt es. Dann sehe ich Tar, und auch er muß die Kiste sehen, weil er darauf zugeht. Er faßt sie nicht an, aber er steht da und schaut auf sie hinunter, bis die Scheinwerfer eines Autos die Straße neben dem offenen Tor ausleuchten.

Tar haut ziemlich eilig ab, auch wenn ich nicht verfolgen kann, wohin, weil ich gespannt zusehe, wie die Scheinwerfer immer näher kommen. Das Auto wendet. Ich sehe die Bremslichter, und dann kommen die weißen Rückfahrscheinwerfer immer näher an die Toröffnung heran. Ich schnappe nach Luft, als ich meinen Vater um das Heck des silbernen Lexus kommen sehe. Er geht zu dem Schrankkoffer und nimmt ihn hoch. Das Ding muß sehr schwer sein, denn er schwankt und fällt fast hin. Er legt ihn in den Kofferraum und kehrt noch einmal zurück, um etwas zu holen, was noch im Gras liegt, und das wirft er neben die Kiste. Als er am offenen Kofferraum steht, fällt mir auf, daß er sich etwas Dunkles angezogen hat – vielleicht einen Anzug. Er geht hinüber zu der Frau und bleibt plötzlich stehen. Er sieht sich um, dann bückt er sich und hebt das auf, womit sie bedeckt war, und hält es in die Luft. Es ist ein weißes Kleid oder so etwas, aber sie liegt nicht darunter. Sie ist weg. Ich sitze bolzengerade da. Sie ist nicht tot. Die Frau ist nicht tot. Meine Mutter hat sie nicht getötet. Ich möchte es hinausschreien, weil ich so erleichtert bin.

Aber was hat mein Vater vor? Er wirft das Tuch auf den Tisch und geht ins Haus. Die Lichter gehen an, viele, viele Lichter. Ich kann direkt ins Haus hineinsehen. Er geht überall herum, als würde er etwas suchen. Oder jemanden. Vor Angst, er könnte Tar finden und mit ihm zu kämpfen anfangen, schlägt mein Herz bis zum Hals. Doch es geschieht nichts. Das Licht aus dem offenen Fenster reicht ein ganzes Stück über die Rasenfläche hinunter, und genau da, wo der steile Hang langsam ausläuft, liegt Tar mit dem Gesicht nach unten im Gras, die Arme über dem Kopf, um nicht gesehen zu werden. Ich weiß nicht, wie lange mein Vater im Haus geblieben ist – ein paar Minuten vielleicht, mehr nicht. Als er herauskommt, bleibt er auf der Terrasse stehen. Mein Herz beginnt zu hämmern. Jetzt muß er Tar entdecken. Er schaut in die richtige Richtung. Zum Fluß hinunter. Er hebt den Arm und winkt. Winkt? Ich drehe mich um, weil ich sehen will, wem er zuwinkt, und da lehnt die Frau an dem Baum, mit einem langen Schal, der im Wind flattert. Als ich wieder zum Haus hinaufschaue, ist mein Vater weg.

Ich sehe, wie die Scheinwerfer in der Entfernung verschwinden, ehe Tar sich rührt. Er wirkt steif, als er hochkommt. Er geht zu der Frau. Der Schal hat sich in den niedrigen Ästen des Baums verfangen. Ich kann nicht erkennen, was geschieht, was er da am Baum macht, aber er muß wohl mit ihr reden, denn als der Mond wieder herauskommt, sehe ich sie neben ihm stehen, und er hat immer noch seine Arme um sie gelegt. Das macht mich wütend, weil ich doch dachte, wir würden sie nicht mögen, sie wäre böse. Sie fallen rücklings aufs Gras. O nein, nein, nein, ich will nicht, daß er wieder mit dieser blöden Küsserei anfängt. Ich mache die Augen ganz, ganz fest zu. Als ich wieder hinschaue, geht Tar zum Haus. Die Frau liegt ausgestreckt im Gras neben dem Baum, als würde sie schlafen.

Tar bleibt ein paar Minuten drin, und als er herauskommt, hat er einen Eimer und einen Schrubber dabei. Er schüttet Wasser auf die Terrasse und wischt mit dem Schrubber drüber, während es zu regnen anfängt. Er geht wieder ins Haus. Ich warte dauernd darauf, daß die Frau vor der Nässe davonläuft, aber sie tut es nicht. Und plötzlich weiß ich, sie kann nicht, weil sie tot ist. Wirklich tot. Aber warum habe ich nichts davon mitbekommen, als es geschah? War ich eingeschlafen, als sie und Tar sich auf dem Gras wälzten? Er hat sie umgebracht, er hat sie getötet. Ich weiß nicht, wie, aber ich bin erleichtert, weil es nicht meine Mutter war. Aber was machte mein Vater? Warum war er hier? Ich halte meinen geschwollenen Arm an mich gepreßt. Er konnte jemandem weh tun, ohne sich ernsthaft anzustrengen. Warum hatte er Tar zugewinkt? Weil er wußte, die Frau war tot? O Gott, er wird wieder hinter uns her sein, er hat mich im Garten gesehen. Jetzt bringt er mich sicher um.

Am oberen Ende des Gartens ist ein Schatten. Die Lichter im Haus gehen aus. Ein Schatten? Ich spähe in das Halbdunkel und sehe für einen Sekundenbruchteil jemanden ganz in Schwarz am Fenster vorbeilaufen. Nicht Tar: Der ist immer noch im Haus. Kleiner. Mama. Was macht sie da? Sie ist weg. Vielleicht habe ich mir das nur eingebildet. Wäre möglich. Jetzt bin ich so voller Angst, daß ich mich im Boot verkrieche und mich ganz still verhalte. Nach einer kleinen Weile wird ein schmales Bündel neben mir unter die Persenning geschoben, dann sinkt das Boot tiefer ins Wasser und setzt sich in Bewegung.

Ich berühre das Bündel mit meiner freien Hand, Stoff ist mit Papier lose um zwei kleine harte Gegenstände geschlagen. Ich taste sie rundherum ab, kann aber nicht feststellen, was es ist. Das Boot kommt zum Stillstand. Ich spüre, wie Tar hinausklettert. Ich warte. Seine Hand greift tastend unter die Persenning und holt das Bündel hervor. Ich bleibe ganz, ganz still. Vielleicht bin ich eingeschlafen. Als ich wieder hinausspähe, ist es stockfinster. Der Regen hat aufgehört, und Tar ist nirgends zu sehen. Ich ziehe die Hülle weg und klettere hinaus. Der Boden unter meinen Füßen ist schlüpfrig. Ich bin schon halb bei der Hütte, als mir einfällt, ich habe die Persenning nicht wieder zusammengefaltet. Ich laufe zurück und stolpere über einen Felsen. Als nächstes erinnere ich mich daran, wie meine Mutter mich ins Haus trägt. Tar geht neben uns her und stützt sie. Mein Arm pocht.

Ich verließ die Landzunge ein letztes Mal und marschierte wie ein Zombie hinauf zu John Spains Hütte. Es war drei Uhr morgens. Ich schloß die Tür und schob den Riegel vor. Dann legte ich mich aufs Sofa und ließ mir alles noch einmal durch den Kopf gehen, was seit meiner Ankunft in der Bucht an der Flußmündung geschehen war. Ich wußte, mir war etwas entgangen, vielleicht sogar vieles. Und ich wußte, ich würde die Hütte nicht verlassen können, ehe ich nicht alles herausgefunden hatte. Aber ich war groggy. Ich döste ein, wachte auf und schlief wieder ein. Mir wurde so kalt, daß ich in das staubige alte Schlafzimmer zurückkroch, meinen Schlafsack ausrollte und mich hineinwickelte. Er roch nach Shay. Nachdem ich mich hineingekuschelt hatte, schlief ich endlich ein.

Ich hatte die irrsten Träume, die alle mit Tar zu tun hatten, der sich verzweifelt bemühte, mir etwas mitzuteilen. Wir waren zusammen auf dem Boot und beobachteten die Seehunde, die von den Felsen rutschten. Wir schleppten einen Fischkorb hinauf zur Hüttentür. Wir waren in seinem Auto und lieferten Hummer für ein Restaurant. Wir saßen in der Hütte am Tisch und machten unsere Arbeit. Ich schrieb in mein Schulheft, und er stand mit dem Rücken zum Ausguß und wies mich auf etwas hin. Dann drehte er sich um. Er beugte sich unter das alte Spülbecken aus Gußeisen, und nach ein oder zwei Minuten richtete er sich auf. Er hielt etwas in der Hand. Etwas für mich. Jetzt kauere ich neben ihm, und er zeigt unter das Spülbecken, wo sich ein Loch in der Wand befindet. Er zieht einen Mars-Riegel hervor und lacht. »Zauberei«, sagt er und gibt ihn mir.

Als ich aufwachte, schlotterte ich vor Kälte und Angst. Es dauerte einige Zeit, bis ich die Energie aufbrachte, mich zu erheben und mir auf dem Paraffinofen einen Kaffee zu brauen. Ich war durchgefroren, hungrig und verdreckt. Ich brauchte ein Bad und etwas Großes und Fettiges zu essen. Aber jetzt noch nicht.

Wir hatten damals ein Spiel. Er sagte ein Wort, zum Beispiel Toffee oder Biskuit. Wenn ich es herausbekam, fand ich das Genannte in dem Geheimversteck. Zauberei. Ich kniete neben dem Spülbecken nieder. Darunter war es stinkig und schimmlig, und als erstes griff ich mit der Hand in ein Mäusenest. Beim Anblick der wimmelnden nackten kleinen Körper wäre mir fast schlecht geworden – es schienen Hunderte zu sein. Ich biß die Zähne zusammen und brachte meine Hand hinter den Siphon, wo ich die Ränder eines Ziegels spüren konnte, der über seine Nachbarn hinausragte. Er ließ sich leicht entfernen, weil der Mörtel feucht und bröselig war. Ich schob die Hand in Tars Geheimversteck und tastete mit spitzen Fingern darin herum, weil ich befürchtete, noch mehr Mäuse aufzustöbern. Dann zog ich ein kleines Päckchen hervor – eine kleine Plastiktüte mit einem Schlüsselbund und einem alten, in ein Stück Zeitung gewickelten Mobiltelefon. Mit dem Herz in der Hose faltete ich den Fetzen der *Irish Times* auf und betrachtete das Telefon. Das Display fehlte. Es war annähernd dreimal so groß wie meines, auf der Rückseite war so etwas wie ein aufladbarer Akku angebracht. Ganz schön schwer. Ich hatte keine Ahnung, warum es hier war. Nun untersuchte ich die Schlüssel. Der Lederfleck mit dem Markenzeichen des Herstellers hatte sich fast ganz aufgelöst, aber das metallene Emblem von Lexus war unversehrt. Ich suchte den hinteren Bereich des Hohlraums noch einmal ab und fand ein zweites Stück Kunststoff, das fest am Boden klebte. Ich hob eine Ecke an und brachte meine Finger allmählich darunter, bis ich es ablösen konnte. Dieser Beutel war eingeschlagen und mit brüchigem Tesafilm verschlossen. Darin fand sich ein kleiner, vergilbter

Briefumschlag mit ausgeblichener Schrift auf der Vorderseite, den ich mit ans Fenster nahm. Mein Name stand darauf, verblaßt, aber noch leserlich. Ein Brief von Tar. Drei oder vier Seiten, mit Bleistift geschrieben, damit die Schrift die Feuchtigkeit überstand. Der schlaue Tar.

Mein lieber Gil, ich schreibe Dir für den Fall, daß Du zurückkommst, was Du eines Tages, wie ich glaube, tun wirst. Während der vergangenen Tage war ich im Boot und habe geschrieben, immerzu geschrieben. Es ist schwer, Lebewohl zu sagen, Dich und Deine Mutter nie mehr wiederzusehen. Du bist die größte Freude meiner letzten Jahre gewesen.

Mein Junge, man hat mich zuletzt beschuldigt, ich würde Dich verderben, und Deiner Mutter hat man vorgeworfen, sie habe es stillschweigend geschehen lassen. Ich kann mich kaum dazu überwinden, diese Dinge anzusprechen oder mich zu verteidigen. Denn welche Verteidigung könnte es noch geben, wenn das Gift sich schon verbreitet hat? Ich bete darum, daß Du ebenso gewiß wie ich selbst davon überzeugt bist, daß ich nicht um alles in der Welt dazu bereit wäre, das Vertrauen zu mißbrauchen, das Du oder Deine Mutter in mich gesetzt haben. Ich schwöre, bei mir warst Du immer in Sicherheit. Aber Proteste sind nutzlos, so nutzlos.

Die Urheberin dieser böswilligen Verleumdungen ist tot, und ich werde es auch bald sein. Würden doch diese Gerüchte ebensoleicht sterben. Ich habe sie getötet. O ja, ich war das. Vielleicht habe ich ihr nicht den coup de grâce *versetzt, aber ich führte den ersten Streich. Es ist nicht meine Absicht gewesen, aber es ist nun einmal geschehen. Mehr als das, was ich getan habe oder zu tun beabsichtige, bedrückt mich, daß du vielleicht mehr beobachtet hast, als irgend jemand von uns wahrgenommen hat. Ich schreibe, um den Ablauf richtig darzustellen.*

Auslöser war das Mädchen mit dem seltsamen Namen Halcyon Walter. Das erste Kind Deines Vaters – er hatte es nicht anerkannt. Das arme unschuldige Wesen war in der Obhut eines Nonnenordens in Tipperary, dem meine Schwester angehört. Als Evangeline Walter das erfuhr, war ihr sofort klar, sie würde das Kind nicht länger verheimlichen können. Man hegte den Verdacht, der Zustand Halcyons sei durch Vernachlässigung oder Mißhandlungen hervorgerufen worden, und nachdem Dein Vater nicht greifbar war, blieb der Vorwurf an Evangeline hängen. Sie hat sich jahrelang an seine Fersen geheftet. Als Du Gehör und Sprache verlorst und sich in der Gemeinde herumsprach, daß Dein Vater Dich und Deine Mutter mißhandelte, scheint bei Mrs. Walter etwas ausgehakt zu haben: Ihr Entschluß, Sweeney zu vernichten, erhärtete sich.

Sie griff ihn in jeder erdenklichen Weise an, finanziell und persönlich. Vielleicht können andere erklären, wie das genau vor sich ging, da ich die Einzelheiten nicht kenne. Ich weiß allerdings, daß er immer mehr durchdrehte, je mehr sie ihn reizte. Als seine Geschäfte scheiterten, griff er Deine Mutter immer wütender an.

Als er sich gezwungen sah, seine geliebte Yacht zu verkaufen, wurde sie von Mrs. Walter erworben, die den Lächler O'Dowd als Mittelsmann benutzte. Sweeney mußte erkannt haben, wer hinter der Sache steckte, als sie den Namen der Yacht in Halcyon *änderte. Das tat sie, als sie mit Krebs im Endstadium aus dem Krankenhaus kam. Zu jener Zeit arrangierte sie eine Segelpartie, um ihre taubstumme, hirngeschädigte Tochter ihrem Vater und ganz nebenbei auch den Nachbarn vorzustellen. Jeder, der die beiden zusammen sah, erkannte genau, wer sie war. Ich sah es, O'Dowd sah es, Cressie sah es. Und Du, mein lieber Gil, hast es ebenfalls gesehen.*

Falls ein Mord irgendwo einen Anfang nimmt, dann war dies der Augenblick. Du erwähntest Deinem Vater gegenüber, Daß Du sie gesehen hast. Er drohte damit, mich anzuzeigen und Dich in ein Heim einweisen zu lassen. Er prügelte Dich und Deine Mutter halb tot, dann verschwand er mit der Barkasse Richtung Trianach. Trotz ihrer und Deiner Verletzungen kam Cressie, um mich zu warnen, doch ich war bereits unterwegs, um selbst mit Mrs. Walter zu reden. Cressie folgte mir mit Dir im Wagen, und die ganze Angelegenheit geriet zunehmend außer Kontrolle.

Ich zeige diesen Hintergrund auf, weil in den letzten Tagen meine Besorgnis gewachsen ist, daß Du, wenn Du tatsächlich gesehen hast, was in diesem fluchbeladenen Garten geschah, möglicherweise falsche Schlüsse daraus ziehst. Falls das zutrifft, wirst Du dies sicherlich lesen. Ich brachte Evangeline Walter um, als ich sie vergewaltigte, als sie sich von einer vierzehn Tage zurückliegenden schwerwiegenden Magenoperation erholte. Sie stand unter dem Einfluß von starken Medikamenten und Drogen, und ich war vor Zorn außer mir. Ich verlor die Kontrolle über mich und nahm sie mit Gewalt. Cressie versuchte mich zurückzuhalten und schlug dabei versehentlich Mrs. Walter zu Boden. Ich glaube, Dein Vater war ebenfalls im Garten versteckt und sah, was geschah; seine Barkasse war an der alten Bootslände festgemacht.

Nachdem ich Dich und Cressie in diesem Haus hier in Sicherheit gebracht hatte, ging ich zurück – noch einmal, wie Du wohl weißt. Zwischen den beiden Besuchen mußte auch Sweeney über sie hergefallen sein. Das erfuhr ich von Frank Recaldo, der sehr besorgt um Cressie ist. Ich ging wieder in den Garten, um mich zu vergewissern, daß mit Mrs. Walter alles in Ordnung war. Ich glaubte nie auch nur für einen Augenblick, Cressies Schlag könnte sie mehr als nur vorübergehend betäubt haben. Ich habe Frank und den anderen Kri-

minalbeamten gesagt, ich sei es gewesen, doch sie wollen mir nicht glauben. Sie behaupten, der Tathergang sei falsch. Ich werde daraus nicht schlau. Mein Kopf tut mir weh.

Als ich mich dem Garten näherte, hörte ich die Barkasse über die Flußmündung röhren. Ich fand Evangeline tot auf der Terrasse, überall war Blut. Ich hielt mich für verantwortlich. Ich war *verantwortlich. Ich geriet so außer Fassung, daß ich nicht mehr wußte, was ich tat. Ich trug sie hinunter zum kalten Fluß, wollte versuchen, sie wiederzubeleben oder zu waschen, doch natürlich war das hoffnungslos. Dann kam Sweeney zurück. Ich warf mich ins Gras und beobachtete, wie er einen Stapel Sachen in den Kofferraum seines Wagens lud. Als er feststellte, daß Mrs. Walters Leichnam verschwunden war, blieb er stehen und schaute sich im Garten um. Ich glaubte, er würde nach der Leiche suchen, die immer noch neben dem Baum am Wasser lag, doch ich denke, er hielt nach mir Ausschau. Er lachte laut und winkte. Dann ging er ins Haus, drehte alle Lichter an und setzte den CD-Player in Gang. Ella Fitzgerald in voller Lautstärke. Es war obszön. Er muß gewußt haben, daß sie spät in der Nacht Musik laufen ließ. Ich konnte es oft hören.*

Ich bekam allmählich Angst um Deine Mutter. Mrs Walter war auf der Terrasse liegen geblieben, nachdem Cressida sie attackiert hatte. Ich war mir sicher, Sweeney würde versuchen, ihr den Mord in die Schuhe zu schieben – Frau ertappt Ehemann in flagranti und geht auf seine Geliebte los –, oder ihr und mir gemeinsam, das war sogar noch besser. Ich fing an, alles sauberzumachen, die Spuren zu verwischen. Ich ging ins Haus und sah sofort, der Boden war feucht, als wäre er gewischt worden. Alles wirkte unberührt und sauber, dennoch wischte ich alle Oberflächen ab. Unter einer gefalteten Zeitung auf dem Kaffeetisch fand ich ein kleines Bandgerät, das Sweeney irgendwie übersehen hatte, und bei einem Blick unter das Sofa fand ich ihr Mobiltelefon. Ich hörte das Band ab, bis ich es nicht länger ertragen konnte. Lieber Gott. Sie war krank an ihrer Seele genau wie an ihrem Körper. Sie reizte ihn auf, mit dem weiterzumachen, was ich begonnen hatte. Verdammt sind wir alle. Ich hatte nie vor, mich der Gerechtigkeit zu entziehen, Gil, aber ich wollte nicht, daß Deine Mutter in diesen Morast hineingezogen wird.

Um drei Uhr morgens fanden wir Dich bewußtlos an der kleinen Bucht. Als wir Deinen Arm in die Schlinge gelegt hatten, schickte ich Dich und Deine Mutter ins Krankenhaus nach Cork. Sie war in einem fürchterlichen Zustand, dauernd erzählte sie, sie habe den Kamm verloren, mit dem sie ihr Haar zurücksteckte. Ich versprach ihr, ihn suchen zu gehen, doch statt dessen fuhr ich mit meiner alten Klapperkiste nach Coribeen. Das Haus lag im Dunkeln, doch der Lexus stand vor der Tür. Ich drang durch die Hintertür ein, die nie verschlossen war. Sweeney schnarchte auf dem Sofa, eine halbleere Flasche Whiskey auf dem Boden neben sich. Er wachte nicht auf, als ich ihm die Autoschlüssel aus der Jackentasche fischte. Ich fuhr den Lexus weg und versteckte ihn auf einem verlassenen Bauernhof, wo ihn keiner finden würde. Dann marschierte ich zurück zu meinem eigenen Auto.

Als ich wieder daheim war, war es fast fünf Uhr. Ich zog wieder meinen Overall an und ruderte zum Garten zurück, um ein letztes Mal alles zu überprüfen, ehe ich Recaldo anrief. Ich vergaß, nach dem Kamm zu suchen.

Ich habe Angst, und ich fürchte auch das, was all dies bei Dir anrichten könnte. Und deshalb muß ich gewährleisten, daß es zu keinem Verfahren kommt. Denn wenn man einen von uns dreien anklagt, werden die Geschichten über mich als Tatsachen gelten, und Cressie wird Dich sicherlich verlieren. Ich bin oh-

nehin verdammt. Falls ich als Held sterben kann, wird das die Flut aufhalten, und sowohl Sweeney als auch ich bekommen, was wir verdient haben. Es wird in gewisser Weise Gerechtigkeit geübt. Gerechtigkeit ohne Mitleid. Vergib mir.

Nun ist es Samstag morgen, halb sechs. Ich habe Coribeen tagelang beobachtet. Sweeney hat sich auf dem Dachboden und in einem der in der Flußmündung ankernden Boote versteckt, dessen Besitzer nicht da ist. Der Verlust des Wagens hat ihn, wie von mir geplant, zermürbt. Nun wird er gezwungen sein, mit der Yacht zu fliehen und das Auto mitsamt den Beweisen zurückzulassen, und genau darauf baut mein Spiel auf. Als noch kaum jemand unterwegs war, habe ich den Lexus zum Parkplatz des Supermarkts in Duncreagh gefahren und dort geparkt, weil der samstags immer voll ist. Ich wollte, daß man ihn findet, aber erst ein paar Stunden später. Noch so ein Glücksspiel. Ich bin so müde.

Ich habe die Schlüssel der Motorbarkasse und drei Reservekanister Treibstoff. Ich hoffe, das reicht. Letzte Nacht ist Sweeney zur Yacht rausgefahren, und dort ist er immer noch. Er ist also im Begriff, seinen nächsten Zug zu machen… Ich werde ein letztes Mal zur Consuela *gehen und warten. Lebe wohl, mein Junge. Mein Haus ist Dein, falls Du es haben willst, ansonsten läßt Du es einfach wieder in die Erde zurückkehren.*

Tar

Ich rollte Tars Sachen in ein T-Shirt und verstaute alles in meinen Rucksack. Ein letztes Mal schaute ich mich um, dann ging ich hinaus.

E-Mail von Fiona Moore an Sean Brophy

Hallo, Sean, ich hab auch die Putzfrau getroffen, aber sie läßt nichts heraus. Da ist noch ein Galeriebesitzer, den ich vielleicht anzapfen könnte. Die Tochter ist gestorben. Hirngeschädigt, abgeschoben. Laut des Schleimers das Ebenbild des Halbbruders. Heute morgen ist Mrs. Recaldo an der Schule aufgetaucht. Du kommst nie darauf, als wer sie sich herausgestellt hat. Das ist gut, das ist großartig. Der Bulle hat die Frau des Mörders geheiratet. O Mann! Wir haben es unter Dach und Fach! Fi.

18

Die Recaldos erlebten ein seltsames und wunderbares Intermezzo. Seit Cressida nach Hause zurückgekehrt war, hatte sich so etwas wie ein Wunder ereignet: Die Spannung hatte nachgelassen. Abergläubisch wollten sie nicht zu genau nach den Gründen dieser segensreichen Veränderung fragen oder darüber diskutieren, und so schoben sie all ihre vorangegangenen Probleme und Uneinigkeiten auf ihre lange Trennung. Jetzt, wo sie wieder zusammen waren, würde alles wieder gut werden.

Am nächsten Abend entkorkte Frank eine Flasche Brouilly, und dann saßen er und Cressida einander gegenüber am Küchentisch und arbeiteten sich durch den Papierstapel der Immobilienmakler. »Danke, daß du mir Zeit gelassen hast«, begann sie, »und daß du dieses Zeug beschafft hast.« Sie legte die Hand auf den Stapel und lehnte sich in ihrem Stuhl zurück. »Aber ich bin mir nicht sicher, ob das die beste Zeit für einen Umzug ist. Ich weiß, ich habe deswegen ständig Krach geschlagen, aber Katie May scheint die Schule zu mögen, und wo Gil nun weg ist, kommt es mir hier gar nicht mehr so eng vor, nicht?«

»Er kommt wieder.« Frank legte seine Hand auf ihre. »Du denkst an mich, nicht wahr? An die Operation.«

»Na ja, schon. Es ist hilfreich, eine anständige Klinik und einen guten Arzt in der Nähe zu haben. Das ist hier der Fall. Ich finde, wir sollten das zumindest im Auge behalten. Du vielleicht nicht?«

»Das denke ich auch, aber ich mag dieses Haus hier ebensowenig wie du. Ich habe es immer als Durchgangsstation betrachtet. Ich hätte nie geglaubt, daß wir so lange bleiben würden.« Er nahm einen kräftigen Schluck. »Der ist gut. An anständigen Wein könnte ich mich schon gewöhnen, du nicht? Schau, Liebes, für Katie wird ein Umzug kein Problem sein, wenn wir es schnell genug hinbekommen. Auf dem Land zu leben findet sie absolut toll. Während du weg warst, haben wir viel darüber geredet. Solange eine Hundehütte für Rafferty da ist, ist sie zufrieden.« Er rieb Cressidas Handrücken. »Ach, Cress, Liebling, ich freu mich so, dich wiederzuhaben. Wenn ich mir vorstelle ...«

»Wie wir uns noch vor einer Woche gefühlt und benommen haben? Ja, ich auch.« Sie beugte sich über den Tisch und küßte ihn. »Ich liebe dich, Frank Recaldo, weißt du das? Alles wird gut.« Sie blätterte die einzelnen Angebote durch, bis sie zu einem glänzenden Prospekt mit der Aufschrift »Coribeen« kam, den Frank in die Mitte des Stapels gepackt hatte. »Wo kommt das her?« fragte sie. Sie schien weder überrascht noch verärgert.

Frank sah zu, als sie ihn durchlas und das Foto studierte. »Ich hatte nicht mitbekommen, daß es dabei war, bis wir nach Hause kamen. Wir haben so viel von dem Zeug mitgenommen, das meiste habe ich schon weggeworfen. Können wir darüber reden, Cress?« Cressida zögerte einen Augenblick, ehe sie aufstand und ohne ein Wort in den Flur hinausging. Damit hab ich es kaputtgemacht, dachte er.

Aber nein, sie kam fast augenblicklich mit ihrer großen Reisetasche zurück. Sie lächelte reuig, während sie mit der Hand hineingriff und einen identischen Prospekt herausholte. »Ja«, sagte sie. »Wir müssen über Coribeen reden. Oder wenigstens muß ich das. Du wolltest es ja die ganze Zeit, aber ich, ich habe es … verdrängt.« Sie lächelte matt. »Das tue ich immer noch. Aber jetzt ist es Zeit.« Sie nahm seine Hände in ihre. »Ich war auf einer Pilgerfahrt zum heiligen Schrein. Dazu hat es sich jedenfalls entwickelt, weißt du. Ich konnte es mir nie aus dem Kopf schlagen. Coribeen verlassen zu müssen hat mich so erbittert, daß ich nicht mehr sehen konnte, was es mir angetan hatte, wofür es stand. Ich bin hingefahren. Ich habe es mir angesehen.«

»Wann?« fragte er, obwohl er es sich schon denken konnte.

»Nach Halcyons Beerdigung. Wie ich dir erzählt habe, ist Rose O'Faolain dort aufgekreuzt. Ich war wirklich überrascht, sie da zu treffen, doch anscheinend hatte Murray sie um Hilfe gebeten. Ich hatte nicht mitbekommen, daß sie ein paar Monate nach unserer Abreise einen Gedenkgottesdienst für Evangeline Walter organisiert hatte.« Bei dem gefürchteten Namen zitterte Cressidas Stimme, doch nach einem Augenblick sprach sie weiter: »Ich bin mir nicht sicher, ob Murray weiß, daß Grace mit Rose Kontakt hielt. Ich bestimmt nicht, aber ich war froh, sie zu sehen. Sie kannte die Einzelheiten. Sie glaubte, wir wären vielleicht interessiert, weil es so billig ist. Und natürlich war ich es. Ich konnte es gar nicht erwarten, es wiederzusehen. Also fuhren wir nach der Beisetzung runter. Sie borgte sich den Schlüssel abends nach Geschäftsschluß von ihrem Kumpel, dem Auktionator, und früh am nächsten

Morgen sahen wir uns das Haus an.« Sie legte eine Pause ein. »Die ganze Veranstaltung war ein schrecklicher Fehler – oder vielleicht auch nicht. Ein Schock war es sicherlich. Seit wir dort ausgezogen sind, hat keiner in dem Haus gewohnt, und es hat sich auch niemand darum gekümmert. Es ist fast wieder so, wie ich es beim ersten Mal vorgefunden habe. Nicht ganz, aber doch ziemlich schlimm. O'Dowd ist es nie gelungen, die entsprechenden Baugenehmigungen zu bekommen. Er hat das Grundstück abgetrennt und den alten Pfad zur Hauptstraße wieder herrichten lassen. Sonst ist es, wie es war. Ich kam nicht weiter als bis in den vorderen Flur, Frank.« Cressida zitterte. »Rose wartete draußen. Ich stand im Flur, und alles, woran ich mich erinnern konnte, war die Szene, als ich Gils kleine Hand hielt und wir beide wie Espenlaub zitterten. Der Geruch von Angst ist immer noch da. Ich bilde mir das nicht ein. Ich dachte daran, wie verzweifelt unglücklich ich war, nicht daran, wie sehr ich es mochte. Auch an Gil dachte ich, und ich konnte gar nicht schnell genug wieder rauskommen.«

Cressidas Kopf war herabgesunken, die Hände hatte sie verschränkt. »Frank? Ach, Frank. Mir ist etwas Schreckliches klargeworden. Ich habe immer behauptet, ich würde Coribeen lieben, aber es war nur ein Vorwand, um Val nicht zu verlassen. Ich redete mir ein, es sei mein Anker, meine Absicherung. Frank, ich habe Gil für einen Haufen Backsteine geopfert.«

»Und dich selbst auch, Liebes. Du hattest Angst, Gil zu verlieren, vergiß das nicht. Du hast getan, was du zu jener Zeit für das Beste hieltest.« Schwergewichtige Plattheiten, dachte Frank und versuchte es noch einmal: »Cress, du warst vollkommen gelähmt vor Angst. Du darfst nicht unterschätzen, was das mit dir angestellt hat. Der Mann war böse. Cressie, er war ein Schläger und hatte dich in der Hand. Das bringen Mißhandlungen mit sich.«

»Aber wie konnte ich Gil alldem aussetzen? Sieh dir doch an, was Val mit Halcyon angestellt hat.«

»Zu dieser Zeit konntest du das nicht wissen«, wandte Frank vernünftig ein.

»Ich wußte, Gil war in Gefahr. Ich hätte ihn fortbringen sollen. Wie konnte ich das nur alles aus meinem Kopf verbannen? Jahrelang habe ich diesem Haus nachgetrauert, und während ich zurückschaute, konnte ich nicht sehen, was vor meinen Augen ablief. Das ist wirklich hart, Frank. Ich habe dir vorgeworfen, mich da weggeholt zu haben. Ich kann es gar nicht mehr glauben. Du hast alles für uns getan, uns Liebe, Zuflucht, ein Heim geboten – und unsere wunderbare Tochter. Und ich konnte nichts weiter, als ständig darüber zu meckern, wie armselig dieser Ort hier ist.«

Frank brach in Lachen aus. »Ach, komm schon, hab dich nicht so. Es *ist* armselig. Und an so viel Gemeckere kann ich mich gar nicht erinnern. Glaubst du, mir gefällt es hier? Natürlich nicht. Aber wir waren hier glücklich, Liebling, oder vielleicht nicht? Auf unsere Art? So wie wir waren?«

Doch Cressida lachte nicht. »O ja,« sagte sie leidenschaftlich, »ich wußte gar nicht, wie glücklich, ehe ich nach Coribeen zurückkehrte und mich daran erinnerte, wie mein Leben gewesen war, bevor ich dich traf.« Sie entspannte sich. »Das hat den Zauber gebrochen. Sogar die Aussicht hat sich verändert. Überall neue Häuser. Auf der Seite von Passage South ist kein Fleckchen Raum mehr. Der schöne Ausblick? Weg. Auch das hat mich gefreut. Ich glaube, man hat ihr Haus abgerissen, mußt du wissen. Anscheinend ist da jetzt ein Hotel oder so etwas, voller Balkone.« Sie fröstelte. »Ich würde da nicht bleiben wollen. Auf keinen Fall.«

»Cressie, Liebes, irgendwann in nächster Zeit müssen wir mit Gil über alles reden.«

»Das denke ich auch«, stimmte sie zögernd zu. »Aber, Liebster, Gil kann sich an nichts erinnern. In all den Jahren hat er kein einziges Mal danach gefragt.«

»Das heißt noch nicht, daß er keine Erinnerung daran besitzt, Cress. Ist dir nicht aufgefallen, wie sehr er sich in den beiden letzten Jahren zurückgezogen hat?«

»Pubertät?«

»Ach, Cress, er ist achtzehn, das sollte er hinter sich haben. Wir müssen eine Möglichkeit finden. Gemeinsam.«

»Er hat dich doch nicht darauf angesprochen, oder?« fragte sie ängstlich. »Mein Gott, wie könnten wir bloß anfangen?«

»Ich nehme an, wir müssen es ihm leichtmachen, darüber zu reden und Fragen zu stellen.«

»Aber wir haben ihn doch nie daran gehindert, oder?« fragte sie. Um die Stimmung zwischen ihnen nicht kaputtzumachen, sagte Frank ihr lieber nicht, daß die Bindung zwischen ihr und ihrem Sohn so stark war, daß Gil alles tun würde, um ihr solche Unannehmlichkeiten zu ersparen. »O'Dowd hast du nicht getroffen?« fragte er statt dessen.

»Nein, Gott sei Dank habe ich keinen gesehen. Ich wollte es auch nicht. Und ich möchte nicht zurück. Nie mehr.«

»Was ist mit John Spains Hütte?« fragte er mit größter Vorsicht. »Gil wird irgendwann in nächster Zeit davon erfahren müssen.«

»Ich könnte es nicht ertragen, mich ihr zu nähern. Damit käme alles wieder hoch.«

»Aber er hat sie Gil vermacht. Der Junge sollte es zumindest wissen, Cress – er ist achtzehn.«

»Wie soll das gehen? Ach, Frank, der Tratsch über John Spain ist nie wirklich verstummt. Rose hat es mir erzählt.«

»Aber er entbehrt jeder Grundlage, das ist dir doch klar. Du weißt es, ich weiß es, und ich wette, wenn du Gil fragen würdest, würde er dasselbe sagen. John Spain war ein guter Mensch. Gil bewunderte ihn. Diese Art von Vertrauen kommt nicht durch Furcht zustande.«

»Ich weiß. Wenn er zurück ist, rede ich mit ihm, das verspreche ich, Frank. Ich werde alles erklären. Aber ob Gil will oder nicht, ich werde nie mehr dorthin zurückkehren.«

»Also gut«, sagte Frank und schenkte Wein nach. »Demnach ist Cork aus dem Rennen, oder?«

Statt einer Antwort kramte Cressida erneut in ihrer Tasche und reichte ihm eine Seite mit Angeboten eines Maklers. »Käme denn Wexford in Frage?« erkundigte sie sich schüchtern.

»In Wexford warst du auch? Du bist ja ganz schön rumgekommen.«

»Schon wieder Rose. Ihr Vorschlag. Ich hatte die Aquarelle im Auto und zeigte sie ihr. Sie kann nicht allzuviel damit anfangen, aber ein Neffe von ihr handelt mit Aquarellen und kleinen Kunstwerken. Er besitzt eine Galerie in Wexford, in der Stadt. Auf dem Heimweg habe ich einen Riesenumweg gemacht und bei ihm vorbeigeschaut. Rose war auch dabei.« Sie platzte fast vor Aufregung. »Er sucht einen Teilhaber. Sie schlugen mir vor, die Sammlung als Ablöse ins Geschäft einzubringen. Es sind fünfzig gute Bilder und etwa ebenso viele Drucke, das würde also ausreichen, mit Kaufen und Verkaufen anzufangen. Ich würde es gerne versuchen. Was denkst du?«

»Gute Idee. Drängt sich einem geradezu auf, wenn man es richtig bedenkt. Alles, was du so gemacht hast, die Jahre, die du für Rose und dann für Grace gearbeitet hast, alles scheint in diese Richtung zu führen.« Er stand auf und nahm sie in die Arme, und dann tanzten sie ausgelassen durch die Küche. »Wexford? Das könnte mir gefallen. Eine tolle Idee. Die Opernfestspiele. Prima Segelrevier.« Frank war aufgeregt. »Jede Menge Flußmündungen und Buchten. Wir sollten Gil anrufen und es ihm erzählen.« Aber Gils Handy war nicht eingeschaltet.

»Vielleicht ist er mit einer Segelmannschaft unterwegs«, meinte Cressida.

Keinem der beiden kam es in den Sinn, daß er die Angelegenheit selbst in die Hand genommen hatte. Doch das sollte sich bald ändern.

E-Mail von Sean Brophy an Fiona Moore

Hallo, Fi, dieser Knabe O'Dowd hat Dich am Freitag gesucht, als Du weg warst. Er kam zweimal ins Büro. Beim zweiten Mal ging ich runter, um mit ihm zu reden. Ziemlich lästig, und wie mir scheint, kann er gehässig werden. Schleimer paßt. Er rückt einem schwer auf die Pelle. Ich glaube, Du solltest einen weiten Bogen um ihn machen. Hast Du schon Kontakt mit der Lady? Sean.

19

Am Freitag nach Cressidas Heimkehr machte Katie Mays Klasse einen Ausflug in den Zoo von Dublin. Als Cressida an diesem Nachmittag in einer Gruppe von Eltern vor dem Schultor wartete, kam die Schulleiterin heraus und erklärte, der Bus sei im Verkehr steckengeblieben und werde frühestens in einer halben Stunde bei der Schule sein. Cressida setzte sich in einen nahe gelegenen Park ab und kehrte zwanzig Minuten darauf zurück.

Dabei kam sie an Gils alter Schule vorbei, was ihr ein Gefühl von Déjà vu vermittelte. Sie dachte über ihre frühen Jahre in Dublin nach, als Gil noch klein und die Angst, von der Presse gehetzt zu werden, groß war. Der Rummel um das Fernsehen und Franks neues Buch hatte all das wieder aufgerührt, vor allem, als er ihr erzählte, wieviel Werbeaktivitäten man von ihm erwartete. Auch wenn seine Krankheit ihm einen Vorwand geliefert hatte, sich mit

Anstand aus der Affäre zu ziehen, befürchtete sie, jemand könnte den Mord wieder aufwärmen und die Verbindungen aufdecken, die sie und Frank mit so viel Mühe zu verbergen versucht hatten. »Liebes, das ist lange, lange her. Ich bin immer sehr vorsichtig gewesen.«

»Wir haben Daddys Geld, Frank. Du mußt nicht...« Sie hatte nicht den Mut, ihn zum Rückzug aufzufordern. Doch wie üblich wußte er, was sie dachte, und brachte ein geschicktes Ablenkungsmanöver zuwege. »Ach, Cressie, Geliebte, wie lange wird das deiner Meinung nach vorhalten, wenn wir erst Gils Schuldarlehen tilgen? Da bleibt kaum genug übrig, um die Gebühren für Katie May abzudecken – die steigen ständig weiter. Und dann kommen die Uni für Gil und der Umzug.« Diese Mittelklassenängste, die so unerwartet von Frank vorgebracht wurden, ließen beide auflachen. »Ach, Frank, was ist bloß mit uns los?«

»Erbärmlich, nicht? Aber das wird nicht lange dauern. Es könnte zwar, aber es besteht eine gute Chance, daß es nicht weitergeht – zumindest nicht auf diesem Niveau.«

»Wir müssen nicht unbedingt umziehen, jedenfalls nicht gleich.«

»Aber du hast doch gesagt...«

»Ja. Alles alter Käse. Wir kommen schon zurecht, solange wir zusammen sind.«

Nach den Aufregungen der letzten Monate war sie immer noch erstaunt, wie sehr sie sich freute, zu Hause zu sein. Sie mochte das Haus nicht, aber die Einsicht, daß es nicht für immer sein mußte, machte es irgendwie akzeptabel. Katie ging gern in ihre neue Schule und gewann schnell Freunde. Es war kaum der richtige Moment, in die Provinz abzuhauen, doch Frank hatte den Vorschlag mit Wexford übernommen und schien entschlossen, ihn in die Tat umzusetzen. Cressida hatte den Verdacht, er würde sich auf diese Weise an die Zukunft klammern, während er sich bemühte, mit der bevorstehenden Operation zu Rande zu kommen, und deshalb spielte sie mit.

Es ärgerte sie, daß Frank davor zurückgescheut war, ihr von seiner Krankheit zu erzählen. Es erinnerte sie aber auch daran, wie übel sie in den letzten Jahren mit ihm umgesprungen war. Als ihr klarwurde, wie sehr er sich selbst fürchtete, verwandelte ihr Ärger sich in Reue. Er hatte eine Abneigung gegen Krankenhäuser, die angesichts der medizinischen Vorgeschichte seiner Familie nicht verwunderlich war – sein Vater und sein älterer Bruder waren beide an Herzkrankheiten gestorben. Die Einsicht, daß Frank zu stolz gewesen war, sie um Hilfe zu bitten, brach ihr fast das Herz und machte wieder deutlich, in welch traurigen Zustand ihre Beziehung geraten war. Seine vorherige Ehe war im Zusammenhang mit seiner ersten Bypass-Operation gescheitert, und auch sie waren gefährlich nahe an einen solchen Punkt geraten.

Der Blick auf Grace und Murray, die unaufhaltsam auf ähnliche Klippen zutrieben, hatte ihr gezeigt, wie sehr sie Frank liebte und brauchte und wie sehr sie sich wünschte, bei ihm zu sein. All ihre anderen Probleme einschließlich der Befürchtung, Franks Ruhm könnte unerwünschte Publicity nach sich ziehen, waren belanglos im Vergleich zu der Möglichkeit, ihn zu verlieren.

Als sie zurückkam, war sie von seinem Aussehen schockiert, zum Teil, weil sie die Zeichen der Gefahr zuvor nicht beachtet hatte. In Oxford war er müde und reizbar gewesen, doch sie war zu sehr mit ihren eigenen Kümmernissen beschäftigt, um zu merken, wie angeschlagen er war. Zusätzlich war sie dadurch getäuscht worden, daß er in Waterford wieder viel mehr der alte gewesen war, vielleicht wegen des Auftriebs durch die Aufregungen über den Fernsehfilm. Auch da war ihr, der armen Gans, nicht aufgefallen, wie er allen Aktivitäten aus dem Weg ging. Es hatte keine seiner üblichen wilden Wanderungen gegeben, bei denen sie und Katie Meilen zurückhingen. Zweimal waren sie am Fluß entlanggeschlendert, sonst nichts. Zu sehen, wie er seine Erschöpfung zu verbergen versuchte, als sie am Abend ihrer Heimkehr die Sachen aus dem Auto hereintrugen, war ein weiterer Hinweis gewesen. Er hatte gewirkt, als würde er in zäher Melasse denken und gehen, schwerfällig im Sprechen und Handeln. Nachts, in der Dunkelheit des Schlafzimmers, redeten sie stundenlang und stellten sich den besten wie den schlimmsten Ausgang vor. Am Tag zuvor hatte Frank einem Journalisten ein Interview gegeben, einem Sean Brophy von der *Daily News*, der eine Menge über ihn zu wissen schien. Frank hatte sich aufgeregt. »Für diese Heuchelei bin ich so was von beschissen ungeeignet. Ich war ein Vollidiot, mich dazu überreden zu lassen. Das war das letzte Mal. Ist mir doch piepegal, ob das den Absatz fördert oder nicht. Cress, bist du ein Engel und bittest Rebecca telefonisch, alles abzusagen? Wenn du ihr sagst, ich sei krank, wird sie nicht anfangen, darüber zu debattieren.«

»Ich habe versucht, Gil zu erreichen, Frank. Ich möchte, daß er nach Hause kommt.«

»Er müßte jeden Tag hier sein, oder? Aber vielleicht ist es keine schlechte Idee, ihn zu überreden, ein wenig früher zu kommen.«

Wir sollten es ihm sagen. Wir hätten ihm so vieles sagen müssen. Beide hatten den gleichen Gedanken. Demnächst, beschloß sie zum x-ten Mal. Sobald Frank aus der Klinik kommt, nehme ich mir den Jungen beiseite und erzähle ihm alles.

»Wenn du ihn erreichst«, fügte Frank hinzu. »Wie es scheint, ist er nur noch sehr schwer zu fassen. Hast du ihm von Halcyon erzählt?«

»Nein, das Handy war aus, und ich wollte keine Nachricht hinterlassen.«

Jetzt, als sie in der warmen Herbstsonne an seiner alten Schule vorbeischlenderte, fiel ihr ein, daß sie schon seit zwei Wochen nicht mehr mit Gil gesprochen hatte. Er hatte dürftige kleine Botschaften auf ihrem Handy oder dem Anrufbeantworter hinterlassen. Zu unmöglichen Tageszeiten, was angeblich daran lag, daß er als Crewmitglied auf einem Segelboot war und wenig Zeit für sich selbst hatte.

Er hatte vielleicht ein Mädchen gefunden. Sie hielt sich an diesem Gedanken fest. Er hatte sogar aufgehört, Katie May Ansichtskarten zu schicken. Eindeutig eine Freundin.

Sie war fast in Sichtweite der Schule angekommen, als sie hörte, wie jemand »Mrs. Sweeney« rief. Ihr blieb fast das Herz stehen, aber sie ging entschlossen weiter. Doch da war es wieder. »Ach, Mrs. Sweeney.« Dieses Mal klang die Stimme tief und eindringlich, als käme sie durch eine lange Röhre. Cressida fröstelte. Sie mußte sich das eingebildet haben. Dann hörte sie es erneut. »Ach, Mrs. Sweeney.«

Nach einer angemessenen Pause drehte Cressida sich beiläufig um und schaute die Straße hinauf und hinunter. Autos, Stoßstange an Stoßstange geparkt, einige noch mit Fahrern darin, zwei junge Männer auf Fahrrädern, offensichtlich unterwegs zur Schule, ein paar Fußgänger. Sie warf einen Blick auf die Gruppe Frauen, die vor dem Schultor miteinander plauderten. Eine, die ihren Blick auffing, nickte ungefähr in ihre Richtung. Cressie lächelte zurück, machte aber keine Anstalten, sich ihnen anzuschließen. Statt dessen holte sie ihr Handy aus der Tasche und tat so, als würde sie telefonieren, während die Gruppe am Tor allmählich anwuchs. Neun Frauen, vier Männer. War die Stimme männlich oder weiblich gewesen? Schwer zu sagen, da sie kaum mehr als ein Wispern gehört hatte. Vielleicht war es doch nur in ihrem Kopf.

Lautes Protestgeschrei holte sie in die Realität zurück. »Ach, verdammt, sag bloß, der blöde Bus ist zu spät dran.« Eine Frau, die gerade ihr Auto halb auf den Bürgersteig gefahren und Cressida dabei nur knapp verfehlt hatte, beugte sich aus dem Fenster.

»In zehn Minuten sollte er dasein«, erwiderte Cressida.

»Zehn Minuten? Sind Sie sicher?« Die Frau öffnete die Wagentür und wand sich heraus. »Ich komme zu spät. Verdammt.« Nervös zerrte sie an ihrer Armbanduhr. »Ich habe einen Termin beim Zahnarzt.« Sie war mollig, hübsch und nachlässig, aber modisch in Schwarz gekleidet. Wie viele der Eltern sah sie etwas zu alt aus, um die Mutter eines Zehnjährigen zu sein. Cressida sah sie sich genauer an. Das leichte Wollkostüm saß nicht richtig, vermittelte aber trotzdem den Eindruck, teuer zu sein, und hätte wohl »cool« gewirkt, wenn es nicht ausgesehen hätte, als wäre es kürzlich aus einem vollen Wäschekorb wieder in Umlauf gebracht worden. Ihr schulterlanges dunkles Haar war gut geschnitten und glänzend. Sie war stark geschminkt und trug ein teuer wirkendes silbernes Halsband.

»Vor einer Weile ist die Direktorin rausgekommen und hat erklärt, der Bus sei im Verkehr steckengeblieben. Der Fahrer hat angerufen«, murmelte Cressida. Sie hatte die Frau nie zuvor gesehen und fragte sich, wer sie sein mochte.

»Sie sind die Mutter von Katie May, nicht wahr?« Ihr Gesicht hatte etwas entfernt Vertrautes, doch Cressida konnte sie nicht einordnen. »Lulu redet die ganze Zeit von ihr.« Sie lächelte.

»Lulu Stephenson?« Cressida sah die Frau interessiert an. Katie May war auf deren Tochter Louise – bekannt als Lulu – fixiert. Cressida hatte die Kleine noch nicht gesehen.

Die Fremde begann sich die Wange zu reiben. »Dieser Zahn treibt mich noch zum Wahnsinn«, erklärte sie. »Wenn ich den Termin verpasse, dauert es Wochen …« Cressida wußte, was kommen würde. »Würde es Ihnen etwas ausmachen?«

»Ich könnte Lulu mit zu uns nehmen, da könnte sie mit Katie May spielen«, bot sie widerwillig an.

Mrs. Stephenson fiel ihr praktisch um den Hals. »Ach wirklich, das würden Sie machen? Sind Sie sicher?« Sie lächelte breit. »Das ist wirklich nett. Ich werde das auch für Sie tun, wenn es sich ergibt, versprochen. Übrigens, ich heiße Fiona«, sagte sie und streckte die Hand aus. »Sie sind Cressida Recaldo, oder? Ihr Name gefällt mir«, säuselte sie.

Eisige Finger schlossen sich um Cressidas Herz. *Woher zum Teufel kennt sie meinen Vornamen?* »Cressie ist mir lieber«, erklärte sie kühl. »Wo wohnen Sie denn?« fragte sie so schnell, daß sie die andere Frau auf dem falschen Fuß erwischte.

»Blackrock. Ich warte noch immer auf den Vertragsabschluß für ein Haus.« Sie nannte eine Straße in der Nähe der Schule. »Das zieht sich endlos hin. Inzwischen habe ich eine miese kleine Wohnung gemietet, die ein Vermögen kostet.« Sie griff sich wieder an die Wange. »Es sollte nicht lange dauern. Vielleicht eine Stunde. Ich rufe Sie an, sobald ich fertig bin.« Wieder ein breites Lächeln. »Ich will mir nur rasch Ihre Nummer notieren.«

»Blackrock liegt sehr günstig«, erklärte Cressida ausdruckslos. »Ich kann Lulu problemlos dort abliefern. Tatsächlich muß ich gegen sechs etwas in der Merrion Road abholen. Wenn Sie mir also einfach Ihre Adresse geben würden?« Spiel, Satz und Sieg. Sie sah Mrs. Stephenson zu, wie sie in ihr Auto sprang und davonfuhr. Sie hatte aufgehört, sich die Wange zu reiben. Cressida lächelte reumütig. Ich bin verdammt noch mal zu mißtrauisch, dachte sie. Sie entspannte sich. Nichtsdestoweniger brachten lange Übung und angeborene Vorsicht sie dazu, sich Marke und Farbe von Fiona Stephensons Wagen zu notieren. Und auch die Zulassungsnummer.

E-Mail von Fiona Moore an Sean Brophy

Lieber Sean, die alte Geschichte mit den Zahnschmerzen hat Wunder gewirkt. Aber sie war zu vorsichtig und hat mir die Telephonnummer nicht gegeben. Ein Glück, daß ich Frank an dem Tag entdeckt hatte, was? Ich habe O'Dowd den Vogel gezeigt. Wenn ich noch ein Wort über das Unrecht höre, das ihm von jedermann angetan wurde, schreie ich. Die Kanonisierung der heiligen Vangie geht weiter. Ha, ha. Fi.

PS: Ich habe ein neues Thema – ein klasse Mädchen und eine geballte Ladung Sex. In Liebe, Fi.

20

Katie May schien von Lulu Stephensons ausgeprägter Persönlichkeit ebenso überwältigt wie geblendet, doch Cressida war weniger entzückt. Frank bewältigte den Anstieg des Lärmpegels, indem er sich im Eßzimmer einschloß, welches in Cressidas Abwesenheit in ein Arbeitszimmer umgewandelt worden war. Nur Rafferty war uneingeschränkt begeistert, und die beiden Mädchen spielten fast den ganzen Nachmittag mit ihm.

Cressida lieferte Lulu um einiges vor der vereinbarten Zeit zu Hause ab. Das kleine Mädchen, erstaunlich von sich eingenommen, saß neben ihr auf dem Beifahrersitz und unterhielt sie die ganze Fahrt über. Wenn Lulu etwas war, dann äußerst mitteilsam. Ohne jeden Anstoß von Cressida gab sie einen beträchtlichen Teil ihrer Familiengeschichte preis. Sie war in San Francisco geboren, hatte aber in London, Kapstadt und anderen Orten gelebt, an deren Namen sie sich nicht erinnern konnte. Sie hatte einen großen Bruder, der in Cambridge war. Katie May war ihre allerbeste Freundin auf der Welt. Sie mochte Rafferty, und sobald sie umzogen, was schon bald sein sollte, werde sie einen Welpen wie ihn bekommen. Sie schnatterte pausenlos weiter, lange nachdem Cressida ihre piepsige kleine Stimme ausgeblendet hatte. Oder doch fast, da sie recht durchdringend war. Ihre Mommy hatte einen neuen Freund, der eines Tages vielleicht ihr neuer Daddy werden würde. Sie hatte einige davon, an verschiedenen Orten, doch Sean war der netteste. Cressida hätte das Kind ums Sterben gern gefragt, womit seine Mutter beschäftig war, was sie so weit in der Welt herumbrachte, doch in dem Wissen, wie verärgert sie selbst gewesen wäre, wenn man Katie May für Informationen angezapft hätte, unterdrückte sie diese Anwandlung.

»Darf ich morgen mit Katie May spielen?« fragte Lulu. »Ich komme sehr gern zu Ihnen. Rafferty ist einfach toll.« Und schon legte sie wieder los, doch Cressida war abgelenkt, weil sie nach dem Wohnblock Ausschau hielt. »Es ist dort drüben«, schrie Lulu. »Schau, da ist Mommy.« Sie zeigte auf ihre Mutter an einem Fenster im zweiten Stock.

Als Cressida hinaufschaute und winkte, stand die Frau auf. Sie beugte sich hinter einem Vorhang nach vorn, richtete sich wieder auf und winkte zurück. Etwas an diesem Ablauf brachte Cressida auf die Frage, ob sie wohl am Computer gearbeitet hatte, der hinter dem halb zugezogenen Vorhang verborgen war.

»Meine Mommy schreibt ein Buch«, erklärte Lulu stolz, als sie Hand in Hand zum Vorbau gingen. »Außerdem schreibt sie für eine Zeitung.« Cressie fror. »Kommen Sie, Mrs. Recaldo, da ist sie.«

Mrs. Stephenson stand an der Tür und hielt die Hand an

ihre Wange. Ihre Stimme klang gedämpft, als sie sich bei Cressida bedankte, und dann nahm sie ihr unbezähmbares Kind in Empfang. Sie bat Cressida nicht hinein und bot ihr keine Tasse Tee an – auch wenn sie das ohnehin nicht angenommen hätte. Aber als sie steif zu ihrem Auto ging, war sie so erleichtert, nicht hineingebeten worden zu sein, daß sie gar nicht merkte, wie lässig Lulus Mutter, verglichen mit ihrer plump-vertraulichen Freundlichkeit vor der Schule, gewesen war. Doch so oder so glaubte sie nicht, daß das Ganze irgend etwas mit Zahnschmerzen zu tun hatte.

Als sie nach Hause kam, erzählte sie Frank, der gerade Nudeln kochte, nichts von dem Vorfall. Katie May saß am Küchentisch und machte ihre Hausaufgaben. Später, während Cressida abspülte, brachte Frank seine Tochter ins Bett und las ihr eine Geschichte vor. Als er herunterkam, trug er Rafferty auf dem Arm. Er warf ihn ohne große Umstände in seinen Korb. »Die Frau beim Züchter hat mir erzählt, er sei stubenrein«, sagte er. »Dieses ekelhafte kleine Mistvieh hat gerade das ganze Badezimmer vollgepinkelt.«

»Vielleicht nimmt Lulu ihn uns ab«, erwiderte Cressida abwesend.

E-Mail von Sean Brophy an Fiona Moore

Hallo, Fi, der Artikel ist phantastisch. Doppelseitiger Aufmacher. Wird wie eine Granate einschlagen. Bin gespannt, was dabei herauskommt. Ich hab die Fotos, um die Du gebeten hast. Ach ja, und Karten für das Point am Freitag. Sie hat mich endlich rausgeworfen. Warum freut mich das bloß? In Liebe, Sean.

21

Am Dienstagmorgen verschliefen die Recaldos. Beim hastigen Frühstück wurde der Plan verworfen, sich in Wexford auf Häuserjagd zu begeben, während Katie May in der Schule war. Darüber war Frank, der nicht gut geschlafen hatte, ziemlich erleichtert. Am Tag zuvor hatte Phil McBride ihm von Gils Anruf berichtet, und er hatte die halbe Nacht in dem – gescheiterten – Versuch wach gelegen, eine Möglichkeit zu finden, wie er es Cressida beibringen konnte. Er war mit seinem ersten Anlauf nicht durchgekommen, und infolgedessen spielte sein Herz verrückt. Er spürte den verzweifelten Wunsch, hinauszugehen und Luft zu schöpfen. »Ich bringe Katie May hin, Cress. Du bleibst und frühstückst zu Ende«, schlug er vor. Vater und Tochter gingen gerade durch die Tür, als Phil anrief. Frank hörte schweigend zu und legte dann auf. »Cress?« rief er. »Das war Phil, er will etwas bereden.«

»Aber hast du ihn nicht erst gestern getroffen?«

»Ja, und darüber will er sprechen«, antwortete Frank wahrheitsgemäß.

Cressida kam aus der Küche, während sie sich die Hände abtrocknete. »Wie lästig. Mußt du wirklich?«

»Ja-a, ich muß.« Er überlegte einen Augenblick. »Warum fährst du eigentlich nicht allein nach Wexford? Wenn es wirklich etwas taugt, können wir am Wochenende zusammen hinfahren. Ich hole Katie May wieder ab, dann mußt du dich nicht so beeilen.«

»Meinst du wirklich? Es ist wirklich nicht so eine Hetzerei, wenn ich nicht zum Schulschluß zurück sein muß. Du vergißt es doch nicht, oder?«

»Ach, Cress, wofür hältst du mich?« Er grinste. »Vergiß dein Handy nicht.« Er klopfte auf seine Tasche. »Meines hab ich dabei. Wir bleiben in Kontakt.« Er küßte sie zärtlich auf den Mund. »Wenn du zurück bist, haben wir das Abendessen fertig.«

»Hast du eine Ahnung, wie lange das bei Phil dauert?«

»Zwei Stunden vielleicht.«

Cressida lachte. »Dann dauert es sicher den ganzen Tag. Ich will sehen, was ich in Wexford finden kann.«

»Daa-ddy! Ich komme zu spät«, schrie Katie May.

»Komme schon. Ich komme, komme, komme«, rief Frank, obwohl er merkwürdig widerstrebend zu gehen schien. »Bye, Liebling.« Er küßte Cressida noch einmal. »Ich liebe dich«, sagte er ruhig, als sie ihn an sich drückte.

Cressida ging in die Küche zurück und goß sich eine zweite Tasse Kaffee ein. Sie rechnete sich aus, daß der Berufsverkehr noch etwa eine halbe Stunde andauern würde, setzte sich an den Tisch und schlug die Morgenzeitung auf. Es war der Tag mit den Buchbesprechungen. Sie schaute beiläufig die Seiten durch, um zu sehen, ob sie Sean Brophys Interview gebracht hatten. Und sie hatten. *Man of Mistery*. Das Foto war erbärmlich. Frank hatte sich schlauerweise mit dem Rücken zum Licht gesetzt, wodurch sein Gesicht im Schatten lag. Außerdem trug er eine Melone, die sie noch nie gesehen hatte – damit wirkte er zwielichtig und albern wie ein abgehalfterter Buchmacher. Aber er war eindeutig nicht wiederzuerkennen. Erleichtert fing sie an, das Interview zu lesen.

Die ersten zwei Absätze behandelten vor allem die Qualität seiner schriftstellerischen Arbeit und die anstehenden Fernsehserien, dann folgte der private Kram. Sie las mit einer gewissen Angst weiter. Franks gesamte berufliche Laufbahn wurde recht detailliert geschildert, auch wenn sein richtiger Name nicht erwähnt wurde. Doch jeder, der Inspektor Frank Recaldo gut kannte, würde ihn in Frank Ventry sicher wiedererkennen, obwohl Brophy die entscheidenden Punkte geschickt verschleierte und seine Zeit in Passage South nicht erwähnte. Seine frühe Pensionierung begründete er mit der schlechten Gesundheit. Die Reisebücher wurden nur nebenbei gestreift, auch nicht mit dem Namen, unter dem Frank sie veröffentlicht hatte. Es hätte schlimmer sein können, doch sie wußte, Frank würde ihn hassen.

Sie legte die Seiten wieder sauber zusammen, schob den Teil mit den Kritiken zwischen die Hauptnachrichten und faltete die Zeitung zusammen. Als sie sie auf den Tisch zurücklegte, fiel ihr etwas auf. Auf einem schmalen Streifen der Frontseite stand: »Lesen Sie heute den Anfang der Artikelserie: Wahre Verbrechen – Ungelöste geheimnisvolle Morde, von Fiona Moore.«

Cressida schlug die Zeitung ein zweites Mal auf. Sie war im oberen Teil feucht geworden, und die beiden ersten Seiten klebten aneinander, was vermutlich der Grund war, weshalb sie den Artikel zuvor nicht bemerkt hatte. Sie löste sie voneinander und legte das Papier ausgebreitet auf den Tisch. Der Titel lief über beide Seiten: »Tote Frau aufrecht stehend im eigenen Garten zurückgelassen – der unaufgeklärte Mord des Jahrzehnts.« Unter der Namenszeile befand sich ein drei mal drei Zentimeter großes Foto von Fiona Moore. Cressida starrte es ein oder zwei Sekunden lang an, ehe sie begriff, daß sie Lulu Stephensons

Mutter anblickte. Sie atmete scharf ein und sank auf einen Stuhl.

Zuerst konnte sie sich nicht auf die tanzenden Buchstaben konzentrieren, aber sie zwang sich, alles mehrmals zu lesen, angefangen bei der niedlichen Einleitung: »Diese Geschichte handelt von einer verlassenen Frau, ihrem schwulen Liebhaber, ihrem Mörder, dem gemeinsamen behinderten Kind, einem hübschen Polizisten, einem tauben Jungen und einem ehemaligen Priester.« Dem folgte eine Schilderung der Ermordung Evangeline Walters, wie sie die Autorin von deren engstem Freund und Partner gehört hatte, der »jeden Tag mit dem Schmerz über den Tod seiner Geliebten lebt«. Obwohl die Namen geändert waren, auch der von Cressida, war es problemlos möglich, den Lächler O'Dowd als den Erzähler zu identifizieren. Den *schwulen* Erzähler. Seine Geschichte war nur kurz, aber mit tödlicher Genauigkeit skizziert. Cressida, die den Lächler nie gemocht hatte, erwischte sich dennoch bei der Hoffnung, der arme Mann habe sich selbst geoutet, ehe Ms. Moore es so umfassend und stellvertretend für ihn erledigt hatte. Wäre sie wegen ihrer eigenen Betroffenheit nicht so schockiert gewesen, hätte sie sich vielleicht gefragt, wie es die Journalistin geschafft haben mochte, sich in sein Vertrauen zu stehlen, ehe sie seine Verwundbarkeit so gnadenlos ausgebeutet hatte. Doch das schien so etwas wie ihr Markenzeichen zu sein. Die Einzelheiten des Mordes waren alarmierend genau, ebenso die Schlußfolgerungen. Die Autorin schaffte es, den Artikel sowohl anzüglich als auch selbstgerecht klingen zu lassen. Ms. Moore begann mit den Schwierigkeiten alleinerziehender berufstätiger Mütter, ging über zu dem abgeschobenen behinderten Kind und ordnete die übrigen Personen dann säuberlich in Paare ein. Es folgte eine abfällige Andeutung darüber, wie John Spain seine Frau zum Selbstmord getrieben hatte, ehe er seine Aufmerksamkeit kleinen Jungs zuwandte, besonders dem Sohn des angeblichen Mörders – sie achtete sorgfältig auf die gesetzlichen Feinheiten –, während dessen

Mutter den Ortspolizisten vögelte. Sie las entsetzt weiter, während ihre sorgfältig aufgebaute Welt über ihr zusammenstürzte.

Cressida Recaldo schlug die Zeitung zu und faltete sie sorgfältig, strich sie mit zitternden Händen glatt und faltete sie dann immer weiter zusammen. Nach einer langen Zeit ging sie wie eine Schlafwandlerin in den ersten Stock, holte sich eine warme Jacke und verließ das Haus. Sie hatte keine Tasche bei sich und ließ ihr Handy auf dem Küchentisch liegen.

Dublin Daily Post

Heute Start der neuen Serie über ungelöste Mordfälle. Autorin ist die preisgekrönte Journalistin Fiona Moore.
(Magazinteil, S. 2–4)

Gil

Lange vor sieben am nächsten Morgen brach ich auf und erwischte etwa eine Meile außerhalb von Duncreagh eine Mitfahrgelegenheit nach Cork. Ich wurde am Glanmire-Bahnhof abgesetzt, wo ich frühstückte, während ich auf den Zug wartete. Ich redete mit niemandem. Auf dem Weg zum Fahrkartenschalter blieb ich wie vom Donner gerührt stehen, als ich eine Reklametafel sah, die den neusten Zeitungsknüller anpries. »Heute Start der neuen Serie von Preisträgerin Fiona Moore: Ungelöste Morde – wahre Verbrechen.« Fiona Moore. Ich hatte schon eine Vorahnung, bevor ich mir die *Daily News* kaufte und las: »Der gutaussehende Polizist, der taube Junge und der verstoßene Priester.«

Im Zug lernte ich die tödliche Miss Fiona Moore dann so richtig kennen. Ich las ihren widerwärtig abfälligen Artikel dreimal, und jedesmal kam ich mir noch ausgesetzter vor. Dreckstück. Eines war jedenfalls sicher – ich wollte nicht darüber diskutieren, und meine Eltern wollte ich für sehr, sehr lange Zeit nicht mehr sehen. Ich stellte mir ihre Reaktion vor und fühlte mich elend. Danach machte ich innerlich dicht und starrte aus dem Fenster. Ich stellte das Fühlen zum größten Teil und das Denken vollständig ein. Ich hatte den Eindruck, mein Leben sei vorbei, und es gäbe für mich keinen Weg zurück.

Vom Heuston-Bahnhof wanderte ich langsam das Südufer des Liffey entlang. Es war ein schöner Tag, glaube ich. Wenigstens regnete es nicht. Ich bog in die Temple Bar ein, nahm eine Abkürzung quer durch den Park des Trinity College bis zum Tor an der Nassau Street und ging von dort aus die Kildare Street hinauf. Ich hakte die Straßen auf einer Liste in meinem Kopf ab wie ein Zombie.

In Boswell's Hotel war ich noch nie gewesen, und ich kam ein wenig vor der vereinbarten Zeit an. Es lag gegenüber dem Dáil – den Regierungsgebäuden an der Kildare Street. Während ich im Foyer herumstand und meinen Mut zusammensuchte, um mich an die herrisch wirkende Frau an der Rezeption zu wenden, bemerkte ich zwei oder drei aus dem Fernsehen vertraute Gesichter, und mir fiel wieder ein, daß das Hotel als Stammkneipe von Politikern und Journalisten bekannt war. Die Frau forderte mich auf, meinen Rucksack beim Portier zu hinterlegen. Man hatte ihr meine Ankunft offensichtlich bereits angekündigt, denn als ich erklärte, ich sei mit Inspektor McBride verabredet, schickte sie mich in einen kleinen Raum neben der Halle. Ein paar Minuten später erschien ein Kellner mit einem Glas Guinness und einem Teller Sandwiches. »Der Inspektor hat gemeint, Sie hätten vielleicht Hunger.« Er grinste.

Als Bridie mit einer Viertelstunde Verspätung auftauchte, war ich vollkommen ruhig. Wer ihn sah, dachte sicher zuletzt daran, einen »führenden Polizeioffizier« vor sich zu haben. Im Phoenix Park war er zwar nicht der oberste Boß, aber doch ziemlich nah daran. Als man Bridie zum Chefinspektor befördert hatte, vermutete Frank, damit sei er mit seiner Karriere wohl am Ende der Fahnenstange angekommen, und er werde, weil er schwul war, nie ganz nach oben aufsteigen. Bridie war alles andere als tuntig: Eher sah er wie ein erfolgreicher Geschäftsmann aus, wenn auch mit einem gewissen kleinen Unterschied. Er sprach mit einem ausgeprägten Dubliner Akzent, hatte einen kahlrasierten Schädel und eine immer weiter zunehmende Wampe. Aber er kleidete sich todschick: mittelgrauer italienischer Anzug, dunkles, bis zum Hals zugeknöpftes Hemd und keine Krawatte. Und um einen noch mehr zu verwirren, trug er einen schmalen goldenen Reif am Ringfinger der linken Hand. Er und sein Freund Mark, leitender Krankenpfleger am St. Vincent's Hospital, waren zusammen, seit ich denken konnte. Shay würde vermutlich sagen, Phil McBride sei in Ordnung.

»Wie geht's denn so, Magillacuddy?« Bridie hatte für jeden einen Spitznamen. Frank war entweder Amigo oder Troilus, was nahelag, Katie May war Cutems, und Mark war Suze. Soll mich keiner fragen, warum. »Keinen Hunger, was?«

»Nein. Danke.« Ich schob das Guinness über den Tisch. »Mir ist nicht gerade nach Essen zumute.«

Er setzte sich. »Verständlich, alter Junge, verständlich«, sagte er, als die Tür aufging und Frank eintrat.

Wütend sprang ich auf. »Nein«, schrie ich, »nein.«

»Beruhige dich«, mahnte Bridie streng. »Für Wutanfälle ist die Sache zu ernst.« Ich warf mich wieder auf das Sofa und drückte die Augen fest zu, um die Tränen zurückzuhalten, die in der letzten Woche ständig zu fließen drohten. Ich fühlte mich gedemütigt, weil man mich wie ein Kind behandelte, und ich war durcheinander, weil ich absolut nicht mehr wußte, was ich Frank gegenüber empfand.

Als ich aufsah, stand er immer noch im Türrahmen. Sein Gesicht war weiß wie ein Blatt Papier. Bridie erhob sich, nahm ihn am Arm und führte ihn zu einem Stuhl mir gegenüber. Trotz meiner Wut war ich platt, wie sanft und einfühlsam er war und wie zerbrechlich mein Dad aussah. Bei Großvaters Beerdigung war er mir schon ziemlich angeschlagen vorgekommen, aber jetzt merkte ich, er war krank. »Ich möchte gern bleiben, Gil, bitte«, sagte er ruhig. »Ich glaube, das geht uns alle drei an. Wenn du aber darauf bestehst, gehe ich natürlich.« Seine Manieren vergaß Frank nie und auch nicht, wie er einem Spielraum lassen konnte – obwohl ich ihn während der letzten Jahre in dieser Hinsicht weiß Gott auf die Probe gestellt habe. Ich habe nur einmal erlebt, wie sie ihm abhanden kamen, und das war bei diesem blöden Leichenschmaus. Ich wünschte, ich hätte an dem Tag mit ihm geredet. Er hatte dazu angesetzt, doch ich hatte ihn zurückgestoßen. Ich konnte nicht anders.

»Bleib, wenn du willst«, sagte ich ungnädig. Ich konnte ihn nicht ansehen. »Hast du die Zeitung von heute gesehen? Was diese dumme Kuh über Tar geschrieben hat?«

»Ja«, erwiderte er. Er wurde grün im Gesicht, und ich wußte, er dachte an Cressie und wie sie reagieren würde, aber er erwähnte sie nicht.

»Du hättest mir dieses ganze Zeug schon vor Jahren erzählen sollen«, platzte ich heraus. »Du hättest es nicht mir überlassen dürfen, alles allein herauszufinden.«

»Wir glaubten – wir hatten gehofft, du würdest fragen, wenn du soweit bist«, erklärte Frank. »Ich und deine Mutter.«

»Wahrscheinlich eher gehofft, ich würde nicht«, knurrte ich. »Gehofft, ich würde es vergessen.«

»Hör auf rumzuwinseln, Gil.« Bridie übernahm das Kommando. »Vergiß nicht, du wolltest dieses Gespräch.« Seine Stimme wurde weicher. »Mir ist klar, wie schwierig das alles für dich ist, wie bedroht du dir vorkommen mußt. Also, kannst du uns mitteilen, was du deiner Ansicht nach herausgefunden hast? Laß dir Zeit, soviel du willst. Was hat dich veranlaßt, nach Trianach zu gehen?«

»Das hatte ich mir schon seit zwei Jahren überlegt. Sogar noch länger.« Ich starrte Frank an. »Mein Gott, ich wußte ja nicht einmal, wer mein Vater war, bis Großvater eines Tages von ihm erzählt hat. Ich kannte nicht mal meinen eigenen Namen.«

»Ich bin dein Vater, Gil. Du bist mein Sohn. Katie May ist deine Schwester. Für mich warst du nie etwas anderes.« Frank sah traurig aus.

Ich kämpfte weiter mit den Tränen. »Ich weiß, Dad, aber da gibt es auch noch Gil Sweeney, den Mördersohn, oder etwa nicht? Halcyon Walters Bruder.«

»Ach, allmächtiger Gott.« Frank legte den Kopf in seine Hände.

»Halbbruder – wenn überhaupt«, mischte Bridie sich ein. »Hören wir doch mit dem Theater auf.«

Ich fuhr herum. »Ihr hättet einen DNA-Test machen können«, giftete ich. Wirklich ziemlich bescheuert, weil keiner der beiden es bestritt.

»Und wozu?« fragte Bridie milde.

»Dann wüßte ich verdammt noch mal, ob ich genauso schwachsinnig war wie ... wie ...«

Dieses Mal konnte ich die Tränen nicht zurückhalten. Ich hörte, wie Frank sagte: »Um Christi willen, Phil, was machen wir da eigentlich?« Und dann, wie üblich, wenn ich unter Streß stehe, blendete ich die Geräusche aus. Frank erkannte es sofort. Er kam zu mir, nahm mein Gesicht in seine langen, schlanken Hände und sah mir direkt in die Augen. »Fang ganz von vorn an, Gil.« Er formte die Worte mit Sorgfalt. »Wann bist du aus Frankreich zurückgekommen?«

»Nach der Beisetzung war ich nur eine Woche oder so drüben«, murmelte ich. Dann riß ich mich zusammen. Erst redete ich in die Stille, doch allmählich hörte ich meine eigene Stimme wieder, und auch die von Bridie, wenn er eine Frage hatte oder eine Kette von Flüchen losließ.

Frank sagte kein Wort, bis ich berichtet hatte, was in dem Garten passiert war, und dann erklärte er einfach: »Du hast gedacht, deine Mutter habe sie ermordet? Das ist nicht wahr.« Frank schloß die Augen und bemühte sich, seinen Atem zu kontrollieren. »Das mußt du mir glauben, Gil. Cressie hat diese schreckliche Frau nicht umgebracht.«

»Aber sie hat sie zu Boden geschlagen.« Keiner der beiden wirkte überrascht. *Wußten sie es?*

»Und das war alles, was sie getan hat.« Bridie sprach langsam und deutlich, als sei er nicht sicher, ob ich ihn richtig verstehen konnte. »Deine Mutter hat Evangeline Walter nicht getötet. Die Kopfwunde war nur oberflächlich. Wir hielten sie für entscheidend, doch der Gerichtsmediziner hat das richtiggestellt. Es bestand absolut kein Zweifel, daß sie an den Folgen eines Schlages in den Magen gestorben ist. Schau mich an, Gil. Die Autopsie war schlüssig. Die Beweise gegen VJ Sweeney waren nicht zu widerlegen.«

Er sprach den Namen aus, als sei er für ihn ohne Bedeutung und als sollte er auch für mich nichts bedeuten. Doch das funktionierte nicht. »Mein Vater?«

»Ja.« Er sah weg.

»Also bin ich so oder so der Sohn eines Mörders.«

»Tut mir leid, aber besser er als deine Mutter«, erwiderte Bridie barsch im Polizistenton. »Für dich war dieser Bastard kaum je ein richtiger Vater, Gil.«

Irgendwie schaffte er es, die emotionalen Wogen zu glätten. Gott sei Dank versuchte er nicht, mich aufzumuntern, denn wenn einer der beiden mich angefaßt oder bemitleidet hätte, weiß ich nicht, wie ich damit fertig geworden wäre.

»Ich möchte von euch etwas über die Ermittlungen hören«, erklärte ich steif. »Deshalb bin ich hier.«

Sie wechselten einen Blick. Frank saß am anderen Ende des Raumes, und Bridie tigerte auf und ab. Er übernahm das Reden. Er sprach, als würde er die Untersuchung einem Kollegen oder gar einem Vorgesetzten schildern. Er war vollkommen emotionslos und sachlich.

»Wann hast du erkannt, daß Mrs. Walter Halcyons Mutter war?« unterbrach Bridie meine Gedanken. Ich weiß nicht, wieso ihm klar war, daß diese spezielle Information für mich entscheidend war, aber ich nehme an, diese Art von Intuition machte ihn zu einem guten Bullen. Ich brauchte einige Zeit, doch irgendwie erzählte ich davon, wie ich sie an der Tankstelle gesehen hatte, und fuhr dann damit fort, was geschehen war, als wir wieder zu Hause waren. Ich schilderte, wie mein Vater das Glas nach meiner Mutter warf und mich durch das Zimmer prügelte.

»Kannst du uns nun erklären, was geschah, als deine Mutter dich von dem Haus wegbrachte?« Ich erzählte meine lange, stockende, unzusammenhängende Geschichte. Frank war sprachlos. Es war Bridie, der mich fragte, ob ich im Garten meinen Vater gesehen hatte. »Diesen Teil solltest du noch einmal durchgehen«, bat er. Also fing ich noch einmal bei dem Schuh an, der sich auf meinen Fuß gesenkt hatte. Dieses Mal fiel mir wieder ein, die Farbe der verdreckten Kordhose war nicht braun, sondern eher wie helles Leder gewesen. Sie wechselten bedeutsame Blicke. »Warum ist das so wichtig?« fragte ich, und sie setzten mir auseinander, wie sie die Beweise gegen meinen Vater im Kofferraum seines Wagens gefunden hatten. Einschließlich Tars Bandgerät.

»Seine Kleidung?« fragte ich.

»Ja. Sie war überall mit ihrem Blut befleckt«, erwiderte Bridie.

»Was noch?«

»Ihren Laptop, die Handtasche, solche Sachen.«

»Und eine große Kiste?«

Frank fiel der Kiefer herab. »Ja«, bestätigte er. »Eine bemalte italienische Truhe aus ihrem Haus. Woher weißt du das?«

»Ich habe gesehen, wie er sie eingeladen hat.« Ich glaubte schon, Frank würde quer durch den Raum springen und die Informationen aus mir herausschütteln, doch Bridie hob die Hand. »Was geschah, *nachdem* du den Garten verlassen hast?« fragte er. »Kannst du dich daran erinnern?«

Ich schloß die Augen. »Tars Hütte. Cressie und ich liegen auf seinem Bett. Sie ist eingeschlafen. Am Morgen hat er mich ins Auto getragen.«

»Aber vorher bist du in den Garten zurückgekehrt, oder?« erkundigte er sich sanft. »Bist du Tar gefolgt?«

Nun, ich hatte mich da selbst hineingeritten, gut, aber ich hatte Angst, was er mir aus der Nase ziehen würde. Er war clever, und so hatte ich den Eindruck, mir bliebe gar nichts anderes übrig, als zu sagen, wie es war – ich wußte, er würde mich dabehalten, bis er die ganze Geschichte kannte. Das einzige, was ich zurückhielt, war jeglicher Hinweis auf meine Mutter. Ich ging einfach stillschweigend davon aus, daß sie schlief, als ich hinausging, und auch, als ich zurückkam.

»Was hat er mit dem Bündel gemacht, das er aus dem Haus mitgenommen hat?«

Ich schüttelte den Kopf. »Keine Ahnung, nicht gesehen.«

Und wie zuvor machte er weiter, als hätte er das Interesse daran verloren. Keine Chance. »Was geschah dann am Morgen?«

»Er trug mich zum Auto. Es stand auf einem Acker, glaube ich. Wir fuhren eine lange Strecke.« Erst an dieser Stelle kam mir noch etwas anderes ins Gedächtnis zurück. »Ein Krankenhaus. Wir waren im Krankenhaus. Haben mit einer Frau geredet. Sie war krank und lag im Bett.«

»Marilyn Donovan«, erläuterte Frank.

»Das war Marilyn? Oh.« Noch so eine Schlaubergerin: Sie hatte mit keinem Wort erwähnt, daß wir in die Klinik gekommen waren.

»Sie hatte zwei Tage vor dem Mord eine Fehlgeburt«, erklärte Bridie. »Deine Mutter hat sie zum Bon Secours in Cork gefahren.« Dann verstummte er für eine Weile, was meine Anspannung noch mehr steigerte. »Du warst also insgesamt zweimal im Garten?« Ein schwaches Lächeln. »Ich verstehe da etwas nicht ganz. Gehen wir es doch Schritt für Schritt durch, oder?«

»Eigentlich sollte ich hier die Fragen stellen«, protestierte ich. »Warum werde ich dann verhört?«

Er gab sich nicht geschlagen. »Du meinst, das hier sei ein Verhör, alter Junge?« Er lachte freudlos. »Schau, Gil, ich möchte dir helfen, alles zu verstehen, aber es ist deine Interpretation, die wir aufzuarbeiten haben. Ich kann das nicht aufklären, solange ich nicht höre, wie du das siehst. O.k.?«

Ich nickte, obwohl ich in Wahrheit keine Ahnung hatte, was er meinte. Gleichzeitig wollte ich mit den Spielchen Schluß machen und in meinem Kopf alles klarstellen.

Ich glaube, er wollte wohl die Entscheidungen für mich treffen.

»Also. Zurück zur Hütte, nachdem du das erste Mal zurückgekommen bist. Du bist eingeschlafen?«

»Nein«, erwiderte ich, während ich mich in das dunkle Schlafzimmer zurücktastete. »Cressie schlief ein. John Spain war nebenan am Tisch und trank Whiskey.«

»Woher wußtest du das?« fragte Bridie.

»Das konnte ich riechen.« Man hätte eine Stecknadel fallen hören können. »Ich verließ das Bett, ging aber nicht ins Wohnzimmer. Ich spähte um die Türkante und beobachtete ihn. Er weinte. Seine Schultern bebten. Nach einer Weile stand er auf und ging hinaus.« Ich sah Frank an. »Ich schlich hinter ihm her und versuchte, ihn zu rufen, bekam aber kein Wort heraus, und so folgte ich ihm zur Bucht hinunter. Er holte das Boot heraus. Ich kletterte auf die Landzunge, um auf ihn zu warten.«

Bridie sah Frank an. »Was für eine Landzunge?«

»Eine Felsnase, ziemlich hoch, direkt an der Bucht, in der er sein Boot liegen hatte.«

»Inzwischen sagt man Spain's Cove zu der Bucht«, ergänzte ich etwas zusammenhanglos.

»Weiter«, kommandierte Bridie barsch, doch der Zauber war gebrochen, und so ließ er mich noch einmal ganz von vorne beginnen.

»Mein Arm tat mir weh, und ich rutschte dauernd aus. Als ich oben ankam, war Tar verschwunden. Ich wollte gerade zur Hütte zurückrennen, als die Barkasse über den Fluß geschossen kam.«

»Barkasse? Welche Barkasse?«

»Die von meinem Vater.«

»Bist du ganz sicher? Hast du sie gehört?«

»Gesehen. Er stand am Ruder. Es war Vollmond. Er schien ihm aufs Haar.« Ich faßte an meine Haare. »So wie meine, die gleiche Farbe. Er hatte keine Mütze auf. Dunkler Pullover, kein Mantel. Es war kalt.« Ich redete mit mir selbst.

»Und dann?«

»Ich schaute wieder hinunter und wartete auf Tar.«

»Du hattest keine Angst vor ihm, nach dem, was du zuvor beobachtet hattest?« fragte Bridie sanft.

»Nein, nur Angst, er könnte vielleicht unseretwegen nicht zurückkommen.«

»Wie lange hast du gewartet?«

Und wieder ging ich alles durch, fügte dieses Detail hinzu. Es schien sinnlos, noch etwas auszulassen. Abgesehen von einer Sache. Ich sagte ihnen nicht, daß ich glaubte, Cressie gesehen zu haben.

»Und am nächsten Morgen war Spain wieder da?« erkundigte Bridie sich, als ich fertig war.

»Ja. Aber ich weiß nicht, ob es morgens war – es war immer noch dunkel. Er trug mich zum Auto.«

»Tut mir leid, daß du das alles allein rausfinden mußtest, Gil.« Frank brach sein langes Schweigen.

»Ja, du hast es wirklich versaut, oder vielleicht nicht? Warum hast du es mir nicht erzählt?«

»Also, das ist doch zum Heulen, Magillacuddy, bleib mal auf dem Teppich! Wie zum Teufel hätten sie einem Achtjährigen oder einem Zehnjährigen oder einem Zwölfjährigen all diese Sachen beibringen sollen? Kannst du mir das vielleicht sagen? Schau mich an, Sohn. Glaubst du, die wußten, was du alles gesehen hast? Wieviel du davon behalten hast?«

»Man hätte mir das mit Halcyon sagen sollen, und von meinem Vater«, sagte ich starrköpfig.

»Es tut mir leid«, wiederholte Frank. »Ach, Gil, es tut mir wirklich leid. Cressie und ich haben uns deswegen den Kopf zermartert, die ganze Zeit über, aber als es darauf ankam, hatten wir Angst, was es bei dir anrichten würde. Wir haben Scheiße gebaut.«

»Ach, hört doch auf!« explodierte Bridie. »Wolltet ihr nicht einfach nur das Kind schützen? Ihr habt getan, was ihr konntet, Frank.«

»Bloß war das nicht genug, oder?« fragte ich.

Bridie sah mich so strafend an, daß ich froh war, kein Krimineller zu sein. »Vielleicht hättest du es ja besser machen können. Versetz dich doch mal in ihre Lage, Bursche. Überleg dir, ob du es Katie May sagen würdest, jetzt, mit ihren zehn Jahren. Wo würdest du anfangen?«

Das schaffte mich mehr als alles andere, weil ich plötzlich sah, wie Halcyon mein kleines Schwesterchen durch die Luft wirbelte und dabei fast umgebracht hätte.

»Normalerweise mach ich so etwas nicht, Gil, aber du sollst hören, wie die Geschichte aus meiner Sicht abgelaufen ist.« Bridie redete fast eine halbe Stunde lang, beginnend mit dem Augenblick, in dem er mit seinem Vorgesetzten aus Cork angereist war, um die Untersuchung des Mordfalls zu übernehmen. Er schilderte den gesamten Ablauf, der mit dem Brand von Tars Boot endete. Und als er damit fertig war, sagte er mir, sie hätten zu dem einen oder anderen Zeitpunkt sowohl Frank als auch Tar und meine Mutter verdächtigt. Tar und Cressie wegen des Mordes und Frank, weil er die Spuren verwischt hatte. Das ließ mich aufhorchen. »Er hätte es fast versaut, weißt du, mit seiner beschissenen Einmischung, er wäre fast selbst im Knast gelandet, weil er sich bemüht hatte, deine Mutter zu schützen. Hielt mich wohl für einen verdammten Idioten.« Sie hatten also auch gedacht, Cressie sei es gewesen. Und jetzt nicht mehr? Warum waren sie so sicher?

Er sagte, erst als sie ihre Fäden entwirrt und zusammengearbeitet hatten, seien die echten Beweise gefunden worden. Das geschah, als sie Tar seine Geschichte glaubten, wonach er Sweeney später in der Nacht im Garten gesehen hatte. »Die Geschichte, die du eben bestätigt hast, Magillacuddy. Du bist ein verdammt toller Zeuge, wußtest du das? Mit dir hätten wir gleich zu ...« Er schlug die Hand vor den Mund. »Au, Jesus, was rede ich?«

»Ich glaube, ich wäre damals nicht besonders gut gewesen, oder? Schließlich konnte ich nicht so gut sprechen. Oder hören.« Ich legte meine Hand auf Franks Arm. »Wie auch immer, ich hatte schreckliche Angst vor meinem Vater. In dieser Nacht war er verdammt nahe dran, mich und Cressie umzubringen.« Ich schluckte schwer. »Doch meine Mutter lebte mit ihm zusammen, wohnte bei ihm. Warum?« Sogar für mich klang es hysterisch. »Wegen eines beschissenen Hauses?« Das brachte sie zum Schweigen. »Hatte Tar versucht, ihn zu retten, als sie ertranken?«

Bridie wandte sich an Frank. »Jetzt bist du dran, Amigo. Wie siehst du diese Sache?«

Frank zögerte. Ich hatte das schreckliche Gefühl, er würde gleich ganz fromm werden, aber ich hätte es besser wissen sollen. »Nach dem Mord war Spain am Boden zerstört. Er wohnte praktisch auf seinem Boot. Wie wir zu spät bemerkten, mußte er wohl Sweeney aufgelauert haben.«

»Wir fanden heraus, daß Sweeney seine Anteile am Hotel Atlantis in Passage South verkauft hatte – vierzigtausend in harter Währung. Evangeline war dahinter her, aber er hat sie an einen anderen verkauft. Meiner Meinung nach war Sweeney bereits mit dem Wagen abgehauen«, warf Bridie ein. »Doch Frank hatte immer geglaubt, er würde, wenn er sich verdrücken wollte, eher die Yacht nehmen, und Spain hatte wohl die gleiche Ahnung gehabt. Die Yacht lichtete am Samstag, morgens um sechs, den Anker. Wir verpaßten sie, doch Spain war an Ort und Stelle. Er nahm die Motorbarkasse und machte sich an die Verfolgung. Dann gerieten sie in einen Sturm.«

»Cressie meint, Spain hat vielleicht ein wenig nachgeholfen, um die Yacht auf die Felsen zu setzen«, sagte Frank.

Der Mann, von dem sie sprachen, war so etwas wie ein Vater für mich gewesen. Das sagte ich mir immer wieder, und es tat höllisch weh, daß sie von ihm sprachen, als wäre er ein wildes Tier. »Warum glaubt sie das?« fragte ich, obwohl ich wußte, was er sagen würde.

»Er hätte alles getan, um dich zu schützen. Ich bin überzeugt, er rechnete sich aus, daß der Skandal sich legen würde, wenn es nicht zu einem Verfahren käme.«

»So könnte man das sagen.«

Bei ihm selbst hatte es nicht funktioniert. Marilyn hatte mir doch erzählt, daß »jedermann wußte, John Spain war kein Päderast«, aber sie hatte sich bemüßigt gefühlt, es zu sagen, und das allein war Verurteilung genug. Zehn Jahre nach seinem Tod bestritt man dieselben alten Lügen, und mir kam das nicht wesentlich anders vor als eine offene Anschuldigung. Der Dreck blieb in jedem Fall kleben. Für einen Sekundenbruchteil war ich froh, daß die Hure, die alles in Gang gesetzt hatte, umgebracht worden war. Aber es gab noch immer eine. Moore.

»Warum hat Mrs. Walter diese schrecklichen Lügen über Tar in die Welt gesetzt?«

»Ja nun, das ist die beschissene Eine-Million-Dollar-Frage«, erklärte Bridie, aber am Ende kam er auf den Anlaß für den Mord. Er bestätigte, was Tar in seinem Brief geschrieben hatte.

»Sie wollte Sweeney an den Kragen, wollte ihn und alles, was er hatte, zerstören, auch seine Familie.« Frank schien sich das im Sprechen zurechtzulegen. »Sweeney nutzte diese Geschichten über Spain, um Cressie zu drohen. Er behauptete, er werde die Behörde informieren, falls sie das Haus nicht aufgab. Ich bin mir nicht sicher, ob Evangeline Walter das so gewollt hatte, aber so kam es eben. Sie und Sweeney hatten keine Affäre miteinander, wie alle glaubten, auch Cressie. Keine, die sich länger hingezogen hätte. Sie waren ein Liebespaar gewesen, doch er verließ sie, als Halcyon noch ein Baby war. Letzte Woche hat Murray deiner Mutter gegenüber eingeräumt, daß Sweeney für ihren Zustand verantwortlich war. Evangeline verfolgte ihn jahrelang und sann auf Rache. Für sich? Für ihr hirngeschädigtes Kind? Cressie und ich haben lange darüber nachgedacht, aber wir kriegen das immer noch nicht alles zusammen. Sie hat ihn öffentlich gedemütigt. Sie kaufte die Yacht ...«

»Der Name wurde in *Halcyon* geändert«, warf ich ein. Ich holte tief Luft und legte in aller Ruhe das Mobiltelefon, das ich in der Hütte gefunden hatte, mitten auf den Teller mit den Sandwiches.

Bridie stürzte sich darauf.

»Wo hast du das her?« flüsterte Frank.

»Tar hat es so deponiert, daß ich es finden mußte. An einer Stelle, von der nur ich wußte. Er hat sicher damit gerechnet, daß ich zurückkommen würde. Es gehört ihr, nicht wahr?«

»Wahrscheinlich. Ihres kam tatsächlich abhanden, als Spain sich eines beschafft zu haben schien.« Er zuckte mit den Schultern. »Wir werden nie erfahren, ob irgendwelche bedeutsamen Botschaften darauf waren.«

Frank kam quer durch den Raum zu mir, legte mir die Arme um die Schultern und drückte mich an sich, wie damals, als ich noch ein Kind war. Wir weinten beide. Er fragte, ob ich mit ihm nach Hause kommen wolle. »Nein«, sagte ich. »Ich könnte es nicht aushalten. Ich möchte eine Weile fortgehen.«

»Wohin? Was ist mit der Universität?«

»Was soll damit sein? Du glaubst, nach alldem könnte ich mit der Uni anfangen? Du hattest zehn Jahre, um das zu begraben. Ich fange erst damit an, also gehe ich erst mal auf Reisen. Einige Zeit nach Frankreich, dann wahrscheinlich nach Australien oder irgendwohin.«

»Du wirst Geld brauchen. Ich überweise dir was auf dein Konto.«

Ich stand auf und ging zur Tür. »Nein. Ich komm schon klar. Wenn ich etwas brauche, frage ich dich. Danke. Ich ruf dich morgen oder so an und laß dich wissen, was ich vorhabe. O.k.?«

Frank kam hinter mir her. »Cressie wird sich ziemlich aufregen. Willst du nicht vorbeikommen und dich verabschieden, ehe du fährst?«

Ich schüttelte den Kopf. »Sag ihr, ich melde mich, wenn ich meinen Kopf wieder beisammenhabe.« Es sprach für Frank, daß er nicht versuchte, mich umzustimmen. Und er drückte auch nicht auf die Tränendrüsen. Er stand nur da, sah mich an und strich sich über die ersten Stoppeln eines Bartes.

»Du kannst ein paar Tage bei uns wohnen, während du über alles nachdenkst«, schlug Bridie vor.

»Nein, danke«, erwiderte ich. Ich war schon fast an der Tür, als ich mich umdrehte und sie noch einmal ansah. »Ihr habt ein paar Dinge falsch mitbekommen«, erklärte ich und streckte die Autoschlüssel mit dem auffälligen Lexus-Symbol vor. »Die lagen bei dem Mobiltelefon. Schaut doch mal, ob ihr herausfindet, was er mir damit sagen wollte.«

Ich wandte mich um und stieß mit einem Kellner zusammen. »Schalten Sie den Fernseher ein, Sir«, rief er. »New York ist gerade angegriffen worden.«

Duncreagh Listening Post

Nach fünf Anläufen hat der Geschäftsmann Jer O'Dowd aus Trianach schließlich die Genehmigung erhalten, auf dem Anwesen Coribeen einen neuen Yachthafen mit Klubhaus zu errichten.

Gil

Ich schlüpfte unbemerkt hinaus. Um meinen Rucksack kümmerte ich mich nicht. Die Halle war voller Leute, die auf einen Fernsehbildschirm über dem Rezeptionsschalter starrten. In den zwei Minuten, die ich brauchte, um mich durchzudrängeln, sah ich zweimal, wie ein Flugzeug ins World Trade Center flog. Es kam mir irreal vor. Ich ließ mich nicht aufhalten.

Draußen auf der Straße eilten die Leute zu öffentlichen Gebäuden und hielten nach Fernsehgeräten Ausschau. Mehrmals hörte ich Stimmen mit dem Ausruf: »Hast du gehört? Hast du gesehen?« Ich marschierte rasch die Kildare Street hinunter und durch die Nassau Street, wo ich einen Friseur fand und mir die Wochenschau ansah, während ich mir das Haar bis knapp an den Schädel abscheren ließ.

Danach rief ich in dem Hotel an, wo ich vor meinem Ausflug in den Süden gearbeitet hatte, und dort hieß es, ich könne für zwei Tage ein Zimmer zum halben Preis bekommen. Ich verhandelte noch ein wenig, und Fred, der Typ am Empfang, sagte schließlich: »Also gut, für zwei Nächte kannst du kommen. Hast du die Nachrichten gehört? Ich wette, wir kriegen bergeweise Absagen. Vielleicht kriegst du keine frische Bettwäsche, aber …«

Ich ging Richtung O'Connell Street zur Redaktion der Zeitung, wo das totale Chaos herrschte. Telefone schrillten, Personal rannte umher, zwei der Mädchen hinter dem Empfangsschalter trugen Headsets. Hätte ich es selbst so geplant, hätte es nicht besser sein können. Ich nahm meine Hörhilfe aus der Tasche und steckte sie mir ins Ohr.

Vorn an dem riesigen Schalter war eine Reihe von Postern zu sehen, einige zeigten Fotos der Starreporter, andere kündigten bevorstehende Themen an. Genau in der Mitte stand: »Tote Frau aufrechtstehend im eigenen Garten zurückgelassen – der ungelöste Mord des Jahrzehnts. Lesen Sie die großartige neue Serie der Preisträgerin Fiona Moore: Straflos nach einem Mord. Die ungelösten Verbrechen des Jahrhunderts. Exklusiv in der *Daily News*. Start am Dienstag.«

Ich nahm einen Umschlag aus der Jackentasche und wedelte damit vor der Nase einer Empfangsdame herum. Ich hatte in auffälligen Großbuchstaben Fiona Moore daraufgeschrieben. »Dringend«, formte ich mit dem Mund und drehte den Kopf zur Seite, um meine Hörhilfe deutlich erkennbar zu zeigen. Sie lächelte und kritzelte »Dritter Stock, Zimmer vier« auf eine Haftnotiz, die sie auf den Umschlag klebte.

Ich nahm immer zwei Stufen auf einmal. Der Flur im dritten Stock war verwaist, aber in jedem Zimmer, an dem ich vorbeikam, standen Männer und Frauen mit offenen Mündern vor Fernsehern. Ich sah die Zwillingstürme einstürzen, las die Laufschrift unten auf dem Bildschirm – »Pentagon getroffen, Tausende Tote befürchtet« – und dann alles von vorn. Keines der Bilder beeinflußte mich. Ich hastete weiter.

Die Tür von Zimmer vier stand weit offen. Gerade als ich sie erreichte, kam auch ein rothaariger Mann rutschend zum Stehen. »Fiona«, rief er.

Eine Frau schaute heraus. »Komm rein, Sean«, sagte sie. »Es ist absolut unglaublich.« Sie war älter, als ich erwartet hatte, groß und vollbusig, mit riesengroßen braunen Augen und einer Menge Make-up, von Kopf bis Fuß schwarz gekleidet. Keiner der beiden achtete auf mich. Ich zögerte, bis sie drin waren, dann schlenderte ich an der offenen Tür vorbei. Der Mann hatte seinen Arm um Fiona gelegt und knabberte an ihrem Ohr, während sie auf einen Fernseher schauten, der über ihrem Schreibtisch auf einer Wandkonsole stand.

Auf dem Weg nach unten nahm ich den Lift. Der Flur im Erdgeschoß war noch voller geworden. Als ich das Gebäude verließ, nahm ich meine Hörhilfe ab, ging in das Starbucks-Café nebenan und hielt mich für ungefähr eine Stunde an einem doppelten Espresso fest, bis Fiona Moore vorbeigerannt kam. Ich folgte ihr bis zur Station der Regionalbahn in der Tara Street und weiter in einem nach Süden fahrenden Zug. Sie schenkte mir keinerlei Beachtung. Sobald sie saß, setzte sie sich Kopfhörer auf. Ich setzte mich ein Stück weiter in die Mitte des Waggons und tat so, als würde ich aus dem Fenster schauen. In Blackrock stieg sie aus und betrat einen Wohnblock an einer ruhigen Straße etwa eine Viertelmeile von der Bahnstation entfernt. Fünf oder sechs Minuten später kam sie wieder heraus und stieg in einen grünen Saab. Es war vier Uhr. Ich fand eine niedrige Gartenmauer und setzte mich, um zu warten. Fünf Uhr fünfzehn kam sie mit einem blonden Kind, etwa im gleichen Alter wie meine kleine Schwester, und einer älteren Frau zurück. Während sie ins Haus gingen, redete das Kind pausenlos.

Da ich unterstellte, daß Journalisten abends arbeiten, wartete ich weitere eineinhalb Stunden. Es wurde allmählich kalt und fing zu nieseln an. Ich zerrte die Kapuze meiner Jacke heraus und wanderte langsam die Straße auf und ab. Es kam mir ein wenig auffällig vor, bis immer mehr Leute von der Arbeit nach Hause kamen und ich mit der Menge verschmolz. Gegen sieben schwand allmählich das

Licht, als ein junger Kerl, etwa in meinem Alter, aus der Wohnung kam und in dem Saab wegfuhr. Damit war meine Hauptsorge erledigt. Ich zog mich in die Deckung einer nahen Hecke zurück und wartete weiter. Mittlerweile waren auf beiden Seiten der Straße Autos geparkt. Ein großer schwarzer Mercedes mit dunklen Scheiben und dem Namen eines Händlers aus Cork auf dem Rückfenster war mir bei meiner Ankunft aufgefallen. Ein oder zweimal wurden seine Scheibenwischer eingeschaltet, darum wußte ich, es saß jemand im Auto. Und ich konnte mir gut vorstellen, wer das war. Ich war mir fast sicher, daß es derselbe Wagen war, auf den Marilyn mich an dem Tag hingewiesen hatte, als sie mich zum Frühstück einlud. Weil ich Fiona Moores Artikel gelesen hatte, hätte es mich nicht überrascht, wenn plötzlich der legendäre O'Dowd herausgehüpft wäre. Aber das war vielleicht ein Irrtum, denn als ich darüber nachdachte, hielt ich es für wahrscheinlicher, daß der arme Kerl im Unterholz verschwunden war, um seine Wunden zu lecken. Ich an seiner Stelle hätte das getan. Außerdem stand auf halbem Weg die Straße hinunter ein VW-Beetle in der gleichen Farbe wie der meiner Mutter, dessen Kennzeichen ich nicht lesen konnte, ohne mich zu zeigen. Doch der war leer.

Um halb neun, als es in Strömen regnete und ich völlig durchweicht war, kam sie schließlich heraus. Das Wetter war genau richtig für meine Zwecke – auf nassem Pflaster rutschten ständig irgendwelche Leute aus. Bahnsteige waren da sogar noch besser – und das hatte ich vor Augen. Sie stand in der Tür und schaute zum Himmel, verschwand dann für ein paar Minuten wieder im Haus und kam mit einem großen schwarzen Regenschirm zurück. Sie trug flache Schuhe und war doch ein ganzes Stück kleiner, als ich gedacht hatte. Ich wartete noch, bis sie vielleicht fünfzig Meter in Richtung auf die Bahnstation zurückgelegt hatte, und folgte ihr dann. Der Mercedes fuhr in entgegengesetzter Richtung vorbei und ließ eine riesige Wasserfontäne aufspritzen. Die Fußgängerampel an der Hauptstraße stand auf Rot. Ich zögerte, weil ich warten wollte, bis sie umsprang, doch Fiona trat furchtlos auf die Straße hinaus und schlängelte sich durch den Verkehr. Ich folgte ihr. Wir kamen am Supermarkt vorbei und gingen die ruhige Anliegerstraße nach Blackrock hinein. Sie hielt den schwarzen Schirm gegen den Wind tief über dem Kopf. Ich hielt meine Kapuze fest und ging nach vorne gebeugt etwa zwanzig Schritte hinter ihr, holte aber auf. Als wir um die Ecke bogen, lag der Bahnhof am anderen Ende eines leeren Parkplatzes direkt vor uns. Inzwischen war ich dicht hinter ihr – mit ausgestreckter Hand hätte ich ihren Regenschirm berühren können. Etwas veranlaßte mich, den Kopf halb nach hinten zu wenden. Der schwarze Mercedes hielt voll auf uns zu. Schnell, viel zu schnell. Außer Kontrolle. Das Gesicht des Fahrers, riesig, grinste mich an. Unwillkürlich schrie ich auf, dann wurde ich gegen die Mauer geschleudert.

22

»Phil?«

»Frank. Was ist los?«

»Cressie ist nicht nach Hause gekommen.«

»Aber es ist doch erst sechs – wahrscheinlich sitzt sie wie alle Welt festgeklebt vor irgendeinem Fernsehgerät. Das ist doch wirklich schrecklich, nicht wahr?«

»Phil, sie hat ihr Auto dagelassen.«

»Was? Ich dachte, sie wollte sich in Wexford Häuser ansehen? Vielleicht hat sie ja den Zug genommen? Hab ich dir eigentlich gesagt, daß ich euch beide für verrückt halte? Wozu wollt ihr euch in Wexford begraben...«

»Phil, so hör mir doch zu. Das Auto steht vor der Tür, Cressie hat die Schlüssel auf dem Tisch gelassen. Ihr Handy auch. Sie ist weg.«

»Deshalb konntest du sie nicht erreichen. O mein Gott, Frank. Die Zeitung. Sie muß diesen bescheuerten Artikel gelesen haben. Wegen der Sache mit dem World Trade Center habe ich das ganz aus den Augen verloren. Fünfzigtausend Tote, sagt man. Cressie ist ja womöglich...«

»Das sagtest du schon. Ich hätte nach Hause gehen sollen. Ich habe diese verdammte Zeitung erst nach Gil in die Finger bekommen. Gott, warum habe ich nur nicht...«

»Irgendein Lebenszeichen von Gil?«

»Nein.«

»Nun, dann wird es das wahrscheinlich sein. Ich wette, er ist direkt nach Hause gegangen, um sie zu sehen. Sie sind sicher zusammen.«

»Nein, sicher nicht. Sie ist um acht aus dem Haus. Mein Nachbar hat sie gesehen. Zu Fuß. Ihre Handtasche liegt in der Küche.«

»Beruhige dich, Frank. Ich bin unterwegs. Was hatte sie an?«

Dublin Daily News, Donnerstag, 13. September

Die Dubliner Polizei sucht Zeugen eines tödlichen Unfalls auf der Zufahrtsstraße zum Bahnhof von Blackrock am Abend des 11. September, gegen 9 Uhr. Dabei wurde eine Frau getötet und ein junger Mann schwer verletzt, als beide die Straße überquerten. Es wurde ein großer schwarzer Wagen beobachtet, Hersteller und Kennzeichen sind nicht bekannt. Wer den Unfall beobachtet hat oder etwas über Fahrzeug oder Fahrer aussagen kann, wird gebeten, sich beim diensthabenden Beamten in Blackrock oder bei der Dienststelle der Garda in der Pearse Street zu melden.

Moore, Fiona: 11. September
Opfer eines Unfalls mit Fahrerflucht im Dubliner Vorort Blackrock. Fiona (48), geliebte Mutter von Sebastian und Marie Louise (Lulu), Tochter von Brian und Annie Moore aus Daingean, Bezirk Cork. Genaueres über die Beisetzung wird bekanntgegeben.

23

Fünf Tage nach Gils Einlieferung ins Krankenhaus verlegte man ihn von der Intensivstation in ein Einzelzimmer, obwohl er noch immer an mehrere Monitore angeschlossen war. Sein Kopf war bandagiert, der rechte Arm und das rechte Bein waren geschient. Sein Gesicht war totenblaß und der Atem kaum wahrnehmbar. Er schien zu schlafen. Mark stand entsetzt in der Tür und versuchte sich zu beruhigen, ehe er ans Bett trat.

»Gil?«

»Mark?« Gil öffnete mühsam die Augen. »Was machst du denn hier?« Er sprach verwaschen.

»Dasselbe könnte ich dich auch fragen. Ich habe ein paar Trauben mitgebracht.«

»Weiß nicht, ob ich was essen kann. Mein Kiefer tut höllisch weh.«

»Du Armer.« Mark setzte sich ans Bett und ergriff Gils Hand. »Wir werden uns um dich kümmern, Kind«, sagte er.

»Hmmmm.«

»Was ist passiert? Hast du gesehen, was dich erwischt hat?«

»Keine Spur.«

»Das sagt Bridie auch. Außerdem hat er erzählt, du würdest noch ein Jahr von der Uni wegbleiben, stimmt das?«

»Keine Ahnung, was ich machen werde.«

»Falls du frei bist, wie wär's dann, wenn du für mich arbeiten würdest?«

Gil brachte ein Lachen zustande. »Was soll ich? Bein und Arm gebrochen, und der Kopf fühlt sich wie ein Ballon an.«

»Ich habe etwas vor. Komm schon, das wird ein Riesenspaß.«

»Wirklich? Ich hoffe, du kannst warten. Was stellst du dir vor?«

»Mit der Krankenpflege habe ich Schluß gemacht. Mir ist einfach nach Veränderung. Ich will ein Restaurant eröffnen, da brauche ich einen guten Kellner. Du bist genau der Mann.«

»Du spinnst ja.« Gil hörte sich ein wenig lebhafter an. »Wann?«

»Also, in sechs Monaten etwa, da geht es dir sicher viel besser. Aber ich brauche auch bei der Planung ein wenig Hilfe. Damit könnten wir sofort anfangen. Das wird lustig.«

»Wo soll das denn steigen?« fragte Gil ausweichend.

»An der Uferpromenade.«

»New York?«

»Bist du närrisch? Natürlich in Ringsend. Ich will es *Wagner* taufen. Verstehst du den Witz?«

»Noch nicht, aber du wirst ihn mir sicher erklären. Ich wollte eigentlich nach Australien oder sonstwohin.«

»Das hat dein Dad auch gesagt. Ich würde mich sehr freuen, wenn ich am Anfang einen Kumpel hätte, Gil. Ich flehe dich an. Auf den Knien«, er lachte.

Gil blinzelte. »Ich wäre nicht gut. Gerade aus der Schule raus.«

»Du bist wahrscheinlich der Beste, den ich für das kriege, was ich bezahlen kann.«

»Ich denk drüber nach. Wenn es dir nichts ausmacht zu warten. Danke, Mark.«

»Deine Leute schon gesehen?« fragte Mark beiläufig.

»Ja. Dad war ein paarmal da. Cressie schlüpft die ganze Zeit rein und raus.«

Mark unterdrückte ein Husten. »Ach? War sie heute da?« Er hörte sich angespannt an.

»Noch nicht. Gewöhnlich kommt sie abends, wenn Katie May im Bett ist. Sie hat einen Hund gekriegt.«

»Wer? Deine Mutter?«

»Nein. Twink.«

»Cressie geht es also gut?«

»Ja. Das Übliche. Sie sagt nicht viel, aber es ist nett ... ein bißchen so, wie es war, als ich klein war. Sie sitzt am Ende des Bettes, lächelt. Die alten Zeiten. Sie versteht, warum ich zurück nach ... nach ...«

»Ist alles o.k., Gil? Bist du wach?«

»Schläfrig. Ich hab ihr versprochen, für eine Weile nach Hause zu kommen.« Er schlug die Augen auf und versuchte ein schwaches Grinsen. »Bißchen komisch, wirklich. Jetzt, wo Cressie den Großvater los ist, hat sie mich am Hals. Ist irgendwie nicht fair, oder?«

»Nein, aber ich kann aushelfen. Ich zieh ein paar Tage bei euch ein, wenn du aus der Klinik kommst. Kann mich ruhig ein wenig nützlich machen, solange ich keinen Job habe.«

»Mark?«

»Ja?«

»Warum sagt Bridie Suze zu dir?«

»Also weißt du, das geht jetzt doch zu weit«, sagte Mark, als die Tür ein Stück weit geöffnet wurde und ein Mädchen mit großen Augen in das Zimmer schaute. Mark erhob sich, als das Mädchen still zu schluchzen begann, während sie Augen und Nase mit dem Handrücken abwischte. Sie stand da wie angewurzelt.

»Er ist wieder eingeschlafen«, flüsterte Mark. »Komm rein und setz dich.« Als sie nicht reagierte, ging er zu ihr, legte seinen Arm um ihre Schulter und führte sie ans Bett. »Ich bin Mark – ein Freund der Familie.«

Sie wandte den Kopf zu ihm. »Wird er sterben?« flüsterte sie.

»Nein, das wird schon wieder. Es dauert zwar, aber er ist stark.«

»Weiß er, was mit seiner Mutter ist?« wisperte sie. Mark legte den Finger auf die Lippen und schüttelte den Kopf.

»Shay? Shay?«

Das Mädchen kniete sich neben das Bett und hielt ihr Gesicht an Gils Hand. »Ach, Sweeney«, sagte sie sanft, »schau dich bloß an, wie du aussiehst. Dich kann man wirklich nicht allein lassen.«

Dublin Daily News, Samstag, 15. September

Die gestern morgen am Sandymount Strand angeschwemmte Frauenleiche ist als die zweifache Mutter Cressida Recaldo identifiziert worden. Ihr Ehemann, der ehemalige Polizist Frank Recaldo, hatte sie Mittwoch als vermißt gemeldet. Mrs. Recaldos Sohn Gil wurde bei dem Unfall mit Fahrerflucht schwer verletzt, bei dem am Abend zuvor die preisgekrönte Journalistin Fiona Moore ums Leben kam. Mr. Recaldo ist der beliebte Krimiautor Frank Ventry.

Danksagung

Ohne die unermüdliche Unterstützung von John und meiner Familie hätten dieser wie auch meine anderen Romane nicht geschrieben werden können. Dafür sage ich von Herzen Dank.

Hinter jedem Autor steht ein großes Team; ich bin froh, meine englische Lektorin Francesca Liversidge, mit der ich auch befreundet bin, und in Deutschland Ulrike Buergel-Goodwin sowie Thomas Tebbe, zu diesen Personen zählen zu dürfen. Mein besonderer Dank gebührt meiner fähigen, engagierten Übersetzerin Dr. Inge Leipold.

Darüber hinaus möchte ich folgenden Personen danken: Brian und Kate Pattinson für ihren begeisterten Zuspruch, meiner Patentochter Liadain O'Driscoll, die mir bei der Darstellung Shays eine große Hilfe war, meiner Agentin Catherine Clarke, die mich unermüdlich ermutigte und für das Buch Reklame machte, sowie John Hamwee, der dafür sorgte, daß ich mit beiden Füßen auf dem Boden der Tatsachen blieb.

PIPER

Gemma O'Connor

Die Frau auf dem Wasser

Roman. Aus dem Englischen von Inge Leipold.
359 Seiten. Serie Piper

Die Flut steht ungewöhnlich hoch, und früher als sonst macht John Spain sich auf, um den Fang in seinen Hummerkörben zu kontrollieren. Über dem Bug seines Fischerboots bricht purpurnes Licht durch die Morgendämmerung, als vor ihm die Gestalt einer Frau auf dem Wasser auftaucht. Erst als er näher kommt, erkennt er Evangeline Walter. Ihr Kleid färbt das flache Uferwasser rot, und als John Spain ihre Hand berührt, stellt er fest, daß sie längst tot sein muß.
Evangeline Walter war eine der vielen Zugereisten in dem malerischen Ort Passage South an der irischen Südwestküste. Niemand weiß, wer die geheimnisvolle Amerikanerin wirklich war. Warum war sie ausgerechnet hierher gekommen? Und wer könnte ein Interesse daran haben, sie umzubringen?
Mit untrüglichem Instinkt entwirft Gemma O'Connor inmitten der Idylle eines irischen Fischerdorfs ein packendes psychologisches Rätsel.

01/1264/01/L